Und wenn sie nicht gestorben sind...
Dann leben sie noch heute...
Doch wenn sie gestorben sind, wahrscheinlich auch...

Überlebende

Jessica Thomas war eine durchtrainierte Frau in den Endzwanzigern, die zu früheren, besseren Zeiten schon für jedes Abenteuer zu haben war. Immer war sie auf der Suche nach dem *Kick* gewesen. Jetzt kamen ihr die viele Erfahrungen zu Gute.

Wenn es darum ging, Freiwillige zu finden, die auf Besorgungstour gingen, war sie immer die Erste, die sich meldete.

Sie stoppte den Mercedes GLS hinter dem großen Einkaufszentrum, dort wo normalerweise die Waren angeliefert wurden. Jetzt stand hier nicht einmal mehr ein einziger LKW herum.

„Sieht sauber aus", richtete sie sich an ihren Begleiter, während sich beide aufmerksam umblickten.

Der Angesprochene war ein 35 Jahre alter Auswanderer aus Litauen, der schon seit mehr als 10 Jahren in Deutschland lebte.

„Da!", nickte er bestätigend, „Ich kann auch nichts entdecken." Sein ausgeprägter, russischer Akzent wirkte auf sie sehr anziehend. Wenn sie ehrlich war, wirkte Borill im ganzen mehr als sympathisch auf sie. Er war zwar 10 Jahre älter als sie, aber seine kurz geschorenen Haaren und sein Dschingis-Khan-Bärtchen standen ihm ausgesprochen gut, außerdem strahlte er immerwährend Fröhlichkeit und Optimismus aus. Und abgesehen davon, was soll's, die ganze

Welt ging den Bach hinunter...

Jessica stockte in ihren Gedanken, als er ihr seine Hand auf den Unterarm legte. „Schau! Da hat sich bewegt etwas!", flüsterte er und deutete in Richtung der Mülltonnen. Beide waren zum zerreißen angespannt. Abgesehen davon, dass weder Jessica noch Borill dabei Vergnügen empfanden, die Toten auf ihren allerletzten Weg zu schicken, wussten sie, dass die Kämpfe auch immer mit einer nicht unerheblichen Ansteckungsgefahr verbunden waren und daher auch für sie zumindest den vorletzten Weg bedeuten konnte.

Mit der ihr angeborenen Eleganz sprang eine getigerte Katze auf den Deckel der Mülltonne, der daraufhin laut schepperte. Das Tier beugte sich zur Seite herab und wackelte aufgeregt mit der Schwanzspitze, die wie ein eigenes Wesen wild hin und her zuckte.

„Hat wohl ein Leckerli entdeckt", freute sich Jessica erleichtert. Borill nickte. „Gut für uns, wenn Katze da rennt, ist vermutlich nix anderes dort."

Ach, seine prägnante Aussprache, da könnte sie zerfließen... Das R sprach er deutlich härter aus als es hier in Süddeutschland üblich war und mit den Adjektiven hatte er noch Probleme, aber es passste eben zu ihm.

Borill streifte seinen Mundschutz über und setze die Schutzbrille auf. „Dann kucken wir uns hier mal um."

Jessica tat es ihm gleich, stieg aus und nahm ihren Stock aus dem hinteren Fahrzeugraum. Es handelte sich um einen zugespitzten Besenstiel, mit diesem hatte sie die nötige Reichweite, falls sie einen Infizierten töten musste.

Borill setze lieber auf brachiale Gewalt. Er hatte ein Abflussrohr aus Metall, das über einen Meter lang war.

„Ich hätte nach Amerika gehen sollen, da hätte ich jetzt M16 oder gute, alte Kalaschnikow", sein Grinsen war auch unter der Maske deutlich erkennbar.

„Wahrscheinlich wärst du da schon lange tot", erwiderte Jessica. „Als noch die Nachrichten über das Internet liefen, habe ich mal eine Berichterstattungen verfolgt. In den USA gab es wahrscheinlich mehr Tote durch Schießereien als durch Infizierungen. Jeder Depp besitzt doch dort drüben eine

Wumme und diese wird dann auch gerne benutzt und vorsichtshalber alles abgeknallt was in die Nähe kommt, egal ob untot oder nicht."

„Trotzdem, lieber habe ich Kugel im Kopf als dieses beschissene Virus."

Sie standen nun beide am Personaleingang, Borill griff nach dem Türknauf. Jessica hatte sich daneben aufgestellt, bereit etwas eventuell herausstürmendes mit der stumpfen Seite ihres Besenstiels auf Abstand zu halten. Er schaute sie fragend an, sie nickte still zustimmend.

„War klar," sagte er, als er erfolglos probierte den Knauf zu drehen. „Geschlossen!"

Hilflos sah sie an der Hausfront entlang.

„Vielleicht finden wir bei den Fenstern dort drüber irgendwo eine Möglichkeit hinein zu kommen." Jessica deutete mit ihrem Stock an die Wand zu ihrer Seite.

Sie schlichen sich gemeinsam hinüber.

„Ah, Gut! Scheibe schon eingeschlagen, nicht einmal Lärm müssen wir machen." Man hörte Borill die Freude an, endlich klappte mal etwas. Bei den letzten beiden Geschäften, die se plündern wollten,, mussten sie unverrichteter Dinge und ohne Beute wieder abziehen. Durch die vielen Infizierten, die dort herum lungerten, wäre ein Beutezug zu gefährlich gewesen. Vorsichtig spähten sie in den Raum. Es handelte sich wohl um einen ehemalige Aufenthaltsraum. Eine kleine Küchenzeile mit eingebauter Spüle und ein Mikrowellenherd standen für die Pause machenden Mitarbeiter bereit. An der Wand hing ein großes Poster, das einen strahlend lächelnden Mitarbeiter zeigte. `Heute schon gelächelt?´, stand darunter. In der Mitte des Raumes befand sich ein Tisch mit fünf einfachen und nicht zusammen gehörenden Stühlen drum herum, die Türe an der anderen Seite war geschlossen.

„Also Los!" Jessica hievte sich katzengleich auf das etwa ein Meter sechzig hohe Fensterbrett und sprang in den Raum hinein. Es knirschte unter ihren Füßen, was in der umliegenden Stille entsetzlich laut wirkte und sie verzog unwillkürlich ihr Gesicht.

Es fuhren keine Autos mehr, kein Flugzeug befand sich in der

Luft, keine Fabriken wurden mehr in der Ferne betrieben und noch nicht einmal die Stimmen, die normalerweise unmerklich in der Luft von überall her kamen, waren mehr zu vernehmen. Dadurch entstand eine geisterhafte Stille, wie man sie früher höchstens in abgeschiedenen Gegenden wie zum Beispiel der Sahara erleben konnte.

Borill lies sich etwas sanfter von dem Fensterbrett herab gleiten und schob die Scherben mit der Fußspitze etwas beiseite, bevor er auftrat.

Sie nahmen wieder die gleiche Aufstellung an der Türe ein wie kurz zuvor, Borill drückte die Klinke herab und öffnete langsam die Tür. Mit seiner kleinen Taschenlampe leuchtete er in den dunklen Flur. Da die Notbeleuchtungen hier schon lange nicht mehr funktionierte, fraß sich der kleine Lichtfinger einsam in den dunklen Gang.

„Rechts oder links?" fragte er mit gedämpfter Stimme.

„Der Lieferanteneingang war links, also liegen dort die Lagerräume", gab Jessica ebenso leise zurück.

So schlichen sie den linken Gang entlang und durchschritten die Tür zu den Lagern. Auch hier war keine tote oder lebende Menschenseele zu entdecken.

„Unsere Glückssträhne hält an", sagte Jessica, "nicht eine von den Matschbirnen ist zu sehen."

„Nenne die nicht so", erwiderte Borill, "das waren einmal Menschen, Gottes Geschöpfe."

„Jetzt fang nicht schon wieder damit an! Diese Kreaturen sind nun mal matschig in der Birne, also passt der Ausdruck und was ich von deinem Gott halte weist du ja."

Borill war trotz allem ein gläubiger Mensch geblieben, aber hier war nicht der richtige Ort um Glaubensfragen zu diskutieren.

Auch wenn er und Jessica als Team sehr gut zusammenarbeiteten, sich gegenseitig ergänzten und auch sonst ohne Probleme miteinander aus kamen, lagen sich die Beiden bei theologischen Fragen regelmäßig in der Wolle. Er war streng katholisch erzogen worden und glaubte an Gott, auch daran, dass das alles hier einen tieferen Sinn hatte, den er zwar nicht verstand, aber Gott wusste was er tat. Jessica glaubte an keine göttliche Macht, sie glaubte eher an das, was jeder selbst vollbringen konnte. Abgesehen davon weigerte sie sich an ein gutes, großherziges Wesen zu glauben, das so etwas schreckliches wie die Seuche zuließ.

Der Lagerraum war überraschend aufgeräumt und daher gut zu überblicken. Die Tore zum Verkaufsraum standen weit geöffnet, doch fiel von dort nicht viel Licht herein, da die verglaste Frontseite zu weit entfernt war. Ein anderes Tor, das verschlossen war, führte wahrscheinlich in weitere Lagerräume.

„Ich checke Türe, du riskierst Blick nach innen!"

Jessica nickte, was er nicht sehen konnte, da der Strahl seiner Lampe nicht auf sie gerichtet war, doch da sie sich in Richtung der Verkaufsräume davon schlich, wusste er, dass sie verstanden hatte und er machte sich auf den Weg zur Tür.

Ein Hochgefühl durchflutete Borill, als er merkte, dass er die Eingangstür von innen Problemlos öffnen konnte, was er auch tat, woraufhin helles Tageslicht in den Raum flutete.

Umgehend machte er sich daran die aufgestapelten Kisten durch zu sehen.

„Ah, Spielzeug...", bemerkte er verdrossen.

Jessica stand mittlerweile wieder hinter ihm und blickte über seine Schulter. „Geil, Nerf-Guns, da können wir die Matschbirnen mit Schaumgummikugeln zurück schlagen...", sie nahm sich eine der kleineren Spielzeugpistolen, packte sie in ihren Rucksack und machte sich bereits an dem nächsten Stapel Kartons zu schaffen. „Neue Fluchtfahrzeuge," sagte sie, vom Karton aufschauend und breit grinsend, „hier sind Bobby Cars drin..."

„Hier sind ganz offensichtlich nur Spielzeuge", meinte Borill, nachdem sie noch einige weitere Kartons kontrolliert hatten.

„Ja, scheint so...", erwiderte Jessica. „Wohin jetzt? Erst der Lagerraum oder in den Laden raus?"

„Ich kann Lagerräume nicht leiden, die sind nicht sicher, gehen wir wie jeder anständige Kunde in Verkaufsraum", sagte Borill und trat hinaus, mit der Lampe in der Linken den geisterhaften Raum so weit wie möglich ausleuchtend. Das wenige Tageslicht, das bis zu ihnen einfiel machte das

Szenario noch unheimlicher.

Sie kamen an einem Spirituosenregal heraus.

Die meisten Geschäfte richteten ihre Regale so ein, dass die Alkoholika bei den Personaldurchgängen lagen, das minderte die Diebstahlgefahr.

Viele der Flaschen lagen zerbrochen auf dem Boden. Auch an den anderen Regalen erkannten sie, dass zumindest in der Verkaufshalle bereits einige andere Plünderer vor ihnen bei der Arbeit gewesen waren.

„Wow", rief Borill entzückt aus. „Da liegt noch Flasche Smirnoff!" Er bückte sich, nahm die Flasche auf und begutachtete sie wie einen Schatz gegen das von der anderen Seite des Ladens schwach einfallende Tageslicht. „Wir können gehen, ich habe alles, was ich brauche" , meinte er hämisch Grinsend, während er die Flasche in seinem Rucksack verstaute.

Sich über den Spaß amüsierend achtete Jessica einen Moment nicht auf ihren Tritt und stieß gegen eine Flasche mit Haarspray, die laut klirrend in andere ihrer Sorte hinein rollte.

Mit eingezogenem Kopf, die Luft zwischen den zusammengepressten Zähnen einziehend wartete sie auf das Ende des Scheppers.

Nach einer gefühlten Ewigkeit, als die Flaschen endlich ausgerollt waren, horchten beide angespannt in das Halbdunkel. Zuerst war da weiterhin nur Stille, dann hörten sie ein Rumpeln aus dem hinter ihnen liegenden Lagerraum. Jessica schaute Borill fragend an.

„Wir riskieren es noch zu bleiben, wir brauchen dringend Lebensmittel! Szybko! Schnell!" Da Borill direkt an der polnischen Grenze aufgewachsen war und eine polnische Mutter hatte, fiel er in Streßsituationen immer wieder mal in die Sprache seiner Matka zurück.

Ohne weiter darauf zu achten keinen Lärm zu verursachen beeilten sie sich in die Lebensmittelabteilung zu kommen. Der Geruch nach verfaultem Obst und Schimmel war hier im warsten sinne des Wortes Atemberaubend.

„Dort!", rief er, als er auf die Regale mit den Konserven zeigte. „Pack ein was du kannst, keine Zeit etwas auszusuchen."

Als sie davor standen mußten sie resigniert feststellen, dass bereits andere Plünderer ganze Arbeit geleistet hatten.

Jessica griff sich die letzten beiden verbliebenen und noch intakten Gläser mit sauren Gurken und packte diese schnell in ihren Rucksack. Dann hielt sie inne. Das Rumpeln aus den Lagerräumen wurde heftiger, es hörte sich an, als müssten dort mindestens ein gutes Dutzend dieser Typen sein.

„In die Baby Abteilung!"

Borill schaute sie irritiert und verwirrt an. „Du bekommst Baby?"

„Nein", antwortete sie amüsiert,"aber Plünderer brauchen keine Babynahrung."

Sie spurteten los zu den Regalen mit dem Babyzubehör.

„Jackpot!", jubelte sie und riss die Hände in die Höhe.

„Danke, Herr!", schlug Borill zeitgleich das Kreuzzeichen. Hier standen noch etliche Babygläser in den Regalen. Hastig füllten sie ihre Rucksäcke bis an die Grenze der Belastbarkeit.

„Und jetzt? Hinten raus oder suchen wir einen anderen Weg?"

Borill überlegte kurz. „Probieren wir es hinten. Die Türen der Lagerhalle haben auf mich festen Eindruck gemacht."

In dem kleinen Abschnitt, den sie einsehen konnten, hielten sich mehr Untote auf, als sie zu zählen vermochten.

Die stabileTür wackelte bereits in ihrer Halterung. Vorsichtig, um die Infis, wie sie die Infizierten auch nannten, nicht noch mehr auf zu stacheln, schlichen sie sich an der gegenüberliegenden Wand entlang zur offenstehenden Tür, die sie nach draußen führen würde.

Obwohl sie sich langsam bewegten und keine Lampen benutzen und sich im Schatten aufhielten, schienen die Infizierten sie zu registrieren, der Druck gegen die geschlossene Tür verstärkte sich und die Toten ergriff eine wachsende Unruhe.

„Biec! Lauf!" Sie rannten gleichzeitig zu der Rettung verheisendenTüre, hinter ihnen knackte die Verbindung zu dem anderen Lagerraum. Keiner der Beiden nahm sich die Zeit und sah sich um.

Borill stürmte als erster aus der Tür zur Laderampe heraus und prallte mit voller Wucht gegen einen Infizierten. Von der Wucht des Aufpralls wurden beide zu Boden geschleudert, der Rucksack, den Borill eben noch in den Händen gehalten hatte fiel klirrend zu Boden, als sie einen meter tiefer aufschlugen. Der Infizierte ging sofort dazu über beißend nach Borill zu schnappen, denn eine Schrecksekunde gab es für diese Wesen, die jeden Schrecken selbst darstellten, nicht.

Eine klauenartige Hand hatte im Kampf Borills Mundschutz weg gerissen, ob beabsichtigt oder nur zufällig, das wusste Borill nicht, im Moment machte er sich darüber auch keine Gedanken, denn obwohl die Gestalt ausgemergelt war, machte ihre Wildheit und Kraft dem muskulösen Russen erheblich zu schaffen.

Ein lautes Krachen, gefolgt von einem dumpfen Dröhnen, zeigte an, dass sie gleich in richtig ernsthaften Schwierigkeiten stecken würden. Die Tür zum Lagerdepot hatte dem Druck der Untoten nicht standhalten können und war komplett aus den Angeln gebrochen.

„Augen zu!", schrie es, als im gleichen Moment ein angespitzter Holzspieß tief und mit Wucht durch das linke Auge in das dahinter liegende Hirn des Infizierten getrieben wurde. Eine ekelerregende Flüssigkeit ergoss sich über das Gesicht des unter dem Toten liegenden Borill. Jessica riss ihren Speer wieder zurück und ohne abzuwarten lief sie weiter. Borill presste den Mund fest zusammen und hielt die Luft an. Mit der Kraft einer aufkommende Panik gelang es ihm den Toten von sich zu stoßen. Er sprang auf, schnappte seinen Rucksack und spurtete zum Wagen. Dicht auf folgte er der Gefährtin, die ihm vielleicht gerade eben das Leben gerettet hatte.

Jessica sprang hinter das Steuer des SUV, warf in der gleichen Bewegung ihren Rucksack in den hinteren Passagierraum, ohne darauf zu achten, dass der wertvolle Inhalt nicht beschädigt wurde und drehte den Schlüssel, der noch im Schloss steckte. Sie hatten es sich angewöhnt, die Schlüssel nie abzuziehen.

Die Horde der Untoten sprintete bereits auf sie zu. Wie sie es von ihrem Mercedes gewohnt war sprang dieser sofort an.

Borill hechtete auf den Beifahrersitz und noch bevor er ganz im Auto war, ein Bein hing noch zur Tür hinaus, startete die Fahrerin durch und der Wagen machte einen Satz nach vorne. Als die Beifahrertür gegen Borills Schienbein schlug verzog er kurz das Gesicht. Dann hatte Borill seinen Platz eingenommen und die Tür zu gezogen. Er sagte nichts, sondern kramte nur hektisch in seinem Rucksack.

„Bist du klar? Hat er dich gebissen?" Keine Antwort. Stattdessen zog der Angesprochene seine Wodkaflasche hervor, die wie durch ein Wunder den Sturz überlebt hatte, offenbar waren nur Babygläser zu Bruch gegangen. Er öffnete sie ohne darauf zu achten, wo der Deckel hinfiel und kippte sich fast die halbe Flasche über sein Gesicht.

Jessica wusste ohne ein Wort, was sie zu tun hatte und verlangsamte ihre Fahrt ein wenig. Im Spiegel sah sie, wie sich die Horde bereits näherte. Wie schnell diese Wesen doch sein konnten, wenn Frischfleisch lockte.

Sie nahm Borill die Flasche ab, dank des ALS ließ sich der Wagen in jeder Situation leicht und spursicher fahren. Borill legte die Hände zu einer Mulde zusammen und lies sich den Wodka einfüllen. Damit rieb er sich kräftig das Gesicht ab. Dass dabei seine Kleidung und große Teile der Inneneinrichtung in Alkohol getränkt wurden interessierte in diesem Moment keinen der Beiden.

Nach dieser Wäsche nahm er die Flasche wieder an sich und setzte sie an seinem Mund an. Jessica beobachtete die Untoten noch immer im Rückspiegel und startete dann durch, um sie endgültig hinter sich zu lassen.

Borill gurgelte den Wodka und spie ihn gegen seine Beifahrertüre wieder aus, dann gönnte er sich einen kräftigen Schluck.

„Ah! Bester Wodka von Welt!", sagte er und sank erschöpft in den Sitz, mehr außer Hoffen und Beten konnte er jetzt nicht mehr tun, sein Schicksal lag nun in Gottes Händen.

10

Ich

…..

Angewidert zog ich meine Hand zurück.
Es entstand ein schmatzendes Geräusch als ich sie aus der
Bauchdecke des Mannes vor mir heraus zog. Der arme Kerl
hatte mittlerweile aufgehört zu schreien, doch spürte ich noch
immer Leben in ihm.
Doch was tat ich da? So sollte mein zukünftiges Leben
aussehen? Konnte ich das denn wirklich als Leben
bezeichnen? Verderben und Leid über andere bringen?
Die stinkende Flüssigkeit der zerrissenen Gedärme troff an
meinen Armen entlang und lief von meinem Mundwinkel
herab, während ich wie in Trance benommen meine Hände
anstarrte.
Der etwa 35- jährige Mann hatte am Ende keine Chance mehr
gegen uns gehabt.
Als wir seine Lebenskraft spürten und die Jagd begann, waren
wir nur zu dritt gewesen, da hätte er vielleicht noch eine
geringe Chance gehabt uns zu entkommen. Unser Opfer war
schlank und schnell gewesen, Übergewichtige gab es nicht
mehr viele, zum Einen war Nahrung zu wertvoll geworden um
es einfach ohne Hunger in sich hinein zu stopfen, zum
Anderen waren fette Leute einfach zu langsam für unsereins.
Eine Bordsteinkante beendete die Flucht. Sein Fuß knickte
um, was ihn zu Fall brachte.
Einige Dosen und eine Wasserflasche kullerten achtlos über
den Boden.
Bevor sich der Arme wieder erhoben hatte, um verzweifelt
humpelnd seine Flucht fortzusetzen, hatte der Untote rechts
von mir einen Sprint eingelegt und ihn umklammert, was den
Mann erneut zu Fall brachte.
Als sich die ersten Zähne in sein Fleisch bohrten und blutige
Stücke aus ihm heraus gerissen wurden, wusste der Mann
dass es nun vorbei war. Dennoch trat und schlug er um sich
wie ein Wahnsinniger. Uns Infizierte stört das jedoch nicht, da
unsereins keinerlei Schmerz mehr empfindet und Mitleid uns

fremd ist.

Mittlerweile sind wir zu acht und versuchen, unserem Instinkt gehorchend, sein Blut und sein Fleisch und die darin enthaltene Lebenskraft in uns aufzunehmen.

Die Verfolgung und das Erlegen des Mannes, so musste man es nennen, denn wir waren zu gefährlichen Raubtieren geworden, erlebte ich normalerweise nur in meinem Unterbewusstsein, doch nun hatte ich wieder einen jener seltenen klaren Augenblicke in denen mir alles was ich tat und seit meiner Verwandlung getan hatte, bewusst wurde und ich ekelte mich dafür vor mir selbst.

Vor mittlerweile über einem halben Jahr wurden die ersten Infektionen bekannt, scheiße, es war kurz vor Weihnachten gewesen! Anfangs waren es nur kleinere Meldungen im Internet, die aufgrund der Terrorgefahr und der Gefahr eines großen Krieges untergingen. Vielleicht hätte man zu diesem Zeitpunkt mit Aufklärung und Frühwarnung noch alles abwenden können oder zumindest die Folgen mindern, aber den Politikern war es wichtiger ihre eigenen Schäfchen ins trockene zu bringen.

Mehrere Afrikanische Kleinstaaten hatten sich zusammengeschlossen, der Europäischen Union den Krieg erklärt und bereiteten einen Einmarsch über Italien und Spanien vor.

Voraus gegangen waren Streitereien, da die meisten EU-Staaten sich weigerten afrikanische Flüchtlinge anzuerkennen und diese an den Grenzen abwiesen. Der Unmut der dortigen Bevölkerung wuchs, ebenso wie der Neid und die Gier und Europa war schließlich zum Greifen nahe.

Die für eine Invasion benötigten Gelder und Waffen stammten vermutlich zu einem großen Teil aus asiatischen Ländern, was sich allerdings nur schwer nachverfolgen lies.

Diese Gelegenheit wurde dann auch noch von verschiedenen Terrorzellen genutzt um Unruhe zu stiften. Großangelegte Terroranschläge von mehreren Gruppen aus dem Sudan gegen gezielte Punkte in Europa wurden zeitgleich ausgeführt.

Zusammen waren bei diesen Anschlägen über tausend

Todesopfern in Europa und den USA zu beklagen, die Zahl der Verwundeten ging in den fünfstelligen Bereich.
Die USA fühlten sich genötigt sich zur Wehr zu setzen und drohten mit großen, weltweiten Offensiven. Die Russische Föderation konnte das natürlich nicht einfach hinnehmen und drohte deshalb sich ebenfalls in diese Streitereien einzumischen, ein neuer, globaler Krieg, nie gekannten Ausmaßes stand bevor.
So verwundert es nicht, dass die ersten Infektionen von der Öffentlichkeit größtenteils als unwichtig abgestempelt wurden und man sich den wichtigeren Dingen zuwandte, zumal China, wo diese Fälle bekannt wurden, in weiter Ferne lag.
Es handelte sich laut Medien einfach nur um eine neue, besonders aggressive Art der China-Grippe, die Europa schließlich jedes Jahr heim suchte. Man sperrte die Infizierten in Quarantäne, beobachtete sie und versuchte ihnen medikamentös zu helfen.
Bis offiziell zum ersten mal von einer Pandemie, einem Seuchenausbruch, gesprochen wurde vergingen gerade einmal vier Wochen. Während des alljährlichen Weihnachtstrubels wollte keiner etwas hören von Weltweiten Krisen, Hungersnöten und grassierenden Seuchen. Von der Mehrheit der Europäer wurde diese neue Gefahr schlichtweg verdrängt. Natürlich wurde auch zu dieser zeit von den Regierungen noch alles herunter gespielt. Dann ging es plötzlich rasend schnell. Von China aus überschwappte die Seuche innerhalb weiterer vier Wochen die gesamte Weltkugel. In den Städten fielen die Menschen übereinander her und zerfleischten sich auf offener Straße. In den Geschäften kam es vermehrt zu Plünderungen und viele, die an einem harmlosen grippalen Infekt erkrankten, wurden erschlagen, in einigen Fällen sogar lebendig verbrannt.
Amerika und einige kleinere Inselstaaten versuchten noch sich durch Abschottung zu schützen, doch war es zu diesem Zeitpunkt dafür bereits zu spät gewesen.
Mittlerweile sind wohl weit über 90 Prozent der Weltbevölkerung der Seuche zum Opfer gefallen, ohne dass genauere Erkenntnisse über die Ursache oder den Virus selbst

offiziell bekannt gemacht wurden.
Am wahrscheinlichsten wird eine Infektion durch einen Biss
übertragen, wobei der Virus in verhältnismäßig großen
Mengen durch den Speichel des Infizierten in die Blutbahn des
noch Gesunden übertragen wird. Da sich das Virus durch
Tröpfcheninfektion verteilt, genügt es aber meistens schon,
nur mit dem Blut oder anderen Flüssigkeiten eines Erkrankten
in Berührung zu kommen. Wenn dich ein Infizierter, auch
wenn bei diesem die Verwandlung noch nicht eingesetzt hat,
an niest oder in deine Richtung hustet, kann das den Tod
bedeuten oder wie einige wenige, extrem gläubige und
hoffnungsvolle Gutmenschen behaupten, ein neues Leben.
In der Anfangszeit gab es massenweise selbsternannte Helden,
die ohne einen Schutz auf die Infizierten eindroschen, wie sie
es von einschlägigen Zombiefilmen her kannten. Hierbei kam
es zu vielen neuen Infektionen, da das Blut der Infizierten in
Augen und Mund, bzw. in kleine Wunden der Gesunden
eindrang und die Flüssigkeiten sich vermischten und schon
war es vorbei mit dem gesunden Leben.

Die Gruppe

An einem blauroten Postkasten in amerikanischen Stiel bog
der SUV von der großen Straße ab und fuhr auf einen mit
privat gekennzeichneten Zufahrtsweg, der zu einem abseits
gelegenen Hof führte. Die Einfahrt auf den Hof selbst war von
Birken gesäumt und wurde durch einen kleinen Bollerwagen
blockiert, der zur Seite geschoben werden konnte. Erst bei
genauerem hinsehen erkannte man die ausgerollte
Nagelsperre, wie sie früher von der Polizei verwendet wurde,
hinter dem Bollerwagen. Diese auch Stopsticks genannten
Nagelstreifen waren mit hohlen Nagelreihen ausgestattet,
damit die Luft schnell aus den Reifen des sie überfahrenden

Fahrzeuges entweichen konnte, damit wollten die Bewohner verhindern, dass sich Fremde ungerechtfertigter weise Zutritt zu ihrem Hof verschafften.

Hinter der Sperre hielt Ed wache. Er hatte eine Jagdbüchse, eine 98er HEYM, im Anschlag. Diese Waffe konnte zwar immer nur einen Schuss abgeben und musste dann jedes mal erst wieder umständlich neu geladen werden, doch dieser eine Schuss hatte eine hohe Durchschlagskraft und konnte sehr genau und auch auf weite Entfernungen punktgenau und tödlich gesetzt werden.

Ed war mit 58 Jahren der älteste Bewohner des kleinen Hofes, hatte lange, strähnige Haare, bei denen sich das dunkle Braun trotz des relativ hohen Alters noch gut gegen die weisen Silberstreifen behauptete. Er trug ein schwarzes T- Shirt, auf dem die Silhouetten einiger kriechender Zombies abgebildet waren und eines Läufers der vor ihnen davon rannte. Darunter stand in roter Blutschrift: Zombies hate fast food! Jeder hatte eben seine eigene Art mit der Apokalypse umzugehen.

Jessica lehnte sich aus dem Fahrerfenster und winkte ihm freundlich zu. „Wir haben Leckereien gefunden, die auch für die ältere, zahnlose Generation gut ist", rief sie frotzelnd. Ed fehlten schon einige Zähne, denn sein Gebiss war alles andere als in gutem Zustand. Das Kauen bereitete ihm jedes mal Probleme, da die Entzündungen bereits bis tief in die Kiefer reichten und beim Kauen extreme Schmerzen verursachten.

„Lol, Haferbreichen?", fragte er grinsend, wobei er die Reste seiner lückenhaften Zahnreihen entblößte.

„Noch besser, Babygläschen!"

„Geil, die habe ich schon immer gern gemocht", rief er fröhlich, schulterte das Gewehr und begann damit den Weg frei zu räumen.

„Die Anderen hocken gerade in der Küche zusammen, wir wollen eine Besprechung abhalten, jetzt da ihr endlich da seid."

„Quack nicht rum, von wegen endlich da seid. Das war eine mariotastische Zeit...", sagte sie gespielt beleidigt. „Ist aber OK, dann können wir auch gleich Bestandsaufnahme machen", bedankte sie sich noch mit einem Kopfnicken als sie an der behelfsmäßigen Sperre vorbei fuhr.

Mit dem Hof hatte die Gruppe unsagbares Glück gehabt. Er war verlassen gewesen, doch es waren reichlich Vorräte im kleinen Keller angelegt worden. In erster Linie handelte es sich um verschiedene Marmeladen und sauer eingelegtes Gemüse, alles von den ehemaligen Bewohnern selbst eingekocht. Sogar einige Dosen mit Schweinefleisch und Wurst von einer, vermutlich illegalen, Hausschlachtung hatten sich darunter befunden.

Das Beste war allerdings eine kleine Handpumpe auf dem Hof, die frisches Grundwasser lieferte, was in diesen Zeiten mit Gold nicht aufzuwiegen war, da die öffentliche Wasserversorgung bereits vor Wochen ihren Geist aufgegeben hatte.

Es gab hier nicht einmal einen normalen Elektroofen, doch der wäre sowieso nutzlos gewesen, da die Stromversorgung ebenfalls schon lange zusammengebrochen war. In der Küche stand ein alter Monsterofen, der mit Holz oder Kohle befeuert werden konnte.

Insgesamt waren sie 9 Leute, die sich zusammen geschlossen hatten um zu überleben.

Außer Jessica, Borill und Ed waren da noch Frank und Rosa Tippner, ein grünes Pärchen, das vor der Apokalypse versucht hatte mit friedlichen Demonstrationen die Welt zu verbessern, Ralf, ein 24jähriger Bankangestellter, Bruno, ein ehemaliger Metzger, Xuo Mang, ein chinesischstämmiger Austauschstudent der Betriebswirtschaftslehre und begeisterter Sportler und um ihrem Glück noch eine kleine Krone aufzusetzen, Dr. Carla Fischer, eine 38jährige Allgemeinmedizinerin. Als letztes wäre da noch Florice zu nennen, ein erst 10 Jahre altes Mädchen, das sich Frank und Rosa als Ersatz für ihre verlorenen Eltern ausgesucht hatte.

Genau wie Ed es gesagt hatte, waren alle in der geräumigen Wohnküche zusammen gekommen. Florice lag bäuchlings auf dem Boden und malte. Sie schaute kurz zu Jessica und Borill auf, als diese eintraten und widmete sich dann wieder ihren

Zeichnungen. Ihre Bilder waren in sehr viel rot gehalten und mindestens ein Toter war immer darauf abgebildet, was jedes mal das Missfallen Rosas erregte.

Nachdem die Neuankömmlinge freudig begrüßt worden waren, begannen diese damit ihre Rucksäcke auf den Tisch aus zu räumen.

„Hier, Florice, damit kannst du üben dich zu verteidigen", sagte Jessica und warf dem kleinen Mädchen die mitgebrachte Nerf-Gun zu. Diese sprang sofort auf und fing das Päckchen noch in der Luft geschickt auf.

„Das Kind soll eigentlich nicht mit Waffen spielen," bemerkte Frank gedehnt und vorwurfsvoll, „die ist doch noch viel zu klein, nö?"

Rosa legte ihre Hand auf die Seine. „Da hat mein Frank voll recht, ey."

Beide bedienten nicht nur mit ihrer Sprechweise und Einstellung das Klischee der 70er/ 80er Jahre Hippies, sondern auch mit ihrer Kleidung. Diese war weit geschnitten, bunt und mit großen Blumen verziert. Rosa hatte ein Tuch um den Kopf gebunden. Es machte den Eindruck, als wären sie aus einem alten Filmstreifen entsprungen und kämen direkt aus Woodstock zurück.

Bruno saß am Tisch, legte das Gesicht in seine Hände und schüttelte verzweifelt den Kopf. „Jetzt fangt nicht schon wieder mit diesem Öko- Scheiß an! Erstens hat es noch keinem Kind geschadet mit Waffen zu spielen und zweitens kann es nicht schlecht sein, wenn sie sich zu verteidigen weiß."

„Da muss ich ihm recht geben", drang es von der Tür her, wo Ed gerade den Raum betreten hatte.

„Aber so viel Gewalt überall, da kann sie gar kein Kind mehr sein...", erwiderte Frank.

„Das Kind sein ist vorbei," mischte sich nun auch Carla ein. Die Ärztin war eine Respektsperson und hatte unfreiwillig so etwas wie eine Führungsrolle in der kleinen Gruppe übernommen, „der Virus hat es verdrängt."

Frank und Rosa merkten, dass sie gegen diesen gesammelten Widerstand nicht ankommen konnten und ließen zerknirscht das Thema auf sich beruhen.

Florice interessierte sich nicht für die Diskussion, die über sie geführt wurde, denn sie hatte mittlerweile die Pistole ausgepackt und sich Xuo als Zielscheibe ausgesucht, der gerade als sterbender Zombie zu Boden ging.

„Ok", sagte Carla, „widmen wir uns den wichtigen Dingen. Erst einmal Danke an Euch", wobei sie Borill und Jessica zunickte. Sie begutachtete die Beute. "Babynahrung enthält viele wichtige Nährstoffe, das war ein besserer Fang als ein paar Konservendosen mit irgend einem totgekochten, vitaminfreiem Inhalt. Gab es Probleme?"

„Ich werde wohl Nacht in Kammer verbringen", meinte Borill Achselzuckend.

Alle wussten, was das bedeutete. Die Kammer war ein extra Raum in der Scheune, in den sie nur eine Schlafgelegenheit eingerichtet hatten. Das Besondere an diesem Raum war, dass er mit einem Riegel wahlweise von außen oder innen verschlossen werden konnte. Bestand bei jemandem die Gefahr, dass er infiziert war, musste derjenige von innen verriegeln. Sollte sich der Verdacht bestätigen und er würde sich in der Nacht verwandeln, würde er als Untoter die Türe nicht mehr öffnen können und die Anderen konnten sich dann Gedanken um seine Entsorgung machen. Das war nicht schön, aber leider notwendig.

„Ich habe alles mit Alkohol abgewaschen so gut es ging und Gott und der heilige Sebastian werden mich schützen, er ist Schutzpatron gegen Seuchen, also kein Problem", lächelte Borill vertrauensvoll in die Runde, sein Glaube war unerschütterlich.

„Gut, wir hoffen und beten mit dir, dass er das wirklich tut," Carla legte ihm bei diesen Worten freundschaftlich die Hand auf die Schulter, er spürte, dass sie es ehrlich meinte. „Aber wir müssen uns noch über etwas anderes Gedanken machen", fuhr sie fort, wieder an die gesamte Runde gewandt. „Mit dem Essen sieht es nicht schlecht aus, wir haben jetzt Ende Juli und bald können wir Vorräte anlegen von dem, was um uns herum wild wächst. Allerdings haben wir nur noch fünf von unseren Hühnern, irgendein Raubtier hat gestern Nacht wieder eines gerissen, vielleicht kann sich mal jemand Gedanken über eine Falle machen. Was mir jedoch die größeren Sorgen bereitet ist zum einen unsere Medikamentenbestückung und zum anderen unsere Bewaffnung."

„Waffen?", meinte Rosa skeptisch. „Wir haben doch ein Gewehr, das ist eigentlich schon zu viel, die Infizierten kommen hier nicht her, die schaffen es nicht mal über den kleinen Holzzaun."

Frank nickte eifrig um seine Frau zu unterstützen.

„Du machst dir etwas vor, Rosa", ergriff wieder Carla das Wort. „Infizierte könnten eine Lücke ausnutzen oder über den Bollerwagen stolpern, aber die sind nicht das Problem. Wir leben hier in einer Oase, sozusagen im Schlaraffenland und ich mache mir Sorgen um weitere eventuell noch lebenden Mitmenschen."

„Aber die können wir doch bei uns aufnehmen", protestierte Erstere.

„Wenn Fremde zu uns kommen und bereit sind sich einzugliedern stellt das auch kein Problem dar..., bis zu einer gewissen Menge", mischte sich Jessica ein. „Ich habe etliche Endzeitfilme gesehen, die Gefahr sind Banden von Schmarotzern die sich ungefragt nehmen was sie wollen, übrigens auch dich", bei diesen Worten sah sie Rosa herausfordernd an.

Carla hob beschwichtigend die Hände, bei Rosa und Jessica trafen jedes mal zwei Welten aufeinander, kein Tag ohne Streit. „Lasst es gut sein, Leute und mich weiter ausführen!"

„Dich können sie gerne haben", zischelte Rosa noch leise. Carla schaute sie tadelnd an, woraufhin Rosa kleinlaut den Kopf senkte. „Jessica hat recht, wir wissen nicht, was noch alles auf uns zu kommt. Wir haben ein Jagdgewehr und Eds Armbrust, das war es!"

Sie sah auffordernd in die Runde und wartete auf nützliche Beiträge.

Xuo rappelte sich vom Boden auf, wo er für Florice den Toten gespielt hatte. „Das heißt dann ja wohl, dass wir in eine Stadt müssen, ein Waffengeschäft suchen das wir plündern können!?"

„Stadt vielleicht nicht, eventuell finden wir ein Geschäft für Jagdzubehör etwas außerhalb...", überlegte Borill laut.

„Ich bin mal auf 'ner Mopedtour", Ed nannte seine alte XL 500 immer nur liebevoll sein Moped, „durch Königsbach-Stein getourt, das ist ein kleines Kaff hier in der Nähe. Hatte wahrscheinlich nur ein paar tausend Einwohnern, da gab es einen kleinen Polizeiposten und wo Bullen sind, da sind auch Waffen."

„Ein paar tausend Infizierte? ", steuerte der ewige Schwarzseher Ralf bei. "Wollt ihr freundlich mit denen reden? Und wie wollt ihr bei der Polizei einbrechen? Habt ihr schweres Gerät?"

„Also ich möchte es gerne probieren," streckte Xuo die Hand, „klingt nach einer interessanten Aufgabe und irgendwie komme ich da schon rein!"

„Ich bin auch dabei! Hört sich spaßig an, bei der Polizei einzubrechen", Jessica musste unwillkürlich kichern.

„Sehr gut, wir haben allerdings noch das medizinische Problem, deshalb wäre es sinnvoll, die Gelegenheit zu nutzen und dort noch einen Arzt aufzusuchen. Ich habe fast nichts mehr an Medikamenten. Die Entzündung an Franks Handverletzung hat meine letzten Reserven aufgebraucht. Ein paar steril verpackte Skalpelle und Faden können auch nicht schaden, der beste Arzt ist nur so gut wie sein Arbeitsmaterial."

„Oh, ja, das mit der Hand war richtig schlimm," Frank nickte in Gedanken versunken und Rosa streichelte tröstend seinen Kopf. Er hatte sich vor drei Wochen mit einem Schraubendreher in die Hand gestochen, was an und für sich nicht so schlimm gewesen wäre, da er die Wunde aber nicht ordnungsgemäß gereinigt hatte, entzündete sie sich und er musste mit der letzten Antibiotika behandelt werden, die sie noch auf Lager gehabt hatten.

„Ich kann mit gehen zu Doktor", schlug Borill vor.

Nein, nein! Du bleibst morgen schön in deiner Kammer, ruhst dich aus und betest! Bruno wird mich begleiten, der ist kräftig und kann einiges tragen." Bruno brummte nur zustimmend.

Der Sinn des Todes

.....

*Als ich wieder klar wurde, fand ich mich an einer
Straßenkreuzung wieder. Vor mir waren vier Autos ineinander
verkeilt. Schreie waren schon lange keine mehr zu hören, auch
konnte ich dort kein menschliches Leben mehr erspüren. Doch
weiter rechts spürte ich eine Katze oder vielleicht sogar einen
Fuchs im Gebüsch versteckt. Kleinere Nagetiere und Insekten
spürte ich jede Menge rings um mich herum, doch waren diese
nicht so interessant wie menschliches Leben, vielleicht, weil
die kleinen Snacks nicht so leicht zu kriegen waren.
Selbstverständlich wurde auch dieses Leben aufgenommen,
wenn es zufällig oder aus Unachtsamkeit zu uns kam, doch so
etwas geschah nur noch selten. In der Anfangszeit kamen
manchmal Ratten an uns Infizierte heran, um sich an unserem
sterbenden Fleisch satt zu fressen, da hatte ich ein oder
zweimal Glück gehabt und eine von ihnen erwischt. Doch die
Tiere kannten mittlerweile die Gefahr, die von uns
Verwandelten ausging. In meinem alten Leben hatte ich in
dem Bericht einer Tiersendung gesehen, dass niemals zwei
Ratten in dieselbe Falle tappten, weshalb man bei Ratten auch
ein zeitverzögertes Gift einsetzen musste und wahrscheinlich
kamen sie deshalb nicht mehr zu uns, hat sich wohl unter
ihnen herum gesprochen, dass man uns nicht trauen kann.
Was sind diese Viecher doch schlau... Ich bemerkte ein
Zucken, das hätte ein Lächeln geben sollen, in meinem in
vielerlei Bezug gefühllosen Gesicht.
Mittlerweile hasste ich die klaren Momente wie diesen jetzt
gerade. In diesen Augenblicken wurde mir die ganze
Tragweite dessen bewusst, was ich war und schlimmer noch,
was ich alles getan hatte.
Die Gier danach Leben aufzunehmen war übermächtigen. Ein
unzähmbares Verlangen nach frischem Blut und Fleisch. In
diesen wachen Augenblicken flatterten viele
Erinnerungsfetzen der Zeiten, in denen ich nicht wusste, was
ich tat durch meinen Kopf und das waren Dinge, an die ich*

mich lieber nicht erinnern mochte.
Es roch nach Tod, Urin und Fäkalien. Ich schaute an mir
hinab. Es war widerlich, ich war es selbst, der hier so stank!
Nicht einmal solch einfachen Grundbedürfnisse wie zum
Beispiel ein Toilettengang waren mir mehr geblieben.
Mir war schwindelig und jeder Muskel fühlte sich an als wäre
er überdehnt, Schmerzen verspürte ich allerdings auch in
klaren Momente nicht.
Gegenüber erkannte ich ein kleines Bekleidungsgeschäft. Es
sah sichlich einmal nobel aus und warum nicht? Einkaufen
und frische Kleidung besorgen, fast wie im richtigen Leben,
also stakte ich hinüber.
In den Laden hinein zu kommen bereitete keine
Schwierigkeiten, die Frontscheibe war eingeschlagen und vor
anderen Infizierten brauchte ich auch keine Angst zu haben,
ich musste noch nicht einmal leise sein. Die ersten Probleme
bekam ich, als ich eine der Hosen greifen und nach der Größe
sehen wollte. Die Feinmotorik meiner Finger war dermaßen
schlecht geworden, dass es mir vorkam als wäre ich ein
Astronaut. Dieser Vergleich hinkt vielleicht etwas, aber ich
erinnere mich daran, dass Astronauten bemängeln, wie wenig
Gefühl sie in den Fingerspitzen ihrer Anzügen hatten.

.....

Wieder so ein Ausfall. Ich bin noch immer in dem
Bekleidungsgeschäft, mir ist aber bewusst, dass ich schon
Stunden hier herum stehe ohne irgend etwas zu tun.
Vermutlich ist das wohl so eine Art Sparmechanismus den das
Virus in mir aktiviert. Trotz allem habe ich das Gefühl, dass
diese Aussetzer mal für mal immer kürzer werden und dafür
die lichten Momente immer länger und vor allem deutlicher
und klarer. Es ist als kämen meine Denkmaschine ganz
langsam wieder in Schwung.
Aber das ist jetzt Egal, ich hatte noch immer mein
Bekleidungsproblem.
Wenn ich bei den Jeans nicht klarkam musste eben etwas
anderes her.

Unbeholfen wankte ich zu den Jogginghosen, dieses stundenlange still stehen war nicht gut für Muskeln und Gelenke.

Mir gelang es irgendwie meine verdreckte Kleidung abzustreifen und in eine der neuen Hosen hinein zu schlüpfen, jedoch nicht ohne mich vorher mit einer anderen Hose aus dem Sortiment etwas zu säubern. Widerlich, aber um das Stück war es nicht wirklich schade gewesen, graue Sternchen, wer dachte sich nur so etwas aus?

Auf Unterwäsche verzichtete ich der Einfachheit halber gänzlich. Außerdem fand ein T- Shirt mit großem Smilie, der Kopfhörer trug, bei mir einen dankbaren Abnehmer. Dieses Shopping war nicht schlecht, es lenkte mich von meiner Grübelei ab.

In einem großen Spiegel begutachtete ich mich. Ich war mit Sicherheit der am bestgekleidetste Zombie weit und breit. Das runde, gelbe Gesicht auf meinem Shirt strahlte etwas Fröhlichkeit aus, nur die Fratze darüber sah irgendwie nicht sehr gesund aus.

Irgendwo unterwegs hatte ich wohl einen meiner Schuhe verloren. Die Fußsohle war bereits wund gelaufen, blutete aber nicht. Nicht nur, dass ich keinerlei Schmerzen empfand, eigentlich empfand ich gar nichts, selbst beim Anblick meines geschundenen Fußes, so als wäre es nicht mein eigenes Körperteil. Merkwürdig. Da es hier auch eine kleine Schuhabteilung gab, suchte ich mir gleich ein paar Sportschuhe heraus, die mit Klett zu verschließen waren und nach langem Probieren und einem weiteren, aber diesmal nur sehr kurzem Aussetzer hatte ich es geschafft mir die neuen und vermutlich auch passenden Schuhe anzuziehen. Das ist gar nicht so einfach, wenn man kein Gefühl hat und nicht spürt, ob ein Schuh drückt oder am Fuß herum schlabbert.

An der nahen Türe stand in großen Buchstaben `Personal´. Ich ging hin und stieß gegen die Tür, doch sie blieb geschlossen. Also drückte ich ungelenk die Klinke hinab, nun schwang sie nach innen auf und ich trat ein.

Eine junge Frau kam auf mich zu. Sie stank genauso streng wie ich bis vor kurzem noch gerochen hatte. Mit leerem Blick

starrte sie mich an. Obwohl es hier relativ dunkel war konnte ich sie sehen. Vielleicht war sehen der falsche Ausdruck, es war mehr ein Spüren, denn sie hatte Leben in sich, allerdings ein Leben nach dem es mich nicht gelüstete. So etwas ist schwer in Worte zu fassen, sie war irgendwie blau, anderes Leben, das erstrebenswerte Leben, spürte ich eher rot.
Ich fragte mich, ob sie wohl auch lichte Momente hatte in denen sie klar denken konnte. Wahrscheinlich hatte sie keine wirklich schlimmen Erinnerungen, so wie ich. Allem Anschein nach war sie gleich nach ihrer Infizierung hier herein geflüchtet und hatte sich hier in diesem geschlossen Raum versteckt und ihrem Schicksal ergeben, da konnte man keine `schlechten Dinge´ tun. Die junge Frau, Susanna stand auf ihrem Namensschild, war total ausgezehrt und vermutlich würde sie auch trotz des Virus nicht mehr lange an ihrem untoten Leben bleiben, denn auch wir Untoten konnten Verhungern, es dauerte nur unsäglich lange.
Auf dem Tisch lag ein angebissener Schokoriegel und ich beschloss ihn zu essen, auch wenn ich überhaupt keinen Drang nach dieser Art Nahrung verspürte.
Es war ein merkwürdiges Gefühl diesen Riegel zu essen, ich vermute, dass mein Körper diese Art der Nahrung noch immer verwerten kann, doch war es schal und Geschmacklos und ich sehnte mich nach Leben, das ich stattdessen zu mir nehmen konnte.

.....

Mittlerweile stand ich wieder draußen, vor dem Geschäft in dem ich mich eben noch befunden hatte, das Virus hatte mich gelenkt. Ich erinnere mich zwar nach diesen Aussetzern noch zum größten Teil an das, was ich in diesen Momenten getan habe, in denen ich nicht ich selbst bin, habe aber nur ein schlechtes bis überhaupt kein Zeitgefühl für die Abschnitte in denen ich Abwesend bin, auch wenn ich mir gerne etwas anderes einrede. Der Einfachheit halber bezeichne ich diese Zeitabschnitte als Abwesend, die Zeiten in denen ich klar denken kann bin ich Anwesend. Könnt ihr meinen

Gedankengängen folgen? Habe ich mir selbst aus gedacht.
Da ich zu den abwesenden Zeiten nicht ich selbst bin und das
Gefühl zu den anderen Zeiten eher ist, als würde ich mich
selbst besuchen, erscheinen mir diese Bezeichnungen als
überaus passend. Vielleicht kann ich auch meine grausamen
Taten auf diese Weise besser vor mir selbst rechtfertigen, für
das Gewissen ist jede Ausrede willkommen.
Mittlerweile kommen immer wieder Erinnerungen zu mir, die
aus der Zeit vor der Infektion stammen. Das fehlte
seltsamerweise bisher, wer ich einmal war, was ich früher, in
einem noch intakten Leben getan hatte, wer meine Familie
war und so fort.
Ich entsinne mich an einen Obdachlosen, der aus einer
kleinen Seitenstraße gewankt kam und stürzte. Bei dem
Versuch ihm auf zu helfen nieste er mich an und zu allem
Überfluss riss mir der Typ mit seinen Fingernägeln auch noch
die Hand auf. Vielleicht wurde ich in diesem Augenblick mit
dem Virus infiziert. Sicher sagen kann ich das aber nicht. Zu
dieser Zeit hatte ich bereits erste Berichterstattungen im
Fernsehen über diese neue Grippe gesehen, sie wurde aber
eher verharmlost, schließlich kam jedes Jahr eine Grippewelle
über Europa. Das Internet war zu diesem Zeitpunkt bereits
voll von panikmachenden Berichten und Filmen, über die
verheerenden Auswirkungen dieser neuen Grippe. Berichte
vor allem aus dem weit entfernt liegenden Ausland, vielleicht
tatsächlich aus China, vielleicht aber auch aus Korea oder so.
Fies, aber zum Glück alles weit, weit weg.
Damals hatte ich mir etwas Geld dazu verdient indem ich
mich der Pharmaindustrie als Versuchskaninchen zur
Verfügung stellte. Da ich gerade von einer Untersuchung
gekommen war dachte ich mir, erste Hilfe können die Mädels
dort sicherlich auch leisten, zumal aus
Versicherungstechnischen Gründen bei jeder Injektion ein
Arzt anwesend sein musste, also ging ich nochmal zurück.
Die Wunde wurde ordnungsgemäß gereinigt und ich bekam
ein Pflaster darauf.
Mein Impfstatus wurde am PC überprüft und für OK
befunden, da mein Tetanus erst im letzten Jahr aufgefrischt

*worden war. Zum Glück hatte die Firma ja alle meine
gesundheitlichen Daten auf dem PC und ich wurde wieder
nach Hause geschickt. Zwei Nächte später bekam ich dann
Fieber und Krämpfe und klinkte mich irgendwann komplett
aus. Das Nächste, woran ich mich erinnerte, waren immer
wieder kehrende kurze Wachphasen in denen ich mich an
Vergangenes erinnerte, anfangs wie nach einem Traum, später
immer klarer werdend. Das meiste davon wollte ich auch
gerne für einen Traum halten, es war einfach zu schrecklich
um wahr zu sein...
Den ersten Menschen, den ich tötete, war meine Freundin
gewesen. Sie war auch die Erste, an die ich mich wieder
erinnerte. Als sie..., na wie hieß sie denn noch mal?... Es fällt
mir einfach nicht mehr ein, aber ich erinnere mich noch genau
an jedes kleine Merkmal ihres Gesichtes. Zum Beispiel die
süßen Grübchen, wenn sie so tat, als wäre sie sauer auf mich.
In Wahrheit konnte sie mir nie wirklich böse sein. Schnuckie
hatte ich sie genannt... Als sie an jenem Tag nach der Arbeit
im Krankenhaus nach Hause kam, hatte ich sie bereits an der
noch offenen Wohnungstür begrüßt. Es tröstet mich, dass es
bei ihr sehr schnell ging. Da sie mir erschöpft die Wange für
einen Willkommenskuß hin hielt, lag ihr Hals frei.
Anschließend spazierte ich durch die geöffnete Tür nach
draußen, weitere Beute suchend.
Irgendwann befanden sich fast nur noch Infizierte auf der
Straße. Ich erkannte sie an ihrem blau schimmernden Leben.
In Actionfilmen hatte ich manchmal Infrarotaufnahmen von
Personen gesehen, so ähnlich wirkte das jetzt auf mich, jedoch
vermischt mit dem normalen Sehen, also hatte ich jetzt sogar
eine verbesserte Sicht.*

.....

*Auf dem Schild vor mir stand: Dr. Alexander Großmann, Arzt
für Allgemein- und Sportmedizin, Sprechzeiten Mo – Fr 8.30
– 16.30 Uhr und nach Vereinbarung.
Es war egal, wo ich meine Zeit verbrachte, also drückte ich
gegen die Türe und trat ein. Ein weiteres, kleineres Schild*

*wies auf den Behindertenzugang im Hof hin. Da mir
Treppensteigen keine Probleme bereitete, wählte ich den
direkten Weg über die fünf Stufen, die zu Dr. Großmanns
Praxis hinaufführten. Zu meiner Überraschung fand ich hier
keine lebenden Untoten vor. Acht Leichen lagen verteilt im
Warteraum, diese Untoten waren aber wirklich tot. Alle
Leichen wiesen schwere Kopfverletzungen auf, wie unschwer
an den zertrümmerten Schädeldecken und der eingetrockneten
Hirnmasse zu erkennen war, die sich vermischt mit dem alten
Blut in großen Flecken an Wänden und auf dem Boden um die
Köpfe der armen Geschöpfe herum befand. In diesem Moment
bedauerte ich es, dass mein Geruchssinn intakt war, aber
zumindest bekam ich keine Würgereflexe. Ich sah das Leben in
unzähligen Fliegen von den Leichen hoch stieben, als ich
mich ihnen näherte. Die Tür fiel selbstständig hinter mir
wieder ins Schloss.
Automatisiert schnappte ich nach dem Leben der Fliegen, wie
ein Fisch der auf dem Trockenem nach Luft schnappt, doch
diese waren zu flink.
Ich trat durch irgendeine Tür und stand in einer Toilette. Im
Spülkasten befand sich sich noch etwas Wasser und mein
langsam wiederkehrende Verstand sagte mir, dass ich trinken
musste. Na ja, Keime und Bakterien würden mich wohl nicht
umbringen, also nahm ich mir einen der unbenutzten, so hoffte
ich zumindest, Urinbecher und schöpfte mir etwas von dem
grell blauen Wasser heraus und zwang mich es zu trinken.
Als nächstes schlenderte ich in den Behandlungsraum. Die
Schränke waren aufgebrochen worden und ihr Inhalt auf dem
Boden verteilt. Vermutlich hatten die Plünderer, vielleicht
Junkies, hier nur nach starken Medikamenten und Drogen
gesucht und den Rest einfach achtlos überall verteilt.*

Auf Tour

Gleich früh Morgens machte sich Jessica daran ihren SUV zu überprüfen. Es war zu einer ihrer Routinen geworden, vor jeder Fahrt das Fahrzeug gründlich durch zu checken. Die Rücklichter und die Blinker hatte sie bereits vor Wochen eingeschlagen, nur das vordere Scheinwerferlicht erstrahlte jetzt und wurde genauso überprüft, wie der nachträglich über der Beifahrerseite angebrachte Suchscheinwerfer und sämtliche Flüssigkeitsstände.

Da auf jeder einzelnen Tour ihr aller Leben nicht unwesentlich von dem einwandfreien Funktionieren ihres Fahrzeuges abhing, ging sie bei dieser Arbeit sehr gründlich vor. Xuo unterstützte sie dabei.

„Der Ölstand ist schon im unteren Drittel, wir sollten bei einer unseren nächsten Abstecher frisches Öl besorgen", sagte er in fast akzentfreiem Deutsch, nur durch die etwas in die Länge gezogenen Konsonanten konnte man auf seine Herkunft schließen.

„OK", gab Jessica kurz zurück, sie war gerade dabei den Reifendruck und den Allgemeinzustand der Reifen zu checken.

Carla kam hinzu. „Und? Abfahrbereit?"

„Gleich hab ich´s", gab Jessica in die Arbeit vertieft zur Antwort.

Die Ärztin sah sich suchend um. „Wo ist Bruno?"

Jessica sah auf und erhob sich und streckte ihren Rücken durch. „Vielleicht schläft er noch..."

„Ne, da kommt er...", verbesserte sie sich selbst und zeigte zur Tür.

Wer da kam war nicht Bruno, sondern ein freudestrahlender Borill.

„Seht ihr Leute, mir geht es gut! Gott hat mir geholfen und mich beschützt", sagte er und schlug sich leicht die Hände auf die Brust, wie als wollte er zeigen `hier bin ich, gesund und munter´. „Kein Fieber, nicht einmal Bauchschmerzen, nur

Hunger."

Carla ging ihm ein Stück entgegen, nahm seinen Kopf etwas zurück und sah ihm in die Augen. Nachdem sie seine Augen mit einer Hand beschattet hatte, die morgendliche Sonne strahlte bereits hell am Himmel und es versprach ein herrlicher Tag zu werden, lies sie wieder das Licht auf seine Augen fallen. „Sieht gut aus, keine Anzeichen einer amaurotische Pupillenstarre", erklärte sie eher beiläufig und mehr zu sich selbst. „Trotzdem bist du noch nicht außer Gefahr, denkt daran, 48 Stunden, das bedeutet, zwei Nächte in der Kammer, tagsüber nie alleine bleiben."

„Jawohl, Frau Doktor, natürlich nicht", er wand sich aus Carlas Händen. „Ich kenne Probleme", antwortete er in seinem überzogen klingendem Russen-Slang bei dem er die Artikel meist unbeachtet lies. „Wollte nur sagen, Bruno kann nicht mit! Ist krank, hat furchtbare Scheißerei. Ich werde dafür mit gehen."

Alle drei sahen ihn ungläubig an.

„Das ist kein Problem", sagte er, als er in ihre verdutzten Gesichter sah. „Verwandlung geht nicht von jetzt auf sofort und ich fühle mich top fit, wie russischer Superathlet."

Carla überlegte einen Moment, dann nickte sie zustimmend. „Gut, du bist dabei."

„Da!", freute er sich auf Russisch und hieb die Faust durch die Luft.

Mittlerweile war auch Ed zu ihnen gestoßen. „Auf dem Plumpsklo riecht es fürchterlich, hat da einer ´nen Zombie gefressen?"

„Ja, Bruno, war nicht gut für ihn", antwortete ihm Borill lachend.

Der Plan sah vor, dass Ed mit seinem Motorrad erst durch das Dorf fahren sollte, um auf diese Weise möglichst viele Infizierte, die seinen Lärm hörten und ihm folgten, heraus zu locken und von den Anderen weg. Sein Part war dann beendet und er sollte wieder in einem großen Bogen hierher zurück kehren.

Jessica würde Carla und Borill bei einem Arzt, dessen Lage sie in den Gelben Seiten gefunden hatten, absetzen und nachdem sie selbst und Xuo bei der Polizei fertig waren, wieder dort abholen.

Es hatte Diskussionen gegeben, ob es sinnvoll war, sich zu schwächen und die Gruppe aufzuteilen, am Ende waren sie sich aber überein gekommen, dass es das aller Wichtigste war, die Stadt so schnell wie nur irgend möglich wieder zu verlassen.

An Waffen hatten sie nicht viel dabei, das einzige Gewehr behielt Ralf, da er hier am Hof solange die Wache übernehmen musste. Es grenzte nach ihrer einstimmigen Meinung sowieso an Wahnsinn in einer Stadt mit ehemals mehreren tausend Einwohnern eine Schusswaffe abzufeuern, wenn es nicht die allerletzte Möglichkeit war.

Ansonsten hatte Ed die einzige schussfähige Waffe dabei, eine Barnett Panzer II, seine Armbrust. Es handelte sich dabei um ein älteres Modell, allerdings mit hoher Durchschlagskraft. Diese hatte er in einer extra dafür selbst gebastelten Halterung untergebracht, sie steckte etwas hinter ihm an der Seite seiner XL so hatte er jederzeit schnellen Zugriff darauf..

Jessica hatte ihren gespitzten Stock dabei, Xuo einen Schlagstock, wie ihn vor der Katastrophe die Polizei geführt hatte und Borill war mit einem etwa einem Meter langem Stock bewaffnet, an dessen Ende quer eine Klinge befestigt war. Er ging das Risiko ein, dass Blutspritzer ihn treffen könnten, aber wenn schon draufgehen, dann noch möglichst viele mitnehmen, war seine Devise. Carla war mit einem Elektroschocker bewaffnet, den sie sich schon lange vor der Apokalypse zugelegt hatte. Da Infizierte anders funktionierten als lebende Menschen, wurden diese von dem Schocker nicht komplett ausgeschaltet, allerdings zogen sich auch ihre Muskeln zusammen, wenn auch nur einige wenige Sekunden, was sie dann aber dennoch kurzzeitig handlungsunfähig machte und einem die Möglichkeit zur Flucht gab, ohne sich der Gefahr ihres infizierten Blutes auszusetzen.

Wenn man es genau betrachtete waren die Zombies nicht richtig tot, die Funktionen ihrer Organe waren noch erhalten, sogar die Vitalzeichen konnten weiterhin gemessen werden. Fiel eines ihrer Lebenswichtigen Organe aus, starben auch sie,

nur wurde dieser Sterbevorgang durch das Virus unendlich
lange herausgezögert. Ein Infizierter mit einer
Schussverletzung im Herzen konnte noch Tage- oder sogar
noch Wochenlang weiterleben, da der Rest des Herzens es
schaffen würde weiter zu arbeiten. Ähnlich war es bei allen
anderen Organen. Ein Opfer mit einer Nierenstörung könnte
nun ohne künstliche Nieren leben, da die Nieren wieder
arbeiten würden und der Körper auch mit verunreinigtem Blut
existiert. Um den endgültigen Tot herbei zu führen musste ein
lebenswichtiges Organ komplett entfernt werden.
Das einzige Organ, dass weiterhin empfindlich war, war das
Gehirn des Erkrankten. Es genügte meist eine kleinere
Verletzung, wie zum Beispiel von einer Gewehrkugel um den
Infizierten auszuschalten, allerdings konnte man sich auch
dabei nie zu 100% sicher sein...

Ihre Fahrt nach Königsbach- Stein verlief Ereignislos. Ed
brauste voraus und genoss auf seiner Maschine die kurvige
Straße unter ihm und den warmen Wind auf seinem Gesicht.
Einen Helm trug er schon lange nicht mehr. Im Mercedes
hinter ihm saß Jessica aufmerksam am Steuer, auch die
anderen Insassen im Auto waren angespannt, keiner sprach,
außer dem DJ im Radio.
In Karlsruhe gab es noch einen einzelnen Sender, der auf
UKW sendete. Der Sprecher, DJ Jo nannte er sich selbst,
verriet nicht, wo genau er sich aufhielt, aber er wollte tapfer
durchhalten und wie ein Kapitän mit seinem Sender
untergehen.
„Joh, liebe Überlebenden da draußen, wir haben jetzt bereits
22 Grad auf meinem Thermometer und der Tag verspricht
sonnig zu werden. Sicherlich fragt ihr euch: `Woher weiß der
das? Es funktioniert doch nichts mehr!?´ Ich sag´s euch, ich
habe aus dem verfickten Fenster geschaut und da hängt doch
tatsächlich mein altes, gammeliges Thermometer."
Nach einer kurzen Pause fuhr er fort: „Die Lebensmittel aus
meiner Kantine halten noch ein paar Tage, aber der Diesel für
das Aggregat geht langsam zur Neige. Was habe ich da gesagt?
Der Diesel, ich meine natürlich das Diesel, hej, aber wisst ihr

was? Ist völlig scheißegal, heute achtet niemand mehr auf die Aussprache. Da mache ich halt grammatische Fehler, na und?"
„Mir ist es nicht egal", zischelte Carla, „und das heißt grammatikalische Fehler. Können wir den nicht abschalten?", fragte sie zu Jessica gewandt.
„Laß den mal labern, da kommt auch gleich wieder Musik."
Davon unbeeindruckt fuhr der Sprecher fort: „Etwas Regen könnte ich brauchen, Wasser ist bereits auf dem Minimum."
Es raschelte kurz am Mikrofon. „Das ist gut! Ich habe zwar keinen Regentanz, aber das hier ist zur Lage passend, der Sog des Tages!"
Die Musik aus dem Lautsprecher startete mit einem Trommelwirbel und ein Sänger dröhnte:
`That´s great, it starts with an earthquake, birds and snakes, an aeroplane Lenny Bruce is not afraid...´
„Hej, das ist `The end of the world´ von R.E.M., der Mann hat guten Humor...", fiel Borill grölend ein, „mach lauter!"

Kurz vor der Ortschaft schalteten sie das Radio aus und verringerten ihr Tempo, damit Ed mit Abstand voraus fahren konnte und keine Verirrten auf sie selbst aufmerksam wurden.
Mit seiner Maschine stand Ed nun am Ortseingang, der Einzylinder blubberte dumpf vor sich hin. Er spielte zweimal mit dem Gas und zog dann vor Freude johlend nur auf dem Hinterrad die Hauptstraße entlang. Vermutlich lies sich kein Motorrad so leicht bei einem Wheely ausbalancieren wie die alte Yamaha XL 500.
Er bremste etwas ab, was das Vorderrad wieder auf der Straße aufschlagen lies, sah sich kurz um, betätigte seine jämmerliche Hupe und beschloss aufgrund des kläglichen Geräusches lieber den Motor aufheulen zu lassen.
Als er den ersten Zombie aus einer Hofeinfahrt heraus sprinten sah, gab er Gas, gerade so viel, dass der Infizierte nicht an ihn heran kam, er ihn aber auch nicht abhängte, ebenso wenig wie die Anderen, die sich dem ersten Infizierten bereits nach wenigen Sekunden in einem kleinen Pulk anschlossen.
Er musste sich bereits an einzelnen Untoten, die ihm entgegen kamen vorbei schlängeln, was aber für einen alten Motorrad-

Freak wie Ed, der seine Maschine in jeder Lage beherrschte, kein Problem darstellte.

Sie waren die L570 herauf gekommen und er würde hinter Kämpfelbach, der nächsten Ortschaft, rechts abbiegen, um auf der B10 wieder zum Hof zurück zu kehren.

Naja, wahrscheinlich; Vielleicht würde er auch ein Stückchen auf der A8 zurücklegen, in dieser Höhe war die Autobahn ziemlich frei, wenige liegengebliebene Autos und er könnte etwas dem Geschwindigkeitsrausch frönen, einfach mal wieder richtig Gas geben. Zumindest, wenn man bei einer kleinen Enduro von Geschwindigkeitsrausch reden konnte...

Jessica hatte den Motor abgestellt und die Scheibe herunter gelassen, um zu hören, ob Ed noch in Hörweite war. Als sie sein Knattern nur noch in weiter Ferne vernahm, lehnte sie sich zurück und betätigte den Anlasser. Wie immer startete der SUV sofort und sie fuhren langsam in die Ortschaft hinein. Der Wagen war deutlich leiser als Eds Motorrad und gab nur ein Flüstern von sich.

Borill studierte die Karte. „Nächste links", sagte er akzentuiert, nachdem sie ein Stück weit in den Ort hineingefahren waren. „Dann ist Arzt auf linker Seite."

Jessica tat wie ihr geheißen, blieb vor einem hellen Haus mit einem großen Schild davor stehen.

`Dr. Alexander Großmann´ stand darauf, `Arzt für Allgemein- und Sportmedizin, Sprechzeiten Mo – Fr 8.30 – 16.30 Uhr und nach Vereinbarung´.

„Ich hoffe, ihr habt angerufen und einen Termin vereinbart, wegen der Wartezeit...", feixte Xuo.

Carla und Borill stiegen aus dem Fahrzeug aus. „Ich brauche keinen Termin, bin Privatpatient", erwiderte Borill und gab ihm die Karte.

„Ist leicht zu finden, fährst du zurück zu Straße und noch 200 Meter in Ort, da ist Polizei", gab der Russe noch Anweisung.

„Du brauchst keine Karte nicht!"

Xuo nahm sie dennoch an sich.

„In spätestens einer Stunde treffen wir uns wieder hier, falls es unvorhergesehene Probleme gibt am Ortseingang, da wo wir hier herein fuhren, dort kann man sich im Notfall auch gut verstecken", gab Carla Anweisung.

Jessica nickte knapp, wendete den Wagen und fuhr zurück zur Hauptstraße.

Vor der Polizeistation stoppte sie. Die Station war in einem größeren Wohnhaus mit fünf privaten Parteien untergebracht, wie es auf dem Land des Öfteren üblich war und wurde durch ein Polizeischild und einem freien Parkplatz mit einem großen `P´ darauf kenntlich gemacht.

„Ok, checken wir die Lage!"

Vorsichtig öffnete Jessica die Haustüre. Im Hausflur war nichts verdächtiges zu vernehmen. Dank großflächiger Flurfenster kam viel helles Tageslicht herein und es gab hier keine dunklen Ecken die man hätte schlecht einsehen konnte. Zur Polizeistation war die rechte Wohnung im Erdgeschoss umgebaut worden. Auch diese Tür war unverschlossen.

Sie gingen vorsichtig hinein, ihre Waffen vor sich haltend.

Ein kleiner Vorraum nahm sie in Empfang. Dieser war vom Wachraum durch eine Sicherheitsglasscheibe abgetrennt und man konnte mit einem Beamten auf der anderen Seite reden, wenn denn einer da gewesen wäre. Aber natürlich hatte die Polizei bereits in der Anfangszeit des Ausbruchs alle Hände voll zu tun gehabt, weshalb der Wachraum verständlicher Weise leer war.

„Die Fenster können wir ohne Werkzeug vergessen", meinte Xuo unnötigerweise und deutete in die Richtung der vergitterten Fenster.

„Sehe ich", antwortete Jessica, "es muss aber einen Notausgang geben, wir Deutschen nehmen so etwas sehr genau. Also entweder eine zweite Türe oder eines der Gitter lässt sich öffnen."

„Wir könnten mal um das Haus herum gehen und sehen, ob es noch eine andere Tür gibt und diese vielleicht nicht verschlossen ist", sagte Xuo, nachdem er im Innern nichts entdecken konnte das auf einen Notausgang hindeutete.

„Wie wahrscheinlich ist es, dass die Polypen ihr Büro verlassen und hinter sich nicht abschließen? Zumal es sich dann um eine eisenverstärkte Tür handeln dürfte."

Xuo streckte den Hals und schien etwas entdeckt zu haben.

„Ist da ein Schalter? Da, in der Thermoskanne spiegelt sich etwas." Auf einem Bürotisch stand eine Kaffeekanne aus chromeglänzendem Edelstahl.

Auch Jessica sah genauer hin. „Ich glaube du hast recht", sagte sie und griff mit dem Arm durch das Loch im Panzerglas.

In der Kanne konnte sie ihren Arm verschwommen erkennen, doch trotz Streckens fehlten noch fast 30 Zentimeter. „Mist!", war ihr Kommentar dazu.

„Hätte sowieso nicht funktioniert, kein Strom...", kommentierte Xuo und zeigte zur Deckenleuchte.

Ohne große Hoffnung drückte er gegen die Tür zum Nebenraum. Natürlich bewegte sie sich nicht, so etwas gab es nur in billigen Filmen.

„Vielleicht haben die ja so eine Art Notstrom oder so etwas. Kannst du mit deinem Schlagstock ran kommen und es mal ausprobieren?"

Xuo zuckte mit den Schultern. „Klar, probieren können wir es."

Er streckte den Arm mit dem Stock durch das Loch und versuchte mit dem abgewinkelten Griffstück den Knopf zu erreichen.

„Etwas höher", gab Jessica Anweisung.

„Ich sehe es", kam die gereizte Antwort des konzentrierten Xuos.

„Entschuldige, ich wollte dich nur unterstützen", zickte sie zurück.

Als der Summer mit einem Warnton ertönte schraken beide zusammen. Xuo hätte fast seinen Stock fallen lassen und Jessica vergaß gegen die Türe zu drücken. „Scheiße ist das laut!", schimpfte sie.

Nachdem sie sich wieder gefasst hatten sagte Xuo vorwurfsvoll: „Ich betätige den Schalter noch einmal und dieses mal drückst du bitte gegen die Tür!"

Jessica ignorierte die spitze Bemerkung.

Der Summer ertönte nochmals und dieses mal stemmte sich

Jessica gegen die Tür und sie schwang nach innen auf.
„Wieso geht das? Hier kann es doch schon seit Monaten
keinen Strom mehr geben", fragte sie fassungslos.
„Ist doch Scheißegal, rein mit dir", bekam sie zur Antwort.
Die Beiden konnten nicht wissen, dass es zwar keine richtige
Notstromversorgung hier gab, allerdings eine separate
Notfallbatterie eingebaut war, damit bei einem Stromausfall
die Station noch einige Tage betrieben werden konnten. Da
alle PCs, Lichter und die Kaffeemaschine ausgeschaltet waren
gab es die letzten Monate so gut wie keinen Stromverbrauch,
weshalb noch genügend Reststrom für den Türöffner zur
Verfügung stand.

Der Gestank, der Borill entgegenschlug drückte ihn fast
wieder rückwärts hinaus. Trotz seines Mundschutzes musste er
mit sich kämpfen weiterhin aufmerksam zu bleiben und dem
aufgekommenen Würgereflex nicht nachzugeben.
Die Rollos waren zu gezogen und in dem diesigen Licht
konnte Borill nicht viel erkennen, also kramte er seine kleine
Taschenlampe aus der Seitentasche seiner Hose und lies den
Lichtkegel durch den Raum gleiten.
Es erschien ihm, als zeige der Lichtstrahl seiner Lampe wie
ein Finger auf die Leichen auf dem Boden. Sechs oder acht
Tote stanken am Boden liegend vor sich hin.
Vorsichtig betrat er den Raum. Fliegen stoben in Massen von
ihrem Festmahl auf und spielten mit ihrem wilden Summen
ihre ganz eigene Kakofonie des Todes.
Carla hielt mit der rechten Hand verkrampft ihren
Stromschocker, den linken Arm hatte sie als Schutz vor ihr
Gesicht gehalten um in die Armbeuge zu Atmen, was aber
nicht wirklich half den strengen Geruch zu unterdrücken.
„Die Freuden des Sommers", bemerkte Borill trocken.
„Ja, bei den Temperaturen geht das sehr schnell mit der
Nekrose."
„Mit der was?", drehte Borill sich fragend zu ihr um.
„Mit der Verwesung. Sei froh, dass es noch nicht August ist
und es hier richtig heiß wird."

Der Empfangsraum war groß und sicherlich einmal sehr einladend gewesen, jetzt wirkte er nur noch bedrohlich und erdrückend.

„Ich öffne Rollos", mit diesen Worten ging Borill zu dem Fenster, das ihm am nächsten war und zog an der gedrehten Kordel die Jalousie herauf. Sie schlossen beide die Augen, als das gleißende Tageslicht den Raum flutete.

Als sich ihre Augen an das Licht gewöhnt hatten sahen sie das ganze Ausmaß. Im Raum verteilt zählten sie acht Leichen, die in ihren eigenen Überresten lagen und nun wirklich tot waren. Carla deutete zu einer Tür, auf der `Sprechzimmer´ stand.

Links und rechts davon befanden sich zwei weitere Türen mit der Aufschrift `Behandlungsraum 1´ und `Behandlungsraum 2´

Borill verstand die Anweisung sofort, öffnete die Tür einen Spalt breit und leuchtete auch diesen Raum aus.

Hier waren keine Toten, aber er erkannte, dass sie nicht die Ersten waren, die hier nach Schätzen suchten.

Als Carla das Zeichen bekam, dass der Raum sauber war drückte sie sich an Borill vorbei und zog als erstes den Verdunkelungsrollo ein Stück hoch. Auf den ersten Blick erkannte sie, dass die starken Medikamente und Narkotika aus den Schränken fehlten, also kniete sie sich auf den Boden um die Medikamente, die überall um sie verstreut lagen zu sichten.

„Die wichtigen Medikamente fehlen, aber zumindest einige Mittel gegen Erkältung und allgemeines Unwohlsein kann ich hier noch finden."

„Wäre Apotheke nicht besser gewesen?", fragte Borill, während er ohne großes Interesse einen Briefbeschwerer in Tablettenform begutachtete. Auf der Tablette war ein Stoppschild aufgedruckt und die Aufschrift `Stoppt Diarrhoe zuverlässig, kein Durchfall für 8 Stunden´.

„Hey, sollen wir das bringen Bruno mit? Wird schwer sein zu Schlucken, aber das sein Problem", er hielt die Werbetablette Carla hin.

Diese schaute auf, schüttelte den Kopf, konnte aber ein amüsiertes Grinsen nicht unterdrücken. „Ich denke das

Zerkleinern wird zu lange dauern, aber ich habe bereits
passendere Tabletten eingepackt."
„Schade!" Borill zuckte mit den Schultern, stellte den
Briefbeschwerer auf den Tisch zurück, begab sich zum
Fenster, öffnete es und schaute auf den kleinen Garten hinaus.
Die frische Luft tat gut und der Gesang einzelner Vögel war
Balsam für seine Seele.
Ein Aufschrei und ein Knall hinter sich rissen ihn jäh aus
seinen Gedanken.

.....

*Ich hatte mich auf die Liege im Nebenraum des Arztzimmers
gelegt, einfach so, denn als Infizierter brauchte ich keinen
Schlaf mehr. Das Türen öffnen, etwas, das andere Zombies
nicht konnten, machte ich mittlerweile automatisiert, auch
dann, wenn ich meine Aussetzer hatte.*
*Womöglich machte mich mein Instinkt zu einem Superzombie,
der Türen öffnete, Leitern erklomm und wer weiß, was noch
alles kann...Vielleicht sogar Kaffee kochen...*
*Hatte ich mich gerade wirklich selbst einen Zombie genannt?
Wahrscheinlich war es egal, wie ich mich nannte, wem sollte
ich davon erzählen, es gab ja so gut wie niemanden mehr auf
der Welt.*
*Leise Stimmen drangen aus dem Nebenraum zu mir herein.
Sofort saß ich aufrecht und hörte genauer hin.*
*Tatsächlich, ich hörte Stimmen aus dem Nebenzimmer.
Langsam, um niemanden zu erschrecken ging ich zur Tür,
wollte sie öffnen und hindurch spähen, endlich mal lebende
Menschen sehen ohne sie fressen zu wollen. In diesem
Moment wurde die Tür von der anderen Seite aus geöffnet und
das vor Leben rot leuchtende Gesicht einer Frau erschien
direkt vor meinem.*
*Dann ging alles ziemlich schnell, es gab einen Schrei und
einen Knall. Meine Muskeln zuckten zusammen und
verkrampften sich. Durch die Wucht meiner eigenen*

Verkrampfung wurde ich nach hinten gegen die Liege geworfen.
In der Tür stand eine attraktive Frau in mittlerem Alter, die mit verängstigtem Blick einen kleinen schwarzen Kasten festhielt, der noch immer knisterte und an dessen Spitze ich einen Schaltlichtbogen erkennen konnte.

Jessica versuchte verzweifelt die Schreibtischschublade mit einem Brieföffner in Dolchform aufzubrechen. Mit einem metallischen `Knack´ brach dieser jedoch ab. Wütend warf sie den nutzlosen Griff von sich.
In der Wachstube hatten sie nichts brauchbares finden können. Bis auf drei Mini- Snickers aus einer Großpackung und einer halben Flasche abgestandener Cola war hier nichts zu holen. Nur diese Schreibtischschublade machte ihnen noch zu schaffen.
„Scheiße!", rief sie verärgert aus. „Achtung, jetzt wird's laut", warnte sie Xuo vor. Voller Wut trat sie gegen die Schublade. Es handelte sich um ein metallenes Schubfach, das zwei Fächer in einem vereinte.
Die Schublade bekam eine Delle. Jessica hielt sich am Schreibtisch fest und trat in immer schneller werdenden Folge so fest zu wie sie mit all ihrer Wut und Frustration nur konnte. „Scheiß Teil, geh endlich auf!", schrie sie dabei.
Trotz des warmen Wetters hatte sie Sicherheitsschuhe mit Stahlkappen für diese Exkursion angezogen. Man konnte damit zwar nicht so gefühlvoll Autofahren, aber man wusste vorher nie, wozu sie gut sein konnten.
Jetzt zum Beispiel waren sie gut zu gebrauchen, doch nachdem sie ein gutes dutzend mal auf das Schubfach eingetreten hatte, legte Xuo besänftigend seine Hand auf ihre Schulter. Die Verzweiflung trieb ihr die Tränen in die Augen. Nun machte sich Xuo an der Lade zu schaffen. Da die Vorderseite der Schubfächer bereits so weit eingedellt war, dass die oberen Ecken etwas ab standen und kleine Öffnungen entstanden waren, konnte er daran seinen Schlagstock

ansetzen und drückte die Seite weiter nach unten. Dadurch gelang es ihm, fast die ganze linke Seite der Schublade aufzubiegen.

„Das Schloss ist echt gut", bemerkte er, während er mit seiner Lampe das Innere ausleuchtete.

Mit einem Glitzern in den Augen drückte er, vorsichtig, um sich an den Kanten nicht zu verletzen, eine Hand hinein und zog ein kleines schwarzes Päckchen hervor.

„Bingo", sagte er und legte ein Pistolenholster samt Inhalt auf den Schreibtisch.

„Geil", jubelte Jessica, das Bündel an sich nehmend und kontrollierte die Pistole und die Munition. Es handelte sich um eine P10 von Heckler und Koch, die Standard Polizeipistole. In ihr befand sich ein gefülltes Magazin.

Mit großen Augen sah sie wie Xuo langsam noch ein kleines Kästchen hervor beförderte und ebenfalls auf den Tisch stellte. Mit zitterigen Händen öffnete sie den Munitionskarton. Er war fast voll! Es fehlten nur die 13 Schuss die sich im Magazin befanden.

Sie hatten nun 50 Schuss 9 mm- Munition plus dazugehöriger Waffe!

Borill zerrte die geschockte Carla zurück und zog schnell die Tür zum angrenzenden Raum zu.

Er hielt sie an den Schultern und blickte ihr fest in die Augen.

„Carla, bist du da?"

„Ja,...ja", stammelte sie, „dieser Kerl hat mich nur so dermaßen erschreckt..."

„Ok, dann mach Elekrodingens jetzt wieder aus!", sagte er ganz ruhig und drückte dabei sanft ihre Hand von sich weg. Carla schaute zu ihrem Schocker hinab, bei dem noch immer knisternd ein kleiner, blauer Blitz von einem Metall zum anderen züngelte und ließ abwesend den Auslöser, den sie immer noch verkrampft gedrückt hielt, wieder los.

„Du hast alles?", wollte Borill wissen, nachdem er sich vergewissert hatte, dass sie wieder ansprechbar war. „Wir sollten weg hier!"

„Ja, ich denke nicht, dass ich hier noch etwas wichtiges finden kann", gab sie mit einem leichten Zittern in der Stimme zur Antwort.

„Ich gehe vor und schaue nach Sicherheit!" Bei diesen Worten durchschritt Borill bereits das Wartezimmer.

Ohne Vorwarnung wurde die Tür aufgestoßen, die nicht eingerastet war und zwei Infizierte stürmten herein.

„Hau ab, durch Fenster", schrie der Russe noch, bevor ihn die Infizierten zu Fall brachten und ihm seine Waffe aus den Händen glitt.

Aus reinem Reflex gab Carla der Tür zum Wartezimmer einen Stoß und hechtete zum Fenster.

Überraschender weise schienen die beiden Angreifer nichts von Borill wissen zu wollen. Sie waren nur mit ihm zusammengestoßen und als er stürzte sprinteten nun beide an Borill vorbei, der einen von ihnen noch am Bein zu fassen bekam und ihn damit ebenfalls zu Fall brachte. Der andere stieß gegen die Tür zum Behandlungsraum, die dadurch ebenfalls aufschwang, da Carla es in der Eile nicht darauf geachtet hatte sie ganz zu zu werfen.

Wie eine Raubkatze sprang der Infizierte auf sein Opfer zu und bekam ein Bein der Ärztin, die bereits halb aus dem Fenster heraus war, zu packen. Mit einem Bein bereits in Sicherheit kämpfte sie darum auch das andere wieder frei zu bekommen, was ihr nicht gelingen wollte, da sich die Klauen des Toten wie eiserne Fußfesseln um ihr Gelenk gelegt hatten. Und das hungrige Maul hatte sich bereits an ihrem Knöchel verbissen.

.....

Ich bemerkte den Tumult aus dem Nebenzimmer, sprang mit immer noch leichten Zuckungen in meinen Gliedmaßen auf und stürmte durch die Tür zum Arztzimmer. Einer meinesgleichen hatte die vorhin so erschrockene Frau am Bein gepackt und sich in ihrem Stiefel verbissen, während diese verzweifelt versuchte sich los zu reisen.

Ich nahm den nächsten Gegenstand, den ich zu packen bekam, es handelte sich wohl um einen Briefbeschwerer oder so etwas ähnliches und hieb damit auf den Schädel des Unglücklichen. Drei mal musste ich den schweren Gegenstand auf den Kopf des Wesens herunter sausen lassen, bevor er mit einem leisem Knacken tief in dessen Schädel eindrang und im weichen Widerstand versumpfte.

Die Frau, die für mich in einem herrlichen Rot erstrahlte, konnte ihren Fuß nun aus dem erschlaffenden Griff lösen und ihre Flucht fort setzen, jedoch nicht ohne mir noch einen verwirrten Blick zu schenken.

Geräusche lenkten mein Interesse nun dem Vorraum zu. Dort lagen zwei Wesen am Boden. Der eine leuchtete in einem satten Blau, war also einer von meiner Sorte, doch der Mann dahinter weckte meine Neugier. Bei ihm spürte ich ein violettes Licht, das nicht sehr anziehend auf mich wirkte. Als ich mich ihm näherte lies er den anderen Zombie los, so das dieser ebenfalls in den benachbarten Raum stürmen konnte. Da nichts mehr von etwas Lebendem zu spüren war, blieb er dort abrupt stehen und tat einfach gar nichts mehr. Ich ging auf den am Boden liegenden Mann zu, er kroch vor mir zurück und schaute sich um. Vermutlich suchte er nach einer Waffe.

Als er an eine Wand stieß sah er mich in die Ecke gekauert ängstlich an. Er schlug ein Kreuz und begann ein Gebet, dessen Sprache ich nicht verstand.

Ich wollte etwas sagen, doch kam nur kehliges Gebrumme aus meiner Kehle, daher reichte ich ihm stattdessen den blutigen, mit Hirnmasse besudelten Briefbeschwerer, an dem Haare klebten und den ich noch immer in der Hand hielt. Da er sich mit Waffe besser fühlen würde, sollte er eben eine haben. Der Mann nahm den Beschwerer geistesabwesend entgegen und starrte mich ungläubig an.

Vielleicht versteckte sich die Frau noch hinter dem Haus, überlegte ich mir und vielleicht würde ich lange genug klar bleiben um sie zu suchen. Also machte ich mich auf den Weg nach draußen, gefolgt von dem ungläubigen Blick des

Verlorenen im Wartezimmer, in dessen Blut das Virus bereits ganze Arbeit leistete. Ob der Betroffene es nicht wusste oder es nur nicht wahr haben wollte, spielte für mich keine Rolle und für ihn auch bald nicht mehr.

Raiders

Seinen trübsinnigen Gedanken nachhängend saß Ralf an der Sperre zum Hof und hielt Wache. Das Kinn hatte er auf dem Lauf des Jagdgewehres abstützt.
Nur den Bruchteil einer Sekunde und alles Elend wäre vorbei. Kein ständiges Grübeln mehr, keine dauernde Angst, dass auch ihm etwas schlimmes passieren könnte.
Die Angst war das Schlimmste überhaupt. Wenn eine seiner Panikattacken kam, begann sein Puls zu rasen, dann drohte das Herz seinen Brustkorb zu sprengen. Er bekam keine Luft mehr, die Fingerspitzen wurden Taub und begannen zu kribbeln, doch das schlimmste blieb einfach die nackte Angst. Dann war es unbeschreiblich, er würde in diesen Momenten alles tun um keine Furcht mehr zu empfinden und zwar wirklich *alles*. Natürlich widersprach es sich, wenn man auf der einen Seite Todesangst hatte, sich aber zugleich am liebsten selbst ein Ende setzen würde, nur um diesen Zuständen zu entkommen, das konnte keiner verstehen, der so

etwas nicht selbst, am eigenen Leibe, erfahren hatte.
Carla hatte ihm erklärt, dass solche Angstzustände durchaus
normal wären, ausgelöst durch schwere psychotische
Stresssituationen, wie zum Beispiel den Weltuntergang bei
dem sich die Leute gegenseitig auffraßen. OK, das letzte hatte
sie nicht gesagt, aber mit Sicherheit so gemeint. Er solle mit
Meditationstraining beginnen und sie hatte ihm auch
verschiedene Möglichkeiten dafür aufgezeigt.
Vor nicht allzu langer Zeit hätte er ein paar Tabletten
eingeworfen und alles wäre wieder gut.
Nun, eine Kugel war ähnlich wie eine Tablette, er musste nur
eine einzige zu sich nehmen, in den Mund ohne zu kauen, sie
würde direkt von seinem Gehirn aufgenommen und sofort
wäre alles wieder gut.
In der letzten Zeit hing er immer öfter solchen Gedanken nach,
eigentlich bei jeder Wache, denn da hatte er die Büchse, seine
`Medizin´, dabei.
Er schmeckte das Metall in seinem Mund, das Röhrchen zum
Einführen der Tablette... Nervös spielte er mit dem Abzug.
Resigniert dachte er, dass er auch dieses mal nicht den Mut
aufbringen würde, nur ganz kurz den Abzug zu betätigen...
So sehr war er in seinen trüben Gedanken gefangen, dass er
die Gestalt, die sich ihm von hinten näherte in diesem Leben
nicht mehr bemerken würde. Die Gestalt wankte nicht, wie es
die Infizierten oft tun, sie schlich sich an ihn heran.
Der Mann, der sich ihm näherte kam ohne ein Geräusch zu
verursachen, ein Messer in der Hand, an ihn heran. Der Typ,
der da saß und Wache hielt war zu tief in seinen Gedanken
versunken, alles würde völlig lautlos von statten gehen und
niemand im Haus würde gewarnt werden.
Dann ging es sehr schnell. Der Killer beugte sich über Ralf,
drückte mit der linken Hand seine Schulter nach unten und
wollte gleichzeitig sein Messer einmal quer über Ralfs Hals
ziehen. Das Messer stieß jedoch gegen den Gewehrlauf und in
einem lauten Knall löste sich ein Schuss. Das Geschoss riss
Ralfs Schädeldecke auf und drang in die obere Brust des
unbekannten Angreifers. Während Ralf tot in sich
zusammensackte und endlich von seinen Ängsten befreit war,

wurde der Fremde nach hinten gerissen und blieb röchelnd und geschockt am Boden liegen.

In der Küche zuckten Frank und Rosa durch den Schuss aufgeschreckt von ihren Tätigkeiten hoch. Frank war gerade dabei, einige Kräuter zusammen zu binden, damit sie getrocknet werden konnten. Auf der Kräutersuche hatten sie auch einige Goldtäublinge und eine Handvoll Pfifferlinge entdeckt, diese delikaten Pilze wurden gerade von Rosa für ein schmackhaftes Mal vorbereitet.
Nur Sekundenbruchteile nach dem Knall wurde die Tür aufgestoßen und drei Männer drangen ein. Alle waren sie unrasiert, machten einen ungepflegten Eindruck und waren Bewaffnet. Der Erste mit einem G3, einem halbautomatischen Gewehr, wie es bei der Bundeswehr früher verwendet wurde. Ein weiterer war mit einer abgesägten Schrotflinte ausgestattet und der Dritte lediglich mit einer Machete.
„Ey, langsam Freunde, Friede...", beschwichtigend winkte Frank nervös mit den Händen nach unten. Weiter kam er nicht, ein Schlag des Gewehrkolbens ins Gesicht beendete sein 70er Jahre Flowerpower- Gesülze bevor es richtig begann.
Rosa drückte sich ängstlich gegen den Küchenschrank und hielt das Messer, mit dem sie gerade die Pilze geschnitten hatte, zwischen sich und die Bedrohung.
Der Typ mit der Machete umrundete den Tisch, während der Mann mit dem Gewehr noch einige male auf Frank eintrat, der bereits zusammengerollt mit blutendem Mund am Boden lag.
Ungerührt von dem Messer in Rosas Hand hielt der Mann weiterhin auf sie zu, drückte ihr seine Machete an den Hals und meinte trocken: „DAS ist ein Messer, nicht dieses Kinderspielzeug da!"
Verstört und verängstigt lies Rosa ihr Messer aus den Fingern gleiten.
„Psyko!", dröhnte es von der nun geschlossen Tür her. „Mach die nicht schon wieder kaputt!"
Der mit Psyko angesprochene packte Rosa am Genick und schlug ihren Kopf heftig auf den Tisch. Es gab einen dumpfen Schlag und Rosa entrang sich ein schmerzhaftes Stöhnen, als

Kopf und Tischplatte zusammen trafen und sich kleine Blitze
für einen kurzen Krieg in ihrem Kopf trafen.

„Nur mal Kucken", gab Psyko zur Antwort und rammte seine
Machete neben Rosas Kopf in die Tischplatte. Während er
weiterhin ihren Kopf mit roher Gewalt auf die Platte presste,
riss er mit der nun freien Hand ihren Rock über ihr Gesäß
nach oben.

„Boah! Seht euch die Schlampe an! Die braucht es wirklich,
die hat nicht mal ein Höschen an!", rief er erfreut aus.

Sie hatte sich ihres Slips entledigt, da sie die Zeit, in der so
wenig Leute auf dem Hof waren nutzen wollte um Frank nach
der Küchenarbeit eine wenig Freude zu bereiten.

Psyko drückte ihr mit Gewalt zwei Finger in die Scheide.

„Bitte....", wimmerte Rosa.

„Halts Maul!" Psyko hatte sich tief über sie gebeugt, sein
Speichel troff langsam über ihre Wange, „Oder ich sorge
dafür, dass du nie wieder einen Ton von dir gibst!"

Er zog die Nase geräuschvoll hoch, spuckte auf seine Finger,
die eben noch schmerzhaft in ihr gewesen waren und
wiederholte den Vorgang. „Das hilft immer."

„Schluss jetzt!" Der Mann mit der G3 hatte von Frank
abgelassen und hielt Psyko nun sein Gewehr an die Schläfe.

„Du weist, was Rick befohlen hat? DU hältst draußen Wache,
bis er die Lage sondiert hat!"

„Ey, Brill, das geht auch ganz schnell, ich beeile mich...",
bettelte Psyko.

„Hättest du die letzte nicht umgebracht, müsstest du jetzt auch
nicht mit dicken Eiern rum rennen."

Psyko lies von Rosa ab, die Spannung im Raum war so
deutlich spürbar, dass sich der gemarterten die Härchen auf
den Armen aufstellten. Noch traute sie sich nicht, sich zu
erheben, aber vorsichtig zog sie mit einer Hand den Rock
wieder über ihr Gesäß.

„Kann ich was dafür, dass die nix aushält?", brauste Psyko
auf. „In Afrika werden jeden Tag hundert oder noch mehr von
kleinen Mädchen beschnitten und die verrecken auch nicht!"

„Die werden auch anschließend behandelt", brüllte der als
Brill bezeichnete ihn an. "Du Idiot hast ihr die Votze

abschnitten und sie in ihrem Blut liegen lassen! Warum überhaupt?"

„Nenn mich nicht Idiot, sonst zeig ich dir was ich mit dem Messer noch alles abschneiden kann!", Mittlerweile hatte Psyko seine Machete wieder aus dem Tisch gezogen und streckte es dem mit Brill betiteltem drohend entgegen. „Und damit du es weist, ich habe ihr nur den Kitzler abgeschnitten, denn ich habe gelesen, dass die in Afrika das so machen, damit die Mädchen zu Frauen werden und die zimperliche Schlampe hatte ja nicht mal Titten! Ich wollte der kleinen nur helfen, dass sie eine richtige Frau wird, mit Titten und so."

Fassungslos starrte Brill ihn an. „Mein Gott, sie war erst 15! Die Brüste wären schon noch gewachsen! Du bist so..." Psykos wahnsinniger Blick lies ihn den Rest des Satzes verschlucken. „Raus! Auf deinen Posten!", befahl er und legte das abgesackte G3 erneut an.

Brill noch mit der Schulter anstoßend drückte sich Psyko wütend an diesem vorbei um nach draußen zu gehen und den ihm zugewiesenen Posten einzunehmen.

„Danke", flüsterte Rosa und erhob sich langsam von der Tischplatte.

Schmerzhaft wurde ihr Kopf wieder zurück auf die Platte gedrückt. „Wer hat dir erlaubt aufzustehen? Wir sind noch nicht fertig. Jo, halt sie fest, der da unten macht uns keine Probleme mehr", sagte Brill mit einem nicken in Franks Richtung, der in Embryonalhaltung leise wimmernd am Boden lag.

Brill verband gerade die Wunde seines verletzten Kameraden, den sie mit Mark angesprochen hatten und den sie, nachdem sie mit Rosa fertig waren, in die Küche gebracht hatten. „Sieht nicht gut aus, ich glaube die Kugel ist noch drin. Kannst du nicht mal einem den Hals durchschneiden ohne dich selbst zu verletzen?"

„Ach, halts Maul!", keuchte Mark und spuckte Blut aus.

Da wurde die Tür zur Küche erneut aufgestoßen, herein kam ein verlegen grinsender Psyko, gefolgt von Xuo und Jessica, die die Polizeipistole direkt auf die drei Männer richtete. Das

Gewehr hielt Xuo an Psykos Hinterkopf.

Frank lag immer noch am Boden und wimmerte, Rosa hatte sich in eine Ecke des Raumes gedrückt, hielt ihre Knie mit den Armen umschlungen und wippte traumatisiert leicht vor und zurück.

Kurz nach ihnen betrat Carla den Raum. „Borill ist tot!" stellte sie nüchtern fest, während sie sich im Raum umsah.

„Scheiße!" Tränen traten Jessica in die Augen, den Russen hatte sie schon fast geliebt.

Alle vier hatten sie sich an dem vereinbarten Treffpunkt am Waldrand wieder getroffen und erzählten sich gegenseitig ihre Geschichten. Am merkwürdigsten fanden es alle, dass keine der Matschbirnen, wie Jessica die Infizierten ja so gerne bezeichnete, sich an Borill vergreifen wollte. Alle vermuteten sie, was das bedeuten konnte, aber keiner von ihnen wollte es offen aussprechen oder wahr haben, dass sein Gott ihn beschützt hatte, sie einigten sich daher, dass sein Gott ihn beschützt hatte.

„Ich werde in Kammer gehen und beten, wenn wir zurück sind!", brachte es Borill selbst auf den Punkt. „Begrabt mich an großem Baum."

„Red´ keinen Quatsch, Borill". Jessica hatte feuchte Augen gehabt, als sie das sagte.

Er legte seine Hand auf ihren Unterarm. „Ist schon OK, wir alle müssen sterben, irgendwann. Ich eben bisschen früher..."

Carla dachte über den Infizierten mit dem merkwürdigem Verhalten nach, das hatte so ganz und gar nicht gepasst. Sie fasste den Entschluss, noch einmal herzukommen und ihn zu suchen, wenn es wieder ruhiger geworden war.

Als sie auf der Rückfahrt an ihrem blaurotem Postkasten vorbei gekommen waren, hatten sie einen Fremden erkannt, der offensichtlich die Wache übernommen hatte.

Sie hielten vor der Sperre an und Borill stieg aus.

Der Fremde hatte das Gewehr geschultert und machte auch keine Anstalten es in Anschlag zu nehmen.

Er lächelte nicht und blickte sie nur sauertöpfisch an.

„Dich kenne ich nicht", stellte Borill fest.

„Mich nennt man Psyko, bin neu hier", antwortete der

Angesprochene und hielt ihm nun doch freundlich lächelnd die linke Hand umgedreht entgegen, so wie es einer tut, der die rechte Hand nicht einsetzen kann.

Als Borill sie ergriff und schütteln wollte, spürte er wie der feste Griff ihn packte und zu sich heran zog.

Als nächstes spürte der überraschte Russe wie etwas in seine Brust glitt. Da war kein Schmerz, nur ein leichter Druck auf seinem Herzen.

Der Fremde, der sich als Psyko vorgestellt hatte, grinste ihm aus nächster Nähe direkt in sein Gesicht, dann stieß er Borill von sich und zog dabei das Messer aus dessen Brust heraus.

Borill hatte keine Kraft mehr um sich aufrecht zu halten. Alles um ihn herum begann sich in einer unbekannte Schwärze zu drehen, bevor er endgültig auf dem Boden aufschlug und die Schwärze vollständig von ihm Besitz ergriff.

Noch bevor Borill auf dem Boden aufschlug, war Jessica aus dem Führerhaus heraus gesprungen und hatte ihre neue P10 in Anschlag gebracht. Psyko hatte keine Möglichkeit mehr das Gewehr doch noch in Anschlag zu nehmen.

„Pfoten hoch!", schrie sie, während Carla zu Borill stürzte um ihm Hilfe zu leisten.

Eine Hand riss die Ärztin zurück. Es war Xuo. „Pass auf sein Blut auf", sagte er eindringlich.

Natürlich, er hatte recht, sie war Arzt und durfte sich nicht von Gefühlen beherrschen lassen.

Sie hastete zurück zum Auto, kramte ihren Ersthilfekoffer heraus und stürmte erneut zu Borill.

Der Attentäter, denn anders wollte sie es nicht nennen als ein Attentat, kniete mittlerweile am Boden, die Hände im Nacken verschränkt, eine leicht zitternde Pistole an seinem Hinterkopf. Mit geübten Bewegungen streifte sich Carla die Gummihandschuhe über und prüfte die Vitalfunktionen von Borill. Nichts! Mit einem Blick erkannte sie, dass der Schweinehund vermutlich dssen Herz durchstoßen hatte.

„Carla, wir bringen den Typen rein und sehen, ob bei Frank, Rosa und Ralf alles in Ordnung ist", sagte Xuo.

Jessica überlegte noch einen Moment ob sie nicht einfach

abdrücken sollte, entschied sich dann aber dagegen die Geisel zu töten. „Steh auf! Und nur eine falsche Bewegung und ich Knall dich ab wie einen räudigen Hund!" Als sie das sagte wurde ihr bewusst, wie kitschig das klang, als wäre sie aus einer alten Krimiserie der 80er entsprungen.

„Das wird Rick gar nicht gefallen, wie du mit mir umgehst, Fotze", sagte er missmutig.

Jessica ignorierte die Beschimpfung und drängte ihren Gefangenen zusammen mit Xuo zur äußeren Küchentür.

Ein kurzer Blick durch das Fenster ins Innere der Küche bestätigte Jessicas Verdacht. Der Scheißkerl war nicht alleine. Zwei Fremde Männer standen in dem Raum und kümmerten sich um einen weiteren Fremden, der offensichtlich verletzt war und am Boden saß. Sie traute sich nicht einen längeren Blick auf die Fremden zu werfen, da einer der Beiden, er war mit einer Schrotflinte bewaffnet, ihnen zugedreht war, aber gerade nicht zum Fenster blickte.

Xuo hatte Psyko das Jagdgewehr wieder abgenommen und hielt damit selbigen in Schach.

Jessica stieß die Tür auf, die Pistole im Anschlag. „Freeze!" Schon wieder so ein kitschiger Abklatsch vom Fernsehen, dieses mal aus amerikanischen Krimiserien, man sollte meinen, dass man solch unwichtigen Dinge mit der Zeit aus dem Kopf verdrängte, wie zum Beispiel belanglose Fernsehserien...

„Ganz langsam die Waffen runter! Erst die Schrotflinte!" Wie Jessica so dastand wirkte sie tatsächlich wie einer der Helden des mittlerweile vergangenen Fernsehens. Wie eine Polizistin aus Criminal Minds und genau diese autoritäre, professionelle Ausstrahlung lies die Männer gehorchen. Hätte sie gezittert oder unsicher gewirkt, hätten die Raiders sie mit Freuden niedergemacht.

So legte erst Jo, danach Brill seine Waffe auf den Boden und streckten die Hände in die Höhe.

Xuo kam mit Psyko näher und gab diesem zu verstehen, dass er sich zu seinen Kumpels gesellen sollte.

Carla ging neben den in der Ecke kauernden Frank in die Hocke und begutachtete ihn.

An äußeren Verletzungen konnte sie nur eine Platzwunde auf dem Wangenknochen und eine aufgeplatzte Unterlippe feststellen, nichts schlimmes. Die Seelischen Verletzungen wogen stärker, er leidete wohl an einem akinetischen Mutismus, ausgelöst durch einen Schock, was hieß, dass er keine Reaktion zeigte und nicht spricht, aber zu 100% aufnahmefähig war.

Ein leises Wimmern lies sie in die Ecke sehen, in der sich Rosa zusammengekauert hatte.

„Oh mein Gott!", entfuhr es ihr. Auch die anderen entdeckten die verstört Dasitzende nun.

Jetzt begann die Hand von Jessica doch zu zittern, doch nicht aus Angst, sondern aus nackter Wut. „Was habt ihr widerlichen Schweine mit ihr gemacht?", fragte sie ohne eine Antwort auf diese Frage zu erhalten oder auch nur zu wollen.

„Ich knall euch ab!", sagte mit einer kaltblütigen Ruhe in der Stimme, wie sie nur bei jemandem zu spüren war, der beschlossen hatte eine Tat auszuführen, egal wie schrecklich sie auch war.

Sie hob die Waffe, zielte kurz auf Jos Kopf und stoppte.

Ein kaltes, metallenes Gefühl an ihrem Hinterkopf und eine weiche Stimme hinderten sie daran Jos Leben und die der anderen beiden zu beenden. „Nein, das werden sie nicht! Im Gegenteil, sie und ihr Freund werden nun ihre Waffen an Psyko übergeben. Schön langsam, mit dem Griffstück voraus!"

Als sie zögerten und ihre Waffen weiterhin auf die Fremden gerichtet hielten fügte der unbekannte Sprecher noch hinzu: "Die Männer dort vorne sind ersetzbar und bedeuten mir nichts, ist dieses Fräulein ebenfalls so leicht zu ersetzen?"

Jessica nickte Xuo zu, woraufhin beide ihre Waffen an Psyko übergaben. Dieser hüpfte umher und schwenkte freudig die Waffen in der Luft.

Die anderen beiden Soldaten nahmen ihre Gewehre wieder auf und richteten sie grinsend auf Xuo und Jessica und gaben ihnen mit einem Wink zu verstehen, dass sie sich jetzt ihrerseits in die Ecke zu Frank begeben sollten.

Carla kümmerte sich derweil um Rosa, hielt ihren Kopf an

ihre Brust gedrückt und streichelte tröstend über ihr langes,
schwarzes Haar.

Der neu hinzu gekommene Fremde trat an Carla heran. „Ich
bin Richard Hubner, allgemein nennt man mich nur Rick. Sie
sind Medizinerin?", fragte er und deutete auf ihren Arztkoffer.
Carla nickte stumm.

„Vielleicht wären sie so freundlich und würden sich um
meinen Mann kümmern, er scheint ernsthaft verletzt zu sein",
sagte er und zeigte zu dem verletzten Mark, der mittlerweile
umgestürzt war und noch mehr Blut hustete.

Indessen hatte Psyko seinen Freudentanz beendet, eine
Geflügelschere genommen und fuhr damit ganz sanft, ohne sie
zu verletzen, der ängstlichen Jessica langsam vom Kinn über
den Hals bis zum Ausschnitt ihres T- Shirts. „Damit können
wir beide richtig viel Spaß haben", flüsterte er ihr sanft, fast
liebevoll ins Ohr. „Vielleicht bist du ja zu eng für mein riesen
Ding...".

Seine Kameraden schauten breit grinsend zu.

„Solange ihre Männer so etwas tun, werde ich gar keinem
Helfen", sagte Carla und blickte zu dem Geschehen.

Rick drehte sich um.

„Psyko! Nimm das weg!"

Der Angesprochene war hin und her gerissen zwischen seiner
Gier und dem Bedürfnis den Befehl auszuführen, tat aber
schließlich, wie ihm geheißen und steckte die Schere in seinen
Gürtel. „Für später", flüsterte er noch und leckte ihr dabei mit
der Zunge über Jessicas Ohr, was sie angewidert zusammen
zucken ließ.

Rick kam zu ihm, legte beruhigend seine Hand auf Psykos
Nacken und führte ihn Richtung Tür.

„Du wirst draußen wieder deinen Posten beziehen", sagte er
freundschaftlich zu ihm, „und wenn wieder jemand kommt,
dann alarmierst du uns durch Ruf oder Schuss."

Psyko ging langsam, unterwürfig mit dem Kopf nickend neben
Rick bis zur geöffneten Tür. Das Lächeln auf seinem Gesicht
erstarb, als sein Kopf mit roher Gewalt gegen den Türpfosten
krachte und wieder zurück gerissen wurde. Es hatte ein
hässliches Knacken gegeben, ob vom Türrahmen oder von

Psykos Schädel konnte man nicht sicher sagen.

In Psykos ungläubigen Blick mischte sich Blut, das aus einer Platzwunde auf seiner Stirn austrat.

Rick hatte dessen Genick fest im Griff und funkelte den Verdutzen böse an. „Hast du das verstanden?", schrie er den leicht desorientiert wirkenden an.

„Ja..., Rick", war alles, was er als Antwort heraus bekam.

„Gut, denn wenn du wieder Mist baust, dürfen unsere neuen Gastgeber mit DIR spielen und jetzt auf deinen Posten!", fauchte ihn Rick an und gab ihm einen Schubs, diesmal zwischen den Pfosten zur Tür hinaus. Psyko fing sich taumelnd auf und torkelte leise Fluchend davon.

„Und ihr beide benehmt euch!", fuhr er auch die anderen beiden seiner Leute an, die sofort kuschend Haltung annahmen.

Wieder freundlicher wandte er sich an Carla. „Entschuldigen sie bitte diesen kleinen Ausbruch, der Mann ist einfach nur dumm und versteht eine andere Sprache leider nicht. Wären sie jetzt wohl so freundlich?", damit deutete er auf den am Boden liegenden Mann.

Carla nickte eingeschüchtert und begab sich zu dem Verletzen.

„So wie ich das beurteilen kann, hat die Kugel seine Lunge verletzt und steckt nun im Schlüsselbein. Ich werde wohl eine Pleurapunktion durchführen müssen, um Flüssigkeit abzunehmen", sagte sie nachdem sie die Untersuchung abgeschlossen hatte.

„Dann sollten sie das tun, einer meiner Männer wird ihnen gerne dabei behilflich sein."

Carla war nicht entgangen, wie die Schweine Jessica angestarrt hatten. „Ich brauche Jessica, sie ist meine Assistentin", sagte sie und hoffte, dass Jessica bei der bevorstehenden Operation nicht umfallen würde.

„In Ordnung", nickte er. „Brill, du gehst mit ihnen, damit die Damen keine unüberlegten Dinge tun."

Rick fiel der sorgenvolle Blick auf, den Carla zu Rosa hinüber warf. „Keine Sorge, ihr wird nichts weiter geschehen, jetzt bin ich ja hier und werde mich darum kümmern, dass ab sofort alles zivilisiert abläuft."

Heldentod

Mit dem Ärmel seines Hemdes wischte sich Psyko das Blut
von der Stirn. Es brannte höllisch. „Rick hat sicher recht",
redete er sich leise zu, während er den toten Borill, der noch
immer neben der kleinen Straßensperre lag, genau betrachtete.
Den toten Frank hatte er zur Seite geschleppt, bevor er diesen
Posten das erste mal eingenommen hatte. "Den Schlag hatte
ich verdient... Rick hatte recht... Ich habe einfach einen Fehler
gemacht...", erklärte er dem Toten. „Ich wollte einfach nur
irgend jemanden abstechen, aber schuld ist eigentlich der
Briller, weil so ein Arsch ist und mich immer reizt. Du hast
das aber auch verdient, weist du, du hast einfach nicht
aufgepasst und heutzutage muss man immer aufpassen. Gibst
mir einfach die Hand..."
Der Tote gab keine Antwort.
Sein Harndrang machte sich wieder bemerkbar. Seit sie hier
angekommen waren musste er schon pissen, aber irgendwie
hatte er einfach keine Zeit gefunden seine Blase zu entleeren.
Er lehnte das Gewehr an die Sperre, zog den Reißverschluss
seiner Hose herunter und holte sein Glied heraus. Lächelnd
zielte er auf Borills Gesicht. „Da, schluck´s du Schlampe!",
sagte er lachend, legte den Kopf in den Nacken und genoss
die Erleichterung.

Borill interessierte die Handlung Psykos als solche nicht
weiter, was er spürte kann nur ein Infizierter nachvollziehen.
Der einstige Russe spürte das rot pulsierende Leben über sich
und eine Eigenheit des Virus war es Energie genau an den
Körperstellen frei zu setzen, wo sie gebraucht wurde, aus
diesem Grund war es Infizierten auch möglich schnelle Sprints
einzulegen, weit in die Höhe zu springen oder einzelne
Körperteile mit extremer Schnelligkeit schnell zu bewegen.
Da Borill außerdem ein sehr frischer Untoter mit noch
reichlich vorhandenen Kraftreserven war, schoss er wie ein
Springteufel in die Höhe, schnappte sich das Stück von Psyko,
das am stärksten leuchtete und riss mit einer Kraft daran, wie

sie nur ein Verhungernder aufbringen konnte.

Der Schrei wurde von Psyko verschluckt, als er nach vorne gerissen wurde. Er stürzte über den vor ihm am Boden liegenden und drehte sich dabei auf den Rücken.

Seine rechte Handmit der er gerade eben noch seinen Schwanz gehalten hatte, war mit Blut besudelt. Er schaute zwischen seinen Beinen hindurch zu dem neu erwachten Zombie. Was er sah lies ihn erschaudern. Die Hose zwischen seinen Beinen war blutig und der dunkle Fleck wurde schnell größer. Der Zombie vor ihm hielt etwas längliches in Händen, das an eine Seegurke erinnerte und stopfte es gierig in sich hinein.

Das Monster fraß seinen Schwanz! Er hatte ihn abgerissen!

Mit der Erkenntnis kam auch der Schmerz über ihn. Wäre er geviertteilt worden, hätte es nicht schlimmer sein können. Er schrie den Schmerz hinaus, aber dieser wollte nicht verschwinden, also schrie er weiter.

Als der Schrei zu ihnen durchdrang befanden sich Rick und Jo in der Küche und passten auf die Gefangenen auf. Frank zeigte immer noch keine Regung. Xuo hatte versucht Rosa zu trösten, doch war sie vor ihm angstvoll und verstört zurück gewichen und nun, nachdem er es aufgegeben hatte sich ihr zu nähern, wieder in sich selbst versunken. Doch selbst sie wurde aus ihrer Lethargie gerissen und schaute kurz auf.

„Sieh nach, was dieser Idiot nun schon wieder angestellt hat!", gab Rick den Befehl an Jo weiter. Dieser rannte sofort los, die Schrotflinte schussbereit.

Als er die Sperre erreichte bot sich ihm ein surreales Bild. Borill hatte sich wieder in den Unterleib des unglücklichen verbissen und es sah aus, als würde er Psyko einen blasen! Wäre nicht das Blut überall um die beiden und der nicht enden wollenden Schrei von seinem Kameraden, hätte Jo das sogar glauben können, diesem Verrückten vor ihm war alles zu zu trauen.

Angewidert hielt er den Lauf seiner Flinte an den Hinterkopf des Zombies, doch bevor er den Finger am Abzug krümmen konnte, packte ihn eine Hand an der Schulter und riss ihn nach hinten.

Blitzschnell fuhr er herum und sah eine ausgemergelte Gestalt mit blassem, kränklichen Gesicht vor sich, wankend nach Gleichgewicht suchend.

Jo riss seine Waffe herum, legte sie an die Stirn der neu aufgetauchten Gestalt und drückte ab.

Der dumpfe Knall, den die Waffe normalerweise von sich gab, blieb diesmal aus, stattdessen hörte man nur ein metallenes ʼKlickʼ.

Instinktiv stieß er den Angreifer zurück, dieser stürzte und blieb überraschender weise keuchend am Boden liegen.

Ungläubig versuchte Jo noch die Situation zuzuordnen und aus dem Geschehenen in irgendeiner Weise schlau zu werden, als ein Schuss in sein Bewusstsein drang. Mit einem weiterer Schuss endete auch das Geschrei.

Verwirrt schaute er sich um.

Rick hatte den Zombie und Psyko mit jeweils einer Pistolenkugel erlöst und hielt nun die qualmende Pistole auf Bruno gerichtet, der am Boden lag und sich nicht mehr rührte.

„Knall ihn ab!“, brüllte Jo panisch.

„Beruhige dich, Mann“, fluchte Rick. „Muss ich denn alles selber machen? Schnapp dir den Kerl und bring ihn rein zu den Anderen!“, befahl er Jo und deutete mit der Pistole auf Bruno.

Jo erholte sich langsam wieder von seinem Schrecken und erkannte, dass er keinen Infizierten sondern einfach nur einen Kranken vor sich hatte.

Sofort als Rick wieder in die Wohnküche kam, schickte er Brill zurück in Carlas Quartier, das gleichzeitig auch als Behandlungsraum diente.

Als Jo hinaus geeilt war, hatte er Brill die Order gegeben, sich an die Innentür der Küche zu stellen. Von hier aus konnte er die Gefangenen in der Küche im Auge behalten und die Türen zu den anderen Räumen beobachten.

Xuo nahm Jo den kranken Bruno ab.

„Der glüht ja! Er muss die letzten Stunden auf der Toilette zugebracht haben.“ Rosa hatte sich wieder aufgerafft und versuchte sich nun etwas um Bruno zu kümmern. „Wir brauchen Carla!" Zögernd und verängstigt fügte sie noch hinzu: „Bitte!"

„Wenn sie mit Mark fertig ist, kann sie sich um ihn kümmern", erwiderte Rick. „Bist du wieder hier, Jo?", fragte er.

Jo schaute an sich herunter, schien die Frage nicht zu verstehen.

„Ob du geistig wieder hier bist", sagte Rick genervt. "Dass du Körperlich anwesend bist sehe ich ja selbst."

„Ach so..., klar..., bin wieder voll einsatzfähig, Boss!", antwortete er mit der linken Hand salutierend.

„Gut! Ich werde sehen, was unser Doktor macht, du passt hier auf." Kopfschüttelnd über so viel gesammelte Idiotie verließ er die Küche.

Vom Flur ging nach links und rechts jeweils eine Tür ab, hinter dem Raum auf der linken Seite befand sich noch eine Treppe in ein oberes Stockwerk.

Hinter der linken Tür hörte er Geräusche und Stimmen, eindeutig die von der Frau Doktor.

Rick beschloss erst die anderen Räume zu inspizieren, um vor weiteren, eventuellen Überraschungen sicher zu sein.

Er zog seine P9 aus dem Schulterhalfter, eine Pistole, wie sie auch bei der Bundeswehr eingesetzt wurde. Als Regierungsmitarbeiter war er einer der wenigen glücklichen gewesen, die bei Ausbruch der Seuche im Besitz eines Waffenscheines inklusive der dazu gehörigen Waffe gewesen war. Mehr als einmal hatte hatte dieser Umstand sein Leben verlängert.

Er öffnete die rechte Tür und späte hinein.

Der Raum war in etwa so groß wie die Wohnküche, schätzungsweise vier mal acht Meter.

Wie im Rest des Hauses war auch hier die Einrichtung alt, aber deshalb nicht ungemütlich. Ein großes, ausladendes Sofa, in verschiedenen, abgewetzten grün und braun Tönen dominierte den Raum. Flankiert wurde es von zwei ebenso bequem aussehenden Ohrensesseln. Im wuchtigen Schrank an der Wand stand ein uralter Röhrenbildschirm, für den ein Retrosammler sicher ein Vermögen bezahlt hätte.

Allerlei Figuren und Nippes standen auf dem Sideboard und auf kleinen Tischchen, an den Wänden hingen ein paar Bilder mit Engeln und Heilgenmotiven.

Rick wandte sich der Treppe zu, warf kurz einen Blick in die kleine Kammer darunter, in ihr befand sich bis auf einen leeren Plastikeimer nichts und ging dann vorsichtig die Treppe nach oben.

Drei Türen führten in angrenzende Zimmer.

Links von der Treppe und davor befand sich eine freie Fläche, gesichert durch ein wuchtiges Holzgeländer.

Er blickte nacheinander in jedes der drei Zimmer. Eindeutig handelte es sich um das Schlafzimmer der Bewohner hier, was er an den Isomatten und Schlafsäcken erkennen konnte, die überall herum lagen. Er zählte neun Schlafmöglichkeiten. In Gedanken ging er die Bewohner durch. Da waren die Ärztin und ihre Helferin, die Frau, die seine Männer vergewaltigt hatten, der rückgratlose Typ, der in der Ecke kauerte und der Chinese. Dann waren da noch der Kranke und die zwei Tote draußen, das machte zusammen Acht.

Mist, da fehlte einer!

Gerade, als er die Treppe wieder hinunter eilen wollte um seine Männern anzuweisen, dass sie erhöhte Wachsamkeit an den Tag legen sollten, vernahm er ein leises Geräusch aus dem Zimmer hinter sich.

Er lud seine Pistole fertig, indem er den Schlitten zurück zog und mit einem metallischen Klicken wieder vor sausen ließ. Dann näherte sich vorsichtig der Tür. Mit einem Tritt stieß er sie auf und richtete die Waffe in den Raum. Nichts war zu sehen. Er schlich zum Schrank, öffnete vorsichtig, die Pistole immer noch im Anschlag, die Türe, aber auch hier - nichts. Zuletzt ging er in die Hocke und schaute unter das Bett. Und siehe da, es hatte sich tatsächlich jemand versteckt. Ein Kind hatte sich hier verkrochen.

„Hej, du kannst ruhig hervor kommen, es wird dir nichts passieren!"

Das Kind rührte sich nicht. Genau das war der Grund, warum er Kinder nicht leiden konnte und er selbst mit 48 noch keine eigenen hatte.

„Hör zu Kleiner, entweder du kommst jetzt da raus oder ich zerre dich da unten hervor!", sagte er ungeduldig, er hatte keine Lust sich mit so einem Hosenscheißer herum zu ärgern.
Ganz langsam schob sich ein kleiner Kopf mit ängstlichem Blick unter dem Bett hervor. Es war ein Mädchen, das sich nun an die Bettkante drückte.
„Na, offensichtlich bist du kein Kleiner, sondern eine Kleine. Wie könnte so ein hübsches Mädchen wohl heißen?"
Das Mädchen stierte nur starr auf seine Füße.
„Probieren wir es einmal anders: Wie heißt du?", kam die Frage nun etwas überzogen.
Sein Gegenüber zeigte keine Reaktion.
Rick packte das Mädchen fest unter dem Kinn und drückte dessen Kopf gewaltsam zurück.
„Unser Spiel ist gar nicht so schwer. Hier sind die Regeln: Ich frage etwas und du antwortest! Ansonsten bekommst du eine Tracht Prügel, denn weißt du, ich kann unhöfliche, kleine Kinder nicht leiden." Er lies sie wieder los.
Mit gespielt engelsgleicher Stimme fragte er: „Wie heißt du denn, meine Kleine?"
„Florice",gab diese mit zitternder Stimme zurück.
„Na siehst du, es geht doch. Ich bin der Onkel Rick und ich habe nicht nur die Peitsche sondern auch ein Zuckerbrot", sagte er und hielt ihr einen kleinen Schokoriegel hin, den er aus seiner Tasche gezaubert hatte. „Du kannst ihn ruhig nehmen", sagte er, als sie zauderte.
Zögernd griff Florice zu, sie hatte viel zu sehr Angst, um den Riegel ab zu lehnen.
„Weißt du was? Wir beide treffen ein Abkommen, wenn du schön brav bist und machst, was ich dir sage, werde ich immer lieb zu dir sein, aber jedes mal, wenn du nicht gehorchst, werde ich jemanden erschießen. Vielleicht ist das dann jemand, den du sowieso nicht leiden kannst, dann ist das natürlich gut für dich, vielleicht aber ist es aber auch jemand, den du ganz doll lieb hast."
Erschrocken schaute sie ihn an.
„Du musst nämlich wissen, dass die Leute hier mir nichts bedeuten und belanglos für mich sind. Meinst du also, wir

können auf diese Weise überein kommen?"
Zögernd nickte das Mädchen.
„Gut, dann gehen wir jetzt nach unten zu den Anderen! Ach
und dieses Gespräch bleibt natürlich unter uns, in dem
Moment, wenn du mit jemandem darüber redest, muss ich
damit anfangen, die Leute zu erschießen."

Was nun?

„Der Verletzte hat einen traumatischen Pneumothorax. Ich war
gezwungen eine Pleurapunktion durch zu führen und habe..."
„Doktor," unterbrach Rick die Ärztin in ihren Ausführungen,
„bitte in verständlichen Worten."
Sie waren alleine in der guten Stube. Jessica und Brill wachten
bei Mark, die Anderen saßen weiterhin angespannt in der
Küche zusammen.
Die Angesprochene deutete ein erschöpftes Nicken an.
„Entschuldigen sie. Heute ist so viel auf mich eingestürmt.
Erst dieser seltsame Infizierte, dann der Tod von Borill und
Ralf und was ihre Männer mit Rosa getan haben, hat auch
nicht dazu beigetragen, dass ich entspannter an die Arbeit
gehen kann. Außerdem bin ich Ärztin für Allgemeinmedizin,
verdammt noch mal und kein Chirurg!"
„Ich verstehe ihre Aufregung, aber ich bin mir ganz sicher,
dass sie ihr Möglichstes tun werden und auch bereits getan
haben."

Wieder deutete Carla ein Nicken an.

„Also, einfach erklärt, die Kugel hat bei dem Verletzten eine Rippe durchschlagen und die Lunge verletzt. Dadurch gelang Luft in den Pleuralspalt, kurz und gut, er kann nicht mehr richtig, damit meine ich selbstständig Atmen. Jessica unterstützt zur Zeit seine Atmung mit einer Handpumpe. Er kann zwar immer noch selbst atmen, doch diese Handlung hilft ihm dabei. Eine weitere Folge kann sein, dass sein Herz von dem Gewicht und dem Druck der Lunge zusammengepresst wird, da sich der rechte Lungenflügel nach links verschieben kann. Einfacher lässt sich das wohl nicht erklären, ohne weiter in medizinische Bereiche auszuholen. Normalerweise müsste er sofort in ein Krankenhaus, dort könnte man ihm mit Sicherheit helfen, aber leider ist die Notrufnummer blockiert", sagte sie resignierend.

„Er hat gute Chancen, dass er die Sache übersteht, allerdings wird das wohl einige Zeit in Anspruch nehmen, er hat viel Blut verloren. Da die Lunge ein von Unmengen an Adern durchzogenes Gewebe ist, wirkt schon eine kleine Wunde so, als hätte er eine sehr große Verletzung. Außerdem müssen wir hoffen, dass er keine Entzündung bekommt, denn Antibiotika haben wir schon lange keines mehr."

„Und was ist mit den anderen Kranken?", fragte Rick während er an seinem ungesüßten Kamillentee nippte. Er hatte angeordnet, dass Xuo ihnen ein Getränk zubereiten solle, er war der Einzige der `Einheimischen´ gewesen, der geistig und emotional noch einsatzfähig war und nicht anderweitig eingebunden war.

„Wieder in für Laien verständlichen Worten bitte...", fügte er noch lächelnd hinzu.

„Bruno hat vermutlich eine Lebensmittelvergiftung. Ich habe ihm Kohletabletten verabreicht, die nehmen einen Teil der Keime und Bakterien auf, so dass er sie ausscheiden kann. Es war sehr freundlich von ihnen, dass sie erlaubt haben, dass er jederzeit die Toilette besuchen darf."

„Ich denke er stellt zur Zeit keine reelle Bedrohung für uns dar. Außerdem wäre es sicherlich kein Vergnügen die Küche zu betreten, wenn er sein würziges Bouquet dort verbreitet hat.

Aber entschuldigen sie, ich habe sie wieder unterbrochen", er forderte sie mit der ausgestreckten Hand auf ihre Ausführungen weiter fort zu setzen.

„Frank hat einen schweren Schock erlitten, das kann zu schweren psychischen Störungen führen, da kann ich ohne Beruhigungsmittel nichts machen. Ein ausgebildeter Psychiater könnte ihm sicherlich besser helfen als ausgerechnet ich.

Selbstverständlich hat Rosa auch einen Schock erlitten, des weiteren leichte vaginale und anale Verletzungen... Warum tun Männer so etwas?", brauste sie auf. „Wir sind die letzten Menschen und ihre Leute tun uns so etwas an! Vier Tote, vielleicht bald fünf und mindestens zwei Menschen, die vielleicht nie wieder lachen werden, an nur einem einzigen Tag, da ist es ja ungefährlicher in der Stadt spazieren zu gehen."

„Es tut mir leid, was meine Männer hier angestellt haben. Ich bin mit ihrem Handeln nicht immer einverstanden und wirklich nur zu meinem Selbstschutz mit diesen Stößeln zusammen."

„Aber sie befeligen diese Bestien!"

„Bitte versuchen sie mich zu verstehen, diese Männer akzeptieren meine Befehle nur, solange ich sie größtenteils selbständig agieren lasse. Wissen sie, ich wurde in Menschenführung unterwiesen und daher ist mir sehr wohl bewusst, wenn ich nur eine Kleinigkeit falsch mache, werde ich an die Infizierten verfüttert. Und auch auf die Gefahr hin, dass ich mich wiederhole, ich bin mit ihrem Verhalten keineswegs einverstanden. Des weiteren muss man erkennen, dass diese Männer nicht immer so waren, diese neue Weltordnung hat sie zu dem gemacht, was sie heute sind."

„Ja, aber nun kommt der wahre Charakter zu Vorschein. Wieso trennen sie sich nicht von ihnen?", wollte Carla wissen.

„Alleine? In dieser Welt? Keine Woche würde ich überleben, da mache ich mir nichts vor." Er nippte an seinem Tee. „Aber wissen sie, was für mich persönlich das Schlimmste dabei ist?"

Carla schüttelte leicht den Kopf.

„Das mag sich jetzt herzlos anhören, aber am meisten
vermisse ich gute Gespräche!"
Verwirrt schaute Carla ihn an.
„Tiefgründige Gespräche, wie mit ihnen, kann man mit diesen
Männern nicht führen. Einziges Thema bei ihnen sind
weibliche Rundungen und, sagen wir mal, hervorstechende
männliche Eigenschaften. Und das meine ich wortwörtlich."
Ein kurzes Lächeln stahl sich bei dieser Bemerkung auf die
Lippen der Ärztin.
„Vielleicht wechseln wir das Thema. Was haben sie vor der
Katastrophe gemacht, Herr Hubner?", fragte Carla.
„Wir sollten nicht so förmlich sein, nennen sie mich doch
Rick, Doktor", lächelte er sie gewinnend an.
„Gerne, aber nur wenn sie mich Carla nennen..."
Sie prosteten sich mit ihren Teetassen zu.
„Ich war persönlicher Assistent des Landesinnenministers von
Baden Württemberg. Meinen letzten Einsatz fand ich am
Robert-Bosch-Krankenhaus in Stuttgart. Speziell in der
dortigen Abteilung für Seuchen und Tropenkrankheiten um
über Änderungen in Bezug auf die Seuche meinem Chef, dem
Herrn Minister, sofort Bericht erstatten zu können."
„Ach, das ist ja Interessant, mein Studium hatte ich mit
Mikrobiologie begonnen. Ich bin erst später in die allgemeine
Medizin gewechselt."
„Oh, da wüsste ich einige Dinge zu Berichten, die für sie...,
die für dich", verbesserte er sich lächelnd, „interessant sein
könnten."
Er erhob sich und ging zu seinem Rucksack. Die
Eindringlinge hatten mittlerweile ihr Gepäck ins Haus
gebracht, was kein gutes Zeichen war, da das auf einen
längeren Aufenthalt hin deutete. Er zog eine angebrochene
Flasche Jack Daniels daraus hervor.
„Erlauben sie?", fragte er als er wieder vor ihr stand und
deutete an, ihr einen Schuss von dem Whisky in den Tee
gießen zu wollen.
Carla lächelte bejahend und streckte ihm ihre Tasse entgegen.
Nachdem beide Tees verfeinert waren, lies er sich wieder in
den Sessel sinken.

„Du scheinst mir die Vernünftigste hier zu sein, Carla und ich
möchte dir sagen, dass mir die Situation, in der wir uns zur
Zeit befinden überhaupt nicht gefällt. Denkst du, wir können,
trotz der vorgefallenen Missgeschicke, einen Weg finden,
miteinander auszukommen? Damit meine ich, deine Leute und
meine Leute, ohne dass sie Krieg miteinander führen?"
Carla schaute in ihre Tasse und dachte nach. „Das wird nicht
leicht, wir haben zwei Leute verloren und von Rosa mal ganz
zu schweigen. Ich denke Frank wird sich mit der Zeit wieder
erholen, normalerweise nimmt er immer alles auf die leichte
Schulter."
„Ich habe auch einen Mann verloren, ein weiterer liegt
vielleicht im Sterben und nach allem, was mir berichtet wurde,
trifft Psyko die Hauptschuld an der Sache mit dieser Rosa, er
hat die anderen verleitet und seine gerechte Strafe für seine
Verfehlung erhalten."
„Ich bin hier nicht der Boss, aber ich kann mit den Anderen
ein Gespräch führen, in den meisten Fällen hören sie auf mich
oder lassen sich zumindest von mir überzeugen", nickte Carla
zustimmend.
„Das wäre sehr schön, ich werde mir etwas einfallen lassen
um die momentane Situation etwas zu entschärfen.
Es ist schon spät und wir hatten einen langen Tag", stellte er
abschließend mit einem Blick auf die vernagelten Fenster,
durch die kein Lichtstrahl mehr einfiel, fest.
„Heute Nacht werden alle in ihren Zimmern schlafen. Die
Türen werden wir von außen verschließen und einer meiner
Männer wird im Vorraum Wache halten. Dir kann ich
zugestehen dich frei zu bewegen, wenn du mir versprichst
dich anständig zu benehmen und nichts anzustellen", Rick sah
sie mit einem gewinnenden Lächeln an.
„Den Gefallen werde ich dir gerne tun, großes
Indianerehrenwort", sagte sie, wobei sie zwei Finger ihrer
rechten Hand wie vor einem Schwurgericht erhob.
„Was wird mit dem Verletzten? Ich würde heute Nacht gerne
bei ihm bleiben."
„Das wird nicht nötig sein. Du kannst bei den Frauen oben
schlafen. Meine Männer werden nach dem Verletzen sehen

und sollte es Komplikationen geben, wissen wir ja, wo wir dich finden können", sagte Rick und erhob sich aus seinem Sessel. „Ich freue mich schon auf unser Gespräch morgen, es wurde heute Abend viel angesprochen, das noch nicht fertig ausgeführt wurde, aber jetzt wünsche ich dir und deinen Leuten eine gute Nacht."

Auch Carla erhob sich. „Auch mir hat das Gespräch mit dir sehr behagt, doch jetzt habe ich erst einmal noch viel zu überdenken."

Nachdem alle auf ihren Zimmern eingesperrt waren, wurde Brill dazu verdonnert, die erste Wache zu übernehmen. Mürrisch nahm er sich einen Stuhl mit ins Obergeschoss und bezog dort Posten.

Rick machte noch einen Krankenbesuch. Jo passte gerade auf Mark auf und betrachtete diesen interessiert.

„Tja," begann Rick, „die Frau Doktor sagt, er ist so gut wie tot. Ein paar Tage wird er noch unter schrecklichen Schmerzen vor sich hin vegetieren, bevor er langsam und jämmerlich ersticken wird."

Er machte ein betretenes Gesicht. „Er hat nicht die geringste Chance, am besten wäre es, irgend jemand würde ihn erlösen, aber die Frau Doktor weigert sich, sich seiner zu erbarmen..., armer Kerl." Freundschaftlich legte er Jo den Arm um die Schulter. „Dabei müsste es nicht einmal eine Spritze sein, kurz ein Kissen auf das Gesicht und er hätte es überstanden... Aber ich könnte das nicht. Um so etwas zu tun muss man schon ein echter Kerl sein, zumal man auch nicht mit seiner Tat prahlen dürfte, der Samariter müsste es für sich behalten", mit diesen Worten lies er Jo und Mark allein in dem Zimmer zurück.

Jos graue Zellen hatten noch nie sonderlich schnell reagiert, er war ein Mann für's Grobe, ein Mann für die Tat, Befehl erhalten hieß bei ihm Befehl ausführen, doch ohne Befehl war er verloren. Er war zwar nicht der Hellste, aber für seine Freunde war er immer da gewesen und er hatte sehr wohl verstanden, wie er seinem Kameraden helfen konnte.

Der Verletzte wehrte sich nicht, als das Kissen ihm das letzte bisschen Luft abschnitt, nur noch ein kurzes, letztes

Aufbäumen als das Leben ihn verließ.

Carla hatte die Nacht bei Rosa verbracht, und ihr etwas Trost gespendet. Frank hatten sie bei Bruno und Xuo untergebracht.
Lautes Pochen und Radau an der Tür des Nachbarzimmers schreckte alle früh morgens aus dem Schlaf.
„Macht die verdammte Tür auf, ich muss hier drinnen noch ersticken." Das war eindeutig Xuos Dialekt.
„Was soll den der Lärm?", kam die harsche Antwort. Jo, vermutete Carla richtig.
Die ersten Sonnenstrahlen drangen bereits durch die Ritzen ihrer selbstgebauten Wehr am Fenster und es versprach wieder ein schöner, sonniger Sommertag zu werden.
Sie hörte, wie die Nachbartür aufgeschlossen und geöffnet wurde.
„Boah, was ein Gestank!", hörte sie Jos erstickte, würgende Stimme. „Macht, dass ihr die Tür wieder zu kriegt und dann da drüben aufstellen!"
Als nächstes wurde ihre Tür aufgesperrt und geöffnet.
„Aufsteh'n meine Täubchen, wenn ich nicht schlafen darf, braucht ihr das auch nicht mehr", rief er in ihr Zimmer und machte sich daran, auch die dritte Tür zu öffnen.
Sanft weckte Carla Rosa auf. Diese erschrak, als Carla sie berührte, zuckte zusammen und schaute sie ängstlich und desorientiert an. „Alles gut, wir müssen aufstehen," sprach sie beruhigend auf Rosa ein.
Diese sah übernächtigt aus, was kein Wunder war, denn sie hatte sich lange in den Schlaf geweint.
„Was ist denn das für ein ekelhafter Gestank?", wollte Brill angewidert wissen.
„Hej, ich finde das auch nicht toll, wenn man Dünnpfiff hat und dafür nur ein Eimer zur Verfügung steht", wehrte sich Bruno.
„Ihr feinen Wachherren braucht euch gar nicht zu beschweren, ihr wart ja nicht die ganze Nacht mit dem Gestank eingesperrt", setzte Xuo noch aggressiv nach.
„Aber, aber, meine Herren," mischte sich Rick beschwichtigend ein, der gerade die Treppe herauf kam. „Wir

mussten Sicherheitsmaßnahmen ergreifen, damit niemand etwas unüberlegtes tut und da alle die Nacht nun wohlbehalten überstanden haben, möchte ich sie nun gemeinsam in die Küche bitten."

Zähneknirschend gingen alle nach unten, die Stimmung war mehr als gereizt.

Florice hatte sich müde an Jessica geklammert, die diese halb über die Schulter gelehnt trug. „Ich will aber nicht! Ich will oben bleiben, in meinem Zimmer!", nörgelte sie herum und versuchte sich aus Jessicas Armen zu entwinden.

„Florice, bitte komm mit uns nach unten", forderte sie Rick freundlich auf.

„NEIN! Ich will nicht!", bekam er zickig als Antwort.

„Florice, ich sagte bitte!" Das sagte er sehr freundlich, seine Betonung lag auf dem letzten Wort und seine Hand hatte er dabei mit Nachdruck auf seine Pistole gelegt. Nur Florice konnte diese Geste sehen, da er sich entsprechend zu ihr gedreht hatte.

Das Mädchen wusste sehr genau, was er damit andeuten wollte, es wirkte auf sie wie eine Frage: `Wen soll ich heute morgen erschießen?´

„Ich komme ja schon...", antwortete sie daher geknickt, entwand sich vollends aus Jessicas Armen und trottete mit hängenden Schultern die Treppe hinunter.

Carla schaute Rick bewundernd an. „Sie scheint einen Narren an dir gefressen zu haben!"

„Ja, sie ist ein richtiger kleiner Wonneproppen. Man muss sie einfach lieb haben...", gab Rick lächelnd zur Antwort.

Italienische Küche

.....

Dieser merkwürdige Schwindel ist fast noch schlimmer, als diese sporadisch, plötzlich auftretenden Schmerzen. Eigentlich hatte ich schon ganz vergessen, wie sich Schmerzen oder Schwindel anfühlen. Oder wie sich überhaupt irgendetwas anfühlt.
Es ist merkwürdig, anscheinend stellen sich alle Sinneseindrücke die ich in meinem alten Leben hatte, langsam wieder ein.
Ich muss mir noch überlegen, ob ich das als positiv oder negativ abhaken soll. Auf der einen Seite ist es sicherlich ein gutes Zeichen wenn meine Körperfunktionen langsam wieder zu mir zurück kommen, bisher kam ich mir meistens irgendwie Ferngesteuert vor, auf der anderen Seite kommen solche Dinge wie mein Geruchssinn langsam wieder. Wow, es stinkt nach Verwesung, gemischt mit einem kleinen Schuss Kacke und einem Spritzer Ammoniak, was wohl von der alten Pisse kommt. Es sind einfach zu viele Tote um mich herum!
Und zu allem Überfluss ist mein Geschmackssinn auch wieder da. Ich habe einen Geschmack im Mund als hätte ein toter Vogel hinein geschissen...
Vermutlich bekommt mein Ich auch langsam die Kontrolle über meine Innereien zurück, deshalb die stechenden Schmerzattacken.
Aber der Schwindel ist am seltsamsten, richtig ekelig.
Ich erinnere mich noch, für den Medikamententest musste ich einmal in der Woche zur ärztlichen Untersuchung und einen furchtbar langen Fragebogen ausfüllen. Diese Fragen betrafen alle möglichen Bereiche meiner Lebensumstände, auch so intime Dinge wie zum Beispiel wie oft ich Sex, mit oder ohne Partner/in hatte und wie es um meine Libido bestimmt war.
In diesem Fragebogen befassten sich ganze zwei Seiten nur

*mit Schwindel. Schwindel ist nicht gleich Schwindel musste
ich feststellen, es gibt wohl hunderte Arten von Schwindel. Die
Vertigo, so nannte es mein dortiger Arzt, ein langhaariger
Typ, der aus der Hippiezeit entsprungen schien, kann sich in
Dreh-, Schwank-, Lift-, Bewegungs- oder unsystematischen
Schwindel äußern. Wobei diese nochmals differenziert werden,
zum Beispiel ob rechts oder links drehend.
Ich glaube, ich habe alle auf einmal. Wirklich ein scheiß
Gefühl!
Wenn ich mir meine Mit- Leichen so ansehe, so habe ich den
Eindruck, als würde ich am stärksten von allen wanken.
Außerdem habe ich Hunger.
Mein Blick schweifte über die Straße. Ich wanke auf der
Hautstraße dieses Kuhkaffs entlang, so ist es auch kaum
verwunderlich, dass ich ein Restaurant entdecke, einen
Italiener.
Cool, eine Pizza wäre jetzt abgefahren.
Die Tische und Stühle waren einmal alles so hergerichtet
worden, dass die Leute vor der Pizzeria sitzen und gemütlich
den vorbei eilenden Autos und Passanten zusehen konnten,
während sie ihr schön kaltes Bierchen und eine
wahrscheinlich hausgemachte Pizza oder Pasta genossen.
Jetzt waren einige Stühle und ein Tisch umgeworfen, das
meiste Geschirr lag zerbrochen am Boden.
Ein Zombie hatte es geschafft sich zwischen den Beinen eines
Stuhles zu verfangen und lag nun einfach nur da, mit dem
Gesicht nach unten. Instinktiv wollte ich ihm Helfen, dass er
sich wieder befreien konnte. Als ich mich deshalb zu ihm
herab beugte, besann ich mich eines Besseren.
Der Typ war ganz offensichtlich einer des Bedienpersonals
gewesen, er hatte eine schwarze Schürze umgebunden und ein
schwarzes Hemd an. Der rechte Hemdsärmel hing in Fetzen,
bei dem Arm darunter fehlte die untere Hälfe, der Stumpf
endete wie sein Hemd ebenfalls in Fetzen.
Wie hatte er es wohl geschafft sich hier den Arm abzureisen?
Arme Sau...
Und was tat er da? Er lag auf dem Boden und reckte immer
wieder die Zunge heraus.*

Als ich genauer hinsah entdeckte ich die einzelnen Ameisen, die an ihm vorbei wollten. Ihr rotes Leben war nur ganz schwach, ich nehme an, dass bei Schwarmtieren sich das Leben nur im großen, nicht im Individuum anzeigte.

Es gab keinen Grund dem Typen zu helfen. Er schien irgendwie... Glücklich. Ein Lachen entrann sich meinem Hals. Na ja, eher ein leichtes Krächzen.

Über dem Eingang stand in italienischen Nationalfarben, Pizzeria Milano. Klar, wie sollte eine italienische Pizzeria auch sonst heißen!?

Merkwürdig, würde ein deutsches Restaurant mit gutbürgerliche Küche seinen Namen in den Farben schwarz, rot und gold, schreiben, würde es als Nazi- Treffpunkt verschrien.

Egal, für so etwas interessierte sich heute eh keiner mehr, schon gar nicht mein hirntoter Kumpane hier.

Eine neue, andere Welle des Gestanks traf mich, als ich das Lokal betrat. Es war ein leicht säuerlicher Geruch wie er einen auf einem Kompostplatz belästigt.

Die Küche war noch überraschend gut aufgeräumt, auf den ersten Blick würde ich sagen, es waren noch nicht einmal Plünderer hier gewesen.

Ein kleines Kühlhaus war an die Küche angeschlossen. Ich öffnete unbeholfen die Türe, taumelte einen Schritt zurück und stieß die Tür wieder ins Schloss.

Was hatte ich erwartet? In einem Kühlhaus bewahrte man verderbliche Waren auf! Seit Monaten gab es keinen Strom mehr und Hitze lag über der Stadt.

Schmunzelnd dachte ich daran, dass ich einen McDonald hätte aufsuchen sollen. Im Internet hatte ich mal einen Bericht gelesen, über eine Wissenschaftlerin, die ein Happy Meal oder so etwas gekauft hatte. Sie lies es sechs Jahre liegen und öffnete es erst nach dieser Zeit. Das Zeug sah aus wie frisch von der Theke! Nach sechs Jahren!

Genau betrachtet war diese Geschichte sogar noch viel ekeliger, als das, was ich hinter dieser Tür hier gerochen hatte.

Am Ende der Küche führten ein paar Stufen hinab in eine Art kleines Kellergewölbe. Die Regale auf der einen Seite waren gut befüllt mit Konserven, gegenüberliegend stapelten sich leere und zu meinem Entzücken auch volle Getränkekästen. Ich nahm mir eine Flasche Mineralwasser und versuchte mich am Verschluss. Da meine Motorik immer noch zu wünschen übrig lies, machte ich es wie die Russen und schlug den Flaschenkopf an einem Regal ab.

Mit dem ersten Schluck spülte ich mir den Mund aus und spuckte achtlos auf den Boden, dann trank ich einen großen Schluck, hustete, da alles in meinem Hals und Rachen zusammen zu kleben schien. Dann leerte ich die kleine Flasche in einem Zug.

Ich bin wohl der erste und einzige Zombie, der je kotzen musste!

Mein Gehirn arbeitet wohl noch etwas zu langsam. Jemanden, der tagelang nichts getrunken hat gibt man nur kleine Schlucke, da er sonst alles wieder heraus kübelt oder sogar daran sterben kann. Das weiß eigentlich jeder, der eine Folge Überleben in der Wildnis gesehen hat.

Mit dem Essen werde ich vorsichtiger sein. Als erstes führe ich mir ein paar Oliven aus einem Glas zu, die sollen ja angeblich gesund sein. Mein Geschmackssinn kommt übrigens auch langsam wieder zurück.

*Ahhh, Herrlich! Ich **liebe** Oliven!*

Unfalltour

Das Licht schmerzte in seinen Augen, also zwang er sie schnell wieder zu. Nur einen kleinen Spalt öffnen... Was war passiert?
Das letzte, an das sich Ed noch erinnerte, war, dass er auf seiner XT die fast freie A8 Richtung Ettlingen entlang gerast war und nun lag er am Boden.
„OK, ruhig bleiben, es wird kein Krankenwagen kommen, egal wie schlecht es dir auch geht", sagte er leise zu sich selbst.
Ganz langsam öffnete er die Augen. Die Überraschung war groß, als Ed feststellen musste, dass es kein helles Tageslicht war, dass ihn geblendet hatte. Es dämmerte bereits und bald würde es dunkel werden.
Schwerfällig setzte er sich auf. Sein Mund war trocken. „Für so `nen Scheiß bin ich einfach schon zu alt!", krächzte er zu sich selbst.
Er rappelte sich weiter hoch, doch ein stechender Schmerz im linken Knöchel lies ihn wieder in sich zusammmen sacken.
Mist! Er kannte dieses Gefühl. Mit seiner alten Kawa, einer KE 175, einer kleinen, sehr spritzige Zweitakt- Enduro hatte es ihn des öfteren zerlegt. Nie hatte er ernsthaft Schaden dabei genommen, aber die Knöchel und die Knie, die bekamen fast immer ein bisschen was ab.
Unwillkürlich musste er lächeln, als er an eine Begegnung aus Jugendtagen dachte. Er hatte seinen Führerschein gerade erst bestanden, das war vor fast 40 Jahren, da hatte ihn ein älterer Kollege, selbst Motorradfahrer, gefragt, ob er denn Motorrad fahren könne. Im großspurigen, jugendlichen Enthusiasmus hatte Ed die Frage natürlich bejaht. Darauf folgte die nächste Frage, wie oft er denn schon gestürzt sei? Stolze Antwort: Noch nie! Daraufhin hatte der Kollege ihn angelächelte und freundlich gemeint: `Dann kannst du auch nicht Motorrad fahren, denn wie willst du wissen, wie weit du in die Kurve gehen kannst, wenn du nicht die Grenze kennst und die Grenze kannst du nur kennen, wenn du sie überschritten hast.

Wenn du 20 mal gestürzt bist, dann kannst du behaupten, dass
du wirklich Motorrad fahren kannst!´
Mittlerweile konnte Ed sehr gut Motorrad fahren. Doch wie
gesagt, die meisten Stürze waren glimpflich ausgegangen.
Meist nur Schürfwunden, ab und zu auch mal eine
Verstauchung. Erst einmal hatte er etwas schlimmeres gehabt,
der Mittelfuß war mehrfach gebrochen gewesen.
Aber nicht immer war seine draufgängerische, oft auch
aggressive Fahrweise Schuld an seinen Stürzen gewesen. Als
Ganzjahresfahrer hatte er die Erfahrung machenmüssen, dass
sich besonders im Winter die Autofahrer ihm gegenüber
extrem Rücksichtslos verhielten. Häufig war es vorgekommen,
dass ihn ein Autofahrer nicht beachtete und von der Straße
abdrängte. Teilweise auch in voller Absicht.
Ein besonders krasses Beispiel dafür hatte sich ihm damals tief
eingebrannt.
Auf dem vierspurigen Adenauerring, einer viel befahrenen
Umgehungsstraße im Norden Karlsruhes, war er mit leicht
überhöhter Geschwindigkeit zwischen 80 und 100 km/h dahin
gezogen. Der Winterräumdienst hatte seine Arbeit gemacht
und die Fahrspuren waren geräumt, von daher waren keine
Probleme zu erwarten. Doch der Fahrer des Wagens, den er
gerade überholen wollte, baute kurz Blickkontakt auf, lächelte
zynisch und zog sein Fahrzeug rüber auf die Überholspur. Wie
durch ein Wunder stürzte Ed nicht, als er beim
Ausweichmanöver über den mit festgefrorenen Eisbrocken
übersäten Mittelstreifen rumpelte, der hier einfach nur durch
eine doppelte, durchgezogene Linie dargestellt wurde. Wie
durch ein weiteres Wunder gelang es ihm auch, dem
Gegenverkehr auf dieser stark befahrenen Straße
auszuweichen und wieder zurück auf die eigene Spur zu
wechseln.
Leider war das Arschloch da schon abgehauen...
Solche Dinge gingen Ed durch den Kopf, als er vorsichtig
seine Zehen bewegte. Dann drehte er das Sprunggelenk ein
wenig. Keine Probleme!
Es musste also eine Verstauchung sein, sehr schmerzhaft, aber
nichts ernstes. In einer Woche würde er wieder fit sein...,

sofern er es schaffen würde, wieder zurück zu kommen.

OK, nachdenken! Er war die Autobahn entlang gebrettert, es war herrlich gewesen, dann hatte sich irgendetwas in seinem Vorderrad verfangen und er legte mitsamt seiner Maschine einen Salto hin.

Das Anschmeißen des Motorrades würde schwierig werden, da er keinen elektrischen Anlasser hatte musste er den Kickstarter benutzen, was aber trotz seines Beines nicht unmöglich war.

Auf dem rechten Bein hüpfte er zu seinem Moped, streichelte liebevoll über den cromefarbenen Tank und betrachtete das Dilemma. Das vordere Speichenrad hatte sich so weit verformt, dass er es einen 16er und keinen 8er mehr nennen würde. Er musste wohl in einen Spalt geraten sein, denn selbst den Mantel hatte es von der Felge herunter gezogen.

„Armes Kleines," sagte er bedauernd, „aber das bekommen wir schon wieder hin." Versonnen streichte er weiterhin zart über den Tank.

Ihm war durchaus bewusst, dass die Reparatur wohl einige Zeit dauern würde.

Aber jetzt musste er zuerst einmal selbst nach Hause kommen und das zu Fuß. Keine Menschenseele würde ihn suchen, da von der restlichen Gruppe niemand eine Ahnung hatten, wo er sich herum trieb. „Vielleicht sollte ich den Anderen in Zukunft sagen, wo ich hin möchte", sprach er leise mit sich selbst.

Er checkte seine Armbrust und schulterte sie, zumindest war seine Waffe in einem Stück geblieben, nahm einen kräftigen Schluck aus der Wasserflasche und hüpfte zum Straßenrad, um dort nach einem großen Stock zu suchen, den er als Krücke verwenden konnte.

Die zehn Meter bis zum Waldrand zehrten seine Kräfte aus und er musste sich dort angekommen erst einmal kurz hinsetzen.

„Scheiße, hatte ganz vergessen, wie anstrengend das ist, nur auf einem Bein zu hüpfen."

Während seiner kurzen Pause blickte er sich um und entdeckte tatsächlich einen dünnen Stamm, der ihm geeignet erschien. Also riss er sich zusammen und hüpfte weiter.

Leider war der Stamm bereits viel zu morsch, er zerbrach problemlos, als er ihn zum Test gegen einen Baum schlug. „Kann den nicht einmal etwas klappen?", schimpfte er erbost in die beginnende Dunkelheit hinein.

Nach einem spektakulären Motorradunfall während eines Urlaubes in Ungarn, bei dessen Gelegenheit besagter Mittelfuß mehrfach gebrochen war, hatte er sich nach drei Tagen, die angefüllt waren mit Langeweile, den Gipsverband selbst aufgesägt und abgenommen, damit er wenigstens im Ballaton schwimmen, bzw. dort im Wasser herumtreiben konnte. Nach diesen Badetouren band er den Gips mit Spanngurten wieder zusammen. Warum sollte das jetzt nicht auch funktionieren?

Also hüpfte Ed unter großen Anstrengungen wieder zurück zu seiner XT und löste die beiden Spanngurte vom Gepäckträger. Als er wieder zurück am Waldrand war, waren bereits über eine Stunde vergangen, es wurde bereits dunkel und das für insgesamt nicht einmal 30 Meter Weg!

Er fand zwei armlange, dickere Stöcke, die er, mit schmerzverzerrtem Gesicht, seitlich an seinen Stiefeln festzurrte. Seine Springerstiefel waren dafür bestens geeignet, da sie recht starr waren und er freute sich, dass er heute nicht seine Turnschuhe angezogen hatte, mit ihnen wäre der Knöchel vielleicht sogar gebrochen.

Die Stöcke standen an der Unterseite etwas über und lenkten so den größten Teil des Gewichtes auf seinen Unterschenkel. Leider klappte das nur auf der Straße, im Wald konnte er damit nicht laufen, die Spitzen der Stöcke versanken im Boden, dadurch wurde wieder sein Knöchel voll belastet. Also hüpfte er auf dem Asphalt entlang.

Schon bald bemerkte er, dass, wenn er den verletzten Fuß belastete, durch einen stechenden, starken Schmerz bewusst wurde, dass er seinen Fuß trotz der Schiene nur immer sehr kurz einsetzen konnte.

In einer Mischung aus Hüpfen und Humpeln marschierte er, die Zähne zusammenbeißend, los in die Nacht.

Frieden

„Rick, würdest du bitte kurz zu mir kommen?" Carla stand betreten in der Türe zu ihrem Behandlungsraum.

„Aber natürlich, meine Liebe. Ich wollte sowieso gerade nach unserem Patienten sehen. Macht er Fortschritte?"

„Er ist heute Nacht verstorben", erwiderte sie sichtlich betrübt.

„Ich hätte bei ihm bleiben sollen! Es war ein Fehler ihn diese Nacht nicht unter ärztlicher Aufsicht zu stellen."

Rick trat ein. Das Gesicht des Toten hatte eine leicht bläuliche Färbung angenommen, ein leichter Geruch von Urin hatte sich in der Luft verbreitet.

„Nein, du hättest auch nicht mehr für ihn tun können, als du ohnehin schon getan hattest." Er legte eine Hand auf Carlas Unterarm und zog sie sanft zu sich her. Er schaute ihr in die Augen und sagte: „Dich trifft keine Schuld! Wirklich! Seine Zeit war einfach gekommen und jetzt ist er sicher in einer friedlicheren Welt." Mit diesen Worten ließ er sie tröstend an seine Brust gleiten.

Die Ärztin lies es sich gefallen. Es war so schön, sich einfach auch einmal selbst Trösten zu lassen, nicht immer nur die starke, tröstende Kraft zu sein. Einmal nehmen anstatt immer nur zu geben.

Nachdem Rick ihr eine Zeitlang sanft über das Haar gestreichelt hatte, meinte er: „Wir sollten zu den Anderen in die Küche gehen, damit wir planen können, wie es mit uns allen weiter gehen soll."

Schweren Herzens löste sich Carla von ihm, nickte und wischte sich die feuchten Augen trocken.

„Meine lieben Freunde...", begann Rick, alle hatten sich in der Küche versammelt.

„Freunde? Ich höre wohl nicht recht? Was..." weiter kam Jessica nicht, Carla hielt sie am Arm, als sie wütend aufgesprungen war und zog sie sanft aber bestimmt wieder auf ihren Sitz zurück.

„Mein Vorschlag wäre, wir hören uns erst einmal an, was er zu sagen hat, OK?", sagte sie in die Runde blickend.

Xuo und Bruno, dem es wieder deutlich besser ging, nickten zustimmend. Jessica schaute Rick böse an, dann gab auch sie widerwillig ihr Einverständnis.

„Sie hat recht, das war ohne Zweifel die falsche Wortwahl", startete Rick seine Rede erneut.

Hinter ihm kicherte Jo, wurde aber nach einem strafenden Blick seines Bosses sofort wieder still.

„Wir sind keine Freunde und vielleicht werden wir auch niemals welche werden, aber wir sollten lernen zumindest miteinander aus zu kommen. Es gibt auf beiden Seiten Verletzte und Tote zu betrauern, aber ich gebe zu bedenken, dass die beiden Hauptverantwortlichen für diesen Überfall unter den getöteten Opfern sind. Die Initiatoren für dieses Viasko waren Mark und Psyko.

Diese beiden", er zeigte zu Jo und Briller, „waren nur Mitläufer, die man nur bedingt für ihre Taten zur Verantwortung ziehen kann.

Jessica schüttelte erbost den Kopf, hielt jedoch ihren Kommentar zurück.

Selbstverständlich trifft auch mich eine gewisse Mitschuld. Ich war zwar zum Zeitpunkt des Überfalls auf Erkundung und bin daher erst zu spät zu euch gestoßen, hätte aber bemerken müssen, dass die beiden Toten hinter meinem Rücken etwas planten, nachdem wir euren Hof entdeckt hatten."

„Aber Boss", begann Jo, wurde aber sofort durch eine bestimmte Handbewegung zum Schweigen gebracht.

Rick drehte sich um zu seinen beiden verbliebenen Männern.

„Ihr beide dürft auch gleich etwas sagen, nämlich dass ihr euch bei allen hier entschuldigt, dass alles aus dem Ruder gelaufen ist, dass ihr das nicht wolltet. Ganz besonders werdet ihr euch bei der Dame entschuldigen, die sich Rosa nennt."

Wiederworte von seinen Männern lies er nicht zu, danach drehte er sich wieder zu den Farmleuten um.

„Ich möchte mich hiermit in aller Form bei euch entschuldigen und euch bitten, zu überlegen, beziehungsweise euch diesbezüglich zu besprechen, ob ihr uns hier aufnehmen wollt."

Jessica fiel das Gesicht herunter. Sie wollte sprechen, etwas jähzorniges erwidern, doch ihr fehlten einfach die Worte bei solch einer unglaublichen Unverschämtheit.

„Damit ihr das in Ruhe machen könnt, werden wir uns zurückziehen und euch solange hier alleine zur Besprechung lassen, wie ihr benötigt."

Von beiden Seiten war ein Raunen zu vernehmen. Seine eigenen Leute brachte er wieder mit einer raschen Handbewegung zum Schweigen.

„Die Zukunft wird so aussehen, wenn ihr entscheidet, dass wir bleiben können," fuhr er unbeirrt fort, „werdet ihr drei zusätzliche, gut ausgebildete und motivierte Kämpfer hier haben, die euch bei allen euren Vorhaben eine wertvolle Unterstützung sein werden. Solltet ihr euch dagegen entscheiden uns hier auf zu nehmen, werden wir unsere Siebensachen zusammen packen, unsere Wasservorräte auffüllen und dieses schöne Örtchen wieder verlassen, ohne dass noch jemandem etwas geschieht, völlig friedlich. Wir werden uns jetzt nach draußen zurück ziehen, damit ihr euch in aller Ruhe beraten könnt und nochmals meine Bitte, wägt das Für und Wider gut gegeneinander ab."

Als Rick den Raum mit seinen Männern verließ blieb tatsächlich keine Wache zurück.

„Dieses Ansinnen ist eine Unverschämt! Sie werden auch nicht einfach abziehen, das ist eine Falle! Wir sollten die Gelegenheit nutzen, bewaffnen wir uns mit Küchenmessern und wenn das Pack wieder herein kommt erledigen wir sie gleich an der Tür!", stieß Jessica erbost hervor und hieb mit der Faust auf den Tisch.

„Langsam, Jessica", bremste Carla sie ein. „Ich denke, wir sollten unsere Lage und das Angebot erst ausdiskutieren."

„Da ist schon was dran, an dem, was der Kerl gesagt hat", pflichtete ihr Bruno in überlegendem Ton bei.

„Für mich hört sich das, was Rick sagt, sehr vernünftig an und wir können niemanden für das Tun anderer verantwortlich machen." Carla schaute abschätzend in die Runde.

Frank saß nur träge und lustlos am Tisch und auch Rosa schien überraschenderweise eher desinteressiert zu sein.

„Dass du für den Kerl Partei ergreifst, ist mir schon klar", brauste Jessica wieder auf. „Das sieht doch ein Blinder mit seinem Krückstock, dass du von dem was willst."

Carla hatte ein leichtes Funkeln in den Augen, doch es war schwer zu deuten, ob sie sich betroffen fühlte oder ob sie eher belustigt war. „Bitte bleib sachlich, wir müssen jedes Plus und Minus gegeneinander abwägen."

Xuo meldete sich zu Wort. „Tatsache ist, dass wir immer weniger werden, wir waren mal zwölf und jetzt sind wir von neun auf sechs zusammengeschrumpft."

„Und wem seine Schuld ist das? Doch wohl nicht unsere! Die Typen da draußen, die sind an unserer Lage schuld!" Jessica deutete mit ihrem Finger wütend nach draußen. „Ed würde mir zustimmen!"

„Trotzdem hat dieser Typ recht und leider wissen wir nicht wo Ed ist, den haben vielleicht auch schon die Fleischfresser geholt", warf Bruno ein. „Na und der Typ kann ja wohl wirklich nichts dazu und die Rädelsführer sind ja tot, wie du eben gehört hast."

„Jessica, es ist so wie Xuo und Bruno es sagen, wir brauchen Leute, die Lebensmittel suchen und uns Helfen können eine Verteidigung aufzubauen und diese drei Männer dort vor der Türe können kämpfen. Borill ist nun mal nicht mehr, das ist hart, aber Tatsache. Und wen willst du auf Besorgungstour schicken? Frank?" Carla schaute sie fragend an, ihre linke Hand deutete zu dem Nervenbündel am Ende des Tisches.

„Rosa, sag du doch auch mal etwas dazu!", Jessica wirkte nun etwas hilflos.

Die Angesprochene schien aus ihrer Lethargie zu erwachen und blickte auf. „Wenn einer von denen auch nur noch einmal in meine Nähe kommt, werde ich ihm die Eier abschneiden", sagte sie völlig ruhig und eher beiläufig, so als wäre es die selbstverständlichste Sache der Welt.

„Mit dem Kerl wirst du noch echte Schwierigkeiten bekommen, Carla", sagte Jessica nvorraus.

Die Diskussion wogte noch etwas hin und her, doch das Ergebnis zeichnete sich bereits klar ab und die Abstimmung

brachte daher keine Überraschungen mehr.
Drei von ihnen stimmten dafür, nur einer war klar dagegen
und zwei enthielten sich der Stimme.

Rick packte Jo wütend am Kragen und drückte ihn grob an die
Hauswand. „Wenn ich rede, hältst du gefälligst deine Klappe!"
„Ja, klar doch, Mann, also Boss...", stotterte der drangsalierte
nervös herum. „Aber ich versteh das nicht, warum sollen wir
hier einfach weg? Die haben hier doch alles..."
„Genau deswegen bin ich der Boss und ihr beide die
Befehlsempfänger, weil ich nachdenke", er ließ den
Bedrängten wieder los, richtete dessen Kragen wieder etwas
zurecht und fuhr mit seiner Erklärung ruhig fort. „Wir sind nur
noch zu dritt, das macht es uns unmöglich, solch eine große
Gruppe rund um die Uhr zu beaufsichtigen, irgendwann
werden wir nachlässig sein und dann werden sie uns nachts
die Kehlen aufschlitzen."
„Dann knallen wir sie doch einfach gleich ab!", kam die
Grinsende Antwort von Jo. „Wir können uns ja zwei der
Mädchen aufheben, für die schwierigen Arbeiten und so",
dabei bewegte er seinen Unterleib vor und zurück und hielt
dabei eine imaginäre Hüfte vor sich fest.
Rick schüttelte resigniert den Kopf, legte Jo freundschaftlich
den Arm um die Schulter, ähnlich wie er es bei Psyko am
Vortag gemacht hatte, jedoch diesmal ohne seinen Mann an
den Türrahmen zu stoßen.
„Wir brauchen diese Leute nicht nur um den Hof hier zu
betreiben, sondern auch, deshalb, weil eine größere Gruppe
mehr Sicherheit bietet. Was willst du denn tun, wenn auf
einmal solche Arschlöcher wie ihr vor unserer Türe stehen?
Ich sag´s dir. Die werden uns alle machen. Deshalb dürfen die
da drinnen eine freie Entscheidung treffen, sind sie für uns,
haben wir ganz neue Möglichkeiten, sind sie gegen uns,
werden wir auf deinen Vorschlag zurück kommen und erst
einmal die Männer und diese Kampflesbe erledigen. Dem
Doktor darf nichts geschehen, so jemand ist unersetzlich."
„Verstehe," sagte Jo blöde kichernd nach einer kurzen Pause,
„ist zwar nicht mehr die Jüngste, sieht aber noch verdammt

gut aus!"

„Nein, du Idiot!" Rick gab ihm einen Klaps auf den Hinterkopf, „Sie ist *Ärztin*! Das ist heutzutage mehr wert als Gold.

Ach, und noch etwas, sollten sie für uns stimmen, werdet ihr euch erst einmal vorbildlich benehmen und euch natürlich bei der kleinen Schlampe entschuldigen und zwar so, dass es sich echt anhört. Außerdem werdet ihr in Zukunft gefälligst eure Schwänze in der Hose lassen! Die haben Hausarest und dürfen ohne Aufforderung nur noch zum pissen raus! Ist das klar!?"

„Ja, Boss", erwiderte Jo kleinlaut.

„Yes, Sir", salutierte Brill grinsend.

Rick sah sich seine Männer zufrieden an. Erst jetzt entdeckte er das kleine Mädchen, dass an der Hausecke stand und sie vermutlich bereits die ganze Zeit über belauscht hatte.

Als Florice bemerkte, dass sie die Aufmerksamkeit der Männer auf sich gezogen hatte, lief sie ohne weiter nachzudenken davon.

„Was glotzt ihr denn so? Schnappt euch die Göre!"

Brill und Jo spurteten gleichzeitig los.

Die Erwachsenen waren schneller als das Mädchen, doch immer wieder konnte sie durch Haken schlagen im letzten Moment den nach ihr grapschenden Händen ausweichen.

Die Großen waren zwar schneller, doch sie kannte sich hier aus und diesen Heimvorteil nutze sie. Sie schaffte es in den Schuppen und schoss regelrecht eine Leiter zum Heuschober empor.

Im letzten Moment bekam Brill noch mit den Fingerspitzen ihren Schuh zu packen und hakte sich an der Ferse ein.

Panik umklammerte Florice kleines Herz, doch mit zwei, drei kurzen Rucken schaffte sie es den Schuh von ihrem Fuß zu lösen und sie kam wieder frei.

Sofort stürmte sie die Leiter vollends empor, während Brill fluchend den Schuh betrachtete und wertvolle Sekunden verlor.

Nun erklomm auch er die Leiter.

Oben angekommen hatte Florice bereits eine Verriegelung gelöst, etwas, das ihr Ed, der hier oben sein Lager eingerichtet hatte und hier normalerweise im Stroh schlief, einmal gezeigt hatte und stieß die Leiter von sich weg. Das bedeutete keinen Kraftakt, da sie senkrecht an der Wand stand und nur von diesem Riegel gehalten wurde.

Ohne einen Schrei klammerte sich Brill an der Leiter fest und und nahm aus den Augenwinkeln war, wie der Boden sich schnell näherte.

Er war noch keine zwei Meter hoch gewesen, doch da er sich verzweifelt an der Leiter fest klammerte kam der Aufprall hart. Mit einem Stöhnen entrang sich die Luft aus seinen Lungen. Im ersten Moment war es ihm nicht möglich weiter zu Atmen und alles, was er wie durch einen Nebel wahrnahm, war das Gelächter seines Kameraden.

„Du hast dich von einem kleinen Mädchen fertig machen lassen!" Jo zeigte mit dem Finger auf den Gestürzten und lachte lauthals.

„Halt´s Maul! Was ist los? Und wo zum Teufel ist die Kleine?", dröhnte es hinter ihm.

Sofort hörte der Angebuffte auf zu lachen. „Die ist da oben festgenagelt!"

„Und wer passt hinten auf? So ein Heuschober hat immer eine Luke!", fuhr Rick den verdutzen Jo an.

Während Brill sich aufrappelte und es wieder schaffte nach Luft zu japsen, stellte Rick die Leiter wieder an und stieg sie hinauf. Oben war kein Kind mehr zu sehen, nur die Luke stand weit offen. Als er dort hinunter sah, stand Jo unterhalb der Öffnung dumm herum und sah sich am Kopf kratzend suchend um.

Offenbar hatte Florice in der Zwischenzeit den Boden durch eine Luke heraus wieder verlassen und hatte sich an dem dort befestigten Seil herab gelassen.

Nicht allzu weit entfernt, war ein kleiner Bachlauf, eher ein Rinnsal, aber dieses Rinnsal war tiefer liegend als der Rest der Umgebung und hatte ein breites Bett, dort versteckte sie sich jetzt.

Die drei Männer brachen die Jagd ab und als sie kurze Zeit später die Wohnküche betraten, waren sie wieder etwas her gerichtet und bei Atem.

„Bevor wir eure Entscheidung annehmen, möchten meine Männer noch etwas los werden", sprach Rick. „Brill! Bitte..."

Brill trat einen Schritt vor und begann: „Also das tut uns echt leid, ich weiß echt nicht, was da in uns gefahren war und wenn ich könnte, würde ich das alles nochmal zurückspulen, aber das geht ja leider nicht. Also ich hoffe echt, ihr könnt uns nochmal verzeihen, ...die Hormone eben."

„Jo...!"

„Ja, da hat der Brill recht!", kurz und knapp, war alles was Jo zustande brachte.

„Meine Entschuldigung hatte ich euch ja bereits unterbreitet, mich drängt es dennoch, mich nochmals für das Verhalten meiner Männer zu entschuldigen und nochmals um Verzeihung zu bitten, egal wie eure Entscheidung auch ausgefallen ist und selbstverständlich werde ich die volle Verantwortung für die Taten übernehmen und mich eurem gerechten Urteil unterwerfen."

Carla übernahm nach einer kurzen Pause das Wort. „Wir haben zusammen beschlossen euch hier aufzunehmen, allerdings verlangen wir als Bedingung, dass ihr euch hier einbringt. Wir werden Entscheidungen weiterhin unter uns demokratisch treffen. Ihr habt mit zu arbeiten und euch unseren Entscheidungen und Gepflogenheiten unter zu ordnen!"

Während Rick ein triumphierendes Lächeln nur schwer zurückhalten konnte, stand Jessica Zähneknirschend auf und ging nach draußen. „Ich brauch frische Luft!", giftete sie.

.....

Nachdem ich die letzten Stunden, vielleicht sogar Tage, im dunklen Vorratsraum der Pizzeria verbracht hatte, habe ich beschlossen, doch wieder nach draußen zu gehen. Oliven,

Weinbeerblätter in Öl und gefüllte Peperoni hängen mir jetzt dann doch zum Hals heraus und das, obwohl ich nicht mal mehr einen richtigen Geschmackssinn habe! Wer hätte gedacht, dass ein Zombie zu solchen Gefühlen fähig ist. Juhu, mein Sarkasmus funktioniert auch wieder.

So langsam bekomme ich die Kontrolle über meinen Körper immer mehr zurück, aber scheiße, tut das weh. Am ehesten kann man das vielleicht noch mit einem sehr starken Muskelkater vergleichen. Wenn man die Muskeln bewegt schmerzt es im ersten Moment, danach wird es aber zusehends besser, nur dass es bei mir den ganzen Körper betrifft.

Immer öfter denke ich bei mir, vielleicht wäre es besser gewesen, ich wäre Hirntot geblieben...

Es nützt nichts, ich muss das ausstehen und mich durchbeißen. Ich hatte seit gestern keinen Aussetzer mehr, wenn ich es mir recht überlege, habe ich heute Nacht sogar richtig geschlafen, so richtig mit Träumen! Diese Art von Träumen, an die man sich nachher nicht mehr erinnert, was, wenn man meine jüngste Vergangenheit betrachtet sicherlich von Vorteil für mich ist.

Meine fehlenden Erinnerungen kommen übrigens auch wieder zurück, mein Name ist Rolf, ich hatte meinen Wohnsitz in Linkenheim bei Karlsruhe und war zuletzt Arbeitslos.

Was wohl meine Eltern und mein Bruder machen? Leben sie noch? Oder noch schlimmer, leben sie wieder? Vielleicht ist dieses langsame wieder Erwachen bei mir auch erblich bedingt, dann müsste bei ihnen jetzt auch die Metamorphose zurück in lebende, selbstständig denkende Wesen einsetzen. Vielleicht waren sie aber auch einfach nur tot! So wie alles andere um mich herum auch.

„Chrrr chrrr", drückte ich zwischen meinen Überlegungen immer wieder heraus, nur um meine Stimme zu trainieren und wieder zurück zu erlangen. Mit der Sprache hatte ich überraschender Weise die größten Probleme.

Ich kam an einem Haus vorbei, an dessen Tür ein undefinierbarer Klumpen hing. Einer meiner Kollegen aus `Zombie- Town´ tat sich daran gütlich.

Ich erkannte die vielen kleinen roten Lebenspunkte darauf, es waren tausende.

„Hej, Kumpel, davon wirst du auch nicht satt", wollte ich sagen, heraus kam nur: „Chey Ummbl, aaaa vvvvv uuu uuu iiich aaaa."

Was für ein Gestammel, wie in den alten Zombiefilmen. Ein Lächeln konnte ich mir bei dem Gedanken nicht verkneifen. Das Lächeln gefror mir, als ich erkannte, was da an der Tür hing.

Vermutlich handelte es sich dabei ursprünglich um eine Katze. Ja, der Rest des Schwanzes sah aus, wie von einer getigerten Katze.

Irgendjemand hatte sie mit dem Schwanz in die obere Leiste der Tür geklemmt, vermutlich, damit ihr Geschrei die Zombies ablenkt. Der Plan war ganz offensichtlich gelungen. Meine Artgenossen hatten den größten Teil des kleinen, wehrlosen Stubentigers zerrissen. Von den verwesenden Resten ernährten sich nun die Maden, die ihrerseits gerade gefressen wurden.

Wie konnte man nur so verzweifelt sein und so etwas seinem geliebten Haustier, das einem Vertraut hatte, antun?

Tja, Katze, so sind die Menschen nun mal, sie opfern alles Andere für ihr eigenes, jämmerliches Dasein. Vielleicht ist es besser, wenn unsereins vom Angesicht der Erde getilgt wird. Obwohl die kleinen roten Punkte, die die Maden für mich darstellten, durchaus eine gewisse Anziehungskraft auf mich ausübten, beschloss ich keine von ihnen zu fressen.

Thailändische Küche passt einfach nicht mit der italienischen zusammen.

Florice´s Flucht

Nachdem es Florice mit Hilfe der Deckung einiger Sträucher
gelungen war ungesehen bis in die Rinne zu kommen, atmete
sie tief durch. In der Rinne konnte bei starkem Regen das
Wasser ablaufen, doch es war schon seit Wochen kein Regen
mehr gefallen, daher war es auch hier drinnen trocken. So
konnte sie sich relativ schnell, in gebückter Haltung, ein
großes Stück Weg entlang der Straße vorwärts bewegen, weg
vom Hof und den Menschen, die eigentlich ihre neue Familie
hätten sein sollen. Wo sollte sie jetzt hin? Zurück konnte sie
nicht, die bösen Männer würden sie und alle die sie liebte
umbringen, der eine Mann hatte es gesagt. Sie hatte früher
Filme gesehen und wusste sehr genau, wie das ganze Ablaufen
würde.
Eine ganze Stunde war sie schon ohne Pause unterwegs
gewesen, als ein für sie undefinierbares Geräusch sie
aufhorchen lies und ihre trüben, müden Gedanken unterbrach.
Es hörte sich an, als würde jemand etwas sehr großes über die
Straße ziehen.
Vorsichtig spähte sie über den Rand der Rinne, um nach der
Ursache des Geräusches zu sehen.
Ihre Augen wurden groß wie Unterteller und ihr Puls
beschleunigte sich mit einem Schlag um fast das Doppelte.
Dort näherte sich eine große Herde dieser Monster, das
mussten hunderte von ihnen sein!
Tatsächlich waren es nicht einmal 30 lebende Leichen, was
natürlich bereits mehr als genug war. Es handelte sich um
einen Teil der Toten, die von Ed mit dem Motorrad aus der
nahen Stadt gelockt wurden und die, nachdem ihr Futter ihnen
entkommen war, instinktiv der Straße weiter gefolgt waren.
Panisch sah Florice sich nach einer Versteckmöglichkeit um.
Eine Betonröhre hatte ein Stück weit zurück unter der Straße
hindurch geführt, vielleicht würde sie sich dort verstecken
können.
So schnell sie sich traute eilte sie zurück zu dem kleinen

Durchlass.

Zwischendurch riskierte sie immer wieder einen Blick zu der Horde.

Ein Stechen in ihrem schuhlosen Fuß lies sie zusammen zucken. „Autsch!" Sofort presste sie sich die Hand auf den Mund, doch der leichte Aufschrei war bereits entwichen.

Die vorderen drei Zombies spurteten los, in Richtung des Geräusches. Es war erstaunlich, wie ihr Gehör funktionierte und wie schnell sie sich bewegen konnten, wo sie doch eigentlich tot waren.

Die Röhre war nur noch wenige Meter entfernt. Halb humpelnd und auf der Fußspitze laufend erreichte Florice gerade noch rechtzeitig. Für einen Erwachsenen wäre sie wahrscheinlich zu eng gewesen, aber ein Kind wie sie, mit unter 50 Kg Körpergewicht passte locker hinein.

In der Mitte der Röhre igelte sie sich ängstlich zusammen und wartete ab.

Der erste Sprinter hatten nun die Stelle erreicht, an der sie aufgeschrien hatte. An den Geräuschen erkannte sie, dass mindestens eines der Wesen in die Kuhle gestürzt war und nun in der Rinne auf ihr Versteck zu kam.

Florice presste fest ihre Augen zusammen und als sie zu schluchzen begann, biss sie sich in den Handballen um nicht laut los zu heulen. Als sie Geräusche direkt neben ihrer Röhre vernahm, riskierte sie einen verstohlenen Blick. Schlabbrige, verschmutzte Jeans wankten gerade vorbei und sie presste schnell wieder die Augen zusammen.

Mittlerweile bewegte sich das Schlurfen der restlichen Gruppe über sie hinweg. Es schien wie ein Dröhnen, das bis tief in ihre Glieder drang.

Lange blieb sie dort zusammengekauert liegen, noch als sie längst nichts mehr von der Gefahr hörte traute sie sich nicht aus ihrer Röhre heraus.

„Autsch", stöhnte sie noch einmal, dieses mal aber leise, nur zu sich selbst und betrachtete die Bissspur in ihrer linken Hand, die sie sich selbst zugefügt hatte. Man erkannte den Abdruck ihrer kleinen Zähnchen in dem rot- blauen Bett auf ihrem Handballen. Es schmerzte, doch es blutete nicht.

Ein Stechen in ihrem Fuß erinnerte sie daran, dass sie vorhin in etwas getreten war.

Eine kleine Glasscherbe schaute aus ihrem Socken hervor.

Tränen traten ihr in die Augen.

„Das gibt bestimmt eine Blutvergiftung, dann muss ich auch sterben und so herum laufen..."

Sie straffte sich. „Nein! Das will ich nicht!"

Das Mädchen hielt kurz die Luft an und zog die Scherbe mit einem Ruck heraus. Sie hatte Glück gehabt, die Scherbe war nicht sehr tief eingedrungen, dennoch war ein kleiner blutgefüllter Schlitz zu sehen.

Als sie einmal einen Splitter im Daumen hatte, blutete es furchtbar, als Carla diesen heraus zog. Florice hatte sich furchtbar erschrocken und Angst gehabt zu verbluten, doch die Ärztin hatte sie beruhigt und ihr erklärt, dass sie mehr als genug Blut in sich hätte und dass es durchaus sein kann, dass das Blut einige Bakterien und Verunreinigungen mit aus der Wunde heraus spült.

Also drückte sie jetzt das Fleisch um die kleine Wunde zusammen, so dass noch einige Tropfen Blut mehr heraus quollen.

Als sie das Blut auf ihrer Hand und ihrem Fuß mit einem Taschentuch und Spucke, Tante Rosa sagte immer Hexensalbe dazu, weggewischt hatte, überkam sie wieder Melancholie beim Gedanken an ihre neue Familie. „Hoffentlich bemerkt ihr die Untoten noch rechtzeitig, nur die bösen Männer, die dürfen sie gerne Fressen."

Sie krabbelte aus ihrem Loch heraus und sah traurig noch einmal zurück, in die Richtung, wo sich ihr Zuhause befand.

„Ich muss weg von der Straße, hier ist es zu gefährlich. Ich werde lieber in den Wald gehen, Wölfe und andere wilde Tiere gibt es hier ja bestimmt eh keine", sprach sie sich selbst Mut zu.

Also ging sie los, ohne Essen und Trinken, alleine und Hoffnungslos, mit nur einem Schuh und einem Taschentuch um den anderen Fuß gewickelt, direkt in den Wald, auf geradem Wege nach Königsbach.

Vermisst

„Es ist wirklich schön, dass wir alle zueinander gefunden haben", stellte Rick fest.

„Ja", erwiderte Carla kurz und hakte sich bei ihm unter. „Wir müssen später auch noch die Beerdigungen vorbereiten. So viele gute Männer...", seufzte sie schwermütig.

Doch sie verdrängte die düsteren Gedanken schnell wieder, jetzt wollte sie nur diesen kleinen, gemütlichen Spaziergang über den Hof genießen. Carla plante Rick den kleinen Garten der Gruppe zeigen.

Der Garten war hauptsächlich Rosas und Franks Verdienst. Beide kümmerten sich hingebungsvoll darum. Er war nicht groß genug, um sie alle autark zu ernähren, aber er brachte zumindest etwas frisches Gemüse auf den Tisch.

Es stand bereits vieles in voller Blüte und der Rhabarber konnte schon Stück für Stück geerntet werden, wobei Rosa allerdings darauf bestand, dass man ihn nicht in großen Mengen roh zu sich nahm, da er Giftstoffe enthalte. Sie machte in ihrem alten Holzofen daraus einen herrlichen Kuchen, wenn sie irgendwo Mehl fanden und aus den Wurzeln stellte sie ein natürliches, aber starkes Abführmittel für ihren Kräuterarzneischrank her. Rosa schwor auf natürliche Arzneimittel und über kurz oder lang würden wohl alle Menschen nur noch auf natürlich gewachsene Arzneien zurückgreifen können.

Jetzt war sie gerade damit beschäftigt trockenes Gras unter den Erdbeerpflanzen anzuhäufen, damit die Früchte später nicht direkt auf der feuchten Erde lagen und zu schnell faulten. Carla schaute sich um. „Ist Florice nicht bei dir?", fragte sie Rosa. Diese schaute auf und reckte ihren Rücken.

„Nein, ich dachte sie ist im Haus. Vielleicht macht sie ja auch mit Jessica irgendwelche Übungen." Rosa hatte sich wieder in den Griff bekommen, die bösen Erinnerungen verdrängt und sich mit Gartenarbeit abgelenkt.

„Wie geht es Frank?", fragte Carla mitfühlend.

„Der liegt nur auf seinem Bett und starrt die Decke an",

seufzte die Gefragte ermattet.

„Du musst ihn unbedingt dazu bewegen, dass er etwas sinnvolles tut", ordnete die Ärztin an.

„Ich? Nein! Ich bin genug damit beschäftigt meine eigene Seele wieder zu ordnen, diesmal muss er selbst klar kommen!" Rosas Antwort klang sehr viel gereizter, als sie hätte sein sollen.

Carla ging zu ihr hin und schloss sie tröstend in die Arme.

„Ist Ok", sagte Rosa, erwiderte aber ihre Umarmung. „Ich komm schon klar damit. Muss ja", setzte sie noch mit einem leichten Schluchzen hinzu. Dann straffte sie sich und wendete sich wieder ihrer Gartenarbeit zu.

Rick hatte sich anstandshalber einige Schritte entfernt.

„Es tut mir wirklich schrecklich leid, was mit deiner Freundin passiert ist, aber sie ist so stark und wird es überwinden", sagte er, als Carla wieder bei ihm war.

„Ja, das denke ich auch... Wir sind leider ein kleines bisschen zu spät gekommen, nur eine halbe Stunde früher und wir hätten es vielleicht verhindern können", schimpfte sie über sich selbst.

„Das Gleiche kannst du auch von mir sagen, Carla."

„Tja," wischte sie die trüben Gedanken weg, "aber es hilft niemandem, über verschüttete Milch zu jammern, wir müssen weiter machen, so gut es irgend möglich ist. Als nächstes sollten wir schauen, wo Florice sich versteckt hat, ich mache mir Sorgen. So ein kleines Mädchen ist sich der Gefahr, die ständig überall besteht, sicher nicht bewusst und beim Spiel vergisst die Kleine sowieso alles um sich herum."

Zehn Minuten später waren alle mobilisiert um nach dem Mädchen zu suchen.

Der ganze Hof, mit dem angrenzenden Gelände wurde abgesucht und das gesamte Haus auf den Kopf gestellt, doch von Florice fehlte jede Spur.

Alle, bis auf Xuo, hatten sich bei Kerzenlicht in der Küche versammelt. Als dieser endlich herein kam, hielt er einen Mädchenschuh hoch, es war genau der Schuh, den Brill dem Mädchen herunter gerissen hatte.

„Ich habe diesen Schuh in der Scheune gefunden, ist das nicht einer von ihren?"

„Ja!", rief Rosa, sprang auf und riss den Schuh an sich. „Den hat sie sich heute morgen noch ausgesucht."

„Ich möchte als neuer hier in dieser Gruppe nicht Unken," sagte Rick, „aber das sieht nicht gut aus."

„Wir müssen weiter nach ihr suchen! Sie ist ganz alleine da draußen, vielleicht ist sie verletzt!" Rosa begann zu schluchzen, sie hatte Florice an ihrer Tochter statt angenommen. Ihre eigene Tochter war bereits lange vor der Katastrophe umgekommen. Sie war gerade erst fünf Jahre alt geworden und es war einer jener Unfälle, von denen man immer wieder in der Zeitung liest und von denen man denk, dass sie einem selbst niemals passieren könnten. Ihre kleine Sabrina war beim Spielen in einen Teich gefallen. Vermutlich hatte sie sofort Wasser geschluckt, da sie niemand hat schreien hören. In den ersten Minuten fiel das Fehlen des Mädchens nicht auf, obwohl es an dem kleinen See von Leuten gewimmelt hatte. Als man sie nach einiger Zeit aus dem Wasser zog, schlug das kleine Herz bereits nicht mehr. Der sofort herbei gerufene Notarzt konnte sie reanimieren und Rosa und Frank schöpften bereits wieder neue Hoffnung, jedoch verstarb das Mädchen am nächsten Tag im Krankenhaus an einer Lungenembolie.

„Das hat keinen Sinn, wenn sie verletzt wäre, hätten wir ihre Rufe gehört", Rick wollte nicht, dass das Mädchen gefunden wurde, zumindest nicht von den Anderen.

„Aber sie ist ein kleines Mädchen und ganz alleine da draußen!", nun stand Wasser in Rosas Augen.

„Wir könnten in der Dunkelheit Spuren übersehen oder auf Infizierte treffen. Es ist einfach zu gefährlich und das Mädchen hat sich bestimmt irgendwo in Sicherheit gebracht und versteckt, kleine Kinder machen so etwas instinktiv. So hart das auch klingen mag, wir müssen bis morgen früh warten. Jo und Brill werden heute Nacht draußen Wache halten und falls sie zurück findet, werden sie euch sofort alarmieren. Vielleicht sollten alle anderen jetzt zu Bett gehen, damit ihr morgen ausgeruht seid für die Suche."

Widerwillig zogen sich alle bis auf Jo, Brill und Rick in ihre

Schlafkammern zurück.

„Hört gut zu," flüsterte Rick seinen Männern zu, „ihr werdet euch mit der Wache abwechseln und sollte die Kleine hier auftauchen, möchte ich dass sie genau so schnell wieder verschwindet, auf nimmer wiedersehen. Und lasst es wie einen Unfall aussehen! Klar?"

Da Florice in dieser Nacht nicht mehr auftauchte, teilten sie am Morgen neue Suchtrupps ein, jeder sollte einen bestimmten Bereich absuchen. Rick sorgte dafür, dass seine Männer den weiträumigen Bereich hinter der Scheune, wo das Mädchen ihnen entkommen war, absuchen konnten.

Rosa und Frank blieben zurück, falls das Mädchen inzwischen wieder zurück kommen sollte, wobei Frank sowieso noch immer zu nichts zu gebrauchen war.

Rosa wollte gerade einige Dinge aus der Scheune holen, die sie für ihren kleinen Garten benötigte, als sie wie aus dem Nichts von Jo an die Scheunenwand gedrängt wurde.

Er drückte ihre Handgelenke fest an die Wand. Sie drehte ihr Gesicht zur Seite, als er mit dem Seinen zu nah an ihres heran kam.

„Na, sollen wir nicht noch einmal Spaß zusammen haben?", fragte er hämisch grinsend.

Angewidert presste sie die Augen zusammen, sein Atem stank schlimmer als die Untoten es je konnten.

„Lass sie in Ruhe! Rick wird damit nicht einverstanden sein!", war Brills Stimme zu vernehmen.

„Ach, der kann mich mal! Was ist denn gegen ein bisschen Spaß einzuwenden?", sagte er, leckte der Frau in seinem Griff genüsslich über den Hals und drückte sein Becken an sie.

Ein hartes, metallisches Klicken lies ihn inne halten. Das typische Geräusch einer halbautomatischen Waffe die durchgeladen wurde. Ein weiteres, leiseres, aber viel gefährlicheres Klicken verriet ihm, dass die Waffe gerade entsichert wurde.

„Ich sagte: Laß – sie - in – Ruhe !", fauchte Brill gefährlich leise und drückte ihm seine Waffe an den Hinterkopf. „Wir werden jetzt gehen und unseren Auftrag erledigen, dein ungewaschener Schwanz kann warten und bleibt wo er ist. Hast du das verstanden?", fragte der Soldat mit deutlichem Nachdruck.

Jo lies Rosa los, die sich sofort unter ihm herauswand und schluchzend nach draußen rannte.

„Ist ja gut", antwortete er beschwichtigend. Beide Arme in die Höhe gereckt drehte er sich langsam um. „Erst die Arbeit und dann das Vergnügen. Ok, ok", sagte er beschwichtigend.

Brill nahm seine Waffe herunter und sicherte sie wieder, dann lies er Jo voraus nach draußen gehen.

„Das hast du nicht umsonst gemacht, Brill, irgendwann kommt die Rechnung", knurrte er leise vor sich hin.

Alleine

Florice humpelte behutsam durch den Wald. Immer wieder trat sie mit ihrem fast nackten Fuß auf spitze Gegenstände. Äste, Eicheln, Blattstiele, irgendwie schien der ganze Wald etwas gegen sie zu haben.

Auf einer großen, umgestürzten Buche ruhte sie sich aus. Hunger und Durst quälten sie und bald würde noch die Dunkelheit dazu kommen. Ein tapferes Mädchen war sie nie gewesen, auch wenn sie oft davon geträumt hatte eine Superheldin des Lebens zu sein. So wie Hanna Montana in den alten Filmen. Oder Buffy, das war zwar manchmal ziemlich gruselig, aber sie hatte die alten Filme an ihre Mami gekuschelt anschauen können, als sie noch ganz klein war, da sie ein Fan dieser Serie gewesen war, und da war es trotz allem immer schön gewesen. Obwohl alle beide Filmheldinnen in der jetzigen Welt wohl genauso verloren wären wie sie selbst. Die Monster in den Filmen, waren nur

verkleidete und geschminkte Schauspieler, das hatte sie
gewusst, aber trotzdem gekrischen und weg gekuckt. Doch
diese Monster hier, die waren echt.

Sie betrachtete ein herumliegendes Stück Rinde. Ein
Geistesblitz durchbrach ihre Gedankengänge und
Erinnerungen. Sie stellte ihren Fuß auf die Rinde und es
passte!

Das mittlerweile stark verdreckte und eingerissene
Taschentuch löste sie von ihrem Fuß, riss daraus mit Mühe
zwei Streifen und band damit das Rindenstück an ihrem Fuß
fest. Jetzt hatte sie zumindest eine Sohle und konnte wieder
auftreten ohne sich ständig von diesem blöden Zeug, das hier
überall herumlag, piksen zu lassen.

Das war nicht das goldene vom Ei, aber besser als zuvor und
es würde gehen, bis sie irgendwo einen passenden Schuh fand.
Mittlerweile klebte ihr der Hals zusammen, ein Schluck
Wasser wäre jetzt schön.

Sie fand etwas Waldklee und stopfte ihn sich gierig in den
Mund. Rosa hatte ihr gezeigt, dass man den Essen konnte. Der
leicht säuerliche Geschmack und die Kaubewegungen regten
ihren Speichelfluss an, so dass es ihrem Hals schnell wieder
ein wenig besser ging.

Aus ihrem Shirt hatte sie eine Kuhle vor sich geformt, in der
sie eine anständige Menge des Klees aufbewahrte und
während sie so dahin trottete stopfte sie immer wieder kleine
Stückchen in den Mund und kaute. Sie kam sich vor wie eine
Kuh. Unvermittelt musste sie bei diesem Gedanken Kichern
und begann leise vor sich hin zu muhen.

Sie schreckte aus ihrem Tran auf, als sie unvermittelt auf eine
Lichtung hinaus trat. Es handelte sich um einen Waldgrillplatz,
mit Feuerstelle und einer von zwei Seiten geschlossenen
Hütte.

Freudig lief sie zu der Hütte. Darin waren ein Tisch und zwei
Bänke fest montiert.

An der Feuerstelle lag genügend Brennholz bereit, doch hatte
sie keine Zündhölzer dabei.

Aber das beste war der große Zuber mit der Wasserpumpe!
Ein Schild besagte zwar `Kein Trinkwasser´, doch darauf

würde sie keine Rücksicht nehmen, lieber vergiftet als verdurstet, dachte sie sich.

Tatsächlich beförderte sie nach einigen Bewegungen mit dem Schwengel einen Schwall Wasser zu Tage. Es schmeckte erdig und war sehr kalt. Einfach köstlich!

Nachdem ihr Durst gestillt war, war die Frage der Ernährung zu klären.

Nüsse und Beeren, so wusste sie, waren noch nicht Reif. Sie wusste aber auch, dass Pilze das ganze Jahr über wuchsen. Auch wenn die Hauptsession erst im Herbst war, so konnte man doch immer, das ganze Jahr hindurch, welche finden.

Nach kurzer Abwägung schied Pilze sammeln aber aus, denn sie kannte nur Champignons und die nicht mal sicher.

Blieb noch ein Tier zu fangen, aber abgesehen davon, dass sie keine Ahnung hatte wie sie das anstellen sollte, würde sie kein Tier töten können, lieber würde sie verhungern.

„Na ja, ich habe ja noch den Waldklee. Jetzt muss ich noch Feuer machen und einen Schlafplatz bauen", sprach sie zu sich selbst, nur um irgendeine Stimme zu hören. Fast wurde die Stille darauf hin noch unheimlicher, trotzdem war das besser, als die vielen unbekannten Geräusche rings um sie herum.

„Also, das Feuer brauche ich, um die wilden Tiere abzuhalten, aber dazu brauche ich nicht viel zu sehen, das kann ich auch noch machen, wenn es bereits Dunkel wird. Also werde ich erst das Material für ein Bett organisieren."

In einem Bericht im Fernsehen hatte sie mal einen Survivalspezialisten gesehen, Nähzwerg oder Nehberg oder so ähnlich hatte der geheißen. Sie erinnerte sich deswegen so genau an ihn, da sie ihn extrem ekelig fand. Er hatte Würmer gegessen und gesagt, dass, derjenige, der sie ohne Not isst, sie auch essen kann, wenn er in Not geraten ist.

Sie war jetzt in Not, aber Würmer würde sie trotzdem nicht essen! Igitt... Morgen vielleicht...

Viele trockene Blätter würden ihr ein einigermaßen weiches Nachtlager in der windgeschützten Ecke der Hütte bieten.

Nachdem sie fleißig Blätter geschleppt hatte, machte sie sich daran, ein Feuer zu entfachen. Sie wollte ein Hölzchen auf einem anderen Stück Holz drehen, bis es glühte, verwarf die

Idee aber, nachdem der Biss in ihrer Hand bei dem Versuch schmerzte.

Also nahm sie das Hölzchen und rieb es seitlich mit schnellen hin und her Bewegungen.

„Brenn´ schon!", fuhr sie das Hölzchen nach einer viertel Stunde ergebnislosen Reibens an. „Das blöde Feuer soll endlich brennen", sie war den Tränen nahe.

Vorsichtig hielt sie einen Finger an die Reibestelle, um die Temperatur zu testen. Kalt! Wütend warf sie den Stock in den Wald zurück.

„Dann halt nicht, ich brauch dein blödes Feuer nicht!", schrie sie den Wald an, stapfte mit dem Fuß auf und brach nun doch in Tränen aus.

Als sie sich wieder beruhigt hatte, war es schon fast dunkel geworden und erschöpft beschloss sie sich zum Schlafen hin zu legen.

Sie rollte sich auf ihren Blättern klein zusammen. „Vielleicht war es auch gut, dass das Feuer nicht anging, wer weiß, was es angelockt hätte. So ein Feuer in der Nacht sieht man ja bestimmt ganz weit...", mit diesem letzten Gedanken war sie bereits eingeschlafen und unselige Träume über das, was das Feuer vielleicht angelockt hätte plagten sie.

Vor allem in den frühen Morgenstunden war sie immer wieder durch die Kälte aufgewacht, als der Morgentau begann ihre Kleidung zu durchfeuchten. In den Blättern hatte sie sich so gut es ging vergraben, doch half das nicht viel.

Auch wenn es Tagsüber schon sehr heiß wurde, Nachts waren die Temperaturen noch immer lausig.

Sie stand auf, noch bevor die Sonne richtig aufgegangen war und verschaffte sich Wärme, indem sie sich mit den Armen um den Körper schlug und auf der Stelle hüpfte.

Als die Sonne über den Bäumen hervor lugte, stellte sie sich in die ersten Strahlen und musste zu ihrer Verblüffung feststellen, dass diese bereits wärmten.

Es war ein herrliches Gefühl und nachdem sie sich etwas Aufgewärmt hatte, traute sie sich ihre Finger in das eisige Wasser zu tauchen und etwas zu Trinken.

Dann saß sie in einem Sonnenstrahl, an die Wand der kleinen Hütte gelehnt und weinte wieder.

Sie vermisste ihre Mami. Vor so langer Zeit schon, war sie weggegangen und nicht zurück gekommen, dabei hatte sie es doch versprochen!

Ihre Mami hatte ihr erzählt, dass böse Menschen auf der Straße herum laufen und dass sie deshalb nicht hinaus dürfe zum Spielen. Eines Nachmittags hatte sie ihr einen Kuss auf die Stirne gegeben. „Ich muss etwas zu Essen für uns besorgen", hatte sie gesagt.

„Aber was ist mit den bösen Menschen?"

„Ich werde gut aufpassen und bis heute Abend bin ich wieder zurück."

„Versprochen?" Florice wusste, ihre Mami hielt immer ihre Versprechen.

„Ja, ganz fest versprochen", hatte sie gesagt. Aber am Abend war niemand gekommen und am nächsten auch nicht. Sie hatte es doch aber versprochen!

In diesem Moment hatte Florice ihre Mami gehasst! Sie hatte Florice einfach alleine zurück gelassen...

Nach drei Tagen hielt Florice es zuhause nicht mehr aus. Bei jedem Geräusch war sie hoch geschreckt, in dem Glauben ihre Mami wäre endlich wieder zurück gekommen. Die Nächte waren besonders schlimm gewesen. Es gab zu jener Zeit bereits sporadische Stromausfälle, daher war immer mal wieder das Licht aus gefallen. Sie hatte ein kleines Pferdchen, das eine Taschenlampe im Maul hatte, doch die Batterien waren bereits in der ersten Nacht leer gewesen.

Die zweite Nacht hatte sie sich in ihrem Kleiderschrank versteckt und ihre Bettdecke über sich gezogen.

Am dritten Tag ging Florice zur Tür und hinaus auf den Flur. Keine Menschenseele behelligte sie. Sie klingelte bei der Nachbarin, doch diese öffnete nicht. Also ging sie hinunter. Auch auf der Straße war niemand zu sehen, niemand der ihr hätte helfen können.

Ihr kindliches Unterbewusstsein klammerte die Toten, die vereinzelt herum lagen aus, was sicherlich ihren jungen Verstand vor dem Wahnsinn rettete. Sie sah sie einfach nicht.

Selbst als sie direkt über einen Toten, dessen Schädel
eingeschlagen war, steigen musste, war es für sie so, als stiege
sie über einen umgefallenen Baumstamm.
Verzweifelt rief sie nach ihrer Mama.
Plötzlich fühlte sie, wie ein Arm sie fest umschlang.
Gleichzeitig presste sich eine Hand auf ihren Mund. Voll
Entsetzen merkte sie, dass sie zwischen einem Gebüsch
hindurch gezerrt wurde.
In der Schule hatte man ihnen gesagt, dass es böse Männer
gibt, die kleine Mädchen und Jungen zu sich locken und dass
man dann vielleicht nie wieder seine Mama und seinen Papa
wiedersehen würde. Sie hatte damals ihre Lehrerin gefragt,
warum sie ihren Papa nicht mehr gesehen hatte, da sie doch
von einem bösen Mann gar nichts wusste. Darauf hatte die
Lehrerin keine Antwort gewußt und sie nur traurig angeschaut.
Jetzt wusste sie, was die Lehrerin damals gemeint hatte.
Sie wurde durch das Gebüsch gezerrt, dann war auf einmal
eine fremde Frau in der Hocke vor ihr und bedeutete ihr mit
dem Finger auf dem Mund still zu sein.
Florice war über das plötzliche Auftauchen dieser schönen
Frau so überrascht gewesen, dass sie sich nicht mehr gegen die
Umklammerung wehrte.
„Du darfst nicht herum schreien, kleines Mädchen", hatte die
weiche Stimme zu ihr gesagt.
Florice hatte sich aus der gelockerten Umklammerung
gerissen und war direkt in die Arme der fremden Frau
gesprungen. Nach einer kurzen Schrecksekunde hatte die Frau
sie tröstend in ihre Arme geschlossen. Dann hatte Rosa ihr ein
leises Trost spendendes Lied gesungen..., aber ihre Mama war
nie mehr zurück gekommen...

Der Hunger nagte jetzt furchtbar in ihr und äußerte sich bereits
schmerzhaft, als sie am späten Nachmittag auf ein Haus stieß.
Ohne es zu bemerken hatte sie die Stadtgrenze zu Königsbach
überschritten.
Zu ihrem Glück war ihr Marsch bisher fast ereignislos
gewesen, selbst die Natur hatte sich still und friedlich
verhalten.

Einmal hatte sie ein echtes Reh gesehen. Sie war ganz still stehen geblieben und hatte es lange beobachtet und ihm einfach nur zugeschaut, wie es äste. Dann verursachte sie ein leises Geräusch, das Reh hatte aufgehorcht und es wohl für sicherer empfunden schnell das Weite zu suchen.
Gut so, süßes Rehlein. So lebst du länger.
Sie näherte sich langsam und nun sah sie auch weitere Häuser. Es handelte sich hier wohl um naturnahe Einfamilienhäuser mit jeweils einem großen Grundstück.
Hier würde sie mit Sicherheit etwas Essbares finden.
Die Anderen hatten sie zwar beschützt und versucht von allem fern zu halten, aber sie war keine dumme Göre und wusste sehr wohl um die Gefahren, die hier lauerten, also würde sie ab nun besonders vorsichtig sein.

Sie lies ein tolles Baumhaus hinter sich, das den Kindern, die hier einst lebten sicher viel Freude bereitet hatte und näherte sich behutsam dem Haus.
Ein leises Knurren lies sie erstarren.
Vor dieser speziellen Gefahr hatte sie niemand gewarnt. Ein Abgemagerter Hund kam langsam, Schritt für Schritt auf sie zu. Die Rasse kannte sie nicht, er sah aus, wie einer dieser Straßenhunde aus Rumänien oder so, die sie oft auf Spendenaufrufe bei Facebook gesehen hatte, verdreckt, verwahrlost und gefährlich.
„Braves Hundchen, ich hätte bestimmt auch mal einen von euch aufgenommen, wenn ich gedurft hätte", sagte sie leise, während sie selbst etwas zurück wich.
Das Tier war ausgehungert und sie eine leichte Beute. In dem Moment, als das zähnefletschende Ungetüm zum Sprung ansetzte, griff eine Hand nach ihm.
Der Infizierte, der hinter einem umgestürzten Campingtisch heraus nach dem Hund gegriffen hatte, erwischte ihn jedoch nicht. Der Hund fuhr herum und biss reflexartig zu, dann sträubte er sein Fell, machte einen Buckel wie eine Katze und rannte, mit eingekniffenem Schwanz, winseln davon.
Scheinbar spürte er die Gefahr, die von diesen Wesen aus ging.
Wie gebannt stand Florice da. *Das* war die Gefahr, vor der

man sie gewarnt hatte.

Nachdem das Tier verschwunden war, schienen die glasigen Augen des Untote das Mädchen zu registrieren.

Florice hatte noch nie selbst einen von ihnen gesehen. Aus der Ferne, ja, jedoch niemals nur ein paar Meter vor sich, außer vielleicht die Hosen des Untoten an der Röhre. Aus Erzählungen und Beschreibungen, die sie heimlich mit angehört hatte, wusste sie wie diese Toten aussahen. Doch dieser hier sah noch viel grauenerregender aus. An der rechten Schulter und am Oberarm waren große Stücke Fleisch herausgerissen worden. Teilweise baumelte das verweste, fast schwarze Fleisch, noch an Sehnen und Fasern daran herum. Das Ohr auf der selben Seite fehlte ebenfalls.

Mit unglaublicher Schnelligkeit und ohne Warnung sprang der Zombie auf und stürmte auf sie zu.

Doch zu ihrem Glück kam er nicht weit. Am linken Schienbein des armen Wesens ragten Splitter des Knochens aus der Haut. Der Fuß selbst schien stark abgewinkelt, fast im 45 Grad Winkel. Der fehlende Halt unter seinem Fuß brachte ihn aus dem Gleichgewicht und er stürzte durch seinen eigenen Schwung nach links, überschlug sich und drehte einen kompletten Purzelbaum.

Das Monster erhob sich sofort wieder und trat nun auf die Splitter seines Knochens, den abgewinkelten Fuß ignorierend, auf.

Dieser Anblick würde Florice sicher noch lange verfolgen. Ein Schrei entrann sich ihrer Kehle. Eilig drehte sie sich um und lief auf das Baumhaus, das nur wenige Meter hinter ihr lag, zu.

Ihre Rindensohle verlor sie, als sie losrannte, doch das registrierte sie mit der Gefahr im Nacken nicht.

Sie stürmte die angenagelte Leiter empor, doch es war unglaublich, wie schnell sich das Wesen auf seinem abgebrochenen Bein bewegen konnte.

Bevor Florice durch die kleine Öffnung in Sicherheit war erwischte der Verfolger sie, packte sie noch und riss ihr, zu ihrem Glück, nur den Rest des Taschentuches vom Fuß. Dann war sie oben in Sicherheit.

Der Infizierte sprang hoch, doch konnte er die Öffnung nicht erreichen. Da er allem Anschein nach keine Leitern emporklettern konnte, setzte sich Florice in eine Ecke des kleinen Häuschens und lies den Tränen ihrer Hoffnungslosigkeit und Verzweiflung wieder einmal freien Lauf.

Begegnung

......

Leider muss ich feststellen, dass es nicht nur an meiner Koordinationsfähigkeit fehlt, sondern dass auch die Synapsen meines Gehirns noch nicht mit der alten, gewohnten Schnelligkeit arbeiten.
Erst volle drei – vier Minuten, nachdem ich den menschlichen Schrei hörte, wurde mir bewusst, was ich gerade vernommen hatte.
Ein großer Vorteil meines derzeitigen Zustandest ist der, dass ich nicht auf die umherstreifenden Zombies achtgeben muss, da keiner meiner Kollegen Hunger auf mich verspürt.
Es waren noch andere in Richtung des Schreis unterwegs und alle schienen sich um ein kleines Baumhaus versammeln zu wollen. Sechs Verwesende waren schon da und belagerten es.

Ich erinnere mich, dass ich mich auch immer zu anderen hingezogen fühlte, wenn ich diese Aussetzer hatte. Vielleicht wusste das Virus in uns, dass es eine größere Chance hat sich zu vermehren, wenn wir in Gruppen agieren und jagen.

Von Oben war ein Schluchzen zu vernehmen, das Leben konnte ich durch die Holzbohlen des Baumhauses nicht sehen. Für meinesgleichen galt, aus den Augen, aus dem Sinn, wenn sich das lebende Wesen dort oben ruhig verhielt, hätte es Chancen, dass die Anderen irgendwann wieder weiterziehen. Hören und ein erweitertes Sehen, das waren nun unsere Sinne, das Denken war komplett eingestellt.

Ich schaute mich um und entdeckte einen Geräteschuppen nicht weit weg von dem Baumhaus.

Es bereitete mir einige Schwierigkeiten, die Verriegelung zu öffnen, verdammte Feinmotorik.

Als ich es endlich geschafft hatte, entdeckte ich zwei Dinge, die mir für mein Vorhaben nützlich sein konnten. Ein kurzes Beil und einen Spaten.

Ich entschied mich für den Spaten, wegen meiner mangelnden Motorik, wer weiß, was ich mit dem Beil alles kaputt machen würde. Meinen eigenen Kopf zum Beispiel...

Als ich neben der ersten Leiche stand, hatte ich noch kurz Gewissensbisse. Ein Blick in das bereits von Verwesung stark zersetzte Gesicht löschten diese jedoch aus. Unbeholfen holte ich mit dem Spaten aus, wäre fast noch von meinem eigenen Schwung hinten über gerissen worden und schlug zu. Das Blatt meines Spatens drang tief in die Schulter des armen Wesens ein. Mit leerem Blick, aber ohne Regung, starrte es mich an. Ich riss den Spaten wieder heraus und holte ein zweites mal aus. Dieser Hieb spaltete den Schädel des Unglücklichen. Etwas Hirnmasse tropfte von der Nase herab, bevor der Blick vollends erstarb und mein Gegenüber in sich zusammen sackte.

Mittlerweile waren elf Untote hier angekommen, mit mir war also ein Dutzend voll. Meine Schläge wurden sicherer und alle ließen sich völlig problemlos abschlachten, nicht einer von ihnen machte Anstalten sich zu wehren.

Das war widerlich und ein wenig gruselte es vor mir selbst, denn irgendwo in meinem Inneren spürte ich, ein gewisses morbides Vergnügen bei meinen Taten.

Nachdem ich mein grausiges Werk vollbracht hatte, wankte ich durch die schwarze, zähe Brühe, die der trockene Boden aufgrund der schieren Menge nicht so schnell aufnehmen konnte, um die Sprossen empor zu steigen.

Das ging sogar überraschend gut. Auch der kleine Schuh, der mich über dem Auge traf, als ich meinen Kopf durch die Luke steckte, bereitete mir keine Schmerzen. Aus einer alten Angewohnheit heraus versuchte ich dennoch dem zweiten Tritt auszuweichen.

„Verschwinde, ich bin kein Futter!", keifte mich ein abgemagertes, aber immerhin noch lebendes Mädchen an. Ein richtig, lebendes Wesen! Und es strahlt so lecker!

Dann schlüpfte ich vollends durch die Öffnung.

„Nein!", mit diesem Schrei versuchte sie sich zu dem kleinen Fenster hinaus zu stürzen.

Ich wollte ihr helfen, also griff ich nach ihr und packte sie fest an ihrer kleinen Schulter.

„Au! Bitte lass mich doch...", begann die Kleine wieder resigniert zu weinen.

Mutlos ergab sich das kleine Mädchen sich in sein Schicksal und wehrte sich jetzt auch nicht mehr.

Ich hatte ihr nicht weh tun oder sie verängstigen wollen, daher lies ich sie los und setzte mich an die andere Wand des Baumhauses. Wie lebendig sie leuchtete, das Rot schien den ganzen Raum zu erhellen.

Als sie mich verdutzt anschaute hieb ich mir die Hand vor die Brust und krächzte: „Hoollch". Eigentlich hätte das `Rolf` heißen sollen.

Sie schaute mich noch verwunderter an und begann mich zu mustern, eine Hand knetete beiläufig ihre zarte, kleine Schulter. Ich werde lernen müssen meine Kraft besser ein zu schätzen.

Einige Sekunden saßen wir uns schweigen so gegenüber.

„Du bist nicht so, wie die mir alle erzählt haben", stellte sie mit einer naiven Leichtigkeit fest, wie es nur Kinder können. Eben noch in Lebensgefahr und dann völlig ruhig eine

*sachliche Feststellung machen. Ich liebe die Einfachheit von
Kindern.*
Zur Antwort schüttelte ich nur den Kopf.
*„Du verstehst mich?", kam es überrascht zurück. Wäre es mir
möglich gewesen zu Lachen, hätte ich das getan, bei dem
Gesichtsausdruck, den sie mir bei dieser Erkenntnis lieferte.
Dieses mal nickte ich freudig zustimmend, vielleicht brachte
ich dabei sogar so etwas wie ein kleines Lächeln auf mein
Gesicht.*
„Und du bleibst jetzt bei mir?"
Wieder nickte ich.
*„Wie cool ist das denn? Ich habe einen eigenen Zombie!"
Nicht das, was ich gerne hören wollte, aber es war schön sich
nach so langer Zeit einfach nur mit jemanden zu unterhalten.
Oder so ähnlich...*
„Gibt es noch mehr wie dich?"
Betroffen schüttelte ich den Kopf.
„Kannst du nicht reden?"
*Aus meiner Kehle kam ein Seufzen, das wie iiinn klang.
Dann bemerkte sie völlig übergangslos: „Ich habe Hunger."
Sofort sprang ich auf. Na, da sollte etwas zu machen sein.*

*Konserven in dem Haus zu finden war kein Problem. Die
Familie lebte noch in dem Haus oder wie immer man das jetzt
nennen mochte. Es handelte sich um Eltern mit ihrem Kind,
vermutlich ein Junge. Die Familie musste schon seit Beginn
der Seuche hier eingesperrt sein, wie ich aufgrund der bereits
sehr stark fortgeschrittenen Verwesung feststellte.
Sie standen zusammen in einer Ecke der Küche, doch keiner
von ihnen zeigte ein Interesse an mir. Ich kannte das, dieses
Herumstehen. Sie spürten, dass hier einer der Ihren rumorte,
kein Grund für das Virus wertvolle Energien zu verschwenden.
Im Kühlschrank fand ich natürlich nichts genießbares mehr,
doch in einem der Schränke wurde ich fündig und entdeckte
eine Ladung Konservendosen. Ich nahm eine Dose mit Mais
und eine mit Mandarinenstückchen an mich, da beide einen
Zip Off Verschluss hatten, brauchte ich nicht noch nach einem
Dosenöffner zu suchen.*

Ich ließ die Familie in trauter Gemeinsamkeit stehen und ging wieder nach draußen zu dem Mädchen. Unter dem Baumhaus gab es zuerst wieder Arbeit für meinen Spaten. Es half mir bei dieser widerlichen Arbeit, dass ich mir einredete, ich würde diese Unglücklichen erlösen, doch damit belog ich mich nur selbst. Ich war selbst einer dieser Unglücklichen und brauchte keine Erlösung. Egal, ich brauchte eine Entschuldigung für mein Gewissen, denn das war bereits bis an seine Grenzen belastet.

Das Mädchen entriss mir wahllos eine der Dosen, es handelte sich um den Mais, zog sie eilig auf und trank gierig die Flüssigkeit, in der der Mais eingelegt war. Natürlich, was war ich doch für ein Idiot, ich hätte ihr auch eine Cola oder eine Flasche Wasser mitbringen sollen.

Nachdem der erste Durst gelöscht war grub sie ebenso gierig ihre Finger in die Dose und schöpfte sich die Körner in den Mund. Tja, und ein Löffel wäre auch nicht dumm gewesen. Nach etwa der halben Dose erbrach sie eine Ladung unzerkaute Maiskörnchen über den Boden.

„Ang-san Essssnn", brachte ich hervor. Ich fand, dass meine Artikulierung bereits besser wurde, doch lies sie immer noch sehr zu wünschen übrig. Für tiefgründige Gespräche würde sie noch lange nicht ausreichen.

Peinlich betroffen schaute sie mich fragend an, dann schien sie zu verstehen, hörte auf mich und aß nun langsamer, nahm sich sogar die Zeit ihre Bissen zu kauen.

Die Mandarinen pickte sie Stück für Stück aus ihrem Behälter und genoss sie Einzeln. Es war herrlich an zu sehen, wie sie sich die süßen Stückchen mit verzücktem Gesichtsausdruck in den Mund gleiten lies.

Ich ging noch einmal die Familie in dem Haus besuchen und besorgte noch eine Decke und eine Flasche Wasser, die ich dem Mädchen brachte. Außerdem eine Kerze nebst Feuerzeug, denn bald würde es dunkel werden.

Es war schön jemanden zu haben, um den ich mich kümmern konnte, dachte ich mir, und setzte mich unter das Baumhaus, um die Kleine nicht zu gefährden, falls ich wieder einen Aussetzer haben sollte.

105

Ja, das hier wird meine neue Aufgabe sein, damit würde ich meine vergangenen Taten wieder gut machen, ich werde dafür sorgen, dass dieses kleine Mädchen überlebt und sie vor den Gefahren dieser Welt beschützen, auch und natürlich gerade vor mir.

Rosas Weg

Den gesamten Tag hatten sie gestern gemeinsam den Hof und die weiträumig umliegenden Felder nach dem Mädchen abgesucht. Außer einem ehemaligen Landarbeiter, der es geschafft hatte sich unter einem umgestürzten Traktor ein zu klemmen, hatten sie jedoch nichts gefunden.
Gemeinsam hatten sie entschieden heute noch einmal auch die weitere Umgebung abzusuchen, dann würde man die Suche schweren Herzens einstellen.
Da Frank immer noch zu nichts zu gebrauchen war, blieb auch Rosa zurück, falls Florice doch noch selbstständig den Weg zurück finden sollte.
Rosa stand im Gewächshaus und war in ihren Gedanken vertieft. Würde sie ihren Liebling `erlösen´ können, falls sie verwandelt zurück kam? Wahrscheinlich nicht, in diesem Fall würde sie sich ihr eher anschließen und dieses elende Dasein hier endlich beenden.
So tief war sie in ihren Gedanken versunken, dass sie nicht mit bekam, dass sie Gesellschaft erhalten hatte. Eine Gestalt

näherte sich ihr von hinten.

„Endlich sind wir mal alleine!"

Als sie Jos kratzige Stimme vernahm lief ihr ein Schauer über den Rücken. Sie fuhr erschrocken herum.

Ein harter Griff um ihren Hals drückte ihr die Luft ab und hinderte sie daran laut auf zu schreien.

„Hör genau zu", Jo war wieder ganz nah an ihrem Gesicht, „dein Liebster ist oben in seinem Zimmer und wälzt sich in Selbstmitleid und alle anderen sind unterwegs, wir sind also ganz alleine hier! Nicht mal der doofe Briller ist da, um dir zu helfen. Versuch also gar nicht erst zu schreien."

Rosa versuchte die Hand ihres Peinigers zur Seite zu schieben, damit sie wieder Luft bekam, als das nicht gelang schlug sie ihm kraftlos ins Gesicht.

Jo lies tatsächlich locker, aber nur, um ausholen zu können und ihr einen Schlag zu versetzen, der sie hart gegen ihren Arbeitstisch stürzen lies.

Wie durch einen rauschenden Wattebausch vernahm sie seine Stimme.

„Wenn du jemandem von der Sache erzählst oder Mätzchen machst, werde ich dir die Kehle aufschlitzen, natürlich erst nachdem wir nochmals unseren Spaß hatten."

Durch einen verschwommenen Schleier meinte sie sein hämisches Grinsen zu erkennen, was sie aber mit Sicherheit erkannte, war, dass er seine Hose herunter zog.

Benommen wollte sie sich aufrappeln, als sie ein Tritt in die Seite wieder zu Boden zwang.

„Ej, das macht richtig Spaß", stellte Jo mit hoch aufgerichtetem Glied fest. „Vielleicht dresch ich ein bisschen auf dich ein und du bläst mir dann einen..."

Rosa rollte sich schützend zusammen, als der nächste Tritt folgte. Der Tritt traf heftig ihre seitlichen Rippen und nahm ihr die Luft.

Schmerzerfüllt drehte sie den Kopf zu dem Irren, die Angst hatte sie nun in ihren Klauen. Sie wollte ihm sagen, ihm ins Gesicht schreien, dass, wenn er sie zusammen schlug, doch alle sehen würden, was mit ihr passiert war. Was sie jedoch sah, lies sie erschrocken inne halten.

Jo grinste immer noch widerwärtig, bewegte sein Glied mit der Hand heftig hin und her und schaffte es sogar irgendwie ihr in diesem Takt einen weitern Tritt zu verpassen.

Das nächstes, das sie bewusst registrierte, war, dass der Irre seine Handlung an sich selbst einstellte und große Augen bekam. Ein Holzscheit war auf den Kopf des Verrückten nieder gegangen.

Der Getroffene lies sein schnell erschlaffendes Glied vollständig aus der Hand gleiten, knickte ein und fiel zu Boden. Ed stand in der Tür, abgekämpft, doch hatte er seinen Knüppel bereits zu einem weiteren Schlag erhoben.

Als er merkte, dass von dem Fremden keine Gefahr mehr aus ging, lies er ihn wieder sinken. Dann ging er zu Rosa und half ihr dabei sich wieder auf zu richten.

„Was ist das denn für ein Spinner?", wollte Ed wissen. „Und wo sind alle hin? Geht es dir gut?"

In der Aufregung um Florice hatten sie Ed vollständig vergessen.

Überglücklich hing sich Rosa schluchzend an Eds Schultern, woraufhin dieser aufgrund seines verletzten Fußes einknickte, sich aber noch auffangen konnte.

Rosa riss sich zusammen. Sie ging nicht weiter auf Ed ein, sondern begutachtete den mit heruntergelassenen Hosen daliegenden Jo.

„Weist du", begann sie vor sich hin zu reden, eigentlich mehr zu sich selbst als zu Ed. „Ich glaube ich ahne jetzt, warum die große Göttin diesen Mann zu mir geschickt hat. Er soll mich stärker machen! Ich spüre bereits, wie ich an seinen Demütigungen wachse," sie sah Ed mit verklärtem Blick an. „Wir leben jetzt in einer Welt, in der Stärke ein *Muss* ist."

Ganz beiläufig griff sie dabei nach ihrer Gartenschere.

„Ich werde mich ihrem Willen beugen und stark sein", sagte sie während sie den Bewusstlosen vollends auf den Rücken drehte.

Ed sah ihr verwirrt zu.

Sie griff nach Jos Hodensack und setzte die Schere an.

„Was soll das werden?", fragte Ed verdutzt und irritiert zugleich.

„Halt dich da raus!", fuhr sie ihn an und hielt ihm drohend die Schere entgegen, jedoch ohne dabei die Hoden von Jo los zu lassen.

„Ruhig, ruhig", hob er beschwichtigend die Hände.

„Dieser Mann hier ist böse und muss bestraft werden! Ich sorge dafür, dass er nie wieder Hand an eine Frau legt!", mit diesen Worten schnitt sie über den Hoden in die Haut ein.

Die Schere war nicht scharf genug, deshalb gelang es ihr nicht, die Hoden mit einem Schnitt abzutrennen.

Jo erwachte mit einem Schrei auf den Lippen, die Schmerzen hatten ihn wieder in diese Welt zurück geholt.

Rosa stemmte sich auf den am Boden liegenden und drückte ihn dadurch noch einmal kurz zu Boden. Das verschaffte ihr Zeit genug, mit einem schnellen, zweiten und dritten Schnitt die Hoden vollständig abzutrennen.

Nun erhob sie sich, den blutenden Hodensack in der Hand, ging zu ihrem Arbeitstisch, stülpte die Hoden aus der Haut heraus, legte sie auf den Tisch und warf das Stückchen labbrige Haut in ihren Komposteimer.

Bei ihrem gesamten Tun blieb sie so ruhig, als gehe sie ihrer normalen Gartenarbeit nach, während sich Jo weiterhin schreiend hinter ihr am Boden wälzte und sich die Hände in den Schritt drückte.

Ed war wie erstarrt, er konnte nicht fassen, was er da mit ansehen musste. Er fühlte einen Block in seinem Hals und fürchtete sich gleich übergeben zu müssen.

Rosa hatte sich wieder umgedreht, besah sich den am Boden liegenden, nickte zufrieden und wandte sich wieder an Ed:

„Jetzt kannst du Carla holen, falls sie schon wieder zurück ist, wenn nicht, ist es auch nicht schlimm", sagte sie achselzuckend und drehte sich zurück an ihren Tisch und nahm leise summend ihre Arbeit wieder auf.

Kontakt

Nachdem sie nun zwei Tage vergeblich nach dem Mädchen
gesucht hatten, bestand für die Meisten von ihnen kein
Zweifel mehr daran, dass diese zu den anderen Millionen von
Opfern gezählt werden musste. So kehrten sie nach und nach
wieder zu den Problemen ihres täglichen Lebens zurück.
„Ich habe die wichtigsten Punkte auf der Karte markiert."
Rick stand über den Küchentisch gebeugt und begutachtete sie
nochmals. Carla, Jessica und Ed waren ebenfalls um den Tisch
gruppiert und betrachteten die Punkte auf der Karte
interessiert.
Mit dem Marker zeigte er auf eine nahegelegene Tankstelle.
„Diese offensichtlichen Goldgruben wurden bereits in den
allerersten Tagen geplündert, die können wir uns sparen,
denke ich. Anstatt in deiner Tankstelle nach Benzin zu suchen,
gehen wir lieber in eine kleine Autowerkstadt, die haben auch
Benzinreserven. Das Gleiche gilt bei Lebensmitteln. Dieser
Supermarkt hier", jetzt zeigte er auf einen großen Supermarkt
der Real- Kette, der außerhalb der Stadt lag, „wurde mit
Sicherheit bereits hundert mal geplündert, wenn wir einen
neuen Fernseher brauchen, dann finden wir dort bestimmt
einen, aber nichts zu Essen, Batterien oder was sonst noch für
uns von Wert ist. Dafür werden wir auf kleinen außerhalb
liegenden Höfen, so wie diesen hier, die Keller gefüllt mit
selbst eingemachten Konserven vorfinden."
„Und wie sieht es mit Waffen aus?", wollte Jessica wissen.
„Da ist es ein bisschen schwieriger, wegen des strengen
Waffengesetzes in Deutschland hat ja so gut wie niemand ein
Gewehr zu Hause. Im besten Falle ein Luftgewehr, aber nichts
mit Durchschlagskraft. Einzelne Waffen kann man eventuell in
den Forsthäusern finden, aber die sind auf dieser Karte nicht
eingezeichnet."
„Was ist mit der Kaserne hier?" Jessica deutete auf die
entsprechende Markierung der Karte.
Ed schüttelte den Kopf. „Ich habe da oben meine Dienstzeit
verbracht, da waren, glaube ich, mindestens 1000 Mann

stationiert, wenn die noch da oben sind, hätten wir ein ernsthaftes Problem."

„Welche Einheiten waren dort stationiert?", fragte Rick.

„Weiß ich nicht mehr, habe mich mehr um die eigene Einheit gekümmert. Auf jeden Fall die AMF, das war eine schnelle NATO- Eingreiftruppe und ein Feldjägerbataillon und am Ortsrand von Bruchsal war die STOV, die die Soldaten mit Ausrüstung versorgt hat. Ach ja, so´ne ABC- Einheit war auch noch dort oben einquartiert."

„Die Feldjägertruppe wurde bei Ausbruch der Seuche mit Sicherheit eingesetzt um die Polizei zu Unterstützen und gegen Plünderer vor zu gehen, ebenso eine NATO- Kampftruppe. ABC Truppen waren damit beschäftigt die Seuche einzudämmen..."

„Das waren Fernmelder, keine Kampftruppen. Die AMF meine ich...", unterbrach ihn ED.

„Noch besser, da Telefon und andere Verbindungen mit das Wichtigste für Führungseinheiten sind, wurde diese Einheit bestimmt auch als eine der Ersten eingesetzt. Bleiben noch mindestens 500 Mann übrig", schüttelte Rick den Kopf. „Das ist zu gefährlich, so dringend benötigen wir die Waffen nicht, aber die Standortversorgung wäre überaus interessant. Die waren meist eher schlecht gesichert und die Armee hatte eine sehr gute Ausrüstung, davon könnten wir einiges gebrauchen und vielleicht wurden dort auch Lebensmittel eingelagert. Viele Angestellte waren dort sicherlich auch nicht beschäftigt, es sollte also nur ein kleineres Problem darstellen dort hinein zu kommen und uns die Taschen voll zu packen."

Die Tür wurde aufgerissen und Xuo stürmte herein.

„Probleme! Da kommen jede Menge Infizierte die Hauptstraße entlang", er deutete hektisch nach draußen.

Rick rannte sofort nach oben. „Alarmiert alle", rief er noch. Als er wieder herunter kam waren bereits alle aufgeregt in der Küche versammelt und redeten wild durcheinander. Es fehlten nur Frank, der noch immer apathisch in seinem Zimmer hockte und Jo, der in ihrem Krankenzimmer lag. Auf Grund seines hohen Blutverlustes, war er sowieso nicht Einsatzfähig.

„Es sieht nicht gut aus, ich habe von Oben 34 Infizierte

gezählt, es können aber auch zwei mehr oder weniger sein. Sie bewegen sich langsam die Straße entlang auf uns zu.

Bewaffnet euch, so gut ihr könnt, dann werden wir uns verteilen und sie beobachten, vielleicht haben wir Glück und sie ziehen vorbei." Ricks Blick viel auf Rosas neue Halskette. Ein längliches, leicht schrumpeliges Gebilde, von dem kleine Stücke, die Ähnlichkeit mit Kabelenden hatten, weg hingen, war auf ein grünes Stück Schnur aufgefädelt worden. „Den Besitzer davon könnten wir jetzt gut gebrauchen"; sagte er vorwurfsvoll.

„Ich nicht", erwiderte sie trocken.

„Rosa, das ist ja Ekelig, du kannst doch nicht seine Hoden an der Kette tragen", brauste Carla schockiert auf, als sie ihren neuen Halsschmuck genauer besah.

„Genau so hat es das Schwein verdient, bin auf sein Gesicht gespannt, wenn er wieder aufwacht", lachte Jessica auf.

Zwei Minuten später lagen sie alle in ihren Verstecken, so gut bewaffnet, wie es ihnen Möglich war.

Rick hatte sich mit Briller im Obergeschoss des Hauses postiert, von dort hatte der Soldat mit seinem Gewehr G3 ein relativ freies Schussfeld. Xuo, Jessica und Bruno hielten direkt am Weg Wache. Rosa hatte sich zusammen mit Ed an der Scheune verbarrikadiert. Carla war im Haus geblieben um eventuell Verwundete zu versorgen.

Es dämmerte bereits, als der erste Infizierte einen roten Schein wahrnahm, auf sie zustürmte und den Rest der kleinen Horde mit sich riss. Es handelte sich um die Infizierten, die zwei Tage zuvor Florice passiert hatten.

Auf ihrem Weg hatte ein alter Hund ihre Aufmerksam auf sich gezogen und nachdem sie ihn zerrissen und sein Leben in sich aufgenommen hatten, standen sie lange Zeit nur herum, bevor sie ein anderes kleines Tier wieder aufrüttelte und sie dazu bewog auf der Straße weiter zu ziehen.

Als die Untoten nahe genug heran waren, damit ein sicherer Schuss gesetzt werden konnte, drückte Brill ab und verwandelte den Kopf des Ersten heran wankenden in einen roten Nebel. Dieser fiel während des Laufens um, wie ein nasser Sack. Auf diese Weise erledigte er drei weitere, bevor die Anderen die kleine Gruppe der Verteidiger erreichte.

Bruno zerschoss dem Ersten, der an sie heran kam, mit Jos Schrotflinte die rechte Kniescheibe. Die Munition war stark genug, das Bein des Untoten in Fetzen abzutrennen. Dieser stürzte zu Boden, kroch jedoch aus der Fallbewegung unbeirrt weiter auf die vor rotem Leben leuchtenden Menschen zu.

Zwei Nachfolgende sprangen synchron über ihren gefällten Artgenossen hinweg, wurden jedoch nacheinander von Jessicas P10 gefällt. „Auf den Kopf, du Idiot", brüllte sie Bruno durch ihre Staubschutzmaske an.

In schneller Folge leerte sie ihr Magazin und fällte damit fünf weitere Matschbirnen.

Brunos zweiter Schuss riss einem der Angreifer die Schädeldecke in Fetzen. Der Nächste war bereits an ihn heran und lies ihm keine Zeit mehr, seine Waffe nach zu laden, also benutzte er den Gewehrkolben als Keule und schlug zu. Erst der zweite Schlag dellte den Schädel so weit ein, dass der Angreifer in sich zusammen brach. Doch gierige Hände griffen bereits wieder nach ihm.

Während Xuo die Angreifer, die bereits heran waren, mit seinem Kampfstab zu Fall brachte, damit Jessica nachladen konnte, hatte sich Rosa wild schreiend mitten in die Meute hinein gestürzt und drosch nun wie eine Furie mit Psykos Machete um sich. Für sie gab es keine Hoffnung mehr, sie war in einem Pulk aus Untoten unter gegangen.

Immer wieder fielen einzelne der Infizierten einfach in sich zusammen, sobald Briller freies Schussfeld auf sie hatte.

Xuo wehrte einen Angreifer ab, wurde jedoch von zwei weiteren zu Boden gerissen. Einer der Beiden, ein feister Frisör, der seinen verschlissenen Arbeitskittel und seinen Gürtel mit Scheren noch um hatte, verbiss sich in seinem Unterarm.

Gleichzeitig ragte einer Untoten, die Jessicas Pistolenarm gegriffen hatte und nun nach ihrem Gesicht schnappte, mit einem Male ein Pfeil aus dem Auge, dessen Spitze stoppte erst wenige Zentimeter vor Jessica eigenem Auge. Surreal registrierte sie noch, dass die harte Linse des Auges sich exakt auf der Spitze des Bolzens befand, bevor sich der Griff der

Frau löste und diese kraftlos zusammen sackte.

Bruno kam nicht zum Nachladen, sondern wurde gleichzeitig von zwei Angreifern immer weiter zurück gedrängt. Während er immer noch verzweifelt mit dem Gewehr um sich schlug, wich er langsam zurück. Ein dritter Angreifer packte ihn von Hinten, dieser musste, durch den Lärm angelockt, aus der entgegengesetzten Richtung gekommen sein. Lautes Knallen lies nacheinander alle seine Peiniger in sich zusammen brechen. Rick standen plötzlich mit qualmender Pistole da und nickte ihm zu. Brill eilte raschen Schrittes an ihnen vorbei, sein altes G3 im Anschlag, in Abständen immer wieder gezielte Schüsse abgebend.

Mit einem letzten Aufschrei hieb Rosa einem untersetzten Brillenträger, dessen Glied offen herum baumelte, da er nur mit einem Hemd bekleidet war, ihre Machete mit solcher Wucht von Oben in den Kopf, dass diese stecken blieb und sie auf den gespaltenen Schädel stehen musste um sie wieder mit einigen Rücken zu lösen.

Das war die letzte der unheimlichen Gestalten gewesen.

„Jemand verletzt?", fragte Rick und sah sich um.

Jessica kniete bei Xuo. „Ja, einer hat sich in Xuo verbissen!"

Panisch untersuchten sie den Arm des Studenten. Er trug einen Crosspanzer, wie ihn Motocrossfahrer bei Rennen trugen. Diese schützten nicht nur Brust, Rücken und Schultern sondern hatten ebenfalls kleine Schutzplatten an den Ober- und den Unterarmen. Erleichtert atmeten sie beide mit einem Seufzer aus, der Frisör hatte sich glücklicherweise nur in der Plastikplatte verbissen, Xuos Haut hatte keinerlei Verletzungen erlitten.

Alle starrten nun auf Rosa. Es sah aus, als wäre Carrie direkt aus Stephen Kings gleichnamigen Roman entstiegen, nur dass diese Carrie hier noch eine Machete in der Hand hielt, von der eine undefinierbare Flüssigkeit tropfte. Sie selbst war über und über mit Blut besudelt, ihren Gesichtsschutz hatte sie sich irgendwann während des Kampfes vom Gesicht gerissen.

„Ich geh Duschen", bemerkte sie trocken und ging davon, eine Blutspur hinter sich her ziehend um im Garten die Campingdusche zu nutzen.

Es geht weiter

.....

*Selbst für einen Zombie war es nicht einfach ein kleines
Mädchen lebend durch eine unsichere Stadt zu schleusen.
Es war ein Glück, dass ich nicht auf die eingeschränkte
Sichtweise der Lebenden angewiesen war, denn schon einige
Male hatte es die Kleine gerettet, dass ich rechtzeitig das
blaue Schimmern der toten Körper wahrgenommen hatte, wo
normale Augen mit Sicherheit versagt hätten, zum Beispiel,
wenn hinter einem Hindernis nur eine Hand oder auch nur ein
einzelner Finger hervor lugte.*

*Trotz meines liebgewonnenen Baseballschlägers, den ich in
dem Haus, wo wir uns zuerst trafen, gefunden hatte, sollten
wir Königsbach bald verlassen, es gab hier einfach zu viele
Infizierte und ich konnte nicht auf Dauer alle zurück halten,
irgendwann würden zu viele auf einmal auf sie einstürmen.
Da allem Anschein nach mein Sprachzentrum im Gehirn
komplett gestört war, anders konnte ich mir nicht erklären,
dass ich mich noch immer nicht richtig Artikulieren konnte,
hatte ich mir einen Block und ein paar Buntstifte besorgt.
Zusammen mit Florice saß ich in nun einem fremden
Wohnzimmer, wir aßen Kräcker und ich schrieb mit
ungelenken Buchstaben auf ein Blatt: MÜSSEN WEG AUS
STADT*

*Die Kleine las mein Gekrackel. „ Und wohin sollen wir gehen,
vielleicht in den Süden, wo es das ganze Jahr warm ist? "
Ich schüttelte den Kopf. DA IST PFORZHEIM. GROßE
STADT. ZU GEFÄHRLICH.
„ Wohin dann? "
NACH NORDEN, AUF DAS LAND. WEG VON STÄDTEN.
„ Vielleicht können wir zu Rosa und den Anderen? Du kannst
ja die bösen Männer umbringen. "
Ich zuckte mit den Schultern, was bedeuten sollte: Klar, wenn
wir sie finden. In Wahrheit hatte ich keine Ahnung, wovon sie
überhaupt sprach.
Noch einmal besah ich mir ihre kleine Hand mit der Bissspur.*

*Am Rand hatte sich etwas Wundschorf gebildet, sie war
gerötet und hatte sich etwas entzündet, aber ich wusste nicht,
wo wir Antibiotika her bekommen könnten. Bei dem Arzt, wo
ich auf die anderen Überlebenden gestoßen war und in einer
Apotheke hatte ich bereits erfolglos gesucht.
So bedeutete ich ihr sich für den Aufbruch fertig zu machen.
In den letzten Tagen; wie viele waren es? fünf oder sechs?;
hatten wir gelernt uns ohne viele Worte zu verständigen.
Es folgte die sich ständig wiederholende Prozedur, sie wartete
versteckt, während ich das nächste Stückchen Weg
kontrollierte. Das hatte auch den Vorteil, dass das Kind nicht
mit ansehen musste, wie ich `Hindernisse´ aus dem Weg
räumte.
Mein nächstes Ziel war eine Tankstelle am Ortsrand, dort
würde ich mit Sicherheit eine Karte der Gegend finden
können, mit etwas Glück sogar eine Wanderkarte, dann
könnten wir uns außerhalb der Stätte und Dörfer bewegen.
Unser Weg führte uns an einem ehemaligen Kindergarten
vorbei und es erschien mir eine gute Idee dort einen Stopp
einzulegen und nach brauchbaren Dingen Ausschau zu halten.
In diesem unbedarften Augenblick kam mir nicht in den Sinn,
was wir an solch einem Ort vielleicht grausiges zu sehen
bekommen könnten.
Wir schlichen zum Hintereingang.
Nur für Personal stand auf einem handgeschriebenen Zettel,
der von Innen mit Klebestreifen an der Tür befestigt war.
Ich deutete dem Mädchen mit dem Finger vor dem Mund leise
zu sein und mit der Hand hinter dem Ohr zu horchen, denn
mir war, als hätte ich etwas gehört, etwas, das ich schon sehr
lange nicht mehr vernommen hatte und das irgendwie
überhaupt nicht in diese neue Welt passte.
Florice horchte angestrengt, als plötzlich ein Strahlen ihr
Gesicht erhellte.
Heftig nickte sie mit dem Kopf, sie hatte es auch gehört: Da
sang jemand! Der Gesang war nicht sehr laut, doch es war
menschlicher Gesang! Der Gesang von Kindern!
Wir schlichen uns in den rückwärtigen Aufenthaltsraum, der
wohl auch als Büro gedient hatte.*

Mit lieblicher Melodie umschwirrte uns weiter der Gesang und wurde immer deutlicher.

„Frère Jacques", tönte es gedämpft.

Da sang jemand den `Meister Jackob´!

Ich bedeutete Florice zu warten und sich versteckt zu halten.

Zur Kontrolle schaute ich zuerst in jeden einzelnen Raum hinein, bevor wir uns zur Quelle des Frohsinns weiter schlichen. Alle waren sie leer, weder Lebende noch Tote waren zu entdecken.

So leise wie es mir möglich war drangen wir immer weiter in den Kindergarten vor, immer näher an den Gesang heran.

Vorsichtig öffnete ich die letzte Türe einen Spalt. Da saß ein Mann, eine Statur wie ein Bär, stehend musste er wohl über zwei Meter groß sein und so breit wie der Frederik Kleiderschrank von Ikea. Er trug eine ärmellosen, abgetragenen Rockerkutte und saß tatsächlich zwischen 3 kleinen Kindern, sang mit ihnen und sie klatschten sich gegenseitig die Hände ab.

Als der Fremde meine Bewegung aus den Augenwinkeln registrierte, rief er „Hopp!".

Im nächsten Moment stoben die Kinder auseinander und waren so schnell verschwunden, dass ich es kaum registrieren konnte.

Der Mann rollte sich mit einer Behändigkeit, die man solch einem Koloss niemals zugetraut hätte, zur Seite, hatte auf einmal eine Schrottflinte mit abgesägtem Lauf in der Hand, stand vor mir und zielte in Richtung meines Kopfes. Es war unmöglich mich mit dieser Waffe und auf dies kurze Entfernung zu verfehlen.

Ich hob die Arme um anzuzeigen, dass ich friedlich war.

„OK, Mann, die Waffe weg!", befahl der Rocker sichtlich angespannt und deutete mit der Flinte auf meinen Baseballschläger.

Vorsichtig tat ich, wie mir befohlen war und stellte den Schläger sachte an den Türrahmen, von den Kindern war immer noch nichts zu sehen.

Ich stieß meinen Ruflaut in Florice Richtung, damit sie zu mir kam.

Etwas verängstigt blickte sie in das Zimmer, woraufhin sich der Mann deutlich entspannte und sogar die Waffe senkte, auch ich war mit Kind unterwegs.
„Kommt wieder raus, meine Lieben, es herrscht keine Gefahr denke ich."
Aus drei verschiedenen Verstecken kamen die Kinder wieder zum Vorschein. Sie waren gut versteckt gewesen, nicht einmal ihre Schimmer hatte ich gespürt.
„Du siehst nicht gut aus", stellte er nüchtern fest. „Ich möchte, dass du Abstand zu den Kindern und mir hältst, klar?"
Ich nickte nur.
„Kannst du nicht reden oder was ist los mit dir?"
„Kann er nicht", mischte Florice sich ein und ich deutete auf meinen offenen Mund und schüttelte dabei den Kopf.
„Was für 'ne Kacke", bei dem letzten Wort zuckte er zusammen, streichelte einem der Kinder, die sich mittlerweile an seine Beine geklammert hatten und uns neugierig anstarrten, den Kopf und sagte zu ihnen: „Entschuldigt, das sagt man nicht."
„Weist du, nach Monaten, in denen ich mich nur mit Kleinkindern unterhalten kann, treffe ich endlich wieder einen erwachsenen lebenden Menschen und dann ist der Stumm wie ein Fisch, ist schon ärgerlich."
„Aber er ist kein lebender Mensch", mischte sich Florice erneut ein. „Er ist einer von den Zombies. Mein Zombie", fügte sie noch stolz hinzu.
„Ja Klar, Mädchen..."
Ich zuckte nur die Schultern, es war vielleicht besser, wenn sie ihn davon nicht überzeugen würde.
„Mich nennt man Bomber, kannst mich auch Bob nennen, das hier ist meine Kleine, Evi, ihre Freundin Randi und der Racker hier, das ist Olaf", dabei strich er jedem der Kinder der Reihe nach kurz über den Kopf.
„Olaf spricht nicht mehr, seit er gesehen hat, wie seine Mutter zerrissen wurde."
Wir setzten uns mit etwas Abstand auf die kleinen Tische, während Florice sich begann neugierig um zu sehen.

`Wie bist du zu diesem Job gekommen?´
Krakelte ich auf meinen Block.
Betreten schaute Bob zu Boden.
„Als der ganze Mist hier richtig losging... `Mist´ darf man
sagen!", wandte er sich gleich an die Kinder. „Also, als auch
hier alles den Bach runter lief, wollte ich schnell meine Kleine
nach Hause holen und stiften gehen, wie alle anderen auch,
erschien mir als das Vernünftigste. Als ich dann hier
hergekommen bin, waren die Erzieher bereits alle weg. Sie
haben die Kinder einfach alleine zurück gelassen!"
Fassungslos schüttelte er seinen Kopf. „Haben sich wohl
darauf verlassen, dass die Eltern sie noch alle abholen.
Feiges, degeneriertes Pack, keinen Funken Ehre im Leib...
Scheiße," sagte er dieses mal leise in meine Richtung, „wenn
das einer von den Krematorys wüsste", das war der Name,
der sich auch auf seiner schmuddeligen Kutte, um eine
Skelettthand, die einen blutigen Dolch hielt, stand, „die
würden mich auslachen. Na, auf jeden Fall sind vier Eltern
nicht gekommen. Ich weiß nicht, warum die nicht gekommen
sind, vielleicht sind sie vorher drauf gegangen, vielleicht
haben sie sich aber auch nur gedacht, dass sie jetzt, da alles
kaputt geht, ohne ihre Bälger besser dran sind. Ich konnte die
armen Würmer nicht einfach alleine hier zurück lassen, also
habe ich mich um sie gekümmert. Nur Olafs Mami ist dann
doch noch gekommen und die ist dann zusammen mit mir hier
geblieben." Bruno sah sehr müde aus.
Ich bedeutete ihm dass ich hier nur drei Kinder sehen konnte
und bereute es bereits im nächsten Moment.
Der harte Rocker kämpfte mit den Tränen. „Am Anfang hatten
wir sechs Kinder, aber manchmal muss man Entscheidungen
treffen, eines retten und alle in Gefahr bringen oder lieber
viele in Sicherheit wissen. Ich habe weiß Gott vieles in
meinem Leben angestellt, auf das ich nicht stolz bin, aber
nichts davon war so hart wie das, was ich hier machen
musste", verschämt wischte er sich über die Augen. „Sigi, so
hieß Olafs Mutti, war einmal mit ihrem Kleinen draußen
gewesen, eine Rauchen...Was soll ich sagen...? Es war ihre
Letzte..."

`Du hast drei Kinder gerettet´, schrieb ich auf und schluckte einen dicken Kloß hinunter.

„Ja", nickte er, „aber der Preis war verdammt hoch."

Er raffte sich zusammen und wendete sich Florice zu.

„Hej, Kleine, wie heißt du denn?"

„Florice", antwortete sie höflich, kam her und reichte ihm die Hand.

Bruno ergriff sie freudig. Ihre kleinen Fingerchen verschwanden in seiner riesigen Pranke. Dabei viel sein Blick auf ihre freie Hand und sein freundlicher Blick verfinsterte sich. Er riss ihre linke Hand zu sich.

„Du wurdest Gebissen!", schrie er und sprang auf.

„Hopp!", rief er, woraufhin augenblicklich die drei Kinder in ihren Verstecken wieder spurlos verschwanden.

Ich war beeindruckt, wie gut das funktionierte und dass er es geschafft hatte, das diesen kleinen Kindern so rasch bei zu bringen.

„Raus hier! Verschwindet!" Bruno hatte wieder seine Waffe auf uns gerichtet. „Macht, dass ihr weg kommt oder ich knall euch ab!"

„Nein, das ist kein Monsterbiss, das war ich selbst", wehrte sich Florice und hielt ihm betroffen ihre entzündete Hand entgegen.

Er schüttelte nur den Kopf. „Ich werde kein Risiko eingehen und vielleicht noch ein Kind verlieren! Ihr dreht euch jetzt um und verschwindet oder ich knall euch wirklich ab und erspare euch damit die Verwandlung."

In seinem Blick erkannte ich, dass er genau das meinte, was er sagte und Angst erfüllte mich. Ich griff Florice an der Schulter.

„Bitte, Mister, das war kein Zombie!", bettelte sie noch einmal. Endlich hatte sie andere Menschen gefunden, sogar Kinder und jetzt wurde sie gezwungen einfach so, mir nichts, dir nichts, wieder zu verschwinden?!

„Raus!", war alles, das sie als Antwort erhielt und ein Hahn, der gespannt wurde. Also zog ich das sich wehrende Mädchen mit mir hinaus. Wir setzten schweigend, manche von uns schluchzend, unseren Weg zur Tankstelle fort. Mir ging nicht

*aus dem Kopf, was dieser Mann vielleicht hatte tun müssen,
um die verbliebenen Kinder zu retten, hätte ich diese Stärke?
Wahrscheinlich nicht.*

*Es half alles nichts, also suchte ich ein Versteck für Florice in
der Nähe der Tankstelle und lies sie alleine in ihrem Elend
zurück, um eine Karte der Umgebung zu besorgen.*

.....

*Wie widerlich! Was tat ich denn da? Ich dachte, es würde
langsam besser mit mir. Schon seit Tagen hatte ich keine
Aussetzer, in denen das Virus die Kontrolle über mich gewann,
mehr gehabt.*

*Angewidert spuckte ich aus. Ein Geschmack von Eisen und
Erde und Kot sammelte sich in meinem Mund.*

*Da ich immer noch keine richtigen Schmerzen verspürte, sah
ich die vielen kleinen Stacheln nur anteilslos, die sich in
meine Hand gebohrt hatten, spürte sie aber glücklicherweise
nicht.*

*Ich musste in diesem Moment, der nicht mir gehört hatte einen
Igel erwischt haben.*

*Nun saß ich hier hinter der Tankstelle und stopfte sein Fleisch
mitsamt den Stacheln in mich hinein.*

*Gott gebe, dass ich mein Schmerzempfinden nicht zurück
habe, wenn das wieder heraus kommt!*

*Florices Schrei lies mich den Igel vergessen. Ich lies die Reste
achtlos zu Boden fallen und spurtete los.*

*Sie musste ihr Versteck verlassen haben, ich wusste nicht, wie
lange ich weg gewesen war, womöglich hatte sie nach mir
suchen wollen.*

*Bereits aus einiger Entfernung spürte ich ihr rotes Leben und
das blaue Nichtleben des Untoten, der sich auf sie zu schob.*

*Laufen konnte er nicht mehr richtig, dem Stadtmitarbeiter
waren beide Beine so weit abgefressen, dass nicht einmal das
Virus diesen Makel beheben konnte.*

Schräg über ihr reckte sich der Arbeitskollege des ersten

Untoten nach ihrem Fleisch. Er war in der Mechanik eines Hubwagens eingeklemmt, mit dem man die Straßenbeleuchtung auswechseln konnte. Wenn das Mädchen noch zwei oder drei Schritte zurück wich, würde er sie greifen. Im selben Moment, als sich der Infizierte aus der Mechanik heraus gerissen hatte und Florice packen wollte, war ich heran, schmiss mich auf sie und riss sie zu Boden.

Mit ihrem eigenen großen Schraubendreher beendete ich die Arbeitszeit der beiden Untoten und schickte sie in den ewigen Feierabend.

Das Mädchen weinte, vermutlich hatte ich ihr weh getan, als wir zu Boden gingen. Unter meiner Hand, die ihre Schulter hielt, ran ein wenig frisches Blut hervor, in diesem Moment erkannte ich voll Schrecken, dass meine Hand noch immer von den Stacheln des Igel gespickt war, diese hatten sich in ihre kleine, knöcherne Schulter gebohrt und unser Blut auf diese Weise vermischt.

Zuerst war ich geschockt, dann schnappte ich mir in meiner Wut einen handgroßen Stein und drosch auf den am Boden liegenden Toten ein. Dann rannte ich einige Schritte hin und her, Panik drohte mich zu übermannen.

Ich zwang mich zur Ruhe und wandte ich mich wieder Florice zu.

Sie saß am Straßenrand und hielt sich noch immer die Schulter.

Ich wusste noch, wo der Arzt war, mit ein wenig Glück würde ich dort etwas Desinfektionsmittel finden, aber ich musste schnell sein

Da ich keine Untoten in der Nähe spüren konnte, gab ich ihr zu verstehen, dass sie hier auf mich warten sollte und rannte los.

Kapitel 2

Illustration von Christian Cesnik

Kämpfende Truppe

„Mein Gott, ist das Widerlich!" Kelly verzog angewidert ihre Nase.

„Mensch Tom, du kannst in einem Panzer nicht Furzen!", sagte der Soldat, der neben Tom saß und stieß den Angesprochenen unsanft in die Rippen.

„Ihr könnt ja ABC- Alarm geben", erwiderte der Angesprochene kichernd.

Das Gebläse in ihrem Fuchs Spürpanzer sorge dafür, dass sie ständig mit frischer Luft versorgt wurden, doch gegen die dicken Saubohnen des Vortages arbeitete es vergebens an.

„Konzentriert euch auf den Einsatz", schalt es vom Beifahrersitz nach hinten. Der Fahrzeugkommandant studierte gerade die Karte der Umgebung, konnte sich aber ein Lächeln ob der Kindereien seiner Untergebenen nicht verkneifen.

Stabsunteroffizier Kai Molner war mit 38 Jahren einer der älteren Soldaten am Standort und sah seine Untergebenen eher als seine Kinder, seine Schutzbefohlene an. Er war der väterliche Typ, was seinen Vorgesetzten früher immer ein Dorn im Auge gewesen war. Schon immer hatte er einen guten Draht zu den einfachen Soldaten gehabt. Sein Staffelführer hatte ihm versucht einzubläuen, dass er sie ausbilden und führen solle, keine Freunde finden. Vermutlich war er deshalb auch nie zum Feldwebel befördert worden.

Heute war das alles egal, ganz im Gegenteil, Kai fand, dass es jetzt wichtiger denn je war freundschaftliche Verbindungen zu seinen Soldaten aufzubauen, schließlich mussten sie sich blind vertrauen und vielleicht würden sie ihm einmal seinen Arsch retten.

„Kelly, ins Guckloch, wir sind gleich da!"

Als Guckloch bezeichneten sie die Luke über dem Frachtraum, darauf war ein MG3 auf Drehringlafette angebracht, der Nachfolger des MG42, das schon im 2. Weltkrieg gute Dienste geleistet hatte.

Die Taschen an ihren Koppeltragegestellen zu öffnen, die Schutzmasken zu entnehmen und sie sich über zu streifen war eine einzige Bewegung und dauerte nur Sekunds, solch einem eingespielten Team brauchte dieser Befehl nicht extra erteilt zu werden.

„Schon besser, jetzt kann man auch wieder atmen", witzelte Kelly, öffnete das Verdeck und schlüpfte durch die Luke halb zum Dach hinaus. Automatisiert legte sie ihre rechte Hand an das Griffstück des Mgs und lud die Waffe durch.

„Fertiggeladen und gesichert", kommentierte sie ihr Tun.

„Heute starten wir bei der Firma Rohrmann", informierte der Kommandant nochmals seine fünfköpfige Mannschaft.

Diese Einsätze waren mittlerweile zur Routine für sie geworden. Jeden Tag näherten sie sich der Stadt Bruchsal aus Richtung des Industriegebietes ein kleines Stückchen weiter. Ihr Auftrag bestand aus drei einfachen Punkten:

1. Nichtinfizierte Personen bergen und zum Stützpunkt bringen
2. Materialbeschaffung, vorrangig Dieseltreibstoff und Nahrungsmittel
3. Infizierte ausschalten

Seit vier Wochen fuhren sie nun bereits fast täglich auf Tour.

„Feind! Etwa vierzig", erschallte es vom Ausguck.

„OK, macht euch bereit zum Absitzen!", gab Kai den Befehl.

„Wir fahren wie immer auf fünfzig Meter ran! Kelly, selbstständig Feuern, wenn wir stehen!"

Als das Fahrzeug zum stehen kam, sang das auflafettierte MG seinen Song der Vernichtung.

Die Horde der Infizierten sprintete sofort dem Spürpanzer entgegen, als sie ihn registrierte. Mit kurzen, dicht aufeinander folgenden Feuerstößen sorgte die junge Frau hinter dem MG dafür, dass sich immer mehr von ihnen in einer Wolke aus Blut und spritzender Gehirnmasse miteinander vereinte und zu einer breiigen, matschigen Fläche wurde.

Kelly zielte hoch um möglichst viele der Infizierte durch Kopftreffer entgültig zu erledigen. Als die Horde gestoppt war, hielt sie, just for fun, noch einen längeren Feuerstoß in die sich windenden Körper am Boden, dann stellte sie das Feuer ein.

„Ha! Ich liebe meinen Job!", rief sie laut johlend und danach „Sicher!"

Jeden Tag sammelte sich solch eine Horde an ihrem letzten Einsatzort, angelockt durch den Lärm ihrer Waffen, die sie am Vortag benutzt hatten. Es schien, als könnten die Untoten die Schüsse einem Ort zuordnen.

„Absitzen!" Jeder kannte seine Aufgaben und Kai musste nicht alles einzeln neu einteilen.

Während Kelly am MG weiter Rückendeckung gab und sie sicherte, saßen die anderen Soldaten vom Fahrzeug ab und beförderten die verbliebenen Infizierten, die von Kellys Stahlhagel noch nicht endgültig erledigt waren, mit Kopfschüssen auf ihre nun endgültig letzte Reise.

Nach ihrem blutigen Handwerk saßen alle wieder auf und fuhren weiter, so nahe wie möglich zu der angegebenen Firma, wo ihr eigentlicher Einsatz beginnen würde.

Als sie nach 6 Stunden endlich wieder zurück in ihrem Stützpunkt, der General- Fahnert- Kaserne, angekommen waren, fühlten sie sich wie gerädert.

Der TEP90 vor ihrem Kasernengebäude war ihre letzte Station heute. Sie würden noch dieses Truppenentgiftungsfahrzeug durchlaufen, dann noch ihre Waffen reinigen und endlich war der Tag gelaufen.

Es war zwar üblich, dass ein Unteroffizier zuerst seine Mannschaften versorgte, da aber alle wussten, dass Kai noch zur Nachbesprechung musste, beschwerte sich keiner seiner Untergebenen darüber, dass er seine Reinigung und die seiner persönlichen Ausrüstung als erster vollzog.

„Stabsunteroffizier Molner, melde mich vom Einsatz zurück!" kam es zackig mit einem Gruß, als er das Büro seines kommandierenden Vorgesetzten betrat.

Oberleutnant Herzer erwiderte den Gruß lapidar. „Setzen sie sich", sagte er und deutete auf den Stuhl vor seinem Schreibtisch. Auf seinem Tisch stapelten sich Papiere. Ein Bild mit einer hübschen, langhaarigen Blondine war in eine Schneekugel eingelassen und beschwerte einige der Schreiben. Der Oberleutnant sah aus wie ein Mann Anfang 40, tatsächlich war er aber erst 28 Jahre alt. Er war derjenige, der hier alles am Laufen und vor allem die kleine Truppe zusammenhalten musste.

Nachdem die Führungskräfte, die über ihm gestanden hatten gestorben oder desertiert waren, stieg er automatisch zum Kasernenkommandanten auf. Allerdings waren von den ehemals über 800 Mann, die in der Kaserne stationiert waren nur noch 32 Soldaten übrig geblieben, plus vier Zivilisten. Alle anderen waren gefallen oder ebenfalls desertiert, größtenteils wohl um sich mit ihren Familien durch zu schlagen. Einige wenige waren kurz nach ihrer Desertion frustriert wieder zurück gekommen, nachdem sie festgestellt hatten, dass sie ihren Angehörigen nicht mehr helfen konnten. Diese hatte er ohne Strafe wieder in der Truppe zurück aufgenommen. Zwei Mann hatte er, wenn auch ungern, auf eigenen Wunsch entlassen, da er es für richtig empfunden hatte, dass sich nur noch Freiwillige unter seinem Kommando befanden.

„Verluste?", fragte er müde.

„Nein, keine. Wir haben 52 Infizierte ausgeschaltet und etwa 40 Liter Diesel geborgen."

Es folgte ein detaillierter Bericht, der, da nichts besonderes Vorgefallen war, relativ kurz ausfiel.

„Sehr gut", nickte der Oberleutnant, „ist schön, dass auch mal etwas klappt. Ich sitze gerade am Dienstplan für nächste Woche und habe da noch einen Schwerpunkt, den ich gerne mit ihnen besprechen möchte."

„Kann ich nicht erst nach meinen Männern sehen?" Sie hatten auch vier Frauen in der Einheit, es hatte sich aber eingebürgert allgemein von Männern zu sprechen, über Sexismus beschwerte sich heute keine Frau mehr.

„Nein, ich möchte das gerne erledigt haben, ich werde ihre Zeit dafür nur kurz in Anspruch nehmen."

Kai nickte.

„Morgen ist Sonntag und ich erwarte, dass alle Soldaten, außer natürlich die zur Wache eingeteilten, beim Feldgottesdienst anwesend sind. Ein bisschen Seelenheil und Zuspruch wird allen gut tun."

„Das wird einigen nicht gefallen, Ahmed zum Beispiel ist

Muslime und keiner der Männer steht an seinem freien Tag gerne früh auf, nur um einem Pfaffen zuzuhören, wie er von einem Armageddon predigt, dass sie alle bereits kennen." Der Oberleutnant sah ihn wütend an. „Wir sind uns doch sicher einig, dass wir keine Unterschiede mehr zwischen den Glaubensrichtungen machen. Ahmed kann ja während der Predigt gerne zu Allah beten, wobei ich persönlich der Meinung bin, dass es Gott scheißegal ist, mit welchem Namen man ihn anruft." Wieder etwas ruhiger setzte er hinzu: „Verzeihen sie meine rüde Ausdrucksweise, Herr Stabsunteroffizier, ich habe die letzte Zeit wenig geschlafen und sollte mich nicht so gehen lassen", entschuldigte der Oberleutnant seinen Ausbruch.

„Kein Problem, wir sind alle ziemlich am Ende."

„Außerdem wird der Gottesdienst erst um 10 null null stattfinden", womit er 10 Uhr Vormittags meinte.

„Des weiteren werden wir ein wenig umstrukturieren. Außer uns beiden haben wir noch sechs Mann im Innendienst. Ich möchte den Rest in vier feste Gruppen einteilen, zu je fünf Gefreiten und einem Unteroffizier."

Kai sah seinen Vorgesetzten fragend an.

„Ich werde noch drei Gefreite zu Unteroffizieren befördern, dafür erwarte ich bis morgen Nachmittag ihre Vorschläge, ebenso für die Einteilung der Gruppen", während er das sagte, stand er auf, ging zu seinem Schrank, öffnete ihn und nahm eine Whiskyflasche und zwei Gläser heraus. Eines davon stellte er vor den Stabsunteroffizier, das Andere vor sich selbst auf dem Tisch ab. Dann besah sich betreten das Etikett der Flasche und füllte beide Gläser einen Finger breit.

„Nun das Traurige, Oberfeldwebel Haberl ist heute gefallen."

„Mist", war alles, was Kai dazu anmerkte. Dann fragte er noch: Aasfresser?"

„Nein, seine Männer haben ihn heute ohne Bewusstsein von ihrem Erkundungseinsatz zurück gebracht. War wohl so eine Art Zombiefalle. Der Motor eines Motorrades im Fenster des zweiten Stockwerks, gesichert durch ein Seil. Er stand wohl direkt darunter... Der Sani konnte nichts mehr für ihn tun, vor etwa einer Stunde ist er verstorben."

„Scheiße, das ist dann wohl ein Anwärter auf den diesjährigen Darwin Awards."

Beide hoben ihr Glas und prosteten sich zu. „Auf das Wohl eines tapferen Soldaten!"

Sie leerten ihren Single Malt auf einen Zug.

Als sie die Gläser wieder abstellten reichte der Offizier ihm die Hand und sagte: „Ich gratuliere ihnen Herr Feldwebel!"

Mit diesen Worten reichte er dem frisch beförderten und verdutzt dreinblickenden neuen Feldwebel seine Schulterabzeichen.

Am Abend saß der ganze Trupp, mit zwei erbeuteten Sixpacks zusammen auf einer Stube. Im Aufenthaltsraum der Firma, die sie heute gesäubert hatten, standen diese auf einem Tisch, wie für sie als Willkommensgeschenk oder Dankeschön, sogar mit einem Schleifchen verziert und einer Karte daran.

Offensichtlich war einer der Mitarbeiter Vater geworden und hatte die Sixpax von seinen Arbeitskollegen als zukünftige Nervennahrung geschenkt bekommen. Zwar hätten sie das Bier eigentlich abgeben müssen, da es als Lebensmittel galt, aber scheiß drauf, sie hatten schließlich dafür ihre Köpfe hin gehalten.

Außer dem frisch beförderten Feldwebel Molner waren noch die MG- Schützin Kelly Keilmann, Tom Miers, ein Allrounder und Mann fürs Grobe, Abdal Ahmed , der den Fuchs lenkte und auch gleichzeitig sein Mechaniker war und der Hauptgefreite Hans- Peter Rohr, der Sanitäter ihres kleinen Haufens mit dabei.

„Tja, HaPe," nahm Kai nun wieder den Faden auf, nachdem er seinen Männern alles erläutert hatte, „wie es aussieht, wirst du zum Unteroffizier befördert und eine eigene Truppe unter dein Kommando bekommen."

„Och nö, muss das sein, ich will kein Uffz werden, lasst mich doch einfach in der Gruppe und übergeht meine Beförderung..."

Kai grinste ihn an. „Ich hatte gehofft, dass du das sagen würdest. Mehr Sold bekommst du dann nämlich auch nicht. Ich werde schon einen anderen neuen Unteroffizier finden.

Dann müssen wir uns noch überlegen, wen wir noch in unsere Gruppe mit aufnehmen wollen, ein Mann fehlt uns noch."

„Wie wäre es mit Rafaell ?", fragte Kelly.

Gegröle antwortete ihr und sie errötete leicht.

„Der Schönling hat doch nichts auf dem Kasten, lieber den Mejers!", tönte Tom.

„Der ist dafür dumm wie Toastbrot!", empörte sich Kelly.

Kai klopfte mit seiner Bierflasche auf den Tisch um sich Gehör zu verschaffen. „Wartet mal! Die Idee ist gar nicht so schlecht, der ist zwar Strunzdumm, hat aber die Kraft von zwei Ochsen, wo der hinschlägt, da wächst kein Gras mehr. Wir haben Kelly als Bord- und Scharfschütze, Hape ist der Sani, Ahmed der Techniker und Tom der Stinker..." Gelächter folgte.

„Nein, Spaß beiseite, Tom ist unser Mädchen für alles, was uns noch fehlt ist einer, der Türen mit seinem Schädel eindrückt und Eisenstangen zurechtbiegen kann."

„Aber wie wäre es stattdessen mit diesem Zivilisten..., diesem Amerikaner..., Jackson hieß der glaube ich, der scheint sportlich zu sein und einiges auf dem Kasten zu haben...", legte Hape ein.

„Erstens ist der kein Soldat und zweitens weiß ich nicht, ob ich dem Kerl trauen kann oder will, der ist mir zu undurchsichtig. Außerdem konnte ich Amis noch nie leiden. Wir nehmen Mejers mit in unsere Gruppe, das bestimme ich einfach so, aufgrund meines Dienstgrades und meiner angeborenen Arroganz!"

Daraufhin prosteten sie sich fröhlich zu.

Der Prediger

Bisher war an Sonntagen nach Sonnenaufgang nur ein kleiner Flaggenapell abgehalten, an dem nur Teile der Wachmannschaft teilnehmen mussten, den restlichen Soldaten war es an diesem Tag vergönnt etwas länger zu ruhen.
Allgemein sollte dieser Tag dazu genutzt werden die persönliche Ausrüstung in Ordnung zu bringen und zu Pflegen. Ansonsten konnte jeder, der nicht zum Wachdienst eingeteilt war, den Tag nach eigenem Ermessen verbringen, solange er sich innerhalb des Kasernengeländes aufhielt.
Allerdings gab es heute eine Änderung des gewohnten Ablaufes.
Alle Soldaten, selbstverständlich bis auf die sechs Mann, des Wachdienstes und dem Koch waren zum Gottesdienst angetreten und hatten sich murrend auf den Stuhlreihen in der ehemaligen UHG verteilt.
Erika und Franz Huber, ein älteres Bauernpärchen, hatten sich in die vorderste Reihe, neben dem kommandierenden Befehlshaber gesetzt. Das Pärchen war von Soldaten aus einem in der Nähe gelegenen Gehöft gerettet worden, wo sie im Obergeschoss von Infizierten eingeschlossen waren und befand sich nun hier in der Kaserne als Zivilpersonen in relativer Sicherheit.
Erika ließ einen Rosenkranz zwischen ihren Fingern hindurch gleiten und bewegte dabei ganz leicht ihre Lippen.
Die Beiden betrieben auf dem Gelände etwas Gartenbau, damit ab und zu auch mal etwas frisches Gemüse auf den Tisch kam, des weiteren hielten sie einige Hühner, ein Schwein und sogar eine Kuh auf dem ehemaligen Sportplatz.
Ein weiterer Zivilist, der auf dem Kasernengelände wohnte, war der amerikanischer Tourist, John Jackson. Wenige Wochen nach Ausbruch der Katastrophe war er von der Kasernenstreife gestellt worden, als er versuchte, sich unrechtmäßig zutritt zum Gelände zu verschaffen. Nachdem dieses `Missverständnis´ geklärt war, wurde er als ziviler Mitarbeiter aufgenommen und fungierte in erster Linie als

eine Art Berater für den Oberleutnant.

John war durchtrainiert, adrett, aber dennoch zweckmäßig
gekleidet und lehnte lässig an der hinteren Mauer des Raumes.
Vor den Stuhlreihen war ein Tisch mit einem sauberen Lacken
abgedeckt worden. Mitten darauf thronte eine dicke Kerze.
Ein grob gezimmertes Holzkreuz hing dahinter an der Wand.
Es war im oberen Teil komplett mit S- Draht umwickelt. Die
vielen kleinen rasiermesserscharfen Klingen daran spielten im
Licht eines Spottes, mit dem das Ganze beleuchtet wurde.

Als letzter betrat Pastor Böser den Raum. Ein
hochgewachsener, schlanker Mann mittleren Alters, dessen
hagere Gestalt durch die schwarze Soutane, die er trug noch
ausgezehrter wirkte.

Er trat von vorne an den Tisch, verneigte sich vor dem Kreuz
und schlug selbst das Kreuzzeichen.

Dann drehte er sich um und segnete seine kleine Gemeinde
ebenfalls mit dem Zeichen der Dreifaltigkeit.

„E nomine patri et filii et spiritus sancti."

„Amen", kam die Antwort von einigen wenigen, die das
Procedere kannten und die sich ebenfalls bekreuzigten.

Ein Schatten huschte über das Gesicht des Priesters. So
wenige Gläubige...

Das war ärgerlich, würde sich aber sicher ändern, sobald das
Wort Gottes die Herzen der armen, irregeführten Menschen
erreicht hatte.

„Ich freue mich, dass der Herr mich hierher geführt hat, wo
ich sein Wort und seine Arbeit tun kann", begann er seine
Predigt.

Getuschel und leises Gelächter wurden bereits nach diesem
ersten Satz vernehmbar.

„Mir ist durchaus bewusst, dass es in diesen schweren Zeiten
schwer ist an Gott zu glauben, doch gerade jetzt ist es
wichtiger denn je zu Wissen, dass er weiterhin an unserer Seite
ist!"

Das Getuschel wurde lauter, schwoll zu einem Gemurre an,
bis einer rief: „Wo ist denn dein Gott, der so etwas zu lässt?"
Der Zwischenrufer war Tom.

Der Oberleutnant stand auf und drehte sich erbost zu seinen

Männern um. „Ruhe! Ihr werdet den Mann seine Predigt ohne Störungen zu Ende halten lassen...“

Der Pastor unterbrach ihn. „Lassen sie ihn, es ist meine Aufgabe, dem verirrten Schaf den rechten Weg zu weisen, vorbei an gefräßigen Wölfen und steilen Klippen.“

Kelly gab ein deutliches, von Gelächter gefolgtem, „Mäh, Mäh“ von sich. Sie sank still in ihren Stuhl zurück, als der strafende Blick des Oberleutnants sie traf.

„Lassen sie mich zuerst etwas ausholen. Bevor ich, vor nunmehr erst zehn Tagen, von ihnen aufgenommen wurde, hatte auch ich mit dem Herrn gehadert. Wozu das alles? Warum trifft es ausgerechnet die Leute, die mir ans Herz gewachsen sind?“ Seine Stimme war melodisch, geschult und hatte eine sehr einnehmende Wirkung auf seine Zuhörer. „Und am Wichtigsten, warum hat es *mich nicht* getroffen?“ Die beiden Worte schrie er fast hinaus.

Betroffene Stille breitete sich aus. Der Priester hatte genau die Fragen gestellt, die sie sich jeder einzelne insgeheim selbst schon gestellt hatten.

„Ich will ihnen nicht vormachen, dass ich alle Antworten kenne, nein, aber ich weiß, dass die Antwort auf diese Frage in Gott selbst und dem Glauben an ihn zu finden ist.

Im alten Testament steht: Es muss alles erfüllt werden, was von mir geschrieben steht!

Doch das ist nicht geschehen. Wenn sie noch vor einem Jahr die Nachrichten aufgeschlagen haben, was sahen sie? Hass und Gewalt, Diffamierung und Lügen! Weltweites Elend! Gottes Werk wurde in den Dreck getreten! Und immer ging das Böse vom Menschen aus! Aus Gier und Trägheit wurden seine Gesetze missachtet! Schon lange ist der Mensch nicht mehr Gottes Ebenbild.

Schon lange hält sich der größte Teil der Welt nicht mehr an die heiligen Gebote, die der Herr einst Mose auf dem Berge Sinai erteilt hatte.

Geiz ist Geil!“ Eine kurze Pause folgte, in der der Priester seine Schäfchen begutachtete. „Ist es nicht! Die Profitgier der Menschen wollte uns das Glauben machen, doch Geiz ist genauso wie Habsucht eine Todsünde und das mit Recht!

Ist es da ein Wunder, dass der Herr nun den größten Teil der Welt bestraft hat?"

„Ich habe mich noch nie an die Gebote gehalten und lebe noch!", rief ein Soldat aus der letzten Reihe.

„Das ist Richtig", bestätigte der Priester und deutete mit dem gestreckten Finger anklagend zu ihm hin, „und viele die streng nach den Geboten lebten, sind gestorben. Doch ist es so, dass wir alle eines Tages sterben werden, das einzige, das zählt, ist, was dann mit unserer unsterblichen Seele geschieht. Ewige Verdammnis oder für immer mit den Heerscharen des Himmels frohlocken!?

Diejenigen, die bisher überlebt haben, bekamen von Gott dem Herrn die Gelegenheit und Chance ihr bisheriges Leben zu überdenken und sich wieder dem Herrn zuzuwenden.

Ihr alle", dabei schwenkte er mit seinem Finger über die Soldaten, „werdet bereits auf Erden bestraft, damit ihr später ins Himmelreich aufsteigen könnt! Nutzt diese Okkasion und kehrt zurück in seinen Schoß!

Dafür lasst uns zusammen Beten, wie der Herr uns das Beten gelehrt hat", sagte er nun die Schärfe nehmend. „Vater unser im Himmel..."

Einige der Soldaten stimmten mit ein in das Gebet, die meisten aber starrten nur betroffen zu Boden.

Die kommende Stunde war angefüllt von biblischen Erzählungen über den Weltuntergang, den Jüngsten Tag.

Als der Priester die Predigt beendet hatte, natürlich nicht ohne noch an die Beichte zu erinnern, um die Seelen zu befreien, waren nicht wenige froh, den Raum endlich verlassen zu dürfen und wieder freie, frische Luft atmen zu können."

Nach dem Gottesdienst lies der Oberleutnant noch einmal antreten um die anstehenden Beförderungen auszusprechen. Die anschließende Unteroffiziersbesprechung wegen der neuen Truppeinteilungen wurde von Feldwebel Molner geleitet, während der Rest seines Trupps, wegen der wiederholten Störungen der Predigt zur außerordentlichen Latrinenreinigung verdonnert wurde.

Glaubensfragen

„Ich hoffe, ihr hattet euren Spaß, gestern beim Scheißhausputzen", Kai war sichtlich erbost. „Könnt ihr nicht mal für eine einzige Stunde die Klappe halten?"

„Der Pfaffe hat sie doch nicht mehr alle! Habt ihr seinen Blick gesehen? Ich sage euch, der bedeutet Ärger" wehrte sich Hape.

„Ich denke, er hat recht mit dem, was er gesagt hat", gab Mejers seine Meinung preis.

„Mejers, du bist nicht zum Denken hier", frotzelte Kelly. Sie musste sich strecken und trotzdem nach oben blicken um dem Kraftpacket in die Augen zu schauen.

Der massige Gefreite war der Neuzugang der Truppe geworden. Auf den ersten Blick erschien er eher unförmig und Dick, doch das täuschte. Zwar hatte Mejers keine Muskelpakete, aber auch kein nennenswertes Fett und es steckte eine unglaubliche Kraft in ihm. Im Streit hatte er einmal einen Kleinwagen angehoben, in dem ein anderer Soldat, der ihn geneckt hatte sich verstecken wollte. Er hatte den Wagen unter dem Bodenblech gepackt und einfach umgeworfen, so als handle es sich um einen großen Umzugskarton.

Vier Mann hatten es nicht geschafft den Berg von einem Mann fest zu halten, erst ein Vorgesetzter, der ihn ins Achtung stellte, beendete den Streit und schickte ihn drei Tage ins Kaffee Viereck, wie die Zelle im Wachhäuschen gerne genannt wurde.

„Schluss jetzt! Ihr reißt euch das nächste mal gefälligst zusammen, damit ist das Thema beendet", ging Kai dazwischen. „ Jetzt haben wir einen Auftrag. Wir werden den Pfaffen in die Michels Kapelle auf dem Michaelsberg bei Untergrombach begleiten, er benötigt einige Requisiten um einen ansprechenderen Gottesdienst ab zu halten."

„Sind diese Kaspereien eines Gottesmannes wichtiger als Lebensmittel zu finden?", fragte Hape.

„So etwas ähnliches habe ich den Oberleutnant auch gefragt,

allerdings habe ich mehr auf meine Wortwahl geachtet. Seine
Antwort war, ich dürfe das Seelenheil und die Betreuung
durch einen Seelsorgers nicht unterschätzen. Außerdem habe
ich gesehen, dass der Pastor bereits regen Besuch von
Soldaten hat, viele greifen jetzt nach jedem Strohhalm.
Und eines lasst euch gesagt sein, wenn ihr den Pastor mit
blödem Zeug zu labert, werde ich euch für den Rest des
Monats zum freiwilligen Latrinendienst melden! Und jetzt
packt euer Gerödel zusammen, in10 Minuten ist Abmarsch!"

Abrupt stoppte der Fuchs und die Besatzung wurde gegen die
Trennwand geworfen.
„Allah hilf", hörten sie Ahmeds Seufzer, zeitgleich mit
„Heilige Scheiße" von Kai.
„Was ist los da vorne?", wollte Hape wissen.
„Infizierte!"
„Ja? Und das erschreckt euch?"
„Es sind viele!"
„Sehr viele?
„Sehr viele!"
„Soll ich in den Ausguck, Boß?", mischte sich Kelly ein.
„Nein," fasste sich der Feldwebel wieder, „das sind *zu* viele."
„What the Fuck...?", rief Tom nun aus. „Wie viele sind es
denn, dass unsere Kelly nicht mit ihnen fertig werden kann?"
„Ich schätze zwei bis dreihundert. Minimum!"
Die riesige Horde hatte sie noch nicht registriert, schlurfte
aber auf der Straße gemächlich auf sie zu.
„Sollen wir uns einen anderen Weg suchen?", fragte Ahmed.
„Nein, das ist zu weit, da verbrauchen wir unnötig viel Sprit",
erwiderte Kai, während er mit dem Finger auf der Karte
imaginären Wegen folgte. „Wir fahren durch!"
„Echt jetzt?", wollte Tom wissen, der mitgehört hatte. „Und
wenn wir stecken bleiben? Dann kommen wir da nie wieder
lebend raus!"
Der Priester wurde bei jedem Wort blasser, enthielt sich aber
jeglichen Kommentars und schickte nur leise gemurmelte
Gebete zu seinem Chef im Himmel.
„Tom, wir haben 18 Tonnen unter unseren Ärschen, es gibt

nichts was uns aufhalten könnte. Ahmed, gib Stoff."
Ahmed gab Stoff und raste auf die Untoten zu. Als die Ersten
die Bewegung ihres Fahrzeuges bemerkten rannten sie darauf
zu und wurden erbarmungslos zur Seite geschmettert. Über
einzelne rumpelte das Radfahrzeug rüber. Eine Frau, sie war
wohl erst Mitte Zwanzig gewesen, wurde in der Mitte
auseinander gerissen. Der Unterkörper mit den Beinen
rutschte zwischen den Rädern hindurch und wurde zwischen
ihnen wie in einem großen Mahlwerk zermalmt und in Stücke
gerissen. Ihr Oberkörper wurde über den Panzer hinweg
geworfen, ihre Innereien verteilten sich über die gesamte Front
des Wagens.
Der Gefreite am Steuer betätigte den Scheibenwischer um die
schmierige Spur der Frau von der Scheibe zu wischen, was das
Ganze jedoch nur noch verschlimmerte. Trotz eingeschränkter
Sicht hielt er die Geschwindigkeit bei und fuhr immer tiefer in
die Horde hinein.
Mittlerweile waren sie so weit voran gekommen, dass der
Radpanzer keine Straße mehr unter sich hatte, sondern sich
nur noch über Körper wälzte.
„Zum Glück hat die Karre keine Personenerkennung", witzelte
Ahmed. „Der Wagen würde einfach bremsen und stehen
bleiben..."
Im Transportraum hielten sich alle so gut es ging fest, wurden
aber dennoch durch die Rumpelei hin und her geworfen. Am
meisten wurde Tom durch die Kabine gewürfelt, er war zu
cool gewesen sich am Sitz anzuschnallen.
Der Fuchs verlor durch den Widerstand der schieren Masse
immer mehr an Fahrt. Er wälzte sich mittlerweile fast im
Schneckentempo über immer neuen Belag aus lebenden
Leichen. Die großen Räder schabten das verwesende Fleisch
von den Knochen der unter ihnen Liegenden und rissen und
quetschten Körper entzwei, während viele sich hinter ihnen
wieder aufrappelten und von den Seiten ständig weitere
Untote nach dem Fahrzeug griffen.
„Los, komm schon, wir haben es gleich geschafft", feuerte Kai
den Fahrer ihres Ungetüms an.
Mit einem letzten harten Aufsetzen spürten sie endlich wieder

festen Asphalt unter sich und der Panzer nahm mit einem Satz
wieder Fahrt auf.
„Juhu!" Ahmed jubelte auf. „Mein Mädchen schafft das, sie ist
die Beste!"
„Werden sie uns nicht zur Kapelle folgen?"
„Nein, wir werden sie abhängen. Wir fahren ein bisschen
Zickzack durch den Ort, geht sowieso nicht anders und auf
dem Berg haben wir einen klasse Rundumblick."
„Hej, Leute, auf den Schreck hin spiele ich euch ein bisschen
Musik ein", dröhnte Ahmed in den Lautsprecher. „Im Radio
läuft gerade der Hit des Tages. Heute ist es etwas dunkles, aus
der Darkzone. Gothik- Metal vom Feinsten. Kein Hauch von
Leben, von Illuminate. *Das* ist meine Welt, ich liebe diese
Band. Der Bandleader kommt übrigens hier aus der Gegend,
da wo wir gerade hin fahren. Wenn ihr ihn seht, bittet ihn doch
für mich um ein Autogramm..."
Ein Klicken in der Leitung und sie hörten passend zur
Situation: „...Und dort, in diesem Trümmerfeld, liegt ein
Kadaver faulend brach,
Schon morsch sind seine kalten Hände; er zeugt von Elend
tausendfach...."
An der nächsten Kreuzung bogen sie links ab und fuhren
durch das menschen- und totenleere Untergrombach im
Zickzack auf den Michelsberg hinauf.

Kurz vor ihrem Ziel stoppte das Fahrzeug erneut.
„Hier sieht alles sauber aus. Masken auf! Kelly, auf deinen
Platz!"
Die Masken wurden wieder genauso rasch übergezogen wie in
hunderten anderen Situationen auch. Von allen, bis auf den
Priester.
„Boß, der Pfaffe hat keine Maske."
„Verdammt noch mal, deshalb nehme ich keine Zivilisten mit
auf Tour."
Der Pastor schaute betreten um sich.
„In der linken Box ist noch eine in Reserve, Hape hilf ihm sie
anzulegen!"
Als alle durch Masken gesichert waren, öffnete Kelly ihre

Luke und zog sich empor.

Eine Hand griff nach dem Filterstück ihrer Maske und zog daran. Gleichzeitig erschien das Gesicht einer jungen Frau vor ihr. Gierig schnappte sie nach ihrem blank liegenden Hals. Instinktiv lies sich Kelly zurück in den Transportraum fallen, in der Hoffnung, dass sie Abstand zu dem Wesen bekommen würde. Dem war jedoch nicht so. Die Frau fiel mit ihr in den engen Raum, es war kein Unterkörper mehr an ihr, der sie hätte oben halten können. Einige Darm schlingen blieben an der Lafette hängen, rissen aber ab und ergossen ihren stinkenden Inhalt ins Fahrzeuginnere.

Mit einem gemeinsamen Aufschrei drückten sich die Insassen gegen die Wände. Keiner von ihnen hatte sein Gewehr bereits zur Hand, diese waren noch in den Halterungen befestigt.

Mit einem beherzten Schlag klatschte Mejers den Schädel der Toten zwischen seinen Händen zusammen.

Es war ein gewaltiger Schlag und mit einem Knacken zerbarst der Schädel der bereits Toten. Der größte Teil der wabbeligen Hirnmasse verteilte sich auf der Soutane des Priesters, der zu keiner Bewegung mehr fähig war.

„Oho," drang dumpfes Gelächter unter Mejers Maske hervor, „habt ihr gehört, wie das geknackt hat?"

„Was ist los da hinten?", rief Kai aufgeregt.

„Scheiße, wir hatten Kontakt! Alles Gesichert jetzt."

Während Kelly sich erschöpft zu Boden sinken ließ um ihren Schock kurz zu verdauen, übernahm Hape die Führung.

„Tom, Mejers, an die Waffen und Sichern, schmeißt dieses ekelige Teil aus meinem Panzer raus!"

Er öffnete die Wanne und die beiden Soldaten sicherten nach rechts und links, doch waren keine weiteren Feinde in Sicht.

Hape zog zusammen mit Kelly den Leichenrest aus der Kabine, der Priester saß noch immer geschockt an die Wand gedrückt.

Als der Kadaver zur Seite geräumt war, stürmte er nach draußen und fiel auf die Knie, doch es folgte kein Gebet. Er riss die Maske von seinem Gesicht und erbrach sich.

„Da hat´s aber einer eilig", bemerkte Kai beiläufig und nachdem er sich das Innere der Kabine betrachtet hatte meinte

er ebenso trocken: „Das gibt ein Haufen Arbeit, bis ihr diese
Schweinerei wieder sauber habt. Und macht euch auf eine
unangenehme Heimfahrt gefasst, wer die Maske auszieht,
bevor wir wieder zu Hause sind, leistet dem da", dabei zeigte
er auf den Priester, „in der Quarantäne Gesellschaft."
„Ahmed parkt hier in Fluchtrichtung, er bleibt beim Fahrzeug
und sichert die Umgebung. Hape, du gehst mit Kelly und
Mejers in das Lokal und schaust nach, ob wir nicht noch ein
paar Lebensmittel ergattern können, dann war der Ausflug für
uns nicht ganz umsonst. Ein paar Tafeln Schokolade wären
nicht schlecht. Ich werde zusammen mit Tom den Priester
begleiten. Seid vorsichtig, Abmarsch!"

Das an die Kapelle angeschlossene Restaurant hatte einen
größeren Grundriss als die Kapelle selbst, die eher als klein zu
betiteln war.
„Ziehen sie die Maske wieder auf und warten sie hier, wir
sehen uns zuerst neben der Kapelle um", sagte Kai zu dem
schlanken Gottesmann, der sich wieder gefasst hatte, aber auf
dessen Gesicht immer noch ein leicht ins grünlich gehender
Schimmer lag.
„Wir alle sind in Gottes Hand, die Maske werde ich nicht
brauchen Und dies ist ein Haus Gottes, was soll da passieren,
wir stehen unter seinem Schutz."
Bevor Kai ihn daran hindern konnte war der Priester die kleine
Treppe zur Pforte empor geeilt, betätigte die Türklinge und
stieß die Torflügel mit Schwung auf. Die Wolke beißenden
Gestanks nach Verwesung, Urin und Kot, die ihnen
entgegenschlug, konnten, wegen der Masken, nur der Priester
riechen, aber sie registrierten die gierigen Blicke aus
dutzenden von Augenpaaren.
Mit 50 bis 60 Leuten war die Kapelle gut besucht. Vermutlich
waren es Gläubige, die auf Gott vertrauend hier Schutz
gesucht hatten. Jetzt saßen und lagen sie überall verteilt auf
den Bänken und dem Boden herum.
Das Tor schlug mit einem lauten Krachen auf, als es dem
Priester vor Schreck aus der Hand rutschte. Die Köpfe der
restlichen Untoten flogen nun auch noch zu ihnen herum.

Nach nur kurzer Verzögerung wurde durch das Virus ihre
Muskeln aktiviert und sie stürmten los.
„Kontakt!!!", schrie Kai und eröffnete das Feuer. Seine alte
Uzzi klackerte, als er sein Magazin in nur einem Feuerstoß
fast zur Gänze entleerte. Neben ihm ertönten kurze Feuerstöße
aus Toms G36.
„Zurück!"
Die Geschosse bremsten die Untoten nur wenig, wie sehr
wünschte sich Kai die gute, alte G3 für seinen Trupp zurück.
Mit seiner Munition des Kaliber 7,62 mm hätten sie eine ganz
andere Durchschlagskraft gehabt. Ob Tom damit die Masse
vor ihnen hätte wirklich Stoppen können blieb allerdings
dahin gestellt.
Als sie die ersten Stufen hinab zurück gewichen waren ertönte
der Warnruf: „Runter!"
Tom hechtete sich über das Geländer auf seiner Seite, während
Kai sich auf den Priester stürzte und ihn fest umklammernd,
hart über die Treppenstufen nach unten polterte.
Bevor sie lagen pfiffen über ihnen bereits die ersten Kugeln
aus Kellys leichtem Maschinengewehr. Auch sie hatte nur
Kaliber 5,56, aber mit ihrem hundert Schuss fassenden
Rollenmagazin hatte sie doch einiges mehr zu bieten. Sie
brachte alle, bis auf drei der Toten zu Fall. Hape erledigte zwei
davon mit gezielten Feuerstößen, auf den Dritten stürmte
Mejers zu. Er hielt sein Gewehr am Lauf, wie eine Keule und
schlug zu.
Mit einem Knacken, vermutlich hatte die Wucht des Schlages
das Genick des Infizierten gebrochen, ging auch dieser zu
Boden.
„OK," sagte Kai, der sich gerade wieder aufrappelte,
„kontrolliert in der Kapelle alles, wir lassen das mit dem
Restaurant heute sein. Wir müssen erst diesen Amateur hier
los werden", dabei sah er vorwurfsvoll und verärgert auf den
Priester hinab.
Nachdem sie in der Kapelle alle Infizierten erlöst hatten,
konnte Pastor Böser seine gesuchten Dinge zusammen
sammeln. Die Kapelle wollte er nicht verlassen ohne sich
vorher noch die Zeit zu nehmen beim heiligen Michael um

Fürbitte zu beten.

Ein Hupen unterbrach ihn. Ahmed stand in der Beifahrerluke und deutete hektisch den Berg hinunter in Richtung der kleinen Ortschaft.

„Sie kommen! Mindestens zwei dutzend."

„Aufsitzen!" befahl Kai „Und lasst in der Kabine die Masken auf!"

„Herr Böser, kommen sie, es wird Zeit oder möchten sie gerne zurück laufen?"

Dem Priester gefiel diese förmliche Anrede nicht und auch dieser befehlende Ton war eines Stellvertreters Gottes nicht angemessen, aber er beeilte sich dennoch der Aufforderung des Feldwebels folge zu leisten.

„Der Horde möchte ich nicht noch einmal über den Weg laufen, wenn es sich vermeiden lässt, daher fahren wir über einen Wanderweg zurück, der führt uns erst 4- 500 Meter in Richtung Obergrobbach und dann auf einem anderen Weg fast direkt zur Kaserne."

„Was soll der Scheiß?" Kai war sichtlich aufgebracht.

„Sie vergessen sich, Herr Feldwebel!"

„Entschuldigen sie, Herr Oberleutnant, aber dieser Zivilist hat den ganzen Trupp in Gefahr gebracht!", meldete Kai und lieferte seinen militärischen Gruß nach, den er vergessen hatte, als er ohne anzuklopfen in das Dienstzimmer des Kommandierenden gestürmt war.

„Ok, berichten sie...", seufzte dieser ergeben.

Es folge ein detaillierter Bericht. „Und auf der Heimfahrt hat er dieses kleine Kästchen die ganze Zeit an sich gedrückt, als müsse er sein Baby beschützen. Haben wir unseren Hals riskiert, damit dieser Idiot seine persönlichen Erinnerungen holen kann?"

„Ich weiß nicht, was Pastor Böser alles aus der Kapelle sichern wollte, seinen Angaben nach, waren es Dinge, die er dringend für seine Feldgottesdienste benötigte, heilige Gebeine oder so etwas. Vermutlich von diesem Michael."

„Dann noch dieses Theater an der Krankenstation! Er weigerte sich beharrlich in Quarantäne zu gehen. Ein halber Zombie hat sich gleichmäßig über ihn verteilt, dann zieht der Depp seine Maske aus und weigert sich am Ende auch noch unseren Sicherheitsbestimmungen folge zu leisten. Mejers musste ihn aufs Bett der Krankenstation zwingen, damit er fixieren werden konnte. Ich hätte ihn einfach ins Kaffee Viereck stecken sollen. Soll er doch zwei Tage in der Zelle sitzen, die Bibel genügt ihm ja wohl als Lesestoff", langsam wurde Kai wieder ruhiger.

„Hören sie, Feldwebel, ich werde mit ihm reden, dass er sich an unsere Vorschriften zu halten hat, vor allem, da er beabsichtigt, in den Militärdienst einzutreten."

„Was?", Kai wurde wieder lauter. „Der? Der ist weniger Soldat als meine Großmutter..."

„Feldwebel!", schalt es streng zurück, „Mäßigen sie ihren Ton und finden sie sich damit ab, er wird dann ihr Kamerad sein und im Rang ihrer Dienstgrasgruppe eingestellt werden. Und für ihre Subordination werden sie jetzt gleich nochmals raus fahren und mir Bericht erstatten, ob sich noch mehr Horden auf dem Weg in unsere Richtung befinden. Fahren sie bis 10 Kilometer an Pforzheim heran, das ist die nächste Großstadt. Wegtreten! Und schließen sie die Tür hinter sich!"

Zornig salutierte Kai, drehte sich um und verließ das Zimmer, jedoch nicht ohne die Tür mit einem lauten Knall hinter sich ins Schloss zu schmeißen.

„Das ist doch die reine Schikane", wetterte Kelly.

„Genau", stimmte Tom ihr zu.

„Seid froh, dass die dritte Gruppe uns ihren Fuchs ausgeliehen hat, sonst dürftet ihr nämlich die ganze Strecke unter Vollschutz hinter euch bringen", sagte Kai. „Wir werden jetzt schnell unsere Kilometer runter reißen, die sieht der Oberleutnant nämlich im Fahrtenbuch und dann kommen wir so schnell wie möglich wieder zurück und wenn wir irgendwo unterwegs einen Kasten Bier auftreiben können besaufen wir uns anschließend ordentlich."

20 Minuten später, wies Kai sie darauf hin, dass sie noch bis zur nächsten Ortschaft fahren würden, dann ging es wieder zurück.

„Bei der Tankstelle da drüben finden wir vielleicht noch was zu saufen...“

Ahmed nickte nur. Plötzlich trat er Abrupt in die Eisen, das schwere Fahrzeug stand fast sofort und er musste sich böse Schmähungen und Flüche aus der hinteren Kabine von den Soldaten anhören.

Kai schaute sich angespannt um. „Was ist los, Ahmed?“

„Da! Da sitzt jemand“, sagte er und deutete zur Tankstelle.

„Kelly, auf deinen Posten! Das sehen wir uns genauer an.“

Sie näherten sich langsam an die Gestalt an, als Kelly rief: „Kai, da sitzt ein kleines Mädchen und weint!“

Als sie vor dem Mädchen hielten stieg Kai aus und beugte sich zu ihr hinab. „Hallo, Kleine“, sagte er liebevoll.

Das Mädchen sah in erschrocken an. Es hatte erst jetzt registrierte, dass jemand gekommen war und nun direkt vor ihr stand.

„Keine Angst“, sagte er sanft. „Wie heißt du denn?“

Sie hatte noch immer einen erschrockenen, verwirrten Blick, doch sagte sie artig: „Florice“

Der Sinn des Lebens

.....

*Tatsächlich hatte ich bei dem Arzt noch eine Flasche mit
Desinfektionsmittel gefunden. Nun stand ich hier an der
Straßenkreuzung und röchelte keuchend nach Luft. Verdammt
noch mal, ein Zombie, der außer Atem war, das war seit der
Verwandlung noch nicht passiert.*

*Mir gegenüber stand ein Teenager, ein Mädchen, das
sicherlich einmal sehr hübsch gewesen war, eigentlich war sie
es immer noch. Sie hatte keine sichtbaren Verletzungen, der
leichte Wind spielte mit ihren Schulterlangem dunklen Haaren
und lies diese über ihre eingefallenen Wangen gleiten. Die
blassgrüne Hautfarbe störte den Gesamteindruck, doch
strömte sie immer noch etwas besonderes aus. In Amerika
wäre sie bestimmt ein Cheerleader und mit dem Kapitän der
Footballmannschaft liiert gewesen. Nun teilte sie das
Schicksal aller anderen, stand herum und glotzte mich blöde
an. Nun, eigentlich glotzte sie mich eher interessiert an.
Langsam schlurfte sie näher heran und griff nach meinem
Arm. Alles geschah wie in Zeitlupe.*

*Fassungslosigkeit lies mich erstarren, noch nie hatte sich ein
Infizierter an mich angenähert oder anderweitig Interesse an
mir gezeigt, vielleicht war ich doch nicht der Einzige, bei dem
eine Rückverwandlung stattfand.*

*Als Willkommen zurück bei den Lebenden wollte ich ihr zur
Geste die Hand reichen, eine Art Instinkthandlung, da bohrten
sich ihre Zähne in meinen Unterarm.*

*Ein Quietschen entrang sich meiner Kehle, mehr aus
Erschrecken denn aus Schmerz und reflexartig stieß ich das
Mädchen zurück. Sie stolperte und kam auf der Straße zu
liegen. Ihre Blicklosen Augen schienen mich zu mustern, sie
schien nachzudenken, ob ich als Nahrung dienen konnte.
Plötzlich sprang sie mit nur einem Satz hoch und auf mich zu.
Im Gerangel, das entstand, schaffte ich es irgendwie sie daran
zu hindern mich ein weiteres mal zu beißen und sie abermals
von mir zu stoßen. Sie war hager und ausgemergelt, doch der*

*Virus gab ihr viel Kraft und so leid es mir um das schöne
Mädchen auch tat, ich hatte keine Zeit mich lange mit ihr zu
befassen, denn auf mich wartete immer noch ein echtes,
lebendes Mädchen.*

*Ich schaffte es sie von mir weg zu stoßen und bei ihrem
nächsten Ansturm lies ich meinen Baseballschläger gegen ihre
Schläfe sausen. Von der Wucht des Schlages wurde zuerst ihr
Kopf nach links gerissen, dann folgte der restliche Körper in
einer geschmeidigen Welle. Die Bewegung artete surreale an.*

*Das Mädchen ließ mir keine Zeit mich mit dieser Art der
Schönheit zu befassen. Als sie ein weiteres mal aufspringen
wollte, schlug ich erneut zu.*

*Ich wollte dieses schöne Gesicht nicht zerstören, doch was
blieb mir anderes?*

*Der Schädelknochen knackte laut, als mein Schläger sein Ziel
erneut fand.*

Nein, ich wollte das wirklich nicht, aber es musste sein!

*Dieses mal drang das Ende meines Schlägers in den am
Boden liegenden Schädel ein.*

Und das hatte sie nun davon!

*Beim nächsten Schlag gab das Knochengerüst des Schädels
komplett nach.*

Nun musste ich sie richtig töten!

*Auch das einstmals so schöne Gesicht hatte sich unter dem
nächsten Schlag verformt. Der Wangenknochen war
eingefallen und ein Augapfel drückte aus seiner Höhle heraus.
Sie hatte mich dazu gezwungen!*

*Tränen liefen mir über die Wangen, während ich in meiner
Wut und Verzweiflung wieder und wieder meine Keule auf die
breiige Masse auf der Straße herunter gleiten ließ.*

*Als meine Arme lahm wurden und nur noch ein dumpfer Ton
von meinem Schläger zurück geworfen wurde, da er nun, dort
wo einst ein hübscher Kopf gewesen war, nur noch das Teer
der Straße traf, wurde auch ich wieder klarer im Schädel.*

*Betroffen starrte ich auf den Baseballschläger in meinen
Händen, diesen Händen, die so viel Böses tun konnten, diesen
Händen, die in einem blau- roten Licht leise flackerten.*

Ich riss mein Shirt hoch und starrte auf meinen eigenen

Bauch. Oh, Gott! Ich hatte einen rötlichen Schimmer, das Leben kam zu mir zurück! Das Schimmern war noch ganz schwach und ich war mir in diesem Moment nicht sicher, ob das gut oder schlecht war. Nun würden so langsam auch andere Infizierte auf mich los gehen... Scheiße, nicht gerade jetzt, ich konnte jetzt nicht wieder zum Leben erwachen!

Ok, Stopp! Keine Panik, das hilft niemandem. Zuerst musste ich zu Florice, nicht auszudenken, wenn ich selbst wieder gesund würde und sie zuvor noch infiziert hätte. Also sprintete ich weiter.

Zwei Schüsse kamen aus der Richtung, in der ich Florice zurück gelassen hatte, panisch gab ich mein letztes und rannte los.

Außer Atem kam ich in der Nähe der Tankstelle zu stehen, Florice war nicht mehr da und ich sah nur noch ein Armeefahrzeug in der Ferne davon brausen.

Da stand ich nun, wieder alleine, wenn man das Dutzend der Infizierten, die von dem Schuss angelockt worden waren nicht mit rechnet.

Trotz meiner Trauer wurde mir bewusst, dass mich zwei von ihnen genau so merkwürdig ansahen, wie das hübsche Mädchen es vorhin getan hatte.

Ach, Scheiße, meine kleine Gefährtin war weg, jetzt war eh alles egal. So begann sich mein Schläger wütend neue Ziele zu suchen...

Das Mädchen

Am nächsten Morgen saß der ganze Trupp gemeinsam beim Frühstück.

„Hej, Kelly, ich habe mit dem Koch gequatscht, heute Mittag gibt es Schokoladenpudding, aber nicht aus Milchpulver, sondern aus echter Milch von unserer Kuh."

„Echt? Geil, aber gibt die denn so viel Milch? Ich meine, wir sind ja über 30 Leute hier."

„Genau das habe ich ihn auch gefragt und er hat gesagt dass das Viehzeug etwa 15 Liter am Tag gibt."

„Und warum gibt es dann nicht jeden Tag Pudding? Oder zumindest anständige Milch in den Kaffee?"

„In erster Linie machen die alten Leute wohl Käse daraus. Aber du stehst doch auf so Süßkram? Willst du meinen dann auch haben?", er lächelte sie erwartungsvoll an.

„Boah, für Pudding könnte ich sterben." Sie erkannte seinen eindeutigen Blick. „Was willst du dafür haben?", fragte sie skeptisch.

„Na, sterben musst du nicht, aber du könntest dafür mal die Beine für mich breit machen", erwiderte er jetzt breit Grinsend, aber im Flüsterton.

„Ne, da verlangst du aber ein bisschen zu viel. Eventuell könnte ich mir überlegen dir dafür einen runter zu holen", lächelte sie ihm vielsagend zu. Sie war schon länger mit Tom liiert, doch musste dies in Verborgen bleiben, aber dafür hatten sie diese frivolen Spielchen und die gefielen ihr ziemlich gut.

Er tat schockiert. „Hallo, das ist ein *Schokoladenpudding*! Dafür würde ich eine ganze Cheerleader Mannschaft ins Bett bekommen."

Sie lachte laut auf. „Ja, aber die sind jetzt halb verwest, ich dagegen bin noch frisch!", kokett setzte sie sich in Szene. „Ein Blowjob", bot sie dann trocken an.

„Deal!", stimmte er zu und klatschte ihre Hand ab. „Komm mit, das erledigen wir gleich."

„Erst die Ware! Ich will gerne zuerst einen anständigen Geschmack in den Mund bekommen", lachte sie.

„Leute," rief Kai sie zur Ordnung, „ihr wisst, dass ihr euch auf sehr dünnem Eis bewegt. Sex unter Soldaten ist verboten."

„Scheiß Regel", motzte Tom.

„Sie hat ihren Grund, wenn es verboten ist, bleibt die Sache heimlich und es gibt weniger Ärger, der Frauenanteil ist mit vier Weibchen hier in der Kaserne einfach zu niedrig."

„Apropos Frauenanteil, was ist denn mit der Kleinen, die wir gestern gerettet haben?", wechselte Ahmed das Thema.

„Der geht es gar nicht gut. Ich war heute morgen schon drüben in der San Station. Die Kratzer in der Schulter sind nicht so wild, da hat sie sich wohl irgendwo stark aufgekratzt, aber sie ist wahrscheinlich infiziert, das Fieber steigt bereits, möglicherweise erlebt sie den morgigen Tag nicht mehr." Als er dies berichtete starrte Hape betrübt eine kleine Luftblase an, die sich auf seinem Kaffee drehte. „Sie hat ziemlich wirres Zeug geredet. Fühlte sich wohl als Moglie, der von einem Zombie gerettet und beschützt wird und sie hatte panische Angst davor, dass wir sie umbringen, weil der Biss, den sie in der Hand hat, ihr eigener war oder so ähnlich."

„Verdammt noch mal, hätten wir die Kleine nicht ein paar Tage früher finden können? Sie war so tapfer, hat ganz alleine so lange Überlebt." Kai schmiss sein Besteck verärgert auf seinen Teller. Der Schlag des Metalls auf dem Porzellan klang Laut und Blechern. „Wir sollten uns überhaupt viel mehr darum kümmern die letzten Überlebenden zu finden."

„Klar, wir könnten diesen verrückten Disk Jockey aus Karlsruhe heraus holen", meinte Tom sarkastisch, was ihm einen bösen Blick von Kai einbrachte. „Ich meine ja nur," sagte sein Truppsoldat entschuldigend. „Die Überlebenden, die stehen nun mal nicht an der Straße herum und warten, bis wir auftauchen um sie zu retten. Ja, ich weiß," winkte er ab, als Hape den Mund zum Widerspruch öffnete, "aber das Mädchen wahr ja wohl eine Ausnahme."

„Trotzdem, wenn ihr damit einverstanden seid, würde ich gerne extra Schichten mit euch fahren."

Der gesamte Trupp pflichtete ihm bei.

Zwei Tage später kam Hape mit freudestrahlendem Gesicht

zum Frühstück.

„Was los mit dir, Hape? Du grinst ja wie ein Honigkuchenpferd", stellte Tom, den die gute Laune ansteckte, ebenfalls grinsend fest.

„Ihr werdet es nicht glauben, das Mädchen ist auf dem Wege der Besserung. Ich komme gerade von der Krankenstation, sie hat die letzten 24 Stunden mit hohem Fieber gekämpft, aber die Temperatur ist wieder gesunken, sie ist nur noch leicht erhöht, vielleicht darf sie morgen schon wieder aufstehen."

„Na, das sind doch endlich mal gute Nachrichten", freute sich Kai.

Im Radio des Speisesaales, dabei handelte es sich um das alte Baustellenradio eines toten Soldaten, das hier im Raum aufgestellt worden war und nun gerade lauter gedreht wurde, meldete sich gerade DJ Jo wieder zu Wort. „Und jetzt wieder der Hit des Tages! Diesmal etwas für Verliebte, sofern ihr eure Liebe noch habt. Sollte das nicht mehr der Fall sein, was immerhin doch sehr wahrscheinlich ist, lehnt euch zurück und schwelgt in Erinnerungen, denn dann ist dieses Lied noch passender für euch. Es erzählt von der Liebe eines Zombies: The Zombie Song oder auch Zombie *Love* Song genannt, von Stephanie Maybe." Das Ende seiner Ansprache hatte der DJ wehmütig ausklingen lassen...

HaPe hatte sich zwischen die am Tisch sitzende Kelly und Tom gestellt und seine Arme um sie gelegt. „Hört nur, sie spielen euer Lied." Dann drückte er beiden einen Kuss auf die Stirn und folgte grinsend Kai, der gerade dabei war den Frühstücksraum zu verlassen.

„Kai, können wir mal kurz unter vier Augen reden?", fragte er leise seinen Feldwebel.

„Klar, was ist los? Du siehst irgendwie sorgenvoll aus, stimmt doch etwas mit der Kleinen nicht?"

„Ist irgendwie komisch. Mit dem Hauptgefreiten, der jetzt hier der Leiter der Sanitätsabteilung ist, war ich vor diesem ganzen Scheiß hier zusammen im Sanitätszentrum Bruchsal tätig. Wir hatten immer einen guten Draht zueinander und er hat mir unter der Hand ein bisschen was erzählt. Das Mädchen hatte alle Symptome einer Infizierung und er wollte ihr heute Nacht auch den Gnadenschuss geben. Er sagt, er hätte ihren Tot fest gestellt! "

„Und warum lebt sie dann noch?"

„Er konnte dem Mädchen einfach keine Kugel geben, sie hat ihn an seine kleine Schwester erinnert. Da sie fixiert war wollte er sie liegen lassen, bis jemand anderes diese Drecksarbeit übernehmen kann. Als er dann heute morgen noch einmal nach ihr gesehen hatte, war sie wieder fit, fast gesund!

Eigentlich hätte sie als Untote wieder kommen müssen!"

„Vielleicht hat er einen Fehler gemacht, sicher war er nur übermüdet oder seine Geräte sind nicht mehr in Ordnung", äußerte Kai.

„Der Typ war immer sehr genau und hat bei seiner Arbeit niemals einen Fehler gemacht. Ach was rede ich denn, der Junge hat unsere Ärzte in den Schatten gestellt. Wenn er sagt, dass das Mädchen tot war, dann war es das auch!"

Kai nickte überlegend. „Was geschieht jetzt mit ihr?"

„Der Virustest von gestern hat positiv angeschlagen, jetzt wird er wohl neue machen und dann weiter sehen. Die Meisten sind ja mehr oder weniger infiziert, es ist nur so, dass ein gesunder Organismus das Virus unter Kontrolle hält. Nur bei einem starken Flüssigkeitsaustausch mit einem Infizierten, wird die Virenkonzentration zu hoch und wir verwandeln uns. Ich denke, wenn das Mädchen die Höchstwerte der Virenpopulation nicht mehr überschreitet, wird er sie trotzdem wieder gesund schreiben."

„Das wird schon wieder. Halte mich aber weiter auf dem Laufenden", sagte Kai und klopfte Hape aufmunternd auf die Schulter. „Und die ganze Sache behalten wir lieber erst mal unter uns, ja?"

Schwitzend und keuchend lief der Oberleutnant zusammen mit dem amerikanischem Touristen seine Runden durch die Kaserne. Der Weg ging steil Bergan und durch die zusätzliche Kraftanstrengung wurde für ihn die Konversation mit John erschwert. Vorgestellt hatte er sich damals, als ihn die Soldaten festgenommen hatten, als Jonathan Jackson aus Verrywell in

Texas. Er sprach ein sehr gutes Deutsch, konnte seinen amerikanischen Akzent allerdings nicht ganz verhehlen.

„Vielleicht solltest du dich damit näher befassen", beide duzten sich, denn John war so etwas wie ein inoffizieller Berater für den Kommandierenden geworden.

Ihm schien die starke Steigung nicht viel aus zu machen, so fuhr er fort: „An dem, was das Mädchen gesagt hat, könnte durchaus auch etwas wahres stecken, du musst bedenken, dass alle Fantasien einen wahren Kern haben und vor allem, ihre Blutwerte geben Rätsel auf", nun legte er doch eine kurze Sprechpause ein. „Trotz einer hohen Virenkonzentration übernimmt das Virus nicht die Kontrolle über sie, vielleicht hat sie aus irgendeinem Grunde Antikörper oder eine Immunität gebildet, falls ja, müssen wir unbedingt herausfinden, warum!"

„Du meinst also..., meine Männer... sollen ihre Geschichte… überprüfen?", wo hatte dieser Mann nur seine Kondition her?

„Genau, überprüfe *alles*, was sie erzählt hat."

„Alles?...Auch die Story... mit dem Infizierten... mit dem... sie... angeblich... herum gezogen... ist?" Der Oberleutnant legte einen Stop ein und stand vorne über gebeugt, schwer Atmend da.

„Vor allem diese. Wenn es dir nichts ausmacht, würde ich die Aktion gerne begleiten."

Nach kurzem Überlegen japste Harzer, „In Ordnung, ich unterstelle dir den ersten Trupp..., das ist die Gruppe...., die die Kleine gefunden hat." Er streckte sich und befahl seinen schweren Beinen weiter zu laufen.

„Ach und es wäre sicher kein Fehler den Grund dieses Einsatzes fürs Erste noch geheim zu halten..."

Kampfeinsatz

Ihre Stimmung war gedämpft, als sie wieder auf der Straße
unterwegs waren. Keiner von ihnen zog gerne mit einem
Unbekannten, der nicht zum Team gehörte in den Kampf,
schon gar nicht wenn dieser als ihr Führer eingesetzt worden
war und keiner von ihnen, ihren genauen Auftrag kannte.
„Hören sie bitte zu", kam es über die Bordsprechanlage, da
Jackson den Platz des Truppführer als Beifahrer eingenommen
hatte. „Ich möchte sie nun über unseren Auftrag genauer in
Kenntnis setzen. Wir suchen einen ganz bestimmten
Infizierten, einen Infizierten der sich anormal verhält. Für
einen Infizierten meine ich natürlich", setzte er noch hinzu.
„Diesem Infizierten darf auf keinen Fall etwas geschehen!"
Unverständliches Gemurre war von der Truppbesatzung zu
vernehmen.
„Sie haben in der guten, alten Zeit sicher auch mal den einen
oder anderen Horrorstreifen über den Ausbruch einer
Pandemie gesehen, daher kennen sie dieses Szenarium
wahrscheinlich: Bei diesem Individuum handelt sich
womöglich um die Nr. 1, den ersten Infizierten und er könnte
uns wertvolle Informationen bringen oder uns vielleicht sogar
helfen ein Gegenmittel gegen die Seuche zu entwickeln."
„Ja, klar, und das Serum entwickelt dann unser Küchenbulle
zusammen mit dem Sani...", frotzelte es aus der hinteren
Kabine. „Falls wir den Einsatz überhaupt überleben... Wir
sollen so ein Ding *lebend* fangen?"
„Um die Entwicklung des Serums werden wir uns später
kümmern. Ich gehe davon aus, dass unser Gesuchter uns
freiwillig begleiten wird."
Nun erntete Jackson ungläubiges Gelächter.
„Bei diesem Infizierte handelt es sich um ein denkendes,
vernunftbegabtes Wesen."
Auf das Gelächter folgte erstauntes Schweigen.
„Scheiße," bemerkte Tom, „ein denkender Zombie. Wenn das
Schule macht sind wir alle gearscht."

Jackson ignorierte die Bemerkung. „Noch etwas zu meiner Person: Ich bin Angehöriger einer amerikanischen Spezialeinheit und werde sie leiten und schützen, soweit das im Bereich des mir Möglichen liegt. Um das zu tun müssen sie meine Befehle sofort und ohne hinterfragen ausführen, im Klartext, wenn ich sage ´springen´, dürfen sie nicht einmal mehr fragen ´wie hoch?´.“

„Wie kann einer der so gut aussieht nur so ein eingebildetes Arschloch sein?“, schüttelte Kelly den Kopf. „Ich beschütze mich selbst und bisher haben wir alle ganz gut ohne den Typen da vorne überlebt“, rief sie lauter.

„Noch weitere Fragen?“, krächzte es aus den Lautsprechern.

„Bei welcher Spezialeinheit waren sie denn?“, wollte Mejers wissen.

„Ich bin Agent der FSSA, der Foreign Security Service for Amerika.“

„Waren“, warf Kai ein.

„Bitte?“

„Na, sie **waren** Agent.“

„Nein, ich **bin** Agent! Solange die Vereinigten Staaten existieren, so lange werde ich Agent dieses Landes sein.“

„Ach, vergessen sie´s... Was geschieht mit den anderen Infizierten?“, fragte Kai gereizt, da ihm nicht nur die Führung seines Trupps weg genommen worden war, sondern noch dazu diese Geheimniskrämerei und dieses eingebildete Arschloch mächtig auf den Sack gingen.

„Wir gehen davon aus, dass das von uns gesuchte Subjekt sich nicht mit anderen seiner Art herum treibt, wir werden also der Einfachheit halber alle anderen erledigen.“

Tom verschluckte sich an seiner Feldflasche, aus der er gerade getrunken hatte und musste Husten. „Weiß der Kerl eigentlich wie viele dieser Typen da draußen herum lungern?“

„Ja, der Kerl weiß das“, gab Jackson zur Antwort. „Sie haben schwere Waffen und ausreichend Ersatzmagazine dabei, es werden keine Sprengmittel eingesetzt.“

„Mein MG hat 100 Schuss, dann glüht das Gerät und verzieht sich dermaßen, dass ich nur noch die grobe Richtung halten kann“, motzte Kelly.

„Wenn sie nicht mehr schießen können, nehmen sie ihr Messer, einen Spaten oder die Fäuste", kam es nun ungehalten aus dem Lautsprecher. „Ich dachte immer, die deutsche Armee ist so gut im Improvisieren. Und bevor ich es vergesse, wir gehen ohne Schutzmaske vor, ihre Sinne müssen alle voll einsatzbereit sein, wie bereits erwähnt ist der Schaden nicht abwägbar, sollte unserem Ziel versehentlich etwas geschehen."

Noch nie hatten sie einen Einsatz ohne ihre Masken gefahren. Einem ABC- Abwehr- Soldaten seine Maske weg zu nehmen, war in etwa so, als würde man einem Marine sein Gewehr vorenthalten.

Nachdem bei der Tankstelle, an der sie das Mädchen aufgegriffen hatten, Stellung bezogen war, kletterte Jackson auf den Trupp und krächzte durch das Megafon: „An den Unbekannten, der sich um das kleine Mädchen gekümmert hat, wir sind hier, um ihnen zu Helfen und sie in Sicherheit zu bringen."

Er hatte das Megaphon noch nicht gesenkt, als bereits die ersten Infizierten auf sie zu stürmten.

„Aus dem Weg, ich brauche freies Schussfeld", buffte Kelly ihn an, die bereits wieder an ihrem MG Stellung bezogen hatte.

Dann startete das Gemetzel.

Es war nicht, wie bei der Horde, dass viele auf einem Haufen waren und sich gleichzeitig in einem Pulk näherten, nein, jetzt drangen die Toten kontinuierlich, einzeln und in kleinen Gruppen, ohne Pause und von allen Seiten auf sie ein.

Zwischen den Rufen `Magazinwechsel´ und Warnungen, auf welcher Seite Infizierte durchzubrechen drohten, kamen die Gegner aufgrund ihrer schieren Masse Stückchen für Stückchen immer näher an sie heran.

Erst als sie sich bis auf Armweite angenähert hatten hörte der Ansturm endlich auf.

Rings um sie herum war der Boden mit hunderten von Leichen gepflastert, die sich teilweise noch bewegten und versuchten das letzte Stück des Weges kriechend zurück zu legen.

Mejers hieb Tom auf den Rücken, so dass dieser strauchelte.

„Das hat Spaß gemacht!"

„Also gut, Leute, erledigen wir den Rest, die die noch herum kriechen", gab Kai Anweisung, um die immer noch zappelnden zu erlösen.

„Nein, die Reste werden uns keine Probleme mehr machen", hielt Jacksons Befehl sie zurück. „Wir fahren sofort weiter in die Innenstadt."

„Aber wir können die Leute hier nicht einfach so zurück lassen, das waren einmal Menschen", widersprach Hape.

„Soldat, sie haben ihre Befehle!", brüllte der Amerikaner ihn an.

Zusammentreffen

Als sich die kleine Gruppe am nächsten Morgen wieder am Küchentisch versammelt hatte, stellte Rick fest: „Jessica hatte recht, der Schwerpunkt unserer Handlungen sollte darauf gelegt werden, dass wir uns bessere Waffen besorgen. Falls sich die Infizierten tatsächlich zusammenschließen, wie es gestern den Anschein erweckt hatte, könnten nochmal solche Gruppen vorbei kommen, vielleicht sogar noch größere. Wir sollten uns die angesprochene Kaserne zumindest einmal genauer beschauen. Kasernen sind gut gesichert, eventuell können wir uns dort sogar ein neues Zuhause aufbauen."

„Und was ist mit den paar hundert Matschbirnen, die dort vielleicht noch herum laufen? Munition haben wir nicht mehr viel, von leistungsstarken Waffen ganz zu schweigen", wandte Ed ein.

„Vielleicht können wir sie dort heraus locken, wie in Königsbach, ein paar Überbleibsel schaffen wir dann schon", gab ihm Bruno die Antwort.

„Ich werde morgen nach dem Frühstück mit Brill hoch fahren und die Lage vorsichtig sondieren. Wenn ich genauere Informationen gesammelt habe, können wir mit diesem fundiertem Wissen neue Pläne schmieden", sagte Rick nickend, wie um seinen Plan selbst zu bestätigen.

„Ich werde euch begleiten", bestand Jessica.

„Hallo, liebe Überlebenden, wisst ihr was? Dieses Wetter ist zum Kotzen!", dröhnte DJ Jo aus dem Lautsprecher des SUV. „Oh, klar, wir haben jeden Tag strahlenden Sonnenschein und die anhaltende Hitze macht einen Tag am Baggersee oder im Park erst richtig angenehm...", eine kurze Pause folgte. „**Wenn da nicht überall dieser Kack- Gestank nach Verwesung wäre!**", schrie es plötzlich aus dem Lautsprecher. Wieder leiser, fast als gebe es keine Zuhörer mehr sprach er weiter: „Wenn es nicht bald mal regnet mach ich es nicht mehr lange...", wieder folgte eine Pause. „Aber hej, auch aus Pisse kann man Kaffee kochen, riecht nur ein bisschen streng beim heiß machen, vom Geschmack mal ganz zu schweigen..., aber, hey, es ist Kaffee! Wie viele von euch haben heute noch echten Kaffee? Ich wette nicht einmal die Hälfte."

Jessica verzog angewidert das Gesicht.

„Ich mag den Kerl", lachte Brill. „Ein echter Überlebenskünstler."

„Aber genug von mir, ich habe euch einen neuen, alten, aber passenden Song heraus gekramt, den Song des Tages! Von einer längst verstorbenen Größe! Nun ja, das sind sie ja wahrscheinlich mittlerweile alle, aber hier kommt er nun, der Song, der unsere Zeit so treffend beschreibt wie kein anderer, vom King of Zombies: Michael Jackson!"

Brill übergab sich nun fast vor Lachen. „Ist der gut!"

Die ersten Takte von Thriller starteten gerade als Rick rief: „Stopp! Seid still."

Jessica bremste scharf und schaute ihn fragend an.

„Hört ihr das? Das sind Schüsse, da findet ein Gefecht statt."

Als der Motor erstarb war es deutlich zu vernehmen, Schnellfeuergewehre ratterten unablässig, nur von kurzen

Pausen zwischen den Feuerstößen unterbrochen.

„Was liegt dort drüben?"

Die Fahrerin schaute sich die Himmelsrichtungen an und orientierte sich kurz. „Das könnte in Königsbach oder Stein sein, sollen wir mal hin fahren und nachsehen?"

„Nein, lieber nicht, die scheinen sehr gut Bewaffnet zu sein und wir wissen nicht, was das für Leute sind. Abgesehen davon könnten wir von der falschen Seite dort herein kommen und plötzlich mitten im Kugelhagel oder einer Horde stehen. Ich glaube, es ist besser wir warten noch etwas und schauen uns dort eventuell auf dem Rückweg um."

Als sie sich auf dem weiteren Weg zur Kaserne den Berg hinauf schlängelten, bremste Jessica erneut abrupt ab.

„Au, was soll der Scheiß?", wollte Brill, erbost wissen. Er hatte sich bei dem abrupten Bremsmanöver mit der Visiereinrichtung seines Gewehrs den Backen aufgerissen.

„Wir sind da", meinte Jessica nur trocken und deutete mit dem Kopf nach vorne.

Nach einer scharfen rechts Kurve war nur wenige Meter entfernt das Kasernentor mit dem kleinen Wachhäuschen aufgetaucht.

„OK, wir wissen nicht, was uns erwartet und ich möchte auf alles vorbereitet sein. Ihr Beide versteckt euch hier am Waldrand. Ich werde heran fahren und sehen, was passiert. Sind dort Überlebende und sie nehmen mich gefangen, wird es eure Aufgabe sein mich dort wieder heraus zu hauen", bestimmte Rick nachdrücklich.

Brill und Jessica nickten beide Widerspruchslos, ließen sich vorsichtig auf der Beifahrerseite aus dem Auto gleiten, wozu Jessica umständlich über Rick klettern musste, und verschanzten sich im Gebüsch.

Rick drückte sich hinter das Steuer und fuhr langsam auf die geschlossene Schranke zu.

Kaum hatte er den Wagen vor der Schranke gestoppt, als sich auch schon die Tür des Wachhäuschens öffnete und ein Soldat mit angelegter G36 neben seinem Wagen auftauchte.

Rick hatte beide Hände oben auf das Lenkrad gelegt und lächelte den Mann freundlich an. Durch die Scheibe des

Wachhäuschens sah er einen weiteren Soldaten, der mit einem altmodischen Feldfernsprecher telefonierte, auf dem Tisch davor lagen Spielkarten. 'Na hoffentlich habe ich niemanden sein gutes Blatt ruiniert', dachte er bei sich.

Der Soldat klopfte mit dem Gewehrlauf gegen die Seitenscheibe und deutete an, er solle es öffnen.

Mit langsamen Bewegungen betätigte Rick den elektrischen Fensterheber.

Es handelte sich um einen jungen Soldaten, nicht älter als Zwanzig, einen Gefreiten.

„Hallo, junger Mann, ich freue mich sie zu sehen."

„Höflichkeiten kommen vielleicht später, sie steigen jetzt langsam aus dem Fahrzeug aus und zeigen mir dabei ständig ihre Hände. Ein Kamerad hat sie gerade mit einer G22 im Visier, das ist ein Scharfschützengewehr, das auf 800 Meter Entfernung einer Fliege die Flügel abtrennt, sollten sie Dummheiten machen, wird er nicht zögern die Waffe zu benutzen."

„Guter Mann," antwortete Rick mit einem gewinnendem Lächeln, „Rafaell, wenn ich richtig ihr kleines Namensschild lese, ich bin froh endlich wieder unter Lebenden zu sein, daher werde ich alles, was sie sagen Wortwörtlich und genau dann wenn sie es sagen ausführen."

Das schien dem Soldaten zu gefallen. „Tragen sie Waffen bei sich?"

„Natürlich", antwortete er und hob seine rechte Hüfte etwas, damit der Soldat auf das Pistolenhalfter an seiner Seite aufmerksam wurde.

Mittlerweile war auch der zweite Soldat aus dem Häuschen heraus gekommen und visierte ihn ebenfalls mit seinem Gewehr an.

Da Rafaell nun gedeckt wurde schulterte sein Gewehr.

„Lehnen sie sich mit den Händen, gegen die Motorhaube und die Füße weit zurück!"

Rick tat, wie ihm befohlen.

Der Soldat stellte seinen Fuß zwischen Ricks Beine, entnahm seinem Holster die Pistole und tastete ihn ab. Rick stand so weit nach vorne über gebeugt, dass, wenn der Gefreite einen seiner Füße weg gerissen hätte, er mit dem Gesicht hart auf der Straße aufgeschlagen wäre. Abgesehen davon, dass der Soldat ein gefundenes Fressen für einen Heckenschützen war, führte er seine Arbeit vorbildlich aus.

Ein offensichtlich höher gestellter Dienstgrad näherte sich in Begleitung zweier weiterer Bewaffneter.

Als der Soldat Rick durchsucht hatte und keine weiteren Waffen sicherstellen konnte, wurde die Situation entspannter.

Der Dienstgrad kam heran und streckte ihm die Hand entgegen. „Ich bin Oberleutnant Mirko Herzer, der Kommandierende in dieser Kaserne. Bitte entschuldigen sie den etwas groben und unfreundlichen Empfang, aber wir sind lieber etwas vorsichtiger."

Der Angesprochene nahm die Hand freudig entgegen.

„ Richard Hubner, Assistent des Innenministers von Baden Württemberg", stellte sich Rick ebenfalls mit seiner kompletten Amtsbezeichnung vor.

„Dann haben wir ja heute hohen Besuch. Kommen sie bitte, seinen sie mein Gast und berichten sie mir alles, was sie erlebt haben."

„Eigentlich sind sie so etwas wie meine vorgesetzte Dienststelle", sagte Herzer zu seinem Gast, als sich beide in dessen Büro gegenüber saßen und sich gegenseitig abschätzten.

„Keine Angst, ich habe keinerlei Ambitionen ihre Stellung hier zu übernehmen oder gar sie als Führenden abzulösen. Alles hat sich verändert, die früheren Positionen spielen keine große Rolle mehr."

„Da haben sie wohl recht, Herr Hubner."

„Bitte, nennen sie mich Rick", da kein ähnliches Angebot erwidert wurde fuhr Rick nach kurzer Pause fort. „Ich hatte nicht erwartet hier oben noch Überlebende anzutreffen, wie viele Soldaten sind hier noch stationiert? Es scheinen ja noch einige übrig geblieben zu sein."

„Wie sie sich denken können, sind von den einstigen Soldaten, die hier stationiert waren, nur noch ein Bruchteil übrig. Sie haben sicher Verständnis dafür, dass ich ihnen keine konkreten

Zahlen über unsere Truppenstärke offen legen möchte, doch kann ich ihnen sagen, dass drei Zivilisten hier in der Kaserne leben. Kann ich ihnen eine Tasse Kaffee anbieten, Rick?"
„Sie haben noch Kaffee?", rief der Angesprochene erfreut aus und musste an den leidenden Radiosprecher denken. Der Kaffee des Offiziers würde sicher nicht mit Pisse aufgebrüht werden. „Damit würden sie mir eine riesige Freude machen."
Nachdem der Adjutant des Oberleutnants den Kaffee serviert hatte, nahm Rick das Gespräch wieder auf. „Ihre Versorgungslage kann nicht so schlecht sein, wenn sie sogar frische Milch für den Kaffee bereit stellen können", stellte er freudig fest.
„Das ist ein kleines Extra, das ich mir gönne. Leider müssen die einfachen Soldaten sich mit Milchpulver begnügen, wir haben nur eine Kuh und der Großteil der Milch kommt in die Käserei, die unsere Zivilisten betreiben."
„Wow, eine Käserei", Antwortete Rick anerkennend, doch in seinem Hinterkopf registrierte er, dass hier wohl nicht alle Soldaten gleich behandelt wurden.
„Hören sie, Herr Oberleutnant, ich bin nicht alleine, ich habe acht, zumeist kampferprobte Leute unter meiner Führung. Offensichtlich nehmen sie Zivilisten hier auf, eventuell könnten wir ihre Truppe verstärken, denn unser altes Rückzugsgebiet ist nicht mehr sicher."
„Wo ist es heute noch sicher?", sinnierte der Offizier. „Aber ich müsste mit jedem ihrer Männer eine Unterredung führen und würde dann für jeden einzeln entscheiden, ob derjenige hier aufgenommen werden kann oder nicht. Jeder der unsere Sicherheit und, in aller Bescheidenheit, auch unseren Komfort in Anspruch nehmen möchte, muss außerdem bereit sein sich einzufügen und seinen Teil der Arbeiten zu übernehmen."
„Ich denke nicht, dass es da Probleme geben wird, zwei meiner Leute sind ehemalige Soldaten und für die meisten der Anderen kann ich einen einwandfreien Leumund vorlegen."
„Dann müssten wir unser Lager für Zivilisten deutlich vergrößern, das wären immerhin 13 Personen, aber Platz haben wir hier ja genug, es soll nur kein Unglück bringen", lachte Herzer.

„Keine Angst vor Aberglauben, es sind nur 12 Zivilisten.
Meine Gruppe sind mit mir zusammen neun Personen und ihre
drei Zivilisten gibt zusammen 12", korrigierte ihn Rick.
„Verzeihen sie, ich vergaß den Neuzugang zu erwähnen. Vor
zwei Tagen haben meine Männer ein kleines Mädchen
aufgegriffen, sie ist erst erst 10 oder 11 Jahre alt und erholt sich
gerade auf der Krankenstation."
Der Kaffee hatte mit einem Male einen fahlen Geschmack und
die leckere Milch schien in Ricks Magen zu versauern,
irgendwie ahnte er, um wen es sich bei dem kleinen Mädchen
handelte.

Elitesoldat

Jackson war mit Elan die Treppen des Truppengebäudes
empor gespurtet. Zwei Stufen auf einmal nehmend, jetzt war
er unter dem Dach angekommen und nur wenig außer Atem
geraten. Verstohlen sah er sich noch einmal um. Er hatte einen
leeren Wäschekorb dabei, doch das war nur zur Tarnung, falls
ihm wider Erwarten jemand begegnen sollte. Er hatte für
diesen Fall immer einige Kleidungsstücke hier oben auf
gehängt. Hier oben im Speicher hängten die meisten Soldaten
bei schlechtem Wetter ihre Wäsche zum trocknen auf, Hotel
Mama gab es ja nicht mehr. Jetzt im Sommer war es nicht
nötig hier herauf zu kommen, im Hof waren ebenfalls
Wäscheleinen gespannt, abgesehen davon wurde es hier oben
viel zu heiß und zu stickig um sich längere Zeit hier auf zu
halten.

Wie erwartet, befand er sich dann auch alleine hier oben. Den Korb stellte er neben einem alten Schrank ab, zu dem er einen Schlüssel besaß und aus dem er einen nicht allzu großen, sandfarben Koffer holte.

Den Koffer stellte er auf den Boden und klappte ihn auf, wodurch sich eine kleine Satellitenschüssel entfaltete, die er mit einem Klicken arretierte. Es handelte sich um eine mobile Sat- Anlage, wie sie von US Militärs in allen Krisengebieten der Welt verwendet wurde. Die Routine bei den einzelnen Handgriffen zeigte, dass er die Anlage nicht zum Ersten mal aufbaute.

Ihren Evaluations- und Azimutwinkel stellte die Antenne automatisch ein. Der Kontrollblick auf die Anzeige zeigte ihm, dass der C/N optimal eingestellt war und ihm eine sehr gute Verbindung gewähren würde.

Die Verbindung wurde über Satelliten des Global Maritime Distress and Safety Systems eingerichtet, einer angeblich zivilen Einrichtung zur Sicherheit auf See. Aber natürlich war das Projekt von Anfang an unter der Herrschaft des amerikanischen Militärs gestanden, dass auch einen Großteil der Fördergelder über Scheinbehörden beigesteuert hatte. Nach dem Zusammenbruch der bekannten Weltordnung hatten sie sich nur zurück geholt, was ihnen ohnehin schon gehörte. Die meisten Satelliten waren außer Funktion. Das war zu einem großen Teil aus Gründen mangelnder Wartung und fehlender Kurskorrekturen geschehen. Allerdings, waren viele Anlagen direkt nach Ausbruch der Seuche von gegnerischen Mächten durch Terrorakte und Spionageeinsätze gezielt zerstört worden, um eventuelle Angreifer blind und Führerlos zu machen.

Die wenigen noch intakten Anlagen wurden von den Regierungen für den Privatgebrauch gestört und rein militärisch genutzt, so wie es seine Regierung mit diesem System auch machte.

Als letztes klemmte er sich noch die kleine Freisprecheinrichtung hinter sein rechtes Ohr.

„Raptor Golf an Museum", sprach er leise ins Mikrofon. Sein Codename bezeichnete seinen Auftrag, ein gefährlicher Jäger, den man erst erkannte, wenn es zu spät war. Das G stand einfach nur für Germany, er vermutete, dass Weltweit Agenten wie er operierten.

„Raptor Golf an Museum", wiederholte er.

„Schön von ihnen zu hören, Raptor Golf, hier spricht der Kurator", antwortete eine müde Stimme. Als der Kurator wurde der diensthabende Soldat am anderen Ende der Funkstation bezeichnet.

„Wieder erwarten lebe ich noch. Können sie mir bitte den Direktor geben?"

„Ihnen ist schon bewusst, dass es bei uns jetzt drei Uhr morgens ist?"

„Ich habe hier ein paar Knochen, die ihn sicher interessieren werden."

„OK, ich werde ihn wecken, aber auf ihre Verantwortung!" Kaum ein Knacken oder Rauschen war während der Wartezeit in der Leitung zu hören.

„General Gibbs hier, was bringt sie auf die wahnwitzige Idee meinen Schönheitsschlaf zu stören, den ich so dringend benötige?", die Stimme klang brummig, von einem alten, befehlsgewohnten Soldaten.

„Sir, verzeihen sie, Sir. Sie sprechen mit Raptor Golf und ich habe hier einen fetten Knochen für sie!"

„Lassen sie doch diesen Verschlüsselungs- Scheiß, wer bitteschön soll uns denn noch abhören, geschweige denn einen Nutzen aus unserem Gespräch ziehen?", buffte der General ihn genervt an.

„Außerdem bin ich dafür viel zu müde. Also, was ist los in good old Germany?"

Da das ganze Gespräch in der Heimatsprache der Teilnehmer, in Englisch, bzw. auf Amerikanisch, geführt wurde, klang das good old Germany weder kitschig noch herablassend.

„Zu Befehl, Sir, sie haben die Befehlsgewalt..."

„Ja, ja, machen sie endlich, mein Bett ruft!"

„Die Gesamtsituation ist hier unverändert, aber wir haben ein Mädchen, ca. 10 Jahre alt, aufgenommen. Diese Person war mit größter Wahrscheinlichkeit infiziert, als nahezu sicher kann ich den kurzzeitigen Tot des Mädchens bestätigen. Nach

ihrem wieder Erwachen trug sie zwar eine erhöhte
Konzentration, aber keine invasiven Viren mehr in sich."
Die Nachricht benötigte drei Sekunden um im Hirn des
Generals umgesetzt zu werden. „**WAS?**", brüllte es in die
Leitung. „Sind sie sich ganz Sicher? Zu hundert Prozent?"
„Ja, Sir und das ist noch nicht alles, nach Angaben des
Mädchens gibt es einen Infizierten, der Menschlich geblieben
ist, beziehungsweise denkt und handelt wie ein gesunder
Mensch."
Für einen Moment war nur das Atmen des Generals zu hören.
„Finden sie um jeden Preis diesen Infizierten, das könnte
unser Schlüssel sein! Bei dem Mädchen könnte es sich auch
um einen Fehler handeln, wir müssen sicher sein. Setzen sie es
nochmals den Viren aus und beobachten sie ganz genau, was
mit ihr geschieht. Ich möchte einen detaillierten Bericht!
Besonders die Zeitangaben könnten wichtig sein für unsere
Wissenschaftler. Denken sie auch daran, ihr vorher und
nachher eine Blutprobe zu entnehmen und auf
Virenrückstände zu überprüfen."
Durch die Hitze drang Jackson mittlerweile der Schweiß in
Strömen aus den Poren. „Was mache ich mit den beiden
Zielobjekten, wenn ich sie sichergestellt habe?"
„Beschützen natürlich, wenn ihre Angaben stimmen, sind
beide von immenser Wichtigkeit für uns. Nicht weit von ihnen
entfernt unterhielten wir gute Verbindungen zu einer
Forschungseinrichtung, mit ein bisschen Glück ist diese noch
in Betrieb. Die Koordinaten lasse ich ihnen zukommen.
Und, Raptor, gute Arbeit! Amerika ist stolz auf sie!"
„Danke, Sir", antwortete Jackson mit Stolz geschwellter Brust
und rieb sich Schweiß aus den Augen. Dass er bereits
vergeblich nach dem Infizierten gesucht hatte ließ er lieber
unerwähnt.

Beichte

„Pater, haben sie wohl ´nen Moment Zeit für mich?" Ein
pickeliges Gesicht lugte durch den schmalen Türspalt.
„Selbstverständlich, mein Sohn", gab Pastor Böser zurück.
„Wie kann ich dir helfen?"
Verlegen kratzte sich der junge Soldat am Hinterkopf. „Na, ich
dachte mir, vielleicht könnte ich ja mal ´ne Beichte ablegen,
sie wissen schon, vorsichtshalber...". Das dünne, halblange
Haar war fettig und ein aufdringlicher Geruch nach altem
Schweiß rundete das Bild mangelnder Körperhygiene ab.
„Der Herr hat immer ein offenes Ohr für Sünder und sofern du
bereust wird dein Besuch bei mir nicht umsonst sein." Er wies
dem Soldaten mit der Hand zu einem abgetrennten Bereich.
Mit Bettlaken hatte er sich hier so etwas ähnliches wie einen
Beichtstuhl abgrenzen lassen.
Auf der einen Seite des Lakens befand sich ein Stuhl, auf dem
der Priester Platz nahm.
Unbeholfen schaute der Soldat sich um.
„Unterwürfig sollst du sein vor den Augen des Herrn und
deine Knie beugen."
Blöde glotzend wusste der Angesprochene nichts mit der
Bemerkung des Priesters anzufangen.
„Du sollst dich auf der anderen Seite hinknien", wies ihn der
Priester freundlich zurecht.
„Ja, klar, ´tschuldigung. War lange nicht mehr in der Kirche
gewesen, wissen sie..."
Als er seinen Platz eingenommen hatte, dachte der Soldat kurz
nach, dann sagte er: „Vergib mir Herr, denn ich habe
gesündigt."
Danach war einige Sekunden Stille.
„Du darfst jetzt deine Sünden aufzählen...", half ihm der
Priester weiter.
„Hähä, is´ja irgendwie logisch, also leg ich mal los. In
alphabetischer Reihenfolge", scherzte er.
Ungesehen verdrehte Pastor Böser die Augen, es war nicht
immer leicht ein Hirte zu sein, vor allem, wenn man
wahrhaftig ein Schaf vor sich hatte.

Vom Diebstahl aus der Geldbörse seines Vaters bis zum Erschießen eines nichtinfizierten Menschen war alles dabei. Nichts wirklich schlimmes, keine wirklichen Vergehen, die seine Seele in die ewige Verdammnis zerren würden und bei dem zuletzt gebeichtetem handelte es sich um eine Tötung während eines Feuergefechts.

„Jetzt weiß ich nicht, ob das auch dazu gehört, eigentlich soll man ja glaube ich auch keinen Schweinkram mit Anderen haben, gilt das auch, wenn das Andere keine Frau war?"

„Sodomie ist aus Gottes Sicht moralisch um vieles verwerflicher als der Verkehr mit einer Frau aus reiner Lust, denn dies ist eine der verwerflichsten Sünden und kann der Herr nicht billigen."

„Nein, nein, ist schon irgendwie 'ne Frau oder war zumindest mal eine. Gina, das ist so 'ne Zombie- Tusse. Früher hat die im Club unten im Ort gearbeitet. Hat uns immer Geil gemacht, Striptease und so, sie wissen schon. Mehr war aber nicht drin bei der..."

„Willst du mir damit sagen, dass du dich an ihr vergangen hast, als sie bereits nicht mehr als Gottes Geschöpf bezeichnet werden konnte?"

„Hä?"

„Nachdem sie verstorben war", setzte der Priester nach einem Seufzer erklärend hinzu.

„Ja genau, die hat da eh nix mehr mitgekriegt. Geifert zwar rum, aber nicht weil sie Geil ist, sondern das macht die nur, weil sie einen beißen will", eiferte er sich.

Der Pastor atmete hörbar durch. „Also schön, ich denke auch solch eine einmalige Verfehlung wird der Herr dir verzeihen können..."

„Na ja, nicht unbedingt einmalig," unterbrach ihn sein Schäfchen. „Wir haben die im T- Bereich eingesperrt, da kann jeder mal drüber rutschen, der Lust hat. Man muss nur 'nen Gummi nehmen, wegen der Ansteckung und so."

Geschockt saß der Priester einen Moment still auf seinem Stuhl, bevor er seine Fassung wieder fand.

„Das, was ihr da tut ist mehr als Verwerflich und wenn du noch ein einziges mal diese Hure aufsuchst, wirst du in den

Feuern der Hölle schmoren bis zum jüngsten Tage!", wies er den Mann erzürnt zurecht.

Der unbekannt Soldat zuckte zusammen, ob der Macht dieser Worte. Jedes einzelne schien sein Innerstes zu treffen und dort bereits zu brennen.

„Etwas milder fragte der Priester: „Der T- Bereich, das ist der Bereich, in dem die Fahrzeuge und Maschinen gewartet und aufbewahrt werden, ist das richtig?"

„Ja, Mann, der technische Bereich. Wir haben sie in der Baracke des Bauzuges eingesperrt, der Schlüssel liegt auf dem Türstock."

„Nun Gut, bereust du all deine bösen und verwerflichen Taten?"

Der Soldat nickte heftig.

„Dann wirst du 10 Ave Maria und 50 Vater unser beten. Außerdem wirst du die nächsten zwei Wochen bei Tisch auf deine Nachspeise verzichten."

„Ich kann keine Ave Maria", sagte der Angesprochene betrübt, den Blick verschämt zu Boden gerichtet.

„Dann betest du eben 100 Vater unser und lässt die Ave Maria", entließ ihn der Priester genervt.

Am Abend wartete der Priester bis die Streife seine Unterkunft passiert hatte, dann machte er sich auf den Weg in den T- Bereich, um sich selbst ein Bild dieses gotteslästerlichen Tuns zu machen.

Sein Weg führte ihn vorbei an 2- Tonner Unimogs, einigen leichten mit Ketten betriebenen Allround- Fahrzeugen, die Häglunds genannt wurden, einer Handvoll Wolfs, das waren die geländegängigen PKWs der Bundeswehr und sogar an einem mit Blaulicht ausgestattet Nissan, wie er früher von den Feldjägern eingesetzt wurde.

Der T- Bereich war gut Beschildert, so fiel es ihm nicht schwer die richtige Baracke zu finden.

Auf dem Absatz über dem oberen Türstock war wie beschrieben der Schlüssel hinterlegt.

Er öffnete die Türe und späte in den Raum. Ein Geruch nach Fäulnis und Verwesung lies ihn wieder zurück zucken.

Da die Dämmerung bereits fortgeschritten war leuchtete er mit seiner mitgebrachten Stablampe in den Raum, während er ihn beherzt betrat. Den aufkommenden Würgereiz überwand er tapfer.

In der Mitte des Raumes stand eine Art Campingstuhl, darauf lümmelte eine Frau. Sie rührte sich nicht, auch nicht, als der Lichtkegel seiner Lampe auf sie viel.

Die Frau trug keine Kleidung und war mit großen Mengen Gaffertape an dem Stuhl fixiert worden.

Ihre Beine waren mit Spanngurten, die sich fast bis auf die Knochen der Kniegelenke gefressen hatten, nach links und rechts zu den Regalen gespannt worden, so das ihre Scham sich ihm vulgär entgegen reckte.

Angewidert trat der Priester näher heran. Ein Schwarm Fliegen stob, ihren Unmut laut brummend kund tuend, auf.

Sein Lichtfinger zeigt ihm weitere widerwärtige Einzelheiten in all ihrer Pracht. An den einst vollen und prallen Brüsten erkannte er leichte Bewegungen, eine Art wimmeln, da wo der Nippel sein sollte. Dieser war abgetrennt worden und die Fliegen hatten ihre Brut in die offene Wunde gesetzt.

Die andere Brust zeigte mehrere, parallel verlaufende, bis auf die Rippenknochen gehende Einschnitte, so dass sie ohne Halt zur Seite gekippt war und ihn nun an ein aufgefächertes Stückchen Wurst erinnerte, in dem sich ebenfalls bereits neues Leben tummelte.

Trotz des Gestanks atmete der Priester tief durch, um sich zu beruhigen.

Zwischen den weit gespreizten Beinen der bedauernswerten Kreatur lag ein abgebrochener Besenstiel, dessen Ende dunkel gefärbt in einer getrockneten Lache, bei der es sich nur um Blut handeln konnte, lag. Es war unschwer sich vor zu stellen, für welche Obszönitäten er benutzt worden war.

Die deutlichen Brandwunden an den Innenseiten ihrer Schenkel stammten vermutlich von der Eisenstange, die in einer erkalteten Feuerschale etwas abseits lag.

Alles was er hier sah, widerte ihn an. Das hatte nichts mit Gott zu tun, hier war der Teufel selbst am Werk gewesen!

Die Frau konnte froh sein, dass sie bereits tot gewesen war, bevor sie ihren Peinigern in die Hände gefallen war.

Er trat noch etwas näher heran. Trotz der fortgeschritten Fäulnis, konnte man immer noch erkennen, was für ein hübsches Gesicht die junge Frau einst gehabt haben musste, zumindest bevor ihr ein Auge entfernt und eines zerstochen worden war.

„Ccchhhhh!", mehr brachte die Frau aufgrund ihres zu geklebten Mundes nicht hervor. Der Priester erschrak nicht einmal, zuckte nur ganz kurz zurück. Sie war viel zu gut an dem Stuhl befestigt worden, als dass sie ihm gefährlich werden könnte.

„Nun gut, Ausgeburt des Bösen! Es ist mir sehr wohl bewusst, dass du dich zu deinen Lebzeiten der Sünde hingegeben hast und Männer in den Schlund der Verdammnis gelockt hast, wie du es sogar noch nach deinem Tode tust!"

Er holte ein Kruzifix hervor und eine kleine Plastikflasche mit geweihtem Wasser und stellte sie auf den Boden neben sich. Dann bekreuzigte er sich und sprach das Vater unser.

„Christus natus est nobis und er wird mich schützen und den Dämon aus dir zurücksenden in die tiefsten Tiefen der sieben Höllen!" Mit diesen Worten spritzte er Wasser auf die Frau.

Die Infizierte spürte auch ohne Augen den Schein des Lebens, der von dem Priester ausging, wurde unruhig und begann vergebens an ihren Fesseln zu zerren.

„Herr, öffne meine Lippen, auf dass mein Mund deinen Lob verkünde und die Dämonen zurücksendet in ihr finsteres Reich!"

Nun wiederholte er das Kreuzzeichen mit dem Kruzifix in der rechten Hand, anschließend legte er das Kruzifix auf den Bauch der nackten Frau, nahm die Flasche mit Spiritus, die neben dem Kohlebecken stand und goss den gesamten Inhalt über das bedauernswerte Wesen.

„Die reinigende Kraft des Feuers wird deine Erlösung sein! Herr, sei ihrer Seele gnädig, denn sie war fehl geleitet und wurde nie in deine beschützenden Arme gerufen, Amen!"

Er nahm das daneben liegende Zündholzbriefchen, ging zwei Schritte zurück, entflammte das gesamte Heftchen und warf es auf die Frau. Er sah noch zu, wie die Flammen schnell über

den Kadaver leckten. Dann, als sich der Geruch von
verbranntem Fleisch und verkohlten Haaren verbreitete, drehte
er sich um und verließ die Baracke und den T- Bereich noch
bevor die ersten Flammen aus dem Haus heraus schlugen.

Rettung

„Jackson, sie haben mit ihren Männern gestern über 1200
Schuss verbraucht! Die Munition wächst nicht auf Bäumen!",
Oberleutnant Herzer war außer sich vor Wut auf seinen
Laufkameraden.
„Dafür kann man die Mission nicht als Misserfolg bezeichnen.
Zwar haben wir das Objekt 1 nicht gefunden, aber immerhin
haben wir vier Zivilisten gerettet, einen Mann und drei kleine
Kinder", erwiderte der Angesprochene trocken. „Und wir
werden nochmal da raus müssen, da wir die Zielperson, wie
bereits erwähnt, nicht aufgegriffen haben."
„Nicht so lange ich hier der ranghöchste Offizier bin und das
Sagen habe. Wir werden unsere Munition nicht mit solchen
planlosen Aktionen in den Himmel schießen, außerdem
zweifle ich den Erfolg ihrer Vorgehensweise an."
„Mirko," probierte es Jackson nun vertraulicher, indem er den
Offizier mit seinem Vornamen ansprach, „dieser eine Mann ist
wichtiger als wir alle zusammen und mehr wert als die
restliche Munition auf der ganzen Welt, denn dieser eine Mann
kann die Rettung der gesamten, verbliebenen Menschheit
bedeuten."
Der Angesprochene schüttelte energisch den Kopf. „Es bleibt

dabei, keine weiteren dieser sinnlosen Exkursionen mehr, die Chancen den Mann zu finden sind zu gering. Er ist womöglich bereits weiter gezogen und wir wissen nicht einmal, in welche Richtung. Und selbst wenn wir ihn finden, wie sollen wir hier ein Gegenmittel entwickeln, weißt *du* wie das funktionieren soll? Ich jedenfalls nicht!"

Jackson öffnete den Mund um etwas zu erwidern, wurde aber von Herzer zum Schweigen gebracht.

„Das war mein letztes Wort, ich trage die Verantwortung für meine Soldaten, nicht für die ganze Welt."

Wenig später saß der Oberleutnant mit seinen Soldaten und Zivilisten in der Mannschaftskantine beim Frühstück zusammen. Rick und Carla hatten sich zu Kais Trupp an den Tisch gesellt und ließen sich Eipulver und Brot aus der Dose schmecken. Dazu hatten sie hausgemachte Marmelade aus dem Keller ihres ehemaligen Hofes beigesteuert. Rick und Jessica hatten den Rest der kleinen Gruppe umgehend hierher nachgeholt, nachdem sicher gestellt war, dass sie alle gut aufgenommen würden. Rosa hatte darauf bestanden einige Lebensmittel für Florice zurück zu lassen, zusammen mit einem Zettel, auf dem sie vermerkt hatte, dass sie jede Woche vorbeikommen würde, um nach zu sehen, ob das Mädchen wieder zurück gekommen sei.

Die meisten der Soldaten hatten sich um ein altes Radiogerät versammelt und lauschten gebannt.

„Der Wagen hat wieder umgedreht und kommt zurück!", dröhnte es begeistert aus den Lautsprechern. „Voll abgefahren, mit seinem selbstgebauten Kuhfänger pflügt er schon wieder durch die Reihen der Toten! Links und rechts werden die durch die Luft geschleudert! Ach, wenn ihr das sehen könntet, wie Krass!

Leute, ich bin so glücklich, dass endlich jemand kommt, ich hätte nicht mehr lange durchgehalten...

FUCK!"

Alle zuckten zusammen, als der Schrei aus dem Lautsprecher drang.

„Der Wagen hat sich beim Wenden überschlagen! Nein! Er

bleibt auf dem Dach liegen! Verdammt! Verdammt!
Verdammt! Macht dass ihr da raus kommt!"
Nun war in der Kantine kein einziges Geräusch mehr zu
hören. Kein Besteck klapperte und keine Unterhaltung wurde
mehr geführt. Alle hatten aufgehört mit Essen und warteten
nun gespannt auf den Ausgang dieses, wie ein Hörspielkrimi
anmutenden, Berichtes.
„Die Beifahrertür wird aufgetreten, ein Mann rollt sich heraus,
er sprintet los auf das Nachbargebäude zu und schlägt mit
zwei kleinen Äxten wild um sich. Ein Typ hat seinen Arm
gegriffen..., JA! Die Axt steckt jetzt in seinem Kopf und der
Flüchtling ist wieder frei... LAUF! Du SCHAFFST ES!",
brüllte der Sprecher dem unbekannten Mann zu, obwohl er
wusste, dass dieser ihn nicht hören konnte.
Da versucht noch einer heraus zu kommen... Fuck! Fuck!
Fuck! Zu spät, sie sind an ihm dran...", ein Würgen unterbrach
den Sprecher. „Sie haben ihn zerrissen... Ich meine das so, wie
ich es sage, sie haben den armen Kerl auseinander gerissen!
Diese Bestien haben ihm einen Arm ausgerissen! Bei
lebendigem Leib!" Eine kurze Pause trat ein.
„Der Andere schafft es, er ist jetzt an der Tür..." Dann änderte
sich die Sprechweise von Jo. Er fuhr leiser und resigniert fort:
„Der arme Kerl hat die Tür zum Nachbargebäude geöffnet und
hat weitere Menschenfresser heraus gelassen... Ich kann nicht
weiter zusehen... Brauch jetzt erst mal eine Pause... Melde
mich später nochmal..."
Mit einem Mal war die Übertragung abgebrochen. Die Männer
saßen entweder geschockt herum oder diskutierten aufgeregt.
Nach einigen Minuten startete die Übertragung mit einem
Klacken wieder.
„Zumindest weiß ich nun, dass da draußen noch andere am
Leben sind, welche die meine Sendung hören und denen sie
vielleicht sogar gefällt. Ruft mich doch mal an und sagt mir
eure Meinung, was sollen wir mit dem verfressenen Pack
machen?" Ein hysterisches Lachen drang durch das Mikrofon.
„Bevor ich den heutigen Song des Tages, Im Zeichen des
Zodiak von E Nomine, spiele, noch ein Hinweis in eigener
Sache: Ich bin am Ende, total dehydriert, ich lebe zur Zeit von

etwa einem halben Liter Wasser am Tag, das ich mir mit Plastikplanen am Morgen mühsam auf dem Dach zusammen klaube, gestern habe ich noch ein paar angeschimmelte Chips in einem Dreckeimer gefunden, danach kaute ich dann ´ne Weile auf einem alten Gürtel herum... Der war aus echtem Leder...“ Wieder ein Kichern, bevor es stotternd weiter ging: „Ich sehe komische Dinge... Die Kaffeemaschine hat gestern mit mir gesprochen... Nur blödes Zeug, nichts wichtiges...“ Eine lange Pause folgte, nur ein leises atmosphärisches Rauschen war zu vernehmen. „Mein Aggregat ist so gut wie leer, vielleicht kann ich morgen noch einmal auf Sendung gehen, dann ist aber endgültig Schluss. Meine tägliche Sendungen sind aber das einzige, das mich hier die ganze Zeit noch am Leben gehalten hat...“ Wieder eine Unterbrechung. „Wenn die Armee oder Polizei zuhört, letzte Gelegenheit mich zu retten, ansonsten, wenn euch einer versucht zu beißen, der ein übelriechendes, grünes Shirt mit einem großen, gelben Smilie anhat, der Smilie hat Kopfhörer auf, dann seid so lieb und erlöst mich...“ Mit leisen Streicherklängen startete der Song des Tages.

Nach einigen Augenblicken betroffener Ruhe klapperte wieder Besteck, die Soldaten diskutierten miteinander und Rick widmete sich wieder seinem Sudoku zu.
Ein Soldat, der bisher alleine an einem abseits gelegenen Tisch gesessen hatte, kam an ihren Tisch heran, sein rechter Mundwinkel zuckte nervös. „Herr Oberleutnant, ich gehe zurück in das Geschäftszimmer“, sagte er leise, leicht stotternd und ohne einem von ihnen direkt in die Augen zu blicken.
„Ist in Ordnung, Herr Gefreiter, ich werde auch gleich nach kommen.“
Einige wenige Sekunden blickte der Soldat auf Ricks Zeitschrift, dann zeigte er der Reihe nach auf leere Kästchen und sagte: „8, 4, 5, 9, 1, 2, 6, 6, 9, 1, 3 und 2.“
Rick schaute ihn verdutzt an, doch der Soldat drehte sich nur um und ging wieder seiner Wege.
Der Oberleutnant lachte. „Das ist Gefreiter Tauner“, erklärte er. „Der Mann ist erst nach Ausbruch der Seuche zu uns

gestoßen. Es ist nicht immer leicht mit ihm klar zu kommen, denn er ist Autist und kann überhaupt nicht auf andere Menschen eingehen. Menschliche Emotionen? Nada, wie die Russen sagen. Aber als Schreibstuben- Soldat ist er brillant. Sie können davon ausgehen, dass die Zahlen, die er genannt hat genau richtig sind. Er schaut sich etwas kurz an und erkennt wie es sein muss. Wie gesagt, leider ist er dafür eben menschlich nicht zu gebrauchen und völlig unfähig zwischenmenschliche Beziehungen zu entwickeln."

„Beeindruckend", Rick blickte weiterhin zur Tür.

„Herr Oberleutnant?", rief ein Soldat aus einer der Diskussionsrunden um sie herum.

„Ja, Zimmermann, was haben sie auf dem Herzen?"

Der Soldat stand auf, um sich aus seiner Gruppe zu erheben.

„Wir würden gerne den DJ retten, mit dem Fuchs könnten wir sicher bis zu ihm durch stoßen."

„Abgelehnt!" Antwortete der Angesprochene entschieden.

„Sie müssten bis nach Karlsruhe hinein und da es sich dabei um eine Großstadt handelt werden ihnen zehntausende Infizierte auf den Fersen sein."

„Diese Puddingköpfe machen uns keine Angst", rief ein anderer.

„Das sollten sie aber. Nein, das ist zu gefährlich, das kann ich nicht verantworten!"

„Da ist ein Überlebender und wir dürfen ihn nicht retten!?", rief wieder der Erste.

„Der Typ könnte uns Moralisch aufbauen", ein anderer.

Der Offizier merkte, dass es seinen Männern sehr wichtig erschien diesen Mann zu retten, also lenkte er ein. „Ich werde mich mit ihren Unteroffizieren darüber besprechen", sagte er resignativ und räumte sein gebrauchtes Geschirr zusammen. Als er gegangen war setzte sich Rick zu der Gruppe Soldaten.

„Ich bin zwar erst kurz hier, aber sollte es ihnen nicht selbst überlassen sein, für wen sie ihr Leben riskieren oder welch heldenhafte Taten sie vollbringen möchten?"

Allgemeine Zustimmung. „Der Oberleutnant ist ein Angstscheißer, wie als wenn wir nicht alle schon mehr oder weniger Tot wären...", sagte ein muskulöser Soldat.

„Wisst ihr was Männer?" Das war eine rein rhetorische Frage und selbstverständlich antwortete keiner darauf. „Ich werde noch einmal in aller Freundschaft mit ihm reden und an die Menschlichkeit in ihm appellieren, dieser Jo muss einfach gerettet werden!"
Die Männer sprachen Rick zu und klopften ihm dankbar die Schulter.
In seinem Inneren lächelte der Politiker, denn in Wahrheit war es ihm so etwas von egal, ob diesem Arschloch in seiner Sendestation die Eingeweide heraus gerissen wurden oder nicht, aber es war eine gute Gelegenheit sich bei den Soldaten anzubiedern und die Autorität des Oberleutnants zu untergraben, wer weiß wozu das nochmal gut sein konnte.

In einem kurzen Gespräch hatte Rick den Oberleutnant überzeugen können, dass es unverzichtbar für die Moral der Truppe war, eine Rettungsaktion zu diesem DJ Jo zu entsenden. Er machte später keinen Hehl daraus, dass es sein Verdienst war, dass ein Trupp von Freiwilligen die Erlaubnis erhielt sich nach Karlsruhe zu besagtem Radiosender durch zu schlagen und diesen Jo zu befreien.
Dieser Trupp war schnell zusammen gestellt, fast die Hälfte der Männer wollte an dieser Rettungsaktion teilhaben.
Der neu beförderte Unteroffizier Hauser, sollte den Einsatz leiten und suchte sich neben Kelly, die für das Sicherungs-MG zuständig war und Tom, noch drei weitere Soldaten seines eigenen Trupps und einen Fahrer aus.
Kurz nach Sonnenaufgang des nächsten Tages ging es los.
Kelly hatte sich ein zweites MG 36 mitgenommen, damit sie die komplette Waffe auswechseln konnte, falls das Rohr des ersten MGs heiß laufen sollte.
Zusätzlich wurde der Unteroffizier mit Handgranaten ausgestattet, die sparsam, nur im Notfall, verwendet werden sollten, da Sprengkörper Mangelware waren.
Die Sendeeinrichtung befand sich in der Albert- Nestler-Straße und lag in einem kleinen Industriegebiet zwischen den Karlsruher Stadtteilen Hagsfeld und Rintheim, sie mussten also nicht direkt in die große Stadt hinein, sondern würden

sich nur am Stadtrand aufhalten.

Büchenau, Staffort und Stutensee, kleinere Ortschaften auf der knapp 25 Km langen Strecke, hatten sie ohne größere Schwierigkeiten umfahren und waren nur vereinzelten Untoten begegnet, doch ab Hagsfeld kamen die ersten Hochhäuser und großen Wohnblocks in Sicht.

„Also Leute, ab hier müssen wir mit größeren Gruppen von Untoten rechnen, kontrolliert nochmal eure Waffen. Jessica wird mit Rocker im Fahrzeug und in Bewegung bleiben, damit keine Gefahr besteht, dass es eingekeilt wird und wir hier später nicht wieder weg kommen. Während Miers den Eingangsbereich des Gebäudes von innen sichert, werde ich mich mit dem Rest nach oben durchschlagen. Noch Fragen?"

Hauser hörte in die Gegensprechanlage des Spähpanzers. Mit seinen gerade mal 20 Jahren mangelte es ihm an Erfahrung, jedoch nicht an Enthusiasmus.

„Wie kommen wir in das Gebäude hinein?", wollte Miers wissen. „Ich meine, es könnte ja abgeschlossen sein."

„Ok, guter Einwand", nach kurzem Nachdenken hatte er einen Entschluss gefasst. „Wir gehen mit Brachialgewalt vor. Das ist ein relativ neues Verwaltungsgebäude, der Zusammenschluss mehrerer verschiedener Firmen. Ich gehe davon aus, dass es einen großen Eingangsbereich hat, also fahren wir direkt durch die Eingangstüre hinein, wenn das irgendwie geht. Miers, sie sichern dann zusammen mit Kallmos diesen Bereich und wir gehen nur zu Dritt hoch. Jemand einen Anderen Vorschlag?"

Stille folgte, da die Frage nur mit Kopfschütteln beantwortet wurde, was der Unteroffizier im vorderen Fahrzeugbereich natürlich nicht sehen konnte.

Die ersten Wohnblocks konnten sie geschützt von einem kleinen Waldstückchen, der hier zum Glück dicht und reichlich vertreten war, noch umfahren. Ab einem kleinen Edeka- Markt war es damit jedoch vorbei. Nun hatten sie rechts und links von sich Wohnhäuser stehen. Seltsamerweise war jedoch alles verweist. Nicht ein Untoter schien sich hier auf zu halten.

Verwundert überquerten sie eine kleine Brücke über die Pfinz und fuhren durch Hagsfeld. Hier war die Straße wieder auf beiden Seiten von Bäumen gesäumt, was ihnen den Blick auf die Häuser zum großen Teil versperrte, doch soweit sie erkennen konnten waren auf der Straße weder Lebende noch Tote zu sehen.

„Mein Gott, das ist ja unheimlicher, als würden hier einige von diesen torkelnden Dingern herum laufen", bemerkte ihr Fahrer leise, als sie die geisterhafte Wohngegend wieder verließen und die Häuser wieder dichtem Baumbewuchs wichen.

„Ich kann unser Ziel bereits sehen, diese hohen Geschäftsgebäude da", sagte Hauser und deutete nach vorne.

„Dann müsste gleich eine Straße rechts zwischen den Bäumen hindurch führen."

An besagter Stelle bog der Panzer rechts ab und stoppte abrupt.

Oh mein Gott", stöhnte der Unteroffizier. Der gesamte untere Bereich der Emmy- Noether- Straße war voll mit Leibern, die dicht an dicht gedrängt still und unbeweglich einfach nur herum standen. Es waren Hunderte!

Einige wandten sich in ihre Richtung, doch hatte offensichtlich noch keine der Gestalten registriert, dass sich Frischfleisch in ihrer unmittelbaren Nähe befand. Die ersten machten unbeholfene Schritte in ihre Richtung, auf das neu angekommene Fahrzeug zu.

„Ok, hier der neue Plan", Hauser wurde von seinem Fahrer unterbrochen: „Ja, wir hauen hier schnellstens ab!"

„Bleiben sie ruhig Soldat! Der neue Plan sieht vor, dass wir auf uns aufmerksam machen."

„Echt jetzt?" Der Fahrer starrte ihn ungläubig an.

Der junge Unteroffizier hatte eine Karte auf seinem Schoß ausgebreitet und studierte die Straßenverläufe.

„Auf die Horde zu, kurz davor links rein und wieder links, dann kommen wir zwischen die Wohnhäuser, wo sich das Gesindel etwas verteilen kann und wir kommen nach einem großen Kreis wieder hierher zurück."

„Was ist denn los da vorne?"

„Wir machen einen kleinen Umweg", gab Rocker zur Antwort

und gab Gas, direkt auf die Horde zu.

Der Motor röhrte auf, als die weit über über 400 Pferde den Spähpanzer mit einem Satz in Bewegung setzten.

Nun kam auch in die Masse der Untoten Bewegung. Viele begannen auf sie zu zu sprinten, einige setzten mit der scheinbaren Leichtigkeit eines Parcourläufers über andere hinweg und wieder andere blieben einfach weiterhin träge an ihrem Platz stehen.

An der Kreuzung, an der der Panzer abbiegen sollte, trafen sie mit den ersten Untoten zusammen, doch auch in der Kurve hatte der Fuchs keine Probleme damit über die Leiber hinweg zu Brettern. Dadurch, dass vier von den sechs Rädern in Kurvenfahrten einschlugen, blieb ihr Fahrzeug in der Spur.

„Scheiße! Kann denn nicht *einmal* etwas einfach nur laufen wie geplant?", schimpfte der Fahrer. Am Ende der Straße, vor einem Neubau, blockierte ein 10 Tonner, der Fertigmauern geladen hatte die komplette Straße.

„Über´s Feld!", kam der Befehl von seinem Truppführer, der dabei zwischen den Gebäuden hindurch nach links zeigte.

„Wozu haben wir ein Geländegängiges Fahrzeug?"

Es rumpelte heftig im Inneren, als der Panzer den geteerten Weg verließ.

Doch ihr Plan ging auf und als sie nach einer großen Runde wieder in die Emmy- Nöther- Straße zurück gekehrt waren, zählten sie nur noch etwa zwei Dutzend Gestalten.

Sie fuhren an einem umgestürzten, zivilen Pkw mit selbstgebautem Kuhfänger vorbei, auf ein ebenerdiges Gebäude zu. Das Gebäude, in das sie eindringen wollten, hatte eine beeindruckende, halbrunde Glasfront. Rocker hielt auf den Haupteingang zu. „Leute," rief er, „jetzt haben wir doch mal Glück! Ich muss keine Treppen hoch fahren. Mit einem Behindertenaufgang würden wir nämlich ernsthaft in Probleme kommen."

„Absitzen! Feuer nach eigenem Ermessen!", wurden die Befehle gebrüllt, als sie durch die Glasfront gebrochen waren.

„Noch eine Planänderung!", sagte Hauser zu seinem Fahrer. „Ihr positioniert euch an der nächsten Straßenecke, so habt ihr einen besseren Überblick und könnt uns besser decken, falls

die Meute wieder zurück kommt!"
Beim Aussteigen drückte Tom Kelly noch einen Kuss auf, was
mit beifälligem Gegröle seiner Kameraden gewürdigt wurde.
„Pass auf dich auf", hauchte sie liebevoll und streichte ihm
zärtlich über seine stoppelige Wange.
Kallmos und Tim gingen rechts und links am Eingangsbereich
in Stellung. „Hej, Miers, lass das ja den Oberleutnant nicht
sehen", stichelte der Gefreite scherzhaft.
„Ach, der kann mich mal gern haben! Und wenn dem was
nicht passt, dann nehm´ ich mir ´ne Wumme, Verpflegung und
meinen Schatz und wir machen uns Selbstständig!"
Sie eröffneten das Feuer auf die einzelnen Untoten, während
Rocker den Fuchs zur Straßenkreuzung zurück fuhr, nicht
ohne noch zwei der Wesen unter seinen 16 Tonnen Gewicht zu
zermalmen.
Hauser hatte auf dem Firmenplan, der hinter der Rezeption
aufgehängt war, gesehen, wo sie nach dem Radiosender
suchen mussten. Der Sender hieß 2U und befand sich im
dritten Stockwerk.
Sie stürmten die Treppen hoch, doch die Eingangstüre zum
dritten Flur war versperrt und sie brauchten einige Minuten,
bevor es ihnen gelang die verbarrikadierte Türe auf zu
schieben.
Die Tür zum Sender stand offen, ebenso die Fenster, von DJ
Jo war nichts zu sehen. Hauser schaute zum Fenster hinaus, es
lag auf der Straßen abgewandten Seite. Dort erspähte er eine
Gestalt in einem leuchtend grünen T- Shirt unten am Boden...
„Verdammt noch mal," fluchte er, „wir sind zu spät!"
Enttäuscht gingen sie die Treppen wieder nach unten, doch
machte Hauser keine Anstalten, sich auf den Haupteingang zu
zu bewegen, sondern steuerte den hinteren Notausgang an.
Draußen angekommen stellten sie fest, dass sie Jo nicht mehr
helfen konnten, er hatte sich offenbar aus dem Fenster gestürzt
und war dabei mit dem Rückgrat auf einem Betonpfeiler
gelandet, was sein Rückgrat entzwei gerissen hatte. Es hatte
sich durch Haut und Muskeln nach außen gebohrt, wobei man
eigentlich nicht mehr von Muskeln sprechen konnte. Jo war
dermaßen ausgemergelt, dass man ihn hätte kaum von den

allerersten Infizierten unterscheiden können. Dass es sich tatsächlich um den DJ handelte, stand unzweifelhaft fest. Das verdreckte Shirt, das er trug, war zweifelsfrei jenes aus dessen eigener Beschreibung.

Hauser erfüllte seinen letzten Wunsch und erlöste ihn mit einem Kopfschuss.

Niedergeschlagen gingen die Soldaten zurück in die Empfangshalle. Kurz bevor sie sie erreichten hörten sie das MG- Feuer und stürmten los.

Die Horde hatte sich tatsächlich verteilt und drang aus diesem Grunde aus verschiedenen Richtungen auf sie ein, damit hatten sie nicht gerechnet.

Nach rechts und links sichernd traten die Soldaten aus dem Gebäude, als die ersten Infizierten zwischen den Nachbargebäuden herauskamen.

Der Panzer näherte sich ihnen schnell. Kelly versuchte die Meute erfolglos mit ihrem MG in Zaum zu halten.

In Panik, ob der großen Menge von Untoten, löste Hauser den Sicherungsstift seiner Handgranate und warf sie in die größere sich nähernde Gruppe. „Granate!"

Die Soldaten schmissen sich nach hinten auf den Boden.

Die Wucht der explodierenden Granate warf die blutigen, infizierten Fetzen um sich.

Der Lärm der Explosion dröhnte in ihren Ohren und in den Köpfen der Männer.

Plötzlich waren Infizierten, die hinter dem Gebäude hervor gekommen waren an ihnen heran.

Gleich der Erste stürzte sich auf den am Boden liegenden Tom, verbiss sich in die Seite seines Halses und riss ein Stück seines warmen, roten Fleisches heraus, noch bevor irgend einer seiner Kameraden reagieren konnte. Eine rote Fontäne wie in einem schlechten Film ergoss sich über den Untoten und den Asphalt.

Ein weiteres Monster packte einen der anderen Soldaten. Dieses konnte zwar keinen Biss setzen, doch stürzte der Soldat mit ihm zusammen zu Boden und ein Schuss löste sich dabei aus seiner Waffe, woraufhin Hauser, der sich gerade wieder aufgerichtet hatte, wieder schlapp in sich zusammen fiel. Ein

dunkles Loch prangte mitten auf seiner Stirn.
Kelly kam wieder aus ihrem Ausguck heraus und das Lächeln
gefror ihr auf den Zügen, als sie zu den Kameraden hin sah.
„NEIN!!!", hallte ihr Schrei. Sie riss das MG herum und zog
den Abzugshebel durch, doch gerade jetzt hatte das Scheißteil
eine Ladehemmung. Sie ließ sich nach unten fallen, riss ihr
Ersatz- MG aus der Halterung und stürmte hinaus. Hasserfüllt
leerte sie das komplette Magazin, die gesamten hundert
Schuss, ungezielt wild um sich.
Als sich keine Schüsse mehr lösten schnappten Kallmos und
ein weiterer Soldat sie und zerrten die sich heftig wehrende in
den Panzer zurück.
Als sie flüchteten bekamen sie glücklicherweise nicht mehr
mit, wie sich die Untoten am noch schwach rot leuchtenden
Fleisch der beiden Gefallenen labten.

Beichtgeheimnis

„Pater? Kann ich wohl nochmal Beichten?"
„Nun, mein Sohn, was kannst du denn in wenigen Tagen
ruchloses, wider deinen Herrn getan haben?"
Der junge, namenlose Soldat ging selbstbewusst auf den
improvisierten Beichtstuhl zu. Sein Auftreten befremdete den
Priester, dies war nicht der gleiche junge Mann, der ihm vor
nicht einmal einer Woche die Widerwärtigkeit mit der jungen
Infizierten gebeichtet hatte.
„Ich höre", sagte er, nachdem er Platz genommen und den
Segen gesprochen hatte.
„Ich möchte beichten, dass ich gelogen habe!" Nach einer
kurzen Pause fügte er hinzu: „Ich habe ihnen nicht ganz die
Wahrheit gesagt, was die Frau anging. Erstens habe ich mich

alleine an ihr vergangen und zweitens habe ich mich nicht an
der Toten vergangen. Zumindest war sie da noch nicht tot",
fügte er hämisch grinsend hinzu.

„Außerdem war die Tusse gar nicht aus `nem Strippclub,
sondern aus meiner Einheit. Sie hieß aber tatsächlich Gina,
müssen sie Wissen, war also nicht alles gelogen."

Wieder eine kurze Pause.

„Aber ich muss erst ein bisschen ausholen, die hatte das
nämlich echt verdient.

Die hat mich schon immer angemacht, mit ihren Betontitten.
Und irgendwann, nach einer Party hab´ ich mir dann ein Herz
gefasst und sie angesprochen. Da geht das verdorbene
Miststück hin, macht ihre Bluse auf, streckt mir ihre Titten
entgegen und meint: `Die wirst *du nie* bekommen,
Pickelfresse!´, dreht sich um und läßt mich mit ´nem Dicken
in der Hose stehen."

Er gluckste. „Was soll ich sagen, ich habe ihre Titten doch
bekommen, Stück für Stück, so zu sagen..."

Sprachlos starrte der Priester auf das kleine Guckloch in der
improvisierten Trennwand.

„Auf jeden Fall, als wir sind von einem Einsatz zurück
gekommen sind, da saß sie alleine in ihrem Zimmer und hat
geflennt. Da bin ich also zu ihr hin und wollte wissen, was
denn los sei. Na ja, was soll ich sagen, sie hatte von so ´nem
Drecksvieh an einem Arm einen Kratzer abbekommen, war
also Infiziert und hatte höchstens noch zwei Tage zu leben.
Gemeldet hatte sie dass aber nicht", setzte er noch
vorwurfsvoll hinzu.

„Da kam mir *die* Idee. Ich erzählte ihr, ich hätte ein Mittel,
dass die Infektion um mindestens zwei Wochen hinaus zögert,
das darf aber natürlich niemand erfahren, weil ich davon ja
nicht viel habe.

Und, Pastor, ob sie´s glauben oder nicht, sie hat´s gefressen!"
Der Stolz über diesen Geniestreich troff förmlich aus seiner
Stimme.

Wir sind dann in den T- Bereich runter und in der Halle hab
´ich ihr eine zentriert, die fiel um wie der berühmte Sack Mehl
in China..."

„Reis", unterbrach ihn der Priester zerstreut.

„Hä?"

„In China fällt ein Sack Reis um, kein Mehl..."

„Ist doch Scheiß egal, was für ein Sack da umfällt", regte der Soldat sich auf. „Auf jeden Fall wurde sie als Desertiert eingestuft und hat noch fast zwei Tage durchgehalten, bevor sie krepiert ist, aber ich schwöre ihnen, nachdem sie Tot war, habe ich sie nicht mehr angefasst, in keiner Weise!

Na, auf jeden Fall wollte ich mich noch bedanken, dass sie mir geholfen haben die Leiche zu beseitigen, so hatte ich ein Alibi und ansonsten hätte das eine Menge Fragen aufgeworfen und vielleicht haben ja auch welche der Kameraden gesehen, wie ich mit der Tusse im T- Bereich verschwunden bin."

Er stand auf, zog mit dem Mittelfinger ein Augenlid herab und sagte: „Und denken sie an´s Beichtgeheimnis, Vater!" Dann entfernte er sich lachend.

Als der Soldat weg war kam wieder Leben in den wie erstarrten Priester. Die ganze Tragweite, dessen, was der junge Soldat ihm gerade offenbart hatte, stürzte mit einem male auf ihn ein. Er riss seinen Vorhang zur Seite und erbrach sich auf den Boden.

Falsch

„Hallo, ich bin Olaf", sprach der junge Mann Jessica schüchtern an. Sein ungepflegtes Erscheinungsbild und ein von Pickelnarben übersätes Gesicht wirkten nicht sehr Vertrauen erweckend. Auch sein Auftreten strahlte nicht mehr so viel Selbstsicherheit aus wie bei seiner zweiten Beichte.

Er schaute sich kurz um, wie um sich zu vergewissern, dass sie niemand belauschte. „Du bist doch eine von den Neuen'?", fragte er.

„Ja, das ist richtig. Warum fragst du?", antwortete sie vorsichtig.

„Ihr solltet da etwas wissen, wenn ihr hier bleiben wollt. Eure Leben könnten davon abhängen, doch es darf keiner erfahren, dass ich dir das gezeigt habe..." Der Soldat tat sehr Geheimnisvoll und Jessicas Neugierde war geweckt. Es war klar, dass solch eine sichere Zuflucht mit fließend Wasser, Nahrung und Waffen einen Haken haben musste. Man hatte ihnen ihre eigenen Waffen abgenommen, bis entschieden war, ob sie hier aufgenommen würden. Doch die meisten der ansässigen Soldaten trugen eine Pistole ständig am Mann.

„Was meinst du damit? Und warum spricht du ausgerechnet mich an?"

Der Angesprochene schaute sich verunsichert um.

„Du scheinst so Stark und Selbstbewusst..." Damit hatte er sie an der Angel. „Komm mit in den T- Bereich, dann zeige ich dir alles, vielleicht könnt ihr mir in dieser Angelegenheit helfen."

„Wieso erzählst du es mir nicht einfach? Ich wollte gerade zu den Anderen meiner Gruppe gehen."

„Das kann man nicht erklären, das musst du mit eigenen Augen sehen! Es Dauert nicht lange."

Kurz überlegte sie, ob sie ihm trauen sollte. „Ok, aber höchstens fünf Minuten und wenn du irgend einen Blödsinn machst, dann schlitze ich dich auf."

Im T- Bereich waren sie bei einer Baracke angekommen, dessen Tür mit ÜT- Zug beschriftet war.

„Da drin", sagte Olaf leise und deutete auf die geschlossene Tür.

Jessica ging vorsichtig heran und drückte die Klinke herab. Die Tür lies sich leicht öffnen. Sie spähte hinein. „Da stehen nur Regale herum."

Etwas kühles, hartes drückte gegen ihren Hinterkopf. Innerlich schalt sie sich eine Närrin, die es verdient hatte in so eine Falle

zu tappen. „Das was ich dir zeigen wollte bist du! Rein mit dir
mein Schätzchen!" Jede Schüchternheit war aus dieser Stimme
entflohen.

„Ach komm, das muss doch jetzt nicht sein. Ich werde gleich
vermisst werden, dann werden mich Alle suchen", versuchte
Jessica cool zu bleiben, während sich in ihrem Inneren die
Angst langsam einen Weg bahnte und zu nagen begann.

Ein Tritt in die Kniekehle ließ sie nach vorne stolpern. Olaf
folgte ihr in den Raum und schloss die Tür hinter sich.

„Hier wird dich niemand suchen oder gar finden, noch nicht...
Ich habe schon alles vorbereitet", ein fieses Grinsen zog über
sein zerfurchtes Gesicht. Etwa in der Mitte des Raumes stand
ein einsamer Stuhl mit Lehnen, daneben lagen Kabelbinder,
Gaffertape und verschiedene Werkzeuge.

Seiner Aufforderung sich hin zu setzten folgte sie nur zögernd,
fieberhaft nach einer Fluchtmöglichkeit Ausschau haltend,
irgendwie musste sie entkommen.

„Du wirst jetzt mit dem Kabelbinder deine rechte Hand
anbinden", befahl er in klarem, ruhigen Ton. Als sie seinem
Befehl nicht nachkam drohte er: „Wenn du es nicht tust werde
ich dir eine Kniescheibe zerschießen."

Der Tonfall seiner Stimme verriet ihr, dass diesem Kerl war
alles zu zu trauen, also folgte sie der Aufforderung. Nachdem
ihr rechtes Handgelenk fixiert war kam er heran und sagte:
„Wir werden jetzt gleich ein paar Doktorspiele machen." Er
sah ihr erschrockenes Gesicht. „Nein, keine Angst, nicht was
du denkst. Wir werden zusammen viel Spaß haben, weil ich
heute nämlich Lust habe Zahnarzt zu spielen. Ich bin der
Doktor und du bist der Notfall."

Angstschauer liefen ihr den Rücken hinab bis in ihre
Gliederspitzen, der Typ war komplett verrückt und niemand
würde sie suchen, denn das war gelogen gewesen, niemand
würde sie vor diesem Verrückten retten.

Der Soldat hielt ihr seine Pistole direkt unter das Kinn und
bückte sich nach einem Kabelbinder.

Jetzt ist alles egal, dachte sich Jessica und trat zu. Seine Augen
wurden groß und schienen etwas hervor zu treten, als er
unnatürlich viel Luft aus seinen Lungen entweichen lies und

wie erstarrt im Zeitlupentempo umkippte.

Volltreffer! Nichts wie raus hier! Brüllte ihr Verstand.

Hastig griff sie nach einer bereit liegenden Kombizange. Der Kabelbinder drückte sich durch ihre Haut, so dass Blut hervor trat, als sie ihn hektisch löste. Dann sprang sie auf, setzte über den immer noch reglosen am Boden liegenden hinweg und stürmte zur Tür hinaus.

Als Jessica wenig später, immer noch leicht zitternd, mit Rick, dem Oberleutnant und zwei Wachsoldaten in den T- Bereich zurück kam, war von Olaf nichts mehr zu sehen.

„Ich werde sofort alles absuchen lassen und wenn wir den Soldaten haben, dann werden wir ihn mit aller Härte zur Rechenschaft ziehen", sagte der Oberleutnant.

Auch zwei Stunden später hatten sie den Verdächtigen nicht gefunden und Olaf wusste, sie würden ihn nie finden, hier in dieser abgelegenen Wandererhütte. Und das war gut so, denn er wollte ungestört sein mit seinem mehr als gleichwertigen Ersatz, den er sich mitgebracht hatte.

Die Augen des kleinen Mädchens, das vor ihm an die Bank gefesselt war, waren angstvoll weit aufgerissen, sie schienen richtiggehend zu flackern. Dieses Gefühl von unbegrenzter Macht über so ein junges Wesen war so unbeschreiblichen herrlich. Das war besser als alles bisherige, ein Meilenstein in seiner Laufbahn.

Es hatte kein Problem dargestellt, das Mädchen zu kidnappen. Der Sani war froh gewesen, dass Olaf ihn kurz ablöste, so konnte der Kerl mal in Ruhe die Toilette aufsuchen. Als er beschäftigt war hatte Olaf das Mädchen in den Sanitätswagen gesetzt und wurde auch von den Wachen nicht aufgehalten, schließlich war er Soldat, hatte mit Sicherheit einen wichtigen Auftrag und aus der Kaserne raus durfte eigentlich jeder. Die einsame Hütte, in der er Zuflucht gesucht hatte, kannte er noch von einer Geländeübung. Damals hatten sie draußen ihre Einmann Zeltbahnen aufschlagen müssen, während die beiden Unteroffiziere die Hütte nutzten, heute würde er sie nutzen. Er hatte langsam fahren müssen in der beginnenden Dunkelheit, damit er keine Abzweigung verpasste, doch schon nach kurzer

Suche hatte er sie wieder gefunden.
„Wir sind jetzt ganz, ganz tief im Wald, aber keine Angst, es wird kein böser Mann kommen, der ist nämlich schon hier", sagte er in ruhigem, sarkastischen Ton.
Die Schreie des Mädchens hallten weit in den Wald hinein, als sein Skalpell sich langsam tief in den kleinen, knöchernen Unterarm eingrub.

Hilfe

„Was soll das heißen, das Mädchen ist weg?", brüllte es ihm auf amerikanisch entgegen, so laut, dass er unwillkürlich den Ohrstecker aus dem Ohr riss.
„Eine dumme Verkettung unglücklicher Umstände, Sir", erwiderte Jackson.
„Lassen sie mich rekonstruieren, sie haben das Mädchen, das sicher bei ihnen Untergebracht war, verloren und der gesuchten Infizierte ist ihnen trotz Einsatz von Waffen und Soldaten entwischt. Vielleicht melden sie sich lieber zum Kaserne fegen, ansonsten sind sie ja wohl zu nichts zu gebrauchen! Hat überhaupt schon einmal irgendetwas bei ihnen geklappt?"
„Nachdem, was der Priester uns, übrigens unter brechen des Beichtgeheimnisses, erzählt hat, haben wir keine Chancen mehr, das Mädchen jemals wieder lebend zu sehen, aber den Infizierten kann ich immer noch finden!"
„Sie sind ein Versager auf ganzer Linie, die Zukunft Amerikas, ach was sage ich, der Weiterbestand der gesamt Menschheit hing alleine von ihnen ab und sie haben es vermasselt. Unsere

Vorherrschaft über die Welt war abhängig von diesem Kind und einem daraus resultierenden möglichen Gegenmittel und nun das!"

„Es ist noch nicht alles verloren, Sir. Ich hatte das Mädchen nochmals wie befohlen dem Virus ausgesetzt, ein mit infiziertem Blut angereicherter Fruchtsaft half mir dabei, sie hatte ihn mir förmlich aus der Hand gerissen. Einige Stunden später habe ich dafür gesorgt, dass mir eine frische Blutprobe von dem Kind zugespielt wurde, daher bin ich jetzt im Besitz einer aktuellen Blutprobe des Mädchens, dessen Virenscan übrigens Negativ ausfiel."

„Dann hoffe ich um ihretwillen, dass sie die nicht auch noch verlieren," antwortete der Major gereizt. „Wir haben es geschafft Kontakt zu einem anderen unserer Mitarbeiter aufzunehmen, ein Professor...", es folgte eine kurze Pause und man hörte das Rascheln von Blättern, „Qui-Ti oder so ähnlich, sie werden ihn im Frauenhofer- Institut in Karlsruhe finden, das muss irgend ein Provinzkaff in ihrer Nähe sein. Der Mann ist Spezialist für Seuchenkrankheiten und steht auf unserer Lohnliste, hat uns wohl schon des Öfteren Informationen und Proben aus dem deutschen Raum besorgt. Ist wohl ein Schlitzauge, seien sie also Vorsichtig mit ihm, denen kann man nicht trauen." Peinlich berührt und etwas leiser, so als spräche der Major mit jemand Anderem, hörte man: „Das gilt natürlich nicht für sie, Sergeant..."

Dieser Major war das größte Arschloch, das noch am Leben war! Es war doch nicht Jacksons Schuld, wenn sich dieser Infizierte nicht erwischen lies! Und es war bestimmt nicht seine Aufgabe gewesen den Babysitter für ein kleines Mädchen zu spielen und sie rund um die Uhr zu überwachen! Und jetzt sollte er einfach so mal schnell in die nächste Großstadt um mit diesem ominösen Doktor Kontakt auf zu nehmen..., wie stellte dieser Idiot sich das eigentlich vor? Wütend knallte er seine Ausrüstung wieder zurück in sein Versteck und ging wieder nach unten, sich einen Plan zurecht legen.

Dabei übersah er die Gestalt, die sich aus dem Schatten

schälte, als er den Dachboden verlassen hatte. Rick empfand das Gehörte und Beobachtete als äußerst interessant...

Virus

„Das mit Frank tut mir echt leid", sagte Ed zu Rosa und legte ihr freundschaftlich die Hand auf die Schulter. Sie hatten Frank am Tag zuvor gefunden, dieser hatte ein Seil an den Heizungsrohren unter seinem Fenster festgebunden, sich das andere Ende um den Hals gelegt und war hinaus gesprungen. Als das Virus seinen Körper übernommen hatte, bekam es einen nicht intakten Körper, der außerdem an einem Seil im zweiten Obergeschoss hing. Nicht nur, dass der Sprung sein Genick gebrochen hatte, durch den Schwung waren die Nackenwirbel so weit auseinander gerissen worden, dass selbst für das Virus, das eigentlich die Fähigkeit besaß sogar solche Defekte an seinem Wirt zu beheben, dieser Schaden irreparabel war.
Nun hatten sie einen Infizierten in der Quarantäne, der vom Hals abwärts gelähmt war.
Rosa sah Ed über ihre Schulter herauf an, ihre Augen waren trocken, nicht einmal gerötet. „Das ist nicht mehr Frank, der ist tot und das ist gut so. Er hat nicht in diese Welt gepasst. **Das** hier ist die neue Welt", antwortete sie ihm und hielt ihm ihre Halskette entgegen. Gerne hätte sie ihre Sammlung mit den Hoden von diesem Schwein, das Jessica missbrauchen wollte erweitert, doch der blieb verschwunden.
„Rosa," mischte sich Carla ein, „du bist ekelig und außerdem

herzlos. Er hat die Sache einfach nicht überwunden."
Die Angesprochene zuckte teilnahmslos mit den Schultern.
„Meine Rede, er war zu weich für diese neue Welt."
Fast war es wie früher in der Anfangszeit, alle Überlebenden
der alten Gruppe saßen in der Kantine zusammen. Es gab
Kaffee und Rührei aus Pulver, dazu Brot aus der Dose und
sogar Butterersatz stand auf dem Tisch.
Kopfschüttelnd kippte Carla sich ein Päckchen Trockenmilch
in ihren Kaffee. Um das Thema zu wechseln deutete sie in die
Ecke, in der Boris mit Evi, Randy und Olaf saß und spielte. Er
hatte immer noch seine vor Dreck stehende Kutte der
Krematorys an. „Ist es nicht herrlich, dass es heutzutage noch
solche Wunder gibt?"
Natürlich waren die Kinder laut, endlich mussten sie nicht
mehr leise sein bei ihren Spielen und schienen die vergangene,
ständige Stille mit ihrer jetzigen Lautstärke auswischen zu
wollen.
„Sorg´ mal für Ruhe! Wir sind doch kein Kindergarten hier",
erboste sich ein Soldat von einem Nachbartisch. „Du hättest
die Gören an die Untoten verfüttern sollen", rief ein Anderer
Boris zu, nach Aufmerksamkeit seiner Kameraden heischend.
Ein `Hop!´ lies die Kinder wie durch Geisterhand
verschwinden, gleichzeitig sprang Boris mit einer
Behändigkeit auf, die man seiner Körpermasse niemals
zugetraut hätte. Mit einem Satz hechtete er über den Tisch,
warf mit seinem Körpergewicht den Sprecher samt Stuhl um
und begann wie wild auf dessen Gesicht ein zu dreschen. Die
Schläge prasselten in solch einer Schnelligkeit und mit solch
einer Härte auf den am Boden liegenden ein, dass noch bevor
irgend jemand seiner Kameraden reagieren und eingreifen
konnte, das Gesicht des Soldaten sich in eine blutige Fratze
verwandelt hatte.
Vier Mann waren nötig um Boris von seinem Opfer weg zu
bekommen und nun schlugen diese ihrerseits auf ihn ein.
Ein Schuss unterbrach die Szene. Die Schläger stoppten ihr
Tun und alle schauten zur Türe.
„Contenance! Oder damit ihr Waldschrate das auch versteht:
Bekommt euch wieder ein! Da draußen habt ihr jede Menge

Gegner um euch aus zu toben, ihr begeht aber einen nicht zu unterschätzenden Fehler, wenn ihr jemanden, in dessen Händen vielleicht einmal euer Leben liegen könnte, zu viert fast zu Tode prügelt."

Er deutete mit der Waffe auf Boris. „Helft ihm auf und bringt ihn in eine Zelle. Unten, bei der Wache, ist bestimmt noch eine frei."

Die Männer antworteten mit einem zustimmenden Nicken und taten wie ihnen befohlen.

Carla kümmerte sich sogleich um den Verletzten am Boden. Ed stand neben ihr, betrachtete den Soldaten, nickte mit dem Kopf und meinte anerkennend: „Wow, hat der Junge Dreschflegel."

„Ich denke dass nichts gebrochen ist, vielleicht das Jochbein angeknackst, aber niemand möchte mit ihnen tauschen, junger Mann", diagnostizierte sie dem Verletzten, dessen Namensschild ihn als Wagner auswies, nach einer ersten Untersuchung. „Das wird ihnen noch höllische Schmerzen bereiten. Kühlen sie das Gesicht und kommen sie später noch einmal zu mir in den Klinikbereich."

„San- Bereich...", verbesserte sie einer seiner Kameraden, der dem Verletzten aufhalf.

Carla nickte nur. Rick half ihr hoch und drückte ihr einen Begrüßungskuss auf. „Guten Morgen, meine Liebe, hast du noch gut geschlafen?" Er erwartete keine Antwort. Alle wussten, dass sie mittlerweile ein Paar waren und die Nächte meist gemeinsam verbrachten. „Ich habe hier etwas leckeres für euren Kaffee", sagte er und hielt eine durchsichtige 0,5 Liter Flasche mit einer weisen Flüssigkeit in die Höhe.

„Milch? Wo hast du die her?", rief Ed erfreut aus, entriss ihm die Flasche und goss sich einen großen Schluck in seine Tasse.

„Ich habe Beziehungen spielen lassen. Ist frisch von der Kuh gezapft", lachte Rick und exakt gleichzeitig riefen Xuo und Jessica: „Lass uns auch noch etwas drin!"

„Ich wollte mit euch reden", gestand Rick, als sie alle wieder bei Tisch saßen und Ruhe eingekehrt war. Um die Kinder kümmerte sich ein Soldat, der redlich Mühe gehabt hatte sie aus ihren Verstecken zu locken. „Ich komme direkt von einer Einsatzbesprechung der Unteroffiziere und habe Neuigkeiten." Keinen von ihnen wunderte es, dass Rick zu solch einer Besprechung eingeladen wurde, sondern man nahm es als selbstverständlich hin.

„Von diesem Typen und dem Mädchen..."

„Florice", unterbrach ihn Rosa mit aggressivem Unterton in der leisen Stimme.

„Ja, natürlich. Also von diesem Typen und Florice gibt es leider keine Spur, das gestohlene Fahrzeug ist zwar mit einem Transponder ausgestattet, leider arbeiten die dazugehörigen Satelliten nicht mehr und Spuren hat er bei diesem trockenen Wetter leider keine hinterlassen."

Betretenes Schweigen folgte dieser Darlegung der vorhandenen Fakten.

Rick hatte sich am gestrigen Abend noch mit dem Amerikaner unterhalten und hatte das Gespräch dabei, wie zufällig, auf überlebende Wissenschaftler gebracht, die man unbedingt retten müsste, um den Fortbestand der Menschheit zu sichern. Jackson war darauf ein gegangen und Rick hatte ihm seine Hilfe angeboten. Nun kam er auf den Punkt:

„Es gibt da eine andere Angelegenheit in der ich eure Hilfe benötigen würde. In Karlsruhe soll noch ein Wissenschaftler am Leben sein, dessen Spezialgebiet im Bereich der Seuchenforschung und der Virologie liegt. Diesen Mann, der vielleicht ein Heilmittel entwickelt hat, könnten wir retten und somit ein behütetes Leben für uns und die Kinder sichern", er deutete auf die drei kleinen Kinder, die bereits wieder kreischend herum tobten.

„Und was hat das mit uns zu tun?", fragte Xuo.

Ed sah ihn an. „Für einen Studierten arbeitet dein Hirn ziemlich schwerfällig! Natürlich sollen *wir* ihn dort raus holen!"

„Quatsch, hier ist alles voll mit ausgebildeten Soldaten und wir sollen in eine Stadt mit über 300.000 Infizierten rein und einen einzelnen Gesunden finden?", erwiderte Xuo ungläubig.

„Ich hätte es zwar etwas anders formuliert, aber im Kern ist diese Aussage richtig", stimmte Rick zu. „Der Oberleutnant möchte keine Soldaten mehr schicken, nachdem er bei der gestrigen ineffektiven Aktion zwei Mann verloren hat."

„Und woher wissen wir von diesem Professor und wo er sich aufhält?", fragte nun Carla.

„Dieser Jackson hatte wohl mit ihm gesprochen, er ist offensichtlich CB- Funker."

„Mir ist das eh zu öde hier, ich bin dabei", meldete sich Jessica unvermittelt. Nach ihrem tief in den Knochen sitzenden Erlebnis mit diesem Psychopathen benötigte nun dringend ein Ventil.

„OK," nickte Xuo, "ich auch, kann Jessi ja nicht alleine gehen lassen."

„Ed?" Rick sah ihn an.

Der Angesprochene schüttelte den Kopf und deutete auf sein Bein. „Tut mir leid, aber mein Haxen ist noch nicht wieder in Ordnung..., macht immer noch Sperenzchen..."

Bruno nickte nur zur Zustimmung als die Reihe an ihm war. Mit dem Biss bei seinem letzten Kampf hatte er Glück gehabt, offensichtlich hatte der Untote es nicht geschafft durch seine Kleidung zu beißen und ihn dadurch zu infizieren.

„Leider kann ich nicht mit euch gehen, der Oberleutnant hat eine Bedingung daran geknüpft euch gehen zu lassen, ich soll hier bleiben und ihn bei weiteren Planungen unterstützen." Dann schaute Rick Carla an. Sie erwiderte seinen Blick einen Augenblick, bevor ihr dämmerte, was er bedeutete. „Ohh, nein!" Mir ist überhaupt nicht langweilig hier. Die Soldaten hatten Monatelang keine richtige ärztliche Behandlung, ich ertrinke in Arbeit und werde bestimmt keinen Kampfeinsatz begleiten", sagte sie bestimmt.

„Es soll kein Kampfeinsatz werden, du könntest es eher als versteckte Operation bezeichnen. Ihr schleicht euch dort hinein, holt den Professor raus und kommt so lautlos wie möglich wieder zurück." Nach einer kurzen Pause fuhr er liebevoll fort. „Hör zu, Liebes, falls der Professor aus irgendeinem nicht vorhersehbarem Grunde nicht mehr am Leben sein sollte, wäre jemand von Nutzen, der sich in der Virologie auskennt und in aller Eile seine Unterlagen sichten kann." Eine weitere Pause, dann fügte er hinzu: „Ich schicke dich nur sehr ungern und mit größtem Widerwillen auf diese Mission, aber wir beide sind die Einzigen, die fundiertes Wissen besitzt und du bist daher die Einzige, die diesen Part übernehmen kann."

Carla schüttelte verzweifelt den gesenkten Kopf. „Eigentlich hatte ich mich darauf gefreut mich hier in Sicherheit nieder zu lassen..." und nach einem tiefen Seufzer sagte sie resigniert: „Also gut, ich gehe mit."

„Sehr schön, dann seid ihr immerhin schon zu viert."

„Was ist mit Brill?"

„Der ist jetzt Soldat und muss sich den Befehlen des Oberleutnant fügen", sagte Rick, in Gedanken fügte er noch hinzu: `Außerdem ist es gut, wenn jemand die Stimmung bei den Soldaten für mich auslotet.´

„Dann sind wir also nur zu Viert...", stellte Jessica fest.

„Fünf!", unterbrach sie Rosa. „Ich komme auch mit! Dieses wohlbehütete Leben in Sicherheit ist nun vorbei, die Zeiten der dunklen Göttin sind nun angebrochen", beschwor sie unheilvoll.

Um die Mittagszeit versammelten sie sich im T- Bereich. Ein bereits etwas älterer Soldat kam strahlend auf sie zu. „Hallo, zusammen, ich bin der Klaus, ich darf heute euren Chauffeur machen. Kommt mit", sagte er und gab ihnen Zeichen ihm zu folgen.

Als sie sich fragend ansahen ergänzte Rick: „Der Oberleutnant hat uns einen ortskundigen Fahrer, den Hauptgefreiten Bassek, und ein Fahrzeug zur Verfügung gestellt, da er uns als Zivilisten die Aktion ja schlecht verbieten kann. Begeistert war er jedoch nicht."

„Danke für diese nebensächliche Information", zickte Carla ihn an.

„Entschuldige Liebes, ich dachte wirklich ich hätte es dir bereits gesagt..."

„Ihr werdet euch ein bisschen Kuscheln müssen, der Dingo ist in dieser Version eigentlich nur für fünf Personen ausgelegt. Mit dem Teil hier", dabei tätschelte er die Motorhaube des Radfahrzeuges, „war ich 1999 auf Einsatz im Kosovo, einfach nur geil, dieses Teil." Man spürte sofort, dass der Hauptgefreite von *seinem* Dingo begeistert war. „Kein IED kann dem etwas anhaben, der Reifendruck kann von innen automatisch geregelt werden, dadurch kann man in jedem Gelände voran kommen und natürlich alles gepanzert. Bei einer Explosion, IED bedeutet Improvised Explosive Device, das sind selbst hergestellte Bomben, nehmen die Sitze die Schockwelle auf und die Panzerung leitet die Explosionswirkung einfach ab."

„Mit Explosionen rechne ich eigentlich nicht", flüsterte Jessica zu Xuo, um den Soldat nicht in seinem Redefluss zu unterbrechen.

„Ich dachte immer Gabelstablerfahren sei das höchste, aber die Karre hier ist der Hammer. Einer unserer Feldwebel ist mal in eine gefährlichen Schräglage gekommen, da hat er einfach die Luft der Reifen auf der Hangaufwärts liegenden Seite heraus gelassen und stand fast wieder gerade." Klaus plapperte unentwegt weiter, selbst als sie bereits abgefahren waren. „Eine gebrochene Achse macht dem nicht wirklich was aus, das wird dann zwar holprig, aber..."

Nacheinander schalteten sie alle langsam ab.

„Hallo? Hört mir überhaupt jemand zu?" Klaus bremste scharf ab und schaute durch das kleine Sichtfenster zu ihnen nach hinten. Irgendwann hatten sie ihn komplett ausgeklinkt. „Ich hatte gerade gesagt, wir sind jetzt in Stutensee und fahren in den Hardtwald hinein, dadurch nähern wir uns der Frauenhofer Straße, also dem Universitätsgelände von unbebautem Waldgebiet her. Auf der anderen Seite des Universitätsgeländes liegt dann die Innenstadt, den Weg solltet ihr meiden."

Carla sah phlegmatisch aus dem Fenster und erschrak fast zu Tode, als plötzlich ein Infizierter sein ausgemergeltes Gesicht an ihre Seitenscheibe drückte.

„Keine Angst," beruhigte sie Klaus und fuhr wieder weiter. „Da kommt nicht mal eine Kugel durch. Hab ich dir schon erzählt...", sie schaltete wieder ab.

Kurze Zeit später begann der Wagen mit einem Male zu

ruckeln und blieb stehen.

„Ach verdammt nochmal, ich hab´ gestern vergessen den Filter noch durch zu blasen! Das ist der einzige Nachteil von dem Dingo, dass der Filter ständig zu geht, muss mindestens einmal am Tag durch gepustet werden. Ist aber nicht mehr weit, höchstens 5 Minuten diesen Weg entlang, da solltet ihr genau beim Institut heraus kommen. Bis ihr wieder zurück seid, ist der Wagen wieder einsatzbereit."

Alle in der Gruppe verspürten eine Art der Erleichterung, als sie durch die Stille des Waldes spazierten und die Gespräche des Hauptgefreiten, die er hinter ihnen mit seinem Fahrzeug weiter führte, immer leiser wurden.

Ihr Weg durch den Wald verlief ohne nennenswerte Zwischenfälle. Sie entdeckten nur einen Infizierten, der ihnen den Rücken zuwandte, zwei Eichhörnchen, die sich um einen Baumstamm jagten und jede Menge Vögel die fröhlich zwitscherten. Sie wurden das Gefühl nicht los, dass alles um sie herum nun nicht nur ruhiger, sondern auch friedlicher war, ohne den Störenfried Mensch. Der schmale, aber asphaltierte Weg, den sie beschritten, wurde stellenweise bereits so stark von Sträuchern und Gestrüpp überwuchert, dass der Teer, der weiterhin darunter verlief, bereits auf großen Strecken nicht mehr als Weg zu erkennen war.

Wie beschrieben erreichten sie das erste Institutsgebäude. Immer noch war alles still um sie herum, nur in der Ferne hörte man ganz leise eine Autoalarmanlage rufen. Dass die nach all den Monaten noch funktionierte...?!

Da keine Infizierten zu entdecken waren, gingen sie direkt auf den Haupteingang zu.

Xuo ruckelte angespannt an der Eingangstüre, diese bewegte sich schwer, doch sie lies sich öffnen.

„Scheiße, ich hätte mir beinahe in die Hosen gemacht!",
schimpfte er leise, als er von einem auf flatternden Vogel erschreckt wurde, der wohl über der Tür sein Nest angebracht hatte.

„Ok, wie gehen wir vor?", wollte er wissen, nachdem alle drinnen waren.

„Am besten schauen wir erst einmal nach, wo die gesuchte Abteilung liegt", schlug Carla vor.

„Das sieht hier aber nicht so aus, als wäre hier noch einer am Leben", sprach Jessica aus, was alle dachten.

Ihr Blick wanderte über den staubigen, mit Vogelkot beschmutzten Empfangstresen und die Vielzahl der Pflanzen, die sich ihren Weg in das Innere des Gebäudes gebahnt hatten und blieb an einem Schild hängen. Sie ging darauf zu und riss einige Ranken herab, dann studierte Carla die Übersichtstafel.

„Umweltsimulationslabor, Labore zur Bewertung von visueller und infraroter bildgebender Sensorik, Labor für optronische Gegenmaßnahmen, Laserlabore...", las sie vor.

„Das sieht mir nicht aus, als würden wir hier fündig werden, in erster Linie wurden hier wohl optische Untersuchungen durchgeführt." Stellte sie zu den Anderen gewandt fest, dann ging sie hinter den Tresen und blätterte in verschiedenen Unterlagen.

„Das hier könnte eher der gesuchte Forschungsbereich sein", sagte die Ärztin und tippte mit dem Finger auf eine vor ihr liegende, aufgeschlagene Informationsbroschüre. „Das Frauenhofer ICT in Pfinztal. Forschung zur Nutzung biotechnologische und chemische Prozesse", sie blätterte weiter. „Hier ist sind eine Projektgruppe Chemisch-Biotechnologische Prozesse und ähnliches aufgeführt. Neben wehrtechnischen Anwendungen nehmen die Sicherheitsforschung, die chemische Prozesstechnik und die Materialforschung im zivilen Bereich einen breiten Raum ein", las sie für sich selbst vor, dann überlegte sie kurz.

„Bingo, dort wurde für das Militär gearbeitet. Ich denke, hier sind wir an der falschen Adresse", rief sie enthusiastisch aus.

„Was?", rief Jessica viel zu laut. „Die Idioten haben uns zur verkehrten Stelle geschickt? Wissen diese Deppen, wie gefährlich das ist? Hier hätten wir auf Tausende von Infizierten stoßen können!"

„Ist schon gut, es ist ja keiner hier", versuchte Xuo sie zu beruhigen. „Wo müssen wir denn hin, Carla?"

„In das Fraunhofer-Institut für Chemische Technologie ICT in der Joseph-von-Fraunhofer Straße 7 in 76327 Pfinztal", las sie von der Infomappe ab. Wo immer das auch sein mag..." Die entsprechende Seite mit der Adresse riss sie heraus und stopfte sie achtlos in ihre Hosentasche.

Auf dem Rückweg kam ihnen ein Zebra entgegen und flüchtete, als es sie entdeckte.

Bruno zeigte darauf: „Das glaube ich jetzt nicht..." und Xuo sagte nur: „Surreal...".

Jessica hatte die Erklärung: „Vermutlich hatte jemand Mitleid mit den armen Tieren im Zoo und hat die Gatter geöffnet, nachdem die Kacke am Dampfen war. Ihr solltet auf Löwen achten", sagte sie noch lachend.

Ihr Fahrer wartete bereits in seinem Dingo auf sie. Da er merkwürdig schweigsam war, verlief die Rückfahrt für sie glücklicherweise eintönig.

Kurz bevor sie wieder in der Kaserne ankamen hatte Carla eine Eingebung. „Sagen sie, Herr Bassek, sie sind doch aus dieser Gegend hier, kennen sie zufällig diese Adresse?", fragte sie und hielt ihm den mitgebrachten Zettel unter die Nase.

„Ja, klar, das ist in Grötzingen- Berghausen, beim Hopfenberg. Das kennt jeder hier. Ist so ein Forschungsteil, ein bisschen abseits auf einem Hügel gelegen, umgeben von Wald und Bäumen."

„Fahren sie uns dorthin! Wenn das einsam liegt haben wir vielleicht noch einmal Glück und es ist dort auch nichts los oder ist das ein Problem?"

„Nö, natürlich nicht. Wir können vor Grötzingen in den Wald hinein fahren, dann müssen wir nicht mal durch die Ortschaft durch. Ich kenne den Weg von früher, mein Schwager hat dort als Wachmann gearbeitet." Danach wurde er wieder still.

.....

Ziellos stolperte ich einen unbekannten Feldweg entlang Ich hatte keine Ahnung, wo ich war, wollte es auch gar nicht wissen, es interessierte mich schlichtweg nicht. Die einzigen Gedanken, die mir noch in meinem leeren Kopf herum schwirrten, waren die an das kleine Mädchen, das ich verloren hatte. Sie war meine Aufgabe gewesen, mein Ziel. Und nun? Alles war so sinnlos geworden... Warum war ich nur wieder menschlich geworden?

Rechts und links von mir wurde die Bewaldung dichter und ich hätte den frischen, sättigenden Duft des Waldes in mir aufnehmen können, aber das Gefühl der Leere nahm mir jedes glückliche Gefühl, es war schlimmer als die Aussetzer, die ich schon längere Zeit nicht mehr gehabt hatte. Die ich leider nicht mehr hatte, wie ich jetzt sagen musste.

Es war alles andere als still um mich herum. Das Stimmengewirr und Gezwitscher der Vögel in der Luft hatte einen nie gekannten Lautstärkepegel erreicht. Nicht weit entfernt konnte ich eine Wildsau grunzen hören. Die Vielfalt der Geräusche, die über mich hereinbrach, überraschte mich, drang durch die Ruhe und widersprach ihr gleichzeitig, jetzt, da sie nicht mehr vom Menschen gestört wurde.

Ein Laut, der Fehl am Platze war und überhaupt nicht in diese Symphonie passte, ließ mich zusammenzucken. Das war eindeutig ein Schrei gewesen. Der Schrei eines Kindes!

„Florice!", rief ich panisch und rannte los.

Ein neuerlicher Schrei wies mir die Richtung, danach folgte nur noch leiseres Weinen und klägliches Wimmern, aber immer noch laut genug um mir den Weg zu weisen.

Die Luft brannte in meinen Lungen und die Beine wurden langsam schwer, doch ich weigerte mich, eine Verschnaufpause einzulegen. Vielleicht war bereits weniger Zombie in mir, als ich dachte.

Das Weinen war verstummt, kein Wimmern mehr...

Noch einmal mobilisierte ich alle meine Kräfte.

Zwischen den Bäumen, auf einer kleinen Lichtung, tauchte direkt vor mir eine schiefe, aus Holzlatten roh zusammen gezimmerte Hütte auf. Instinktiv wusste ich, dass ich mein Ziel vor mir hatte.

Ohne Nachzudenken rannte ich mit aller Kraft gegen die Tür des wackeligen Gebäudes. Diese flog auf und bot mir ein Bild, das mich bis auf mein Innerstes Entsetzte.

Florice war auf einem Stuhl festgebunden worden, den Mund

hatte man ihr mit einem Klebestreifen verschlossen. Sie konnte kaum mehr Atmen, da die Nase durch ihren eigenen Rotz verstopft war, der Blasen bildete. Ihre geröteten Augen drangen weit aufgerissen aus den Höhlen. Doch das Schlimmste war das viele Blut auf dem Boden, ihr Blut! Der Soldat, der neben ihr stand und mich erschrocken anblickte, hatte ihren kleinen, fixierten Unterarm der Länge nach aufgeschnitten, das besudelte Messer hielt er noch in der Hand. Ein blutiges Tuch in der anderen Hand diente vermutlich dazu, das viele, helle Blut zumindest etwas zurück zu halten.

Auf mich wirkte dieses Bild besonders grell. Wer einmal mit einem UV- Licht eine urinverspritzte Stelle ausgeleuchtet hat, kann sich vorstellen, wie ich es sah. Es war immer noch genug des Virus in mir um dieses rote Leuchten überall wahr zu nehmen. Selbst das vergossene Blut hatte noch Leben in sich. Und da war diese Wut in mir...

Zu keinem klaren Gedanken mehr fähig, sprang ich den Mann an. Die Wucht meines Körpers riss ihn zu Boden. Ich biss zu, riss ein Stück Fleisch aus seinem Gesicht, spuckte es aus und schnappte erneut nach ihm. Dass die Klinge in meine Seite eindrang registrierte ich nicht, in meiner Wut war ich wieder ganz zurückgefallen, ich war wieder ein nichts denkender und nichts fühlender Zombie geworden, außer dass ich wusste, was ich tat und eben diese glühende Wut verspürte. Obwohl das so nicht ganz stimmte, verspürte ich doch auch noch eine gewisse Genugtuung dabei, diesem Mann bei lebendigem Leibe das Fleisch in kleinen Stücken heraus zu reisen!

Nach einem kurzen Kampf bekam ich seinen Hals zwischen meine Zähne. Nicht die Seite, wie es in alten Filmen die Vampire gerne tun, um die Arterie offen zu legen, nein, ich erwischte ihn von vorne. Es gab ein lautes Knirschen, als ich zubiss und ein Stück von seiner Luftröhre mit mir in die Höhe riss. Ich lies von ihm ab.

Jegliche Gegenwehr war erloschen, der Mann saß vor mir, starrte mich ungläubig an und presste verzweifelt die Hände vor seinen Hals, als könne er so die Luft zurück halten, während er röchelnd nach selbiger japste. Ich vernahm ein pfeifendes Geräusch, als er versuchte tief Luft zu holen. Aus dem Stück Wange, das ich aus ihm heraus gerissen hatte, lief überraschend wenig Blut, doch zwischen seinen Händen strömte es genauso davon wie die Luft.

Ich sah zu, wie das Leben den Mann verließ, die ungläubige Panik in seinen Augen ergötzte mich in diesem Augenblick.

Ein Geräusch ließ mich herumfahren. Was war ich doch für ein Idiot, in meinem Blutrausch hatte ich Florice vergessen. Ich musste einen schauerlichen Anblick bieten, mit meinen blutverschmiertem Gesicht, doch sie schien es nicht zu registrieren.

Mit einem Ruck riss ich ihr das Klebeband vom Mund. Die Klebestelle war stark gerötet, aber für Jammern hatte sie keine Zeit. Gierig sog sie die Luft durch den Mund ein und hustete heftig, als sie sich an ihrem eigenen Schleim verschluckte.

Beruhigend sprach ich auf sie ein, während ich ihre Fesseln und das restliche Tape löste.

Meine Stimme klang sehr kratzig, doch zumindest konnte ich sie wieder benutzen.

Hilfesuchend griff der Sterbende nach meinem Bein, doch ein beiläufiger Tritt gegen seinen Hals lies ihn endgültig kraftlos in sich zusammen sinken.

Als nächstes kümmerte ich mich um den kleinen Arm. Der Verrückte hatte mehrere lange Schnitte längs an ihm entlang geführt und obwohl er sehr darauf geachtet hatte keine Vene oder Arterie oder was immer hier verlief zu verletzten bluteten die Wunden stark.

Mit dem Dreieckstuch des Soldaten versuchte ich die Blutung zu stoppen, doch Verzweiflung überkam mich, denn es wollte einfach nicht aufhören zu bluten.

„Florice!" Krähte ich, doch es kam keine Antwort, das Mädchen war zusammengesunken und hatte ihre Augen geschlossen.

In meiner wieder aufkommenden Panik wollte ich sie auf die Arme nehmen und los rennen, irgendwo musste ich Hilfe finden oder alles war verloren, doch ich musste Ruhig bleiben.

Alles hing nun alleine von mir ab.

Da stieß mir ein Erinnerungsfetzen durch den Kopf. Deutlich sah ich einen als Sanitätsfahrzeug kenntlich gemachten PKW neben der Hütte stehen.

Ich stürmte hinaus und fand nach kurzem Suchen im Innern des Wagens was ich brauchte, eine Sanitätstasche. In ihr befand sich nicht nur sauberer Verbandsmull, sondern auch spezielle, für den Fronteinsatz entwickelte Wundklammern. Diese konnten auch von ungelernten Personen sehr schnell und einfach angebracht werden. Sie dienten der Erstbehandlung und waren dazu entwickelt worden klaffende Wunde sofort und effizient zu verschließen.

Da sich in dem Raum nur zwei Stühle und ein Tisch befand, bereitete ich aus zwei Bundeswehrdecken ein provisorisches Lager für die Verletzte und bettete sie seitlich darin.

Den Toten zerrte ich angewidert hinaus, sollten sich die Füchse an ihm laben. Danach versuchte ich noch das viele Blut irgendwie auf zu wischen, gab den zum Scheitern verurteilten Versuch jedoch bald wieder auf.

Außer einer Wasserflasche konnte ich sonst nichts brauchbares in dem Fahrzeug finden. So lehnte ich die Tür so gut es noch ging von innen gegen den Rahmen und bereitete mich darauf vor, die Nacht am Lager des kleinen Mädchens, das ich mittlerweile so sehr liebte als wäre sie meine eigene Tochter, zu wachen.

Aufstand

„Nein, das ist Augenwischerei, sie führen hier eine
Militärdiktatur!", bestand Rick nachdrücklich. Er befand sich
mit acht Soldaten, die von Brill speziell ausgesucht worden im
Büro des Oberleutnants.
Brill hatte die letzten Tage dazu genutzt, heraus zu finden
welchen Leuten, natürlich mit möglichst wenig Skrupel, sie
vertrauen konnten.
„Das ist Infam!", schrie der Offizier mit vor Aufregung
schriller Stimme. „Dank mir können die Soldaten hier
überhaupt erst leben! Ich bin derjenige, der ihnen Sicherheit
und Rückhalt gibt!"
„Ha, aber nur, solange sie bedingungslos ihren Befehlen
folgen, sie sind ein Diktator, der keine andere Meinung
akzeptiert, als die seinige. Keiner der Männer bekommt die
Gelegenheit sich selbst zu verwirklichen oder auch nur
annähernd das zu tun, was er gerne möchte. Alles wird ihnen
verboten und verwehrt, jede Freiheit wird ihnen genommen."
„Das sind Soldaten der Bundeswehr und die haben Befehle zu
befolgen!", war die kurze Antwort des Oberleutnants.
Rick kam einen Schritt näher auf in zu. „Kapieren sie es
endlich, es gibt keine Bundeswehr mehr, also gibt es auch
keine Soldaten der Bundeswehr mehr. Sie leiten allenfalls
noch eine paramilitärische Einheit, wie sie uns vor Ausbruch
der Seuche aus Afrika, dem Sudan und anderen dritte Welt
Ländern bedroht haben.
Und ihre Führung ist nicht einmal effektiv! Nur ein kleines
Beispiel: Warum haben ihre Männer keine Schalldämpfer? Mit
sehr einfachen Mitteln kann man bereits einfache
Gerätschaften herstellen um die Mündungssignatur zu
dämpfen. Das wäre eine nützliche Kleinigkeit, die ihre
Männer schützen würde. Besagte Männer möchten übrigens
auch etwas von ihnen zurück bekommen, dafür dass sie im
Einsatz ihr Leben auf's Spiel setzen! Doch der Einzige, den
ich hier frische Milch trinken sehe sind sie!"
„Das ist doch...", der Offizier wollte sich erbost erheben,

wurde jedoch von Rick hart in seinen Stuhl zurück gestoßen.
„Außerdem sterben ihre Leute wie die Fliegen und wissen sie
warum?" Er wartete keine Antwort ab. „Weil sie unfähig sind!
Sie sind unfähig, diese tapferen Männer zu führen und zu
leiten, deshalb enthebe ich sie ihres Amtes."
„Sie sind ja Größenwahnsinnig! Wer soll denn ihrer Meinung
nach meinen Platz übernehmen, sie?"
„Machen wir es wie in einer echten Demokratie", fuhr Rick
fort. „Männer, ihr habt den Vorschlag eures ehemaligen
Kommandeurs gehört, wer der Meinung ist, dass ich den Job
besser erledigen kann als er, der hebe die Hand!"
Brill hob sofort die Hand. Auf einen kurzen auffordernden
Blick hin, reagierten auch die anderen Soldaten und hoben
ihre Hände.
Zufrieden drehte sich Rick zurück zu Hauser. „Wir haben
einen neuen Kommandeur, irgendwelche Einwände?"
„Ihre mangelnde Integrität mir gegenüber widert mich an. Ich
habe sie als Schutzsuchenden hier auf genommen und das ist
nun der Dank!?" Der Oberleutnant zog die oberste Schublade
seines Schreibtisches auf, die ZDv 14/3, der
Wehrdisziplinarordnung, in der festgelegt war, was in solch
einer Verweigerung der Subordination zu tun sei, lag neben
seiner geladenen Waffe. Er würde diese Farce jetzt nach
Vorschrift beenden und griff nach dem Buch.
Er registrierte bereits nicht mehr, wie sein Kopf auf den
Schreibtisch knallte und die dort liegenden Papiere langsam
das Blut auf sogen, das aus dem Loch in seiner Stirne quoll.
Rick hatte die Waffe in der Schublade liegen sehen und sofort
reagiert. Nun steckte er seine eigene P9 wieder zurück in den
Halfter und drehte sich zu den Männern um. „Ihr könnt alle
bezeugen, dass ich in Notwehr gehandelt habe. Ich habe eurem
Oberleutnant nahegelegt von seinem Posten zurück zu treten,
woraufhin er nach seiner Waffe gegriffen hat und ich ihn
erschießen musste!", implizierte er den umstehenden
Männern.
Diese nickten nur dumpf mit den Köpfen, keiner von ihnen
widersprach ihm.
Rick lächelte zufrieden. „Männer, ich glaube wir müssen ein

wenig umstrukturieren und das wird besser gehen, wenn zumindest acht Mann mit *richtigen* Waffen ausgestattet sind, wo ist der Schlüssel zur Waffenkammer?"
Jubelnd stimmten ihm die Männer zu, nur der Schreiber Roman stand in der Ecke der Stube, Blickte kantig auf dem Boden hin und her und war nicht mehr ansprechbar.
In der Schreibtischschublade des OL wurde Rick fündig. Er warf Brill den Schlüssel zu.
„Wenn ihr eure Waffen habt, bildet ihr drei Gruppen und findet heraus, wer auf unserer Seite ist und wer lieber den Schutz der Kaserne verlassen möchte."

Wissenschaftler

„Ha, ha, ha!" Jessika musste laut auflachen.
„Was ist so lustig?", erkundigte sich Bruno.
„Na, du hast gerade gesagt, Klaus könnte jetzt mal langsam schneller fahren..."
„Und was ist daran verkehrt?", wollte er mit fragendem Blick wissen.
„Soll er nun langsamer oder schneller fahren?" Jessika schüttete sich fast aus vor lachen.
„Das sagt man halt so, wenn man sich mal ein bisschen beeilen soll", verteidigte sich Bruno. „Da die Straße hier in einem guten Zustand ist, kann der Fahrer jetzt etwas schneller fahren. Ist das so besser?", fragte er muffelig.
„Sorry, sei doch nicht gleich beleidigt, das hat sich eben nur so lustig an gehört", entschuldigte sich die glucksende Frau bei ihrem eingeschnappten Partner.
Kurze Zeit später kam auf ihrer rechten Seite hinter ein paar

flankierenden Bäumen bereits der erste Gebäudekomplexe in Sicht. Das gesamte Gelände war nur durch einen einfachen Maschendrahtzaun, der an der Oberseite mit Stacheldraht versehen war, gesichert. Einem Fahrzeug, besonders einem tonnenschweren Einsatzfahrzeug der Armee würde er nicht standhalten.

Klaus stoppte ihr Fahrzeug vor dem Einfahrtstor, denn überraschender Weise stand es weit offen.

Carla stieg aus und blickte sich um. Ein Wegweiser zeigte ihr an, wo sie suchen mussten.

„Das ICT sollte gleich in dem Gebäude dort drüben untergebracht sein", sagte sie und deutete auf den ihnen am nächsten liegenden Komplex.

Sie stieg wieder in den Dingo ein und sie fuhren langsam darauf zu. Trotz angespanntem Absuchen der Umgebung war keine Spur von Infizierten zu entdecken, was sie merkwürdigerweise eher nervöser machte als zu beruhigen.

Als sie vom Fahrzeug abgesessen waren, standen sie vor einer verschlossenen Eingangstüre auf der in mannsgroßen blauen Lettern der ICT- Schriftzug angebracht war.

„Aufbrechen?", fragte Bruno kurz und knapp.

„Nein, nur wenn wir keinen anderen Weg finden, ich möchte so wenig Lärm wie möglich machen, mir ist das nicht geheuer hier. Lasst uns das Gebäude umrunden und uns weiter umsehen", bestimmte Carla.

Auf der Seite des Gebäudes stießen sie dann auf eine einzelne Infizierte. Ein schrankgrosses Gebilde, vielleicht war es einmal ein 3D- Drucker gewesen, hatte ihr wohl das Rückgrat zerschmettert und teilweise unter sich begraben. Nach Leben lechzend bemühte sie sich unter dem Hindernis hervor zu kriechen, um an ihnen ihre Gier zu sättigen.

Eine von Rosas Macheten drang in den Schädel der Frau ein und beendete ihr Elend.

Bruno hatte sich sogar eine echte Gasmaske besorgt.

„Irgendwann holt dich das Virus, wenn du immer ohne Maske ran gehst", sagte er zu Rosa, die wieder ohne Mundschutz unterwegs war und sich gerade mit ihrem Ärmel einige Spritzer von der Wange wischte.

„Das glaube ich nicht. Die Göttin hat andere Pläne mit mir, sonst wäre ich schon lange tot", erwiderte sie nur trocken. Achselzuckend schaute er nach oben und wechselte das Thema. „Das hat wohl einer von da oben, aus dem zweiten Stock geworfen", stellte er fest, denn dort stand ein Fenster weit offen.

„Kommen wir da irgendwie hoch?", fragte Carla und beantwortete sich ihre Frage selbst mit einem Kopfschütteln. Als sie das Gebäude komplett umringt hatten winkte Carla Klaus zu sich her.

„Ich sehe im Moment nur zwei Möglichkeiten, entweder wir klettern über das Nebengebäude auf das Dach und schauen dort nach einem Zugang oder du drückst mit deinem Wagen die Türe ein. Könnte das Fahrzeug das?"

Klaus nickte.

„Dann los! Versuch die Tür langsam ein zu drücken und hoffen wir, dass das nicht allzu viel Lärm machen wird."

Der Lärm hielt sich überraschender Weise in Grenzen, doch bereits im Erdgeschoss trafen sie auf zwei Infizierte. Bei der Ersten handelte es sich sicherlich um die Empfangsdame. Ihr Minirock war unanständig weit hoch gerutscht und entblößte einen knappen, vermutlich ehemals rosa Spitzenslip, der jetzt zu einem unansehnlichen, fleckigen Braun verbrämt war. Ihre rechte Brust war fast komplett abgerissen und baumelte wie der Anhänger einer Kette hin und her, da sie nur noch an einem kleinen Stück Haut fest hing. Doch an ihrem eingefallenen Gesicht, das deutliche Spuren von getrocknetem Blut aufwies, konnte man noch erkennen, dass sie einmal eine sehr schöne Frau gewesen sein musste. Brunos Golfschläger drang mit dem spitzeren Ende tief in ihren Schädel ein. Er hatte ein 9er Eisen gewählt, wohl wegen der etwas längeren Reichweite.

Bei dem zweiten Infizierte handelte es sich laut dessen Personalschild um A. Hugmann, den Facility- Manager, des Komplexes, also des Hausmeisters. Ihm hatte jemand den Hals aufgerissen, vielleicht war es seine Kollegin von der Rezeption gewesen. Jessica beendete sein elendes Dasein mit ihrem angespitzten Stock, ihre Schusswaffen wollten sie nur

im äußersten Notfall einsetzen. Sie nahm ihm seine
Securitykarte ab.

„Was willst du damit?", fragte Carl, die sich beeilte an ihr und
den Toten vorbei zur Information zu kommen.

„Zentralschlüssel!?!", antwortete Jessica knapp.

„Dir ist aber schon bewusst, dass wir keinen Strom haben?"
Jessica betrachtete die Karte und drehte sie in der Hand.

„Klar", sagte sie und schnippte die wertlose Karte gegen den
am Boden liegenden Hausmeister.

„Ok, das hier könnte unsere Abteilung sein." Auf der
Hinweistafel befand sich ein Schild auf dem `Projektgruppe
Chemisch- Biotechnologische Prozesse´ stand, auf dieses
deutete Carla jetzt. „Das ist sogar hier, im Untergeschoss",
ergänzte sie.

Sie durchquerten den langen Verbindungskorridor. Auf beiden
Seiten befanden sich Türen zu kleinen Büros, die meisten
davon wirkten aufgeräumt, so als wäre es Sonntag und morgen
würde wieder die neue Arbeitswoche beginnen. Nur in einem
Büro waren Stühle umgeworfen und Tische verrückt worden.
Eine Jukapalme lag vertrocknet neben ihrem zerbrochenen
Topf. In diesem Raum schalteten sie zwei Schlipsträger aus.

Der Gang endete in einem großen Raum, voller Arbeitstische,
auf denen sich allerlei Gerätschaften und Glasröhrchen
befanden. Alles schien ruhig zu sein.

Aus diesem Raum führten mehrere Türen wieder in
verschiedene Richtungen hinaus.

Jessica öffnete eine davon und wurde unversehens von einer
Gestalt im weisen Kittel angesprungen und zu Boden gerissen.
Ihr Stab war wirkungslos zwischen sie und den Laborarbeiter
geklemmt und es war unmöglich ihn sinnvoll ein zu setzen.

Der Angreifer umklammerte sie, drückte sich an ihren Hals,
konnte jeden Moment zuschnappen und ihr Leben beenden.

Sie erwartete jeden Augenblick zu spüren, wie die stumpfen
Zähne des Monsters sich in ihre Lebensader bohrten und ein
großes Stück aus ihr heraus rissen.

Da packte Bruno den Mann mit Bärenkräften und riss ihn,
unter zur Hilfenahme seiner Körpermasse, nach hinten. Doch
dieser lies nicht locker sondern klammerte sich so sehr an

Jessica fest, dass diese mit ihnen herum gerissen wurde und
nun auf den beiden Männern zu liegen kam.
„Endlich", schluchzte der Infizierte und begann dicht an
Jessica gedrückt zu weinen.
Verdutzt drückte sie ihn etwas weg und blickten ihn an. Dann
begriff, einer nach dem Anderen, die Situation. Sie hatten
einen Überlebenden gefunden!

Nachdem sie sich endlich wieder gefasst hatten, standen sie
um den Mann herum, dem die schütteren, speckigen Haare
wirr ins Gesicht hingen. Er war schätzungsweise um die 50,
Europäer und ein struppiger, ungepflegter Bart dominierte sein
Gesicht.
„Ich bin Doktor Qui- Ti", erzählte er, immer noch mit Tränen
im Gesicht.
„Sie sehen nicht aus wie ein Schlitzauge", bemerkte Bruno.
„Ich bin auch Europäer, meine Mutter hat nach ihrer
Scheidung von meinem leiblichen Vater einen Koreanischen
Botschafter geheiratet und dessen Namen angenommen." Er
wischte mit seinem Ärmel die Tränen von seinem Gesicht.
„Niemals hätte ich gedacht, dass die wirklich jemanden
schicken, um mich hier heraus zu holen. Wissen sie, seit
Monaten bin ich schon alleine hier." Mit gehetztem Blick sah
er sich um. „Einmal hat mir mein Blob erzählt, dass auch ich
bald Flüssig werde", sagte er in verschwörerischen Ton, dem
sich ein leises Kichern anschloss.
„Wer ist Blob?", wagte Xuo die Frage.
„Na, das grüne Wabbeldingens aus Microalgen, es soll einmal
Erdöl ersetzen."
„Na toll", bemerkte Bruno und drehte den Zeigefinger vor
seiner Stirn. „Mit dem können wir wohl nix mehr anfangen,
der ist ja total Gaga. Wie soll der ein Mittel gegen die Seuche
finden?"
Der Doktor sah ihn erzürnt an. „Hören sie mal, ich war
eingesetzt im Diskursprojekt, der Erforschung einer
personalisierten Medizin im Gesundheitssystem der Zukunft!"
Wieder geheimnisvoll fuhr er fort: „Und ich habe auch für die
Regierung gearbeitet! An individuellen Sets für

krankheitsfördernde Einflussfaktoren..." Er sah Bruno
verständnislosen Gesichtsausdruck. „Vieren, die gezielt
Krankheiten auslösen...", erklärte er.
„Dann habt ihr diesen Scheiß hier entwickelt?", fragte Jessica
skeptisch.
„Oh, nein, das wäre zu viel der Ehre. Wir haben an anderen
Projekten gearbeitet, aber diesem Größten aller Projekten
nicht unähnlich", wieder kicherte er.
„Kürzen wir das Ganze ab," unterbrach ihn Carla, „sind sie
imstande ein Heilmittel gegen die Seuche zu entwickeln?"
„Mit den richtigen Grundstoffen, Ja! Wir wurden, nachdem die
Seuche auch hierzulande ausgebrochen war, dazu gedrängt
eben diese zu erforschen. Eine Anweisung, die übrigens an
alle Wissenschaftler Bundesweit von höchster
Regierungsstelle ausgesprochen wurde.
Nicht unbescheiden möchte ich anmerken, dass unsere Arbeit
bereits sehr weit fortgeschritten war, als die Computer
ausfielen, seitdem arbeite ich wie in der Steinzeit, mit Papier
und Bleistift. Das Blob hat mir etwas dabei geholfen, es nennt
sich selbst übrigens Harald", schweifte er mit träumerischem
Blick wieder ab.
„Können sie uns eine kurze, verständliche Zusammenfassung
ihrer Forschungsergebnisse geben?", riss Carla ihn zurück in
die Wirklichkeit.
Der Wissenschaftler blickte irritiert in die Runde. „Oh, ja,
natürlich" sagte er, nachdem er sich wieder gefasst hatte.
Bei dem Auslöser der Seuche handelt sich vermutlich um
einen Virus der aus einem südamerikanischen Pilz mutiert
wurde. Dieser Virus verteilt sich im Blut und den
Körperflüssigkeiten des Infizierten und blockiert dessen
eigenständige Hirnfunktionen. Wie es weiß, welche Impulse
benötigt werden und welche nicht stellt uns vor ein Rätsel.
Dem Infizierten bleiben einzig die Grundfunktionen erhalten,
der Passus des Fressens und den, das Virus weiter zu
verbreiten. Der Virus muss in größerer Menge übertragen
werden, um die Herrschaft über einen neuen Wirt zu
übernehmen. Wir reden hier allerdings von Mengenangaben
im Mikrobereich, dazu genügt dann eine einfache Tröpfchen-

oder Schmierinfektion, wie zum Beispiel bei einem
Schnupfen. Spuren des Virus finden sich mittlerweile in fast
jedem Menschen, doch sind diese zu gering um die Oberhand
über ihren neuen Wirtskörper zu gewinnen.
Hat der Virus seinen Wirt erst unter Kontrolle gebracht, so
kontrolliert er ihn komplett und das ist das Faszinierendste an
dem Pilz, denn das heißt, er kontrolliert die Funktionen
sämtlicher Extremitäten und Organe und kann Energie gezielt
dort einsetzen, wo sie gerade benötigt wird.
Verstehen sie?" Er erhielt keine Antwort. „Der Pilz verfügt
über irgendeine Art neuronales Netzwerk, er denkt! Wir
wissen noch nicht wie, aber der kleine Scheißer kann sich
irgendwie miteinander verlinken und entwickelt eine Art
Brainstorm!" Die steigende Aufregung hatte den Professor wie
wild gestikulieren lassen, jetzt fasste sich wieder und fuhr in
seinen Ausführungen fort. „Auch in der Bekämpfung des
Virus konnten wir bereits erste Erfolge verzeichnen. So simpel
das auch klingen mag, auf Paracetamol basierende Stoffe
konnten das Virus hemmen, leider genügte das nicht, um es
komplett zu stoppen oder gar zurück zu setzen und zu
vernichten.
Wir haben das Virus übrigens Flying Mushroom getauft",
erklärte er stolz. „Kapiert?" Da auf sein Augenzwinkern
niemand reagierte fuhr er fort: „Da es ein Pilz ist, der auch
durch die Luft übertragen werden kann..., als
Schnupfentröpfchen..., dann fliegt er...", nach einem Blick in
die verständnislose Runde gab er es auf.

Rettung

.....

Plötzlich schreckte ich auf. Die Strapazen der letzten Tage hatten ihren Zoll eingefordert und ich war doch noch eingenickt. Die Müdigkeit aus den Augen reibend schaute ich zu Florice und war sofort hellwach.
Ihr kleiner Körper hatte fast gänzlich sein rotes Schimmern verloren, nur noch ein ganz leises Glimmen konnte ich vernehmen.
Ich brauchte Hilfe! Sofort! Im Nu hatte ich den kleinen Körper in den SanKa getragen und raste bereits im nächsten Moment den Feldweg entlang, in der Hoffnung auf irgend jemanden zu stoßen, egal wen, hauptsache er konnte helfen. Der Waldweg wurde etwas breiter und ausgefahrener und mündete schließlich auf einen geteerten Weg. Es war nur ein kleiner Weg, aber wenn hier geteert war, dann war ich auf einem Weg, der einmal häufig genutzt worden war, also musste ich richtig sein und folgte ihm weiter.
Und dann kam ich endlich auf eine richtige Straße. Am Ende gabelte der Weg in eine langgezogene Kurve. Da ich in der Angst um Florice die Kurve zu steil genommen hatte, begann ich zu schleudern und rammt ein Straßenschild. Tatsächlich hatte ich es geschafft so auf das Schild auf zu fahren, dass mein Wagen abrupt abgebremst wurde und sich so fest aufhängte, dass er sich durch Fahrbewegungen weder vor noch zurück bewegen lies.
Auf mich selbst wütend stieg ich aus und betrachtete das Desaster. Ich rüttelte an dem Fahrzeug und schob mit aller Kraft, doch die Mühe war vergebens!
Eines der Hinweisschilder zeigte nach rechts, den Berg hinauf, darauf stand `Kaserne´. Hoffnung keimte in mir auf, schließlich war ich in einem Armeefahrzeug gekommen, vielleicht waren dort noch Soldaten. Also nahm ich das Mädchen auf den Arm und rannte los.
Keuchend und am Ende meiner Kraft näherte ich mich dem

*Kasernentor, doch Florices roter Schein war bereits
erloschen.*
*Gerade lief an der Schranke ein menschliches Wesen vorbei,
eindeutig kein Infizierter. Ich rief nach ihm, doch kein Ton
entrann mehr meiner Kehle, nur das mittlerweile rasselnde
Keuchen meiner Lunge, bei ihrem verzweifelten Versuch
meinem Blut den dringend benötigten Sauerstoff zu zu führen.
Als ich die Schranke endlich erreichte stürzte ich mit meiner
leblosen Last. Die Luft tief einsaugend, wurde ich an mein
Belastungsasthma erinnert, das mich schon seit Jugendtagen
quälte, immer, wenn ich mich stark anstrengte, so wie jetzt
zum Beispiel.*
*Ein Soldat kam zu uns gelaufen, seine Stimme drang nur noch
wie durch Watte in meine Ohren. Er rannte wie in Zeitlupe,
hatte sein Waffe auf mich angelegt und schrie irgend etwas
unverständliches. Dann wurde er immer Pixeliger und
verschmolz schließlich zur Gänze mit der Dunkelheit in
meinem Kopf.*

*Der Duft von frischer, sauberer Bettwäsche in meiner Nase
weckte mich auf. Wann ich das letzte mal saubere Bettwäsche
gerochen hatte, daran konnte ich mich nicht mehr erinnern.
Wenn man es genau betrachtete konnte ich nicht mal mehr
sagen, wann ich das letzte mal in den Genuss von Bettwäsche
gekommen war, ob sauber oder nicht.*
*Durch die großen Fenster strahlte eine untergehende Sonne
und erleuchtete einen sterilen Raum in einem leichten Rotton,
offensichtlich befand ich mich in einem Krankenzimmer.
Ich drehte den Kopf zur Seite und sah den Körper des kleinen
Mädchens im Bett neben mir liegen. Jegliches Leuchten war
aus ihr entwichen. Tränen füllten meine Augen, alles war
umsonst gewesen.*
Doch warum hatten sie sie neben mir aufgebahrt?
*„BAAAAHHHHH!!!!!!" Als der kleine Körper hochschnellte,
konnte ich spüren, wie mein Herz einen Schlag aussetzte.
„Ich habe dich erschreckt", lachte sie mir entgegen, während
sie leichtfüßig aus dem Bett sprang. Ihr zerschnittener Arm
war dick eingebunden, doch es schien ihr gut zu gehen. Was*

mich allerdings irritierte, war, dass ich noch immer keinen roten Schimmer an ihr entdecken konnte.

„Ich muss Hape holen! Er hat gesagt, wenn du aufwachst soll ich ihn gleich rufen", und schwups, war sie zur Türe hinaus verschwunden und lies mich verwirrt zurück.

„Mühsam setzte ich mich weiter auf, was mir einen scharfen Stich in die Seite einbrachte. Ich schaute an mir herab und stellte fest, dass mir in Nierenhöhe eine Wundauflage aufgeklebt worden war. Ich schwang meine Beine über die Bettkante. Das Atmen viel mir immer noch schwer, irgendwie war es, als bekäme ich nicht genug Sauerstoff aus der Luft. Florice kam wieder ins Zimmer gehüpft, gefolgt von einem etwas älterem Soldaten, dessen Rangabzeichen ihn als Hauptgefreiten auswiesen.

„Schön, dass sie wieder auf den Beinen sind, ich bin Hans Peter, nennen sie mich einfach HaPe, das machen alle hier", sagte er freundlich und reichte mir die Hand.

Ich schaute ihn mir Fassungslos an. Er leuchtete nicht. Auch seine Arme oder sein Gesicht leuchteten nicht, weder Rot noch Blau. Genauso wenig wie Florice, die immer noch breit zu mir herüber grinste.

Verwundert betrachtete ich meine eigene Hand. Auch diese leuchtete nicht mehr. Dann dämmerte es mir endlich, ich hatte meine Gabe, diese andere Art des Sehens, die mir die letzten Monate so nützlich gedient hatte, verloren.

„Etwas nicht in Ordnung?", fragte HaPe und beäugte mich misstrauisch.

Ein Hustenanfall riss mich wieder zurück in die Wirklichkeit. HaPe hielt mir ein Asthmaspray hin. „Mehr kann ich leider nicht tun, das sollte aber helfen, ist eines der letzten Sprays, die noch Kortison enthalten", fügte er noch Augenzwinkernd hinzu.

Dankbar nahm ich ihm den grün weisen Inhalator ab, es war der selbe, den ich früher schon benutzt hatte, als meine Anfälle noch häufiger auftraten.

Ich inhalierte und atmete danach zweimal tief durch, damit die Wirkstoffe sich entfalten konnten. „Danke, das tut gut, ist gleich ein ganz anderes Atmen. Was ist mit dem Mädchen? Es scheint ihr soweit ganz gut zu gehen. "

„Sie hatte ein paar tiefe Schnittverletzungen am linken Arm, aber soweit wir das erkennen konnten wurden keine Sehnen oder andere wichtige Dinge verletzt, ich wundere mich nur, dass der kleine Sonnenschein schon wieder lachen kann, bei dem was sie erlebt hat..." , mit diesen Worten schnappte er das Mädchen und lies sie einmal durch die Luft kreisen. Florice quietschte vor Freude.

„Die Wache hätte sie beinahe erschossen. Sie sahen wohl aus, als hätten sie gerade jemanden gefressen. Alles war blutig, ihr Mund und ihr Shirt. Ich habe ihnen ein neues besorgt und auch gleich ihre andere Wäsche aus gewechselt. Vielleicht will ich gar nicht wissen, wo das Blut her kam. " Er deutete auf den Inhalator. „Die Frau Doktor hat mir gesagt, dass sie den gebrauchen könne, sie haben gerasselt wie eine alte Dampflok. Sie war auch so frei die Verletzung an ihrer linken Seite zu kontrollieren, sie meinte da müssen sie sich keine Sorgen machen, die Wunde verheilt gut. "

Verdutzt sah ich ihn an. Es handelte sich um die Wunde, die mir dieser Psychopath gestern zugefügt hatte, ich hatte sie aus lauter Panik komplett vergessen oder wohl besser verdrängt. „Das kann sie jetzt schon sagen? Ich meine, weil das ja gestern erst passiert ist...?! "

Hape sah mich mitleidig an. „Ach wissen sie, mit den ganzen Stressauslösern, die tagtäglich auf uns ein stürmen, ist es kein Wunder, wenn man einige der Tage lieber vergisst, aber die Stichverletzung ist schon mehrere Tage alt. "

Verdutzt ließ mich der Soldat auf meinem Bett sitzen und wand sich zum gehen. „Ich komme später wieder und sehe nach ihnen und der Kleinen. "

Dann drehte er sich noch einmal kurz um. „Hören sie, noch ein gut gemeinter Rat: Passen sie auf, wem sie hier vertrauen, es ist nicht alles so, wie es scheint. "

„Was meinen sie damit? "

„Mehr sag ich dazu nicht! Ich kann nicht noch mehr Ärger gebrauchen und diese Warnung sag ich auch nur, weil sie unsere Kleine wieder zurück gebracht haben. "

„Und was soll das jetzt heißen? **Ihre** *Kleine? "*

„Na, das Mädchen! Wir hatten sie in Königsbach gerettet."
„Dann habe ich euch den ganzen Stress zu verdanken?",
brauste ich erbost auf. „Ich hatte die ganze Zeit sehr gut auf
sie aufgepasst..."
„Ist ja gut, wir brauchen nicht darüber zu dis..." HaPe
stockte kurz, dann wurden seine Augen groß. „Dann sind sie
der Kerl, von dem die Kleine heute morgen erzählt hatte? Ihr
Zombie? Scheiße, wir dachten das ist nur Kindergewäsch!"
Nun wurden meine Augen groß. „Ich bin ihr was?"
„Ist schon OK, aber vielleicht wäre es besser, wenn das
niemand hier erfährt."
„Warum das?"
„Na ja, die Ärztin, diese Carla, die ist in Ordnung und ihre
Leute anscheinend auch, nur dieser Rick, der stiftet Unheil.
Schon seit er den ersten Tag hier war versuchte er irgendwie
die Mannschaften auf seine Seite zu ziehen und gestern hat er
mit einem Putsch die Macht ganz an sich gerissen. Ich kann
ihnen nicht sagen, was seine Schläger mit einem vielleicht
Infizierten anstellen würden, aber bestimmt nichts schönes.
Dann gibt es noch diesen Amerikaner, unter seiner Führung
haben wir bereits nach ihnen gesucht, natürlich erfolglos, wie
sie ja selbst wissen. Mein Gott, wir haben die ganze Stadt
nieder gemacht." Wieder eine Pause. „Ich habe keine
Ahnung, was der mit ihnen vorhatte, womöglich nicht mal was
schlechtes, aber von wem weiß man das heutzutage schon. Ich
denke diesem Rocker kann man trauen, schließlich hat der
sich die ganze Zeit um diese kleinen Kinder gekümmert, so
etwas macht kein böser Mensch."
Zumindest bei den Begriffen Rocker und Kinder klingelte es
bei mir.
„Auf jeden Fall will ich sie nicht beeinflussen und lieber
nichts erzählen, nur so viel, dass ein paar von uns sich
überlegen ihre Siebensachen zu packen und hier ab zu hauen,
solange es noch möglich ist.
Ach und bevor ich's vergesse: Bleibt bitte hier im Haus,
mindestens bis morgen seid ihr beide noch in Quarantäne,
dann wird unser neuer Chef entscheiden, wie es mit euch
weiter geht..."

Ärger

Lukas schlenderte gemächlich durch den Technischen Bereich, seit dem Brand, bei dem sie eine Tote entdeckt hatten, wurde der gesammte T- Bereich auf der Wachroute verstärkt kontrolliert. Aber das fand er allemal besser als immer nur am Zaun entlang zu laufen und durch die Maschen nach draußen zu starren, zumal er sich hier unten ein kleines Fläschchen mit Wodka versteckt hatte.

Er kniff die Augen zusammen. Trotz der bereits fortgeschrittenen Dunkelheit erkannte er eine Gestalt im Führerhaus des Dingo. Das konnte nur Klaus sein, bestimmt leerte er selbst gerade eine Flasche.

Der Wachsoldat schlich zu dem Fahrzeug, riss die Fahrertüre auf und rief lachend: „Polizeikontrolle! Bassek, du gibst sofort etwas von deinem Schnaps ab, sonst muss ich dich vorläufig bepinkeln!"

Dann ging alles sehr schnell. Der Angerufene sprang ihn ohne Vorwarnung an, vergrub seine Zähne tief in seinem Backen und riss, noch bevor Lukas schreien konnte, ein Stück des Fleisches heraus. Der Infizierte Soldat ließ seinen Kopf sofort wieder nach vorne sausen, dieses mal riss er ein blutiges Stück aus dem Hals seines Opfers. Begleitet von den ungehört verklingenden Schreien des Soldaten sauste der Kopf des ehemaligen Fahrers wie der Kopf einer Schlange immer wieder nach vorne, nur dass er jedes mal beim zurück ziehen ein weiteres Stück Fleisch aus seinem Opfer heraus riss.

Nach wenigen Minuten war es vorbei und der Infizierte lies ab von seinem Opfer, das in einer großen dunklen Lache lag und aufgehört hatte zu schreien.

Die Viren, die im Karlsruher Stadtwald durch einen umher kriechenden, toten Studenten in einem unachtsamen Augenblick auf den Fahrer des Dingo, Klaus Bassek, übertragen worden waren, würden bei ihrem neuen Wirt schneller arbeiten. Einen toten Körper, der ihnen nichts mehr entgegen zu setzen hatte, übernahmen die Viren innerhalb weniger Minuten, wichtig war nur, dass der Wirt im Augenblick der Infektion noch gelebt hatte, damit sie sich über dessen eigene Blutversorgung schnell im ganzen Körper ansiedeln konnten.

Im Wachhäuschen diskutierte derweil Feldwebel Mollner mit einem der neuen Unteroffiziere, der heute als Wachhabender eingeteilt worden war.

„Hör zu, das ist doch ein abgekartetes Spiel, ich wurde hier nur inhaftiert, weil ich jetzt der ranghöchste Dienstgrad bin und eigentlich die Führung übernehmen müsste. Will das in deinen dämlichen Schädel nicht rein?", fragte er erbost.

„Nein, das läuft heutzutage anders, wer die Waffen hat ist der Chef! Hast du eine Waffe? Nein? Also, siehst du? Abgesehen davon kannst du betteln so viel du willst, du hast aus meiner Ausbildungszeit noch einiges zugute bei mir und da ich diese Woche der Wachhabende bin, wirst du im Loch bleiben bis du Schimmel ansetzt."

„Du stures Arschloch!" Kai schlug wütend gegen die Zellentür.

„Das hat dich gerade das Abendessen gekostet, du selber Arschloch", gab der Unteroffizier schnippisch zurück.

„Lass ihn, wenn wir wieder draußen sind bekommt sein ganzer Trupp `ne Abreibung", tönte es aus der Nachbarzelle. Jessica war zusammen mit ihrem Truppführer inhaftiert worden, da sie sich vehement gegen dessen grundlose Festnahme gewehrt hatte.

Lachend lies der Unteroffizier sie wieder alleine. „Ich muss mal nach meinen Männern sehen, weist du, Molner, meine Männer sind nämlich nicht im Bunker eingesperrt."

Er nahm sein Sprechfunkgerät ans Ohr. „Lukas, zum Teufel, wo steckst du? Wenn ich dich wieder beim Saufen erwische, mach´ ich Zombiefutter aus dir und zwar eigenhändig!"

Was er nicht wusste, war, das Lukas bereits als Zombiefutter gedient hatte und schon wieder auf den Beinen war um sich nun selbst Futter zu suchen.

„Was möchten sie uns denn damit jetzt genau sagen?" Rick hatte die Frage an den Professor gerichtet. Er hielt mit ihm, Carla und Johnson eine Besprechung in kleinem Kreis im ehemaligen Zugführerzimmer ab.

„Hihi", lachte der Wissenschaftler, diese monatelange Einsamkeit hatte ihm definitiv nicht gut getan. „Das ist doch ganz einfach, ich habe kein entsprechendes Programm um weiter an dem Virus zu arbeiten. Die Dateien sind zu umfangreich um ohne durch das dafür entwickelte Programm gesichtet zu werden. Tja, und mein Computer hat am Ende die Mitarbeit verweigert, ebenso alle anderen an das System angeschlossene PCs. Blob ist der Meinung, dass sich auch die Computer an einem Virus angesteckt haben... Aber auf jeden Fall ist das hier alles, was ich an Rechenkapazität habe", sagte er und legte einen solarbetriebenen, gelben Taschenrechner vor sich auf den Tisch. „Und so kann ich nicht arbeiten."

Rick rieb sich mit beiden Händen über den Kopf, dann drehte er sich zu Brill. „Sieh nach, ob wir einen Computersachverständigen unter unseren Männern haben, der ein Anti Virusprogramm oder so etwas schreiben kann und diesen PC wieder fit bekommt."

Brill nickte nur zur Bestätigung und verließ den Raum.

„Hören sie zu, ich werde mich um die Sache kümmern, bis dahin werde ich ihnen meinen Schreibsoldaten zur Verfügung stellen, der braucht keinen Computer. Er sortiert ihre Reihen aus dem Kopf."

Der Professor schaute den Soldaten, auf den der neue Chef gezeigt hatte, skeptisch an. Plötzlich hellte sich seine Mine auf.

„Ha, das will ich sehen", sagte der er und begann in kindlicher Freude dichte Zahlenfolgen auf ein Blatt Papier zu schreiben. Zwischendurch hielt er kurz inne, tippte etwas in seinen Rechner, kicherte und schrieb dann wieder weiter.

Als er endlich fertig war reichte er Rick das dicht beschriebene Blatt Papier. „Wenn er mir innerhalb von 5 Minuten den versteckten Fehler nennen kann, dann glaube ich ihnen.

Rick übergab seinem Schreibzimmergefreiten den Zettel. Dieser sog ohne dass ein weiteres Wort gewechselt wurde die Zahlen etwa eine Minute in sich auf, dann sagte er: „620 ist falsch, wenn das 621 wäre, dann wäre auch diese Zahl durch

eine Primzahl teilbar, so wie alle anderen Zahlen auch."
„Ha!", sprang der Professor auf. „Das ist richtig! Er hat es
sofort erkannt! Wo waren sie nur all die Jahre, junger Mann.
Kommen sie, wir gehen gleich an die Arbeit", sagte er,
während er hastig seinen Ordnerstapel vom Tisch grapschte
und schob den Soldaten, ohne diesen zu Wort kommen zu
lassen, vor sich her nach draußen.
„Dann können wir wohl diese Sitzung als beendet betrachten",
stellte Rick fest.
„Schön, im Behandlungsbereich wartet noch genug Arbeit auf
mich", erwiderte Carla.
„Auf ein Wort noch Jackson", sagte Rick als alle aufstanden.
„Seien sie so freundlich und begleiten sie mich nach unten."
Als sie gemütlich über den Flur schlenderten, sagte Rick: „Ich
möchte ihnen reinen Wein einschenken und ich sage es am
besten gerade heraus: Es ist mir bekannt, dass sie für die
amerikanische Regierung arbeiten."
Jacksons Mine blieb unbewegt.
„Doch ihnen sollte bewusst sein, dass auch ihre Auftraggeber
nicht mehr die sind, die sie einmal waren, alles hat sich
verändert. Es ist nicht mehr möglich die Vielfliegermeilen ein
zu setzen und schnell mal der Heimat einen Besuch
abzustatten."
„Worauf möchten sie hinaus?", erwiderte der Angesprochene
vorsichtig.
„Ihr Schicksal hat sie nun einmal nach Europa verschlagen, als
alles den Bach herunter ging, machen sie das Beste daraus,
finden sie eine neue Heimat, schließen sie sich uns an!"
Jackson blieb stehen. Ein Tumult am Ende des Ganges erregte
ihre Aufmerksamkeit.
Vier Männer stießen Xuo von einem zum Anderen.
„Na, Männer, was ist denn hier los?", fragte Rick in
freundlichem Schulleiterton.
„Das Schlitzauge sucht Ärger. Reicht dem Sackgesicht wohl
nicht, dass seinesgleichen die ganze Welt an Arsch gemacht
haben, jetzt will er auch noch im Einzelnen stunk haben",
erwiderte ein grobschlächtiger Soldat, auf dessen linker Brust
ein großes Tattoo des Eisernen Kreuzes prangte.

„Der Typ hat mich angerempelt", wehrte sich Xuo und wies
auf den Sprecher. „Ist nur zu feige sich alleine mit mir an zu
legen."
„Klar, damit du mir mit irgend so ´nem Kung Fu Scheiß
kommst", erwiderte der Tätowierte und stieß ihn wieder in
einen seiner Kameraden.
„Last es gut sein", beschwichtigte Rick erheitert. „Der junge
Mann hat ein sicheres Alibi für den Zeitpunkt des Ausbruchs
der Seuche. Ihr habt sicher noch Vorbereitungen in irgend
einer Weise zu treffen."
Als die Gruppe Männer keine Anstalten machte sich
aufzulösen wurde Ricks Blick finster. „Ich sagte lasst es gut
sein!" Diesmal sagte es mit einem Nachdruck, der keine
Widerrede zu lies. Unter Gemurre zogen sich die Soldaten
daraufhin zurück. Der Tätowierte war der Letzte. Er deutete
noch mit Zeige- und Mittelfinger auf seine Augen,
anschließend auf Xuo, dann war auch er in seiner Stube
verschwunden.
Xuo wischte sich etwas Blut aus dem Mundwinkel, flüsterte
ein `Danke´ und verzog sich ebenfalls.
Als Rick mit Jackson seinen Weg fortsetzte war es unmöglich
die Gedanken des Amerikaners zu erraten.
„Wissen sie, was das Witzige daran ist?", nahm Rick das
Gespräch mit seinem Begleiter wieder auf. Ohne auf Antwort
zu warten fuhr er fort: „Das Virus kommt überhaupt nicht aus
chinesischen Labors, euch Amerikanern ist es entwischt."
Jetzt zeigte Jackson doch eine Reaktion und blieb abrupt
stehen.
„Schauen sie mich nicht so vorwurfsvoll an", hob Rick
abwehrend die Hände. „Ich habe nichts damit zu tun. Das
Virus wurde ursprünglich entwickelt um die Fähigkeiten
amerikanischer Soldaten zu verbessern, so zu sagen eine Art
Superathleten aus ihnen zu machen. Als bei Tests der
unausgereifte Virus freigesetzt wurde, pochte die NSA auf
Schadensvertuschung und ihr Herr Präsident hat dem
zugestimmt. Entsprechende Filme wurden im Internet zensiert
und eigene Versionen mit den verhassten Chinesen in Umlauf
gebracht. Ich spekuliere mal, dass gleichzeitig das Virus durch

die CIA nach China gebracht und dort frei gesetzt wurde."
„Sie lügen, unser Präsident hätte seine Wähler niemals belogen!" Jackson war aufgebracht.
„Ach, hören sie doch auf. Ihr Amerikaner habt schon immer an allem herum experimentiert. Im Jahr 2010 hat ihre Seuchenbehörde CDC einen Abwehrplan gegen infizierte veröffentlicht und ein Jahr später, 2011, wurde der CONPLAN gestartet, eine Übung, bei der sich Amerikanische Militärs gegen Horden von Untoten verteidigen mußten.
Nun, sie glauben mir nicht? Das alles geht aus streng geheimen Papieren der US Regierung hervor, aber da sie meine Worte anzweifeln können sie ihre Vorgesetzten gerne mal auf das Projekt `Broken Border´ ansprechen."
„Ich glaube ihnen kein Wort", fassungslos starrte Jackson ihn an.
„Wie gesagt, ich kann nichts dafür", wieder hob Rick abwehrend die Hände. „Ich konnte während meiner Arbeit allerlei streng geheime Papiere sichten und nachdem die Seuche großflächig ausgebrochen war wurde von ihrer Regierung den Regierungen verbündeter Länder der Zugang zu den geheimsten Verschlussakten gewährt."
„Ja, aber... Wenn sie... Ich...", stotterte Jackson.
„Das spielt alles keine Rolle mehr, unsere Führungen leben nicht mehr, es sei denn sie wollen das Leben nennen, als Untoter durch die Welt zu keuchen und Leute zu fressen. Von unserem Bundespräsidenten hat man schon seit Monaten nichts mehr gehört und ihr Präsident wurde, wenn ich mich recht entsinne, vor laufender Kamera infiziert..."
„Das war der Vize- Präsident", bemerkte Jackson abwesend.
„Der Präsident hat sich in seine Schutzanlagen zurück gezogen."
„Und sie meinen wirklich dass er nicht infiziert wurde? Wann wurde die letzte Ansprache von ihm gesendet? Soweit ich mich entsinne war das bereits vor Monaten, zwei, drei Wochen bevor das TV- Netz vollständig zusammen brach. Seien sie kein Narr, ihre Welt gibt es nicht mehr, kommen sie zu mir, schlagen sie meine freundschaftlich gereichte Hand nicht aus."

Wenig später saß Jackson wieder an seinem kleinen
Empfänger. „Nein, Raptor, sie werden sich mit dem Mädchen
und dem Professor zur französischen Atlantikküste
durchschlagen, wahlweise auch zur Westküste Spaniens oder
nach Portugal und dann ein Boot konfiszieren mit dem sie in
die Heimat übersetzen können, unsere genauen Koordinaten
erhalten sie unterwegs. Am Besten besorgen sie sich ein
Flugzeug für die Strecke dort hin, das wäre ungefährlicher für
die zu schützenden Personen. Einen der richtig Großen können
sie ja leider nicht fliegen, sonst könnten sie auch direkt,
nonstop, nach Amerika übersetzen."
„Verzeihen sie Sir, aber wie soll ich das machen? Ein kleines
Mädchen durch ein zombieverseuchtes Gebiet zu Schleusen,
wird kein Zuckerschlecken."
„Das habe ich auch nie behauptet", brüllte es mit einem
leichten Echo aus den Lautsprechern. „Besorgen sie sich eben
Hilfe, sie werden doch jemanden finden können, der sie
begleitet. Wenn sie niemanden finden, der Vertrauenswürdig
ist, dann sorgen sie einfach nur dafür, dass derjenige für sie
arbeitet, bis sie seine Hilfe nicht mehr benötigen. Wozu sind
sie Agent, wenn ich ihnen jeden Schritt einzeln vorgeben
muss, tun sie einfach ihre Arbeit und führen sie ihre Befehle
aus, zum Donnerwetter!"
„Jawohl, Sir!", gab er missliebig zur Antwort und hieb auf den
Verbindungsknopf, um diese zu unterbrechen. „Ende und
Aus!", knurrte er noch wütend hinterher, dann hieb er nochmal
mit der Faust gegen einen Pfosten. „Scheiße!" Nun begann er
wütend den Türpfosten mit seinem Schienbein zu traktieren.
Diese Praktik bereitete ihm keine Schmerzen, denn im
Taekwondo hatte er durch Training seine Schienbeine extrem
abgehärtet. Er hatte gelernt, dass viele Angreifer bereits durch
einen kräftigen Tritt gegen das Schienbein stark behindert
werden können, das war sicherer als ein Tritt zwischen die
Beine, bei dem man nicht sicher sein konnte, ob man auch die
Weichteile richtig traf.
Als er sich an dem Türrahmen abreagiert hatte setzte er sich
hin und ließ sich das Gespräch nochmal Revue passieren. Der
General hatte gestutzt, als er ihn auf Broken Border

angesprochen hatte, den Geräuschen nach hatte er seinen
Funker weg geschickt.

„Was wissen sie darüber? Das unterliegt strengster
Geheimhaltung", hatte dieser geantwortet.

„Nicht viel, nur, das das Virus amerikanischen Ursprunges ist
und dass diese Tatsache von Regierungsseite vertuscht
wurde", stellte er seinen Vorgesetzten die Behauptungen
gegenüber, um zu hören, wie er reagierte.

Einen kurzen Augenblick herrschte Ruhe, in denen er sein
Gegenüber leise Atmen hören konnte.

„Es gibt tatsächlich etwas, das vertuscht wurde.
Gerüchteweise hatten die Chinesen das Virus zuerst in
Washington frei gesetzt, es brach also tatsächlich zuerst auf
amerikanischem Boden aus, allerdings wurde diese
Information aus Gründen der nationalen Sicherheit
verheimlicht. Genaueres weiß selbst ich nicht", drückte sein
Vorgesetzter zerknautscht zwischen den Zähnen hervor, ganz
offensichtlich sprach er nicht gerne über dieses Thema.

Jacksons Vorschlag sich mit dem Mädchen hier zu
verschanzen wurde abgelehnt.

Nun musste er einen Plan ausarbeiten.

Brill war bereits in allen Mannschaftsstuben gewesen, doch
allem Anschein nach hatte es die Nerds als aller erstes
erwischt. Alle bisher befragten Soldaten hatten höchstens
Grundkenntnisse im Umgang mit Computern. Ein Soldat wie
Mejers bekam es eben mal, mit Müh und Not hin, einen PC
einzuschalten und ein Spiel zu starten.

Nur die diensttuenden Wachsoldaten und den Sani hatte er
noch nicht befragt.

Er sah Rosa am Ende des Ganges stehen, sie spielte scheinbar
gedankenverloren mit ihrer widerwärtigen Halskette.

Als er grußlos an ihr vorbei gehen wollte, stellte sie sich ihm
in den Weg.

„Du schuldest mir noch was!", bestimmte sie ohne jegliches
Zittern in der Stimme.

Irritiert schaute er sie an. „Ich wüsste nicht, was das sein
sollte."

„Deine Eier, für meine Halskette", antwortete sie und unvermittelt schoss ein Messer auf Brills Hals zu.
In einer reinen Reflexbewegung griff er von innen ihren Arm, drehte sich darunter hindurch und zog die Klinge durch ihre eigene Bewegung in den Körper der Frau, so wie er es in seiner Einzelkämpferausbildung hunderte Male verinnerlicht hatte.
Rosa starrte an sich herab, der Dolch steckte in der Seite ihres Bauches.
Ungerührt aber in Kampfstellung schaute Brill Rosa an, dann entspannte sich seine Körperhaltung wieder. „Nimm das als Anzahlung", sagte er, ging an ihr vorbei und lies die blutende Frau alleine zurück.
„Blödes, nachtragendes Weibervolk", sagte er leise zu sich selbst, als er das Gebäude verlassen hatte.
Es war bereits Dunkel geworden, doch war es immer noch drückend heiß. Der Mond strahlte genügend Licht aus, um sich nicht zu verlaufen.
Als er in die Nähe des Wachgebäudes kam, stürmte ein Körper auf ihn zu. Wie in den guten, alten Filmen hatte die Kreatur die Arme nach vorne gestreckt um ihn zu greifen, sie bewegte sich nur viel schneller als in diesen Streifen. Er lies es dennoch ruhig angehen, da die Kreatur noch ein gutes Stück weg war.
Brill hatte eine alte Uzzi umgehängt, doch für diesen einen Infizierten würde er nur seine Pistole benötigen. Er löste den Verschluss seines Halfters, zog die Waffe heraus und visierte den Heranstürmenden an.
Noch 12 Meter, noch 10, 8, 6 und Schuss!
Doch der erwartete Knall blieb aus, die Abzugsvorrichtung lies sich nicht bestätigen.
`Scheiße, ich habe nicht entsichert, wie kann mir so etwas passieren?´, dachte er noch, dann war sein Gegner heran. Mit schier unmenschlicher Kraft und Aggressivität versuchte der infizierte Soldat nach seinem Gesicht zu schnappen. Brill benötigte beide Hände um ihn davon ab zu halten und obwohl er all seine Kraft und sein Geschick einsetzte um den Anderen zurück zu halten und nicht zu Boden zu gehen, musste er doch

dem Druck Schritt um Schritt zurück weichen. Dann lies er sich nach hinten fallen, zog gleichzeitig einen Fuß an, setze diesen an den Bauch seines Gegenübers und katapultierte ihn über sich hinweg, so dass der Infizierte hart mit dem Rücken auf dem Pflaster aufschlug. Ein noch lebender Gegner wäre benommen liegen geblieben, nicht so die ihn bedrängende Fressmaschine. Wie er selbst sprang sie sofort wieder auf. und stürmte erneut auf ihn zu. Die Zeit reichte gerade eben die Spannvorrichtung seiner Uzzi zurück zu reißen, was die erste Patrone in die Kammer beförderte und dieses mal entsicherte er die Waffe mit dem Daumen, Mikrosekunden bevor er den Abzug durchzog.

Die ersten Geschosse bohrten sich wirkungslos in den Unterkörper des Infizierten. Doch Brill zog die Waffe nach oben und zwei der Kugeln fanden ihren Weg ins Hirn des armen Geschöpfes. Er hatte bereits die Hälfte des Magazins entleert, als der tote Soldat endlich in sich zusammen fiel.

Der Sieger des kleinen Gefechts hielt schwer Atmend den Lauf seiner Waffe auf den Toten und entleerte den Rest der 32 Schuss in dessen Hinterkopf. „Scheißkerl", fluchte er anschließend, als er sich leicht zitternd nach seiner Pistole bückte.

Vorsichtig betrat er das Wachgebäude, es war unverschlossen. „Hej, du hättest bei mir echt einen Stein im Brett, wenn du uns raus lässt, wer weiß, was dann noch läuft mit uns beiden...", säuselte Kelly in der Annahme, dass der Unteroffizier wieder zurück gekommen war.

Sie sah erstaunt auf, als sie Brill sah. „Sag mal, du bist doch einer von den Neuen?! Kannst du uns nicht die Türen öffnen? Wir versauern hier und das obwohl es da draußen so viel Arbeit für uns gäbe, wir haben Schüsse gehört."

Der Soldat betrachtete sich die Inhaftierten. „Kein Problem, die Sache ist schon erledigt und nein, ich glaube nicht dass ich euch raus lasse, eure Inhaftierung war ein Befehl von ganz oben."

„Und wenn ihr da draußen jetzt von einer Horde überrannt werdet? Dann werden wir hier drinnen elendig verrecken!", mischte sich der Feldwebel ein.

„Befehl ist Befehl", zuckte Brill nur teilnahmslos die Schultern. „Und wenn eine Horde kommt, seid ihr da drinnen ja zum Glück sicher auf gehoben."

„Ich stehe im Dienstgrad über ihnen, Soldat!"

„Aber mein Befehl kommt von oberster Stelle, sozusagen ihrem Vorgesetzten."

„In der ZDv 14/3, der Wehrdisziplinarordnung, ist klipp und klar festgelegt, dass eine Anhörung erfolgen muss, bevor ich oder meine Männer inhaftiert werden!" Mollner hatte sehr wohl erkannt, dass er hier einen Mann vor sich hatte, dem das Soldat-sein ins Blut gegeben war. „Des weiteren wurde ich nicht degradiert, ich bin also laut ZDv 37/10 noch immer ihr direkter Vorgesetzter und Befehle ihnen sofort diese Tür zu öffnen!"

Briller überlegte kurz, schüttelte dann aber sachte den Kopf. „Tut mir leid, Herr Feldwebel, aber dann würde ich gegen einen indirekten Befehl des Wachhabenden verstoßen und der steht in der Hierarchie über ihnen und ihrem Befehl. Aber darüber brauchen wir nicht weiter zu diskutieren, ich werde sie nicht heraus lassen." Zähneknirschen gab Kai auf.

„Ich bin wegen etwas anderem hier, kennt sich einer von ihnen mit Computern aus?"

„Ja, ich", meldete sich Kelly. „Früher war ich als Beraterin im IT- Bereich zuständig."

Ohne ein weiteres Wort verließ Briller sie wieder um Bericht zu erstatten.

Kelly sah ihm nach. „Was sollte das jetzt?", fragte sie kopfschüttelnd. An ihren Truppführer gewandt wollte sie wissen: „Kennst du tatsächlich die ganzen Zentralen Dienstvorschriften auswendig? Gibt es ein unnützeres Wissen?"

„Nein, natürlich nicht, die 14/3 ist tatsächlich die Wehrdisziplinarordnung, ich hatte mal ein bisschen Probleme mit einem Vorgesetzten, da habe ich die ausgiebig studiert, die 37/10 regelt die Anzugordnung in der Bundeswehr, aber mir war klar, dass das dieses bornierte Arschloch nicht weiß..."

Flucht nach Amerika

Ein tiefer Seufzer entrann sich aus Kellys Innerstem.
„Was ist los mit dir?", fragte Kai aus der Nachbarzelle.
„Kummer wegen Tom?"
„Ach, nein..., doch auch... In der Welt in der wir jetzt leben ist
es nicht gut, sich emotional zu sehr zu binden, die
Lebenserwartung ist einfach zu kurz. Es war schön mit ihm
solange er da war, jetzt ist es eben vorbei. Nein, ich musste
gerade an meine Omi denken."
„Hat sie den Ausbruch noch erlebt?", wollte ihr Feldwebel
teilnahmsvoll wissen.
„Nur den Anfang", fuhr Kelly fort und holte noch einmal tief
Luft. „Sie wurde bereits sehr früh infiziert." Nach einer kurzen
Pause fuhr sie schwermütig fort: „Weißt du, die Frau hat mich
ganz alleine groß gezogen, hat einfach alles für mich getan.
Mein Pa ist abgehauen, als ich noch ganz klein war, hat meine
Mam einfach mit mir sitzen gelassen, er sei noch nicht reif für
ein Kind, hatte er gesagt. Kurze Zeit später wurde meine
Mutter, als sie mit dem Fahrrad zum Einkaufen war, von
einem Auto erfasst, sie war sofort tot gewesen. Der
Unfallverursacher war stark alkoholisiert gewesen und das
Gericht hatte Verständnis für ihn, da ihn seine Frau hat sitzen
lassen... Er ist mit einer Bewährungsstrafe davon gekommen
und hat den Führerschein für eine Weile abgeben müssen, das
war alles. Dass da eine kleines Kind mehr oder weniger allein
zurückblieb, nur weil dieses Arschloch seinen Kummer ersäuft
hatte, das hat niemanden näher interessiert. Wie dem auch sei,
ich war damals noch sehr klein gewesen und erinnere mich
nicht mehr daran, nur manches mal sehe ich ein unscharfes,
warmes Gesicht in meinen Träumen..." Ein Schluchzen
schüttelte sie. „Ich schweife schon wieder ab, jedenfalls bin
ich bei meiner Omi groß geworden. Sie war immer da
gewesen. Sie hat mit mir zusammen um meine erste Liebe
geweint und sich für mich über mein Abi gefreut. Der beste
und gut herzigste Mensch, den man sich nur vorstellen
kann...", sie wurde von einem weiteren Schluchzer

unterbrochen. „Sie hat wirklich alles für mich getan und als sie dann infiziert war, habe ich es nicht einmal fertig gebracht sie zu erlösen! Verdammt nochmal!" Wütend hieb sie gegen die Wand ihrer kleinen Zelle.

„Es ist immer besonders schwer jemanden den man liebt, vielleicht noch aus der eigenen Familie, zu erlösen...", setze Kai an.

„Das ist es nicht", schrie Kelly. „Ich habe mich nicht einmal getraut zu warten, bis sie ganz tot war! Als sie sich kaum mehr regen konnte, habe ich sie ins Badezimmer geschleppt, sie dort eingeschlossen und bin abgehauen! Ich habe sie alleine Sterben lassen, das war mein Dank an sie..." Ihre tränenschwere Stimme versagte. Als sie sich wieder etwas gefasst hatte fuhr sie leise, fast im Flüsterton fort: „Sie ist wahrscheinlich immer noch in diesem verfickten Badezimmer eingesperrt."

Kai konnte förmlich hören, wie sie sich aufraffte, wieder gerade hinsetzte und mit fester Stimme fragte: „Genug von mir, das ist der Fluch, mit dem ich alleine fertig werden muss. Was ist das Schlimmste, das dir je passiert ist?"

„Da muss ich nicht lange nachdenken. Ganz am Anfang, als noch keiner so recht wusste, was Sache ist, war ich auf einem Einsatz um aufzuräumen. Nicht was du jetzt denkst, ich hatte mich einer grünen Vereinigung angeschlossen und das sollte eine Aktion werden, um die Bevölkerung auf zu rütteln, für die Umwelt und so. Wir wollten einfach den weggeworfenen Müll einsammeln und ihn vor dem Stadtrathaus öffentlich hinschmeißen. Unter einem Strauch fand ich dann eine Plastiktüte, in der sich etwas bewegte. Zuerst dachte ich mir, da wollte jemand Katzenbabys entsorgen. Also nahm ich die Tüte und kippte sie vorsichtig um. Zum Vorschein kamen keine kleinen Kätzchen, sondern ein Säugling. Die Verwesung hatte bei ihm bereits eingesetzt. In meinen schlimmsten Träumen hätte ich mir so etwas nicht vorstellen können. Dieses bläuliche, verschrumpelte Etwas konnte sich nicht einmal fortbewegen. Wie ein lebender Säugling lag es da und strampelte. Und weißt du, was das Schlimmste war?" Ohne eine Antwort abzuwarten fuhr er fort. „Am Schlimmsten war der Schrei! Ein lautloser Schrei! Das kleine Etwas hatte den Mund weit geöffnet, es wollte Schreien, seine Wut; seine Verzweiflung hinaus Brüllen; doch noch nicht einmal das konnte es... Kein einziger Ton drang über seine blauen, ausgefransten Lippen..."

„Und was hast du dann mit dem armen Geschöpf gemacht?", Kelly war entsetzt.

„Mein Verstand konnte das im ersten Moment nicht verarbeiten und aus irgendeinem Instinkt heraus streichelte ich es über die Wange, da hat es das kleine Wesen geschafft mich in den Finger zu beißen. Oh, keine Sorge, da es keine Zähne hatte, konnte es mich nicht infizieren. Die Polizei hat mir später mitgeteilt, dass der Säugling vermutlich von seiner Mutter gleich nach der Geburt in einer Plastiktüte erstickt und entsorgt worden war. Ich vermute, dass die Mutter das Virus bereits in sich trug und das Baby im Mutterleib angesteckt hatte. Das Bild verfolgt mich heute noch, wenn ich die Augen schließe, dann sehe ich...", ein Geräusch im Vorraum ließ ihn aufhorchen.

„Hallo?", rief der Feldwebel als er jemanden kommen hörte.

„Jackson!" Enttäuscht setzte sich Molner wieder auf seine spartanische Pritsche. „Und?", fragte er. „Ein bisschen an unserem Anblick laben?"

„Nein, ich dachte eher daran sie hier heraus zu lassen."

Ungläubig horchte Kai auf.

„Hören sie, Herr Feldwebel, es ist hier nicht mehr sicher. Die Toten dringen bereits bis in die Kaserne vor. Ich bin auf dem Weg hier her über einen toten, infizierten Soldaten gestoßen. Dieser Rick hat die Leitung hier an sich gerissen, dabei bringt er es nicht einmal fertig, für die Sicherheit der Leute zu sorgen. Die Skrupellosesten der Männer sind nun in seiner Führungsriege."

„So etwas hatte ich geahnt", nickte Kai beifällig.

„Sie scheinen mir noch halbwegs vernünftig zu sein, wenn ich ihnen hier heraus helfe, werden sie mich dann unterstützen um hier weg zu kommen?"

Der Feldwebel nickte wieder. „OK und wie würden sie sich das vor stellen?"

„Nicht allzu weit weg von hier gibt es einen kleinen, zivilen
Flugplatz, den Baden Airport. Wir schlagen uns dorthin durch,
chartern eine kleine Maschine und fliegen an die
Atlantikküste. Auf einem Boot ist man wohl relativ sicher vor
den Infizierten und man kann die Lebensmittelrationen mit
frischem Fisch aufstocken."
Molner atmete tief durch, musste aber nicht lange nachdenken,
bevor er Antwort gab. „Der Plan gefällt mir, aber mein
gesamter Trupp geht mit und ich übernehme das Kommando."
„Das Kommando muss natürlich bei mir liegen, sonst kann ich
sie nicht führen. Das mit ihrem Trupp ist in Ordnung, wenn sie
ihren Leuten trauen können. Eigentlich dachte ich sogar daran
noch Zivilisten vom Standort mit zu nehmen."
„Mitnehmen können sie wen sie wollen, doch an der
Befehlsstruktur gibt es nichts zu rütteln, sie können sich gerne
um die Logistik kümmern, aber die militärische Befehlsgewalt
liegt dann alleine bei mir. Sie kennen meine Leute nicht und
wissen nicht, was diese können oder wozu sie eben auch *nicht*
befähigt sind."
„OK, OK, das leuchtet ein, sie sollen die Befehlsgewalt in
allen militärischen Angelegenheiten haben, aber ansonsten
führe ich die Truppe an", lenkte der Amerikaner
beschwichtigend ein.
„Klingt gut, dann machen sie mal die Türen auf", forderte
Molner ihn auf.
„Das geht leider noch nicht, ich muss mich erst noch um die
anderen Mitreisenden kümmern und wenn ich sie jetzt schon
raus lasse, dann gibt es Alarm. Das verstehen sie doch
sicherlich?!"

.....

Ich spielte mit Florice gerade Hope Reiter in unserem
Krankenzimmer, als ein sportlicher Mann kurz klopfte und
ohne Aufforderung eintrat.
„Einen schönen guten Abend wünsche ich ihnen, ich bin

Jackson, John Jackson", sagte er und blieb an der Türe
stehen. „Ich bin so eine Art militärischer Berater hier am
Standort. Wäre es wohl möglich, dass ich kurz mit dem
Mädchen spreche? Alleine?"
Sofort hörte die Kleine auf zu Johlen und umklammerte mich
fest. Ängstlich sah sie mich mit ihren großen Augen an.
„Wie es aussieht nicht", stellte ich trocken fest. Unser
Gegenüber schien die Lage kurz zu überdenken.
„Wie stehen sie zu Herrn Hubner, er wird hier meist nur Rick
genannt?", begann er ohne weitere Umschweife.
„Den kenne ich nicht persönlich, der Sani hat den Namen mal
erwähnt und über ihn gesprochen, soll wohl der neue Boss
hier sein oder so etwas", legte ich dar, ohne auf den Kern der
Frage ein zu gehen.
„Erst seit kurzem, er hat den leitenden Offizier erschossen
und die Führung an sich gerissen. Es ist hier nicht mehr
sicher und ich wollte mich mit einigen der Männer auf
französisch verabschieden."
„Was bedeutet das?", fragte ich verwirrt.
„Ich glaube, das wird in jedem Land anders genannt, sagen
wir einfach, wir hauen ab, solange es möglich ist und sagen
niemandem Adieu."
„Und was haben wir damit zu tun?"
„Es widerstrebt mir, dieses kleine, unschuldige Mädchen bei
diesen Mistkerlen zu lassen. Wer kann schon sagen, was sie
später mit ihr machen werden und es gibt sehr schlimme
Dinge, die diese Grobiane mit einem heranwachsenden
Mädchen tun könnten. Mein Angebot wäre, dass wir das
Mädchen mit nehmen und in Sicherheit bringen." Ob die
Männer dem Kind tatsächlich etwas zuleide tun würden
glaubte Jackson nicht, er trug einfach mal dick auf, allerdings
konnte man es tatsächlich nicht gänzlich ausschließen.
Florice umklammerte mich fester. „Nein, ich will bei dir
bleiben!" Tränen standen jetzt in ihren Augen.
Ich streichelte ihr den Kopf. „Keine Angst, ich habe es dir
Versprochen: Ich lass dich nie mehr alleine!"
„Ihr könntet beide mit kommen", sagte der fremde Mann.
„Wohin geht es denn?", fragte der Sanitäts Soldat, der gerade

in diesem Moment das Zimmer betrat.
„ Wir gehen weg von hier", trötete Florice, jetzt mit einem
Schlag wieder fröhlich. „Komm doch auch mit!"
„Stopp!", herrschte Jackson sie an. „Das muss unter uns
bleiben, ein Geheimnis! Wir können nicht die halbe Kaserne
mit uns nehmen."
„Machen sie sich keine Sorge," beruhigte ihn der Sani, "ich
kann die Klappe halten. Außerdem sitzt mein Feldwebel
gerade im Knast und ich lasse meinen Truppführer nicht im
Stich."
Jackson schaute ihn an. „Dann sind sie sowieso mit von der
Partie, ihr Trupp wird uns sichern, ich habe bereits mit ihrem
Feldwebel gesprochen."
„Oh," kam der überraschte Ausruf des Soldaten, „dann muss
Carla aber auch mit, die Ärztin..."
„Nein! Was soll den das jetzt? Wollen sie nicht gleich einen
Aushang in der Kantine machen?", fragte Jackson genervt.
„Ich komme sowieso nur mit, wenn wir die anderen Kinder
auch mit nehmen", sagte ich.
Der Amerikaner raufte sich die Haare. „Wir haben nur
begrenzt Platz und müssen heimlich vorgehen. Abgesehen
davon wird auch die Flucht nicht ungefährlich werden und ich
vermute, dass die ganz kleinen Kinder hier sicherer
aufgehoben sind."
„Gerade haben sie mir noch erzählt wie gefährlich es hier für
ein Kind ist..."
„Dieses Mädchen ist schon fast eine junge Frau und ich
denke die anderen Kinder sind noch zu jung als dass sie auf
diese Art gefährdet wären."
Irgendwann hatte er mich überredet und wir wurden uns
einig, dass Jackson, wir beide und der Trupp des Feldwebels
das Weite suchen würden und zwar, so schnell es möglich war,
vielleicht schon in dieser oder der nächsten Nacht.

Rache

Jo ging langsam, gemächlichen Schrittes in Richtung des
kleinen, standorteigenen Bauernhofes. Erst zwei Wochen war

es her, doch kam es ihm bereits wie eine kleine Ewigkeit vor. Er hatte ständig dumpfe Schmerzen im Schritt, die in die Bauchdecke weiter liefen, um sich dann langsam sein Rückgrat hinauf zu ziehen und in seinem Nacken zu einem Knoten zu verkrampfen. Auch fühlte er sich ständig wie in einem Wechselbad der Gefühle. Manchmal packte es ihn und er war bereit für das Leben. Ja, sogar für dieses Leben, bereit dafür zu kämpfen. Ein anderes Mal würde er sich am liebsten gleich die Kugel geben. Er war kein Mann mehr, Carla war gerade noch rechtzeitig gekommen und sie hatte es geschafft ihn wieder zusammen zu flicken, nachdem diese blöde Tusse in kastriert hatte, aber seine Eier hatte sie ihm nicht wieder annähen können.

Die Gier nach Rache loderte hell in ihm! Auf die Frau, die ihm das Schlimmste angetan hatte, was ein Mann sich denken konnte. Dabei hatte er nur ein bisschen Sex haben wollen, das Natürlichste auf der Welt. Aber die Gier nach Rache brannte auch für all die Anderen. Alle, die heimlich oder offen über ihn lachten, Schwanzlos hatten ihn einige der Soldaten genannt. Aber noch schlimmer waren die, die ihn mit ihrem falschen, gespielten Beileid überschwemmten... Und am allerschlimmsten waren diejenigen, die einfach so taten, als wäre nichts passiert, allen voran Brill und Rick. Beide hatten nichts getan um ihn zu rächen... Oder dieser blöde Priester, der ihn auf Gottes Wege verwiesen hatte, alles Arschlöcher und er würde sich etwas für sie einfallen lassen...

Ein leises Stöhnen riss ihn aus seinen trüben Gedanken. Eine Soldatin kam auf ihn zu. Von der unteren, linken Gesichtshälfte bis hinunter zu ihrem Hals war ein großes Stück weg gerissen und hing nun lose herum. Er konnte ihr in die offene Luftröhre sehen oder war das die Speiseröhre? Scheiß drauf, vielleicht hatte der Priester ja doch recht, dann war das ein Zeichen Gottes.

Da die Soldatin erst vor sehr kurzer Zeit vom Virus übernommen worden war, fehlte es ihr noch an der Kraft, die der Virus gezielt zu einzelnen Körperteilen steuerte. Als sie heran war, packte Jo sie fest an den Handgelenken und drückte sie gegen die nächste Wand.

Er schaute an ihr herab. „Vor nicht allzu langer Zeit hätte ich dich gleich hier gefickt, jetzt muss dir ein bisschen Pedding reichen", sagte er und presste seinen Mund auf den Ihren. Mit der Spitze seiner Zunge drang er in ihren Mund ein und forschte nach der ihren. Die Soldatin biss zu und schluckte das kleine Stückchen Fleisch gierig hinunter, schnappte nach mehr, doch Jos Kopf war bereits zurück gezuckt.

Ohne einen Schrei von sich sich zu geben antwortete ihr Jo mit einem Faustschlag ins Gesicht und stieß sie zur nächsten Türe hinein. „Da drin bleibst du, bis ich wieder zurück komme, Miststück", nuschelte er lächelnd. Blut füllte seinen Mund.

Ja, seine Rache würde wie eine Offenbarung über diesen ach so sicheren Ort kommen!

Als er am Bauernhof ankam, taumelte er über die Türschwelle und streifte mit seiner blutigen Hand wie zufällig über Franz Hubers Gesicht, der ihn hilfreich stützen wollte.

„Mein Gott, was ist passiert?"

Mittlerweile war Jos T- Shirt mit Blut besudelt, doch die Blutung selbst war fast zum erliegen gekommen. „Ich bin gestolpert und habe mir die Zungenspitze abgebissen", lispelte er und streckte seine leicht geschwollene, runde Zunge heraus.

Franz rief nach seiner Frau. „Erika, komm schnell und bring Verbandszeug mit!"

Als die alte Frau vor dem Verletzten stand begutachtete sie Jo verständnislos. „Kannst du alter Simpel mir mal sagen, was ich da mit dem Verbandszeug anfangen soll, hä?", fragte sie in bäuerlichem Dialekt und winkte mit dem Verbandskasten. „Du hättest ihn gleich nach der Frau Doktor schicken s..."

Weiter kam sie nicht. Jo hatte die alte Frau zu sich heran gezogen und küsste sie. Die Schmerzen, als er ihr seine Zunge in den Mund schob, ließen ihn wieder zurück fahren.

Verdutzt und sprachlos, fast geschockt, schauten ihn die alten Leute an.

„Entschuldigt, ist einfach so mit mir durch gegangen..."

Als sich das alte Ehepaar wieder gefasst hatte, spuckte Erika in ihr Spülbecken aus, doch der metallenen Geschmack würde noch lange in ihrem Mund zurück bleiben.

„Ich denk´, du schwingst jetzt deine Hufe zur Frau Doktor,
dich will ich hier nie mehr seh´n", mit diesen Worten schob
der Bauer ihn grob zur Türe hinaus.

„Ich werde bestimmt auch nie mehr hier her zurück kommen",
erwiderte Jo als er vor ihrer Unterkunft stand, jedoch so leise,
dass ihn das alte Pärchen nicht mehr hören konnte.

„Und nun zum Priester!"

Auf seinem Weg öffnete er noch die Türe zu seiner neuen
Freundin, lies sie jedoch angelehnt, er vertraute darauf, dass
sie später von selbst einen Weg ins Freie finden würde.

Als ihm auf sein Klopfen der Priester die Tür öffnete und
herausschaute, spukte er ihm einen Mund voll blutigen
Speichels ins Gesicht, drehte sich um und lies den verdutzten
Mann einfach wortlos stehen.

Nun zur Ärztin, die seine Eier nicht wieder angenäht hatte,
dann zu Rick und Brill, dachte er sich und hakte in Gedanken
seine To- Do– Ansteck- Liste ab.

Auf halbem Wege erkannte er eine Frau vor sich gehen. Das
könnte diese Rosa sein, fiel ihm auf. Sie lief langsam,
humpelte ein wenig, hielt sich die Seite und war allem
Anschein nach ebenfalls auf dem Weg in den SAN- Bereich.

Ok, dann eben erst diejenige, die ganz oben, in dickem,
schwarzem Edding und doppelt unterstrichen auf seiner Liste
stand.

Er beschleunigte seinen Schritt und holte schnell zu ihr auf.
Als er fast direkt hinter ihr war, erkannte er die große, dunkle
Verfärbung an ihrem Shirt. Sie blutet, freute er sich.

Als Rosa ein leises Kichern hinter sich vernahm, drehte sie
den Kopf in Jos Richtung.

Mit der Faust schlug dieser in genau diesem Augenblick gegen
die nasse Stelle.

Blitze zuckten in Rosas Kopf und sie verschluckte
erschrocken einen Schmerzensschrei während sie leicht
einknickte. Ein weiterer Hieb auf dieselbe Stelle lies sie
vollends auf den Knien zusammen brechen.

„Hallo, Drecksschlampe, endlich sehen wir uns mal wieder
und diesmal sind wir ganz alleine..." Seine geschwollene

Zunge lies ihn etwas Lispeln, doch unterstrich er seine gesäuselten Worte mit einem Tritt, auch diesen in ihre nun wieder stark blutende Seite.

„Geil, ich bin ja doch noch ein Mann! Ich bekomm´ doch glatt wieder `nen Steifen!", freute er sich und setzte mit einem weiteren Tritt nach.

Der aufgekommene schwarze Flimmer in Rosas Gesichtsfeld wurde immer dichter. Das Atmen viel ihr schwer, überall in ihr war nur noch der Schmerz, der sich Sternförmig von ihrer Seite her ausbreitete. Unfähig sich zu wehren hatte sie sich instinktiv zu einer Kugel zusammengerollt und versuchte mit ihren Händen die empfindliche Körperseite zu schützen.

Ihr Peiniger stand da, atmete tief durch und genoss das Glücksgefühl, das seinen Körper durchströmte. Dann beugte er sich zu ihr hinab, riss ihren Kopf an den Haaren zurück und schaute ihr direkt ins Gesicht. „Am liebsten würde ich dir den Hals aufschlitzen, aber das ist zu gut für dich. Ich werde dir sagen, was mit dir passieren wird, erst werde ich dir kleine Stücke aus deinem vergammelten Fleisch schneiden und dir Hände und Beine abtrennen, dann werde ich dich infizieren, so dass du, nachdem du langsam verreckt bist, als völlig hilfloser Untoter dein Dasein fristen wirst..."

Rosa registrierte, dass Jos Augen unnatürlich groß wurden, sein Körper versteifte sich und er kippte über sie hinweg. Durch einen Tränenschleier des Schmerzes sah sie eine Gestalt dort stehen, wo eben noch ihr Peiniger gestanden hatte. Das musste ein Déjà-vu sein.

„Kannst du dich vor dem Kerl eigentlich auch mal selbst schützen?", hörte sie Eds Stimme durch die Watte in ihrem Kopf und ein verzerrtes Lächeln stahl sich auf ihr Gesicht. Er legte seinen Gehstock, den er als Keule verwendet hatte zur Seite und wälzte den erschlafften Körper von ihr herunter.

„Dich hat mir die Göttin geschickt", presste sie unter Schmerzen hervor. „Warum sonst tauchst du immer dann auf, wenn ich dich am meisten brauche?"

Ohne darauf ein zu gehen stellte er fest: „Du blutest. Hat dir das dieses Arschloch angetan?"

Sie schaute ihre verschmierten Hände an. „Eigentlich ein

anderes, aber auch ein Arschloch, das passt also schon..."
„Wir müssen dich schnellstens zu Carla bringen, da ist schon
`ne Riesenpfütze unter dir."
Kaum hatte Ed ausgesprochen, als sich die Gestalt Jos auf ihn
stürzte. Er hatte sich wieder aufgerappelt und Ed
umklammerte nun Ed, worauf hin sie nun beide zu Boden
stürzten. Ed schrie laut, als Jo sich in seinem Ohr verbiss und
es mit einem kräftigen Ruck seines Kopfes daran riss.
Ein Schauer des Schreckens überlief Ed, als er die unnatürlich
weit aufgerissenen Augen in dem blutverschmierte Gesicht Jos
sah. Einem Berserker gleich begann dieser auf ihn
einzuschlagen, der Wahnsinn hatte Besitz von ihm ergriffen.
Rosa packte nun ihrerseits von hinten Jos Haarschopf und lies
die Klinge ihres Messers tief in dessen Rücken eindringen.
Schnell zog sie es heraus, nur um es erneut im weichen
Fleisch zu versenken. Zweimal traf das Metall auf Widerstand,
doch lies sie sich davon nicht abhalten. Immer wieder stach sie
kraftvoll zu, bis endlich, nach einer gefühlten Ewigkeit, der
erlahmte Körper ihrer Hand entglitt.
Ed wuchtete den schweren Körper von sich und erhob sich
langsam wieder. Da standen sie nun, beide zitternd und ihre
Wunden haltend und sie konnten nicht umhin, sich gegenseitig
auszulachen, denn das restliche Adrenalin suchte sich nun
einen friedlichen Weg.
„Na komm, lassen wir uns verbinden..." Sich gegenseitig
stützend, humpelten sie nun gemeinsam, immer noch wie
kleine Kinder kichernd, zum Sanitätsbereich.

Forschung

Professor Qui- Ti saß über sein Mikroskop gebeugt und drehte das Rad zur optischen Schärfenregulierung immer wieder etwas vor und zurück, in der Hoffnung doch noch etwas zu entdecken, das ihm bisher entgangen war. Sein Gehilfe, der Schreibsoldat Tauner saß über Papiere gebeugt, überflog sie hastig mit dem Finger, setzte hin und wieder eine Markierung und zuckte im Minutentakt mit dem Kopf zur Seite.

Rick trat ohne an zu klopfen ein und schloss die Tür wieder hinter sich. „Hallo, Professor, gibt es Fortschritte?"

Der Angesprochene hielt den Blick weiter in sein Mikroskop gerichtet. „Das hier ist überaus faszinierend..."

Einen Moment wartete Rick ab, wie der Satz weitergehen sollte, dann fragte er nachdrücklich: „*Was* ist faszinierend, Professor?"

„Ach so, ja, entschuldigen sie. Ich habe hier das Blut des Mädchens, ihr Infektionsstatus erreicht eine 6,7!", wieder blickte er in sein Mikroskop.

„Professor! Reden sie bitte Klartext mit mir! Was bedeuten diese Werte?"

„Ach ja, das wissen sie ja vielleicht nicht, der Einfachheit halber hatten wir in unserem Institut den Konfidenzintervall der Infektion auf 2 gesetzt, bei einem Gesamtwert von bis zu 10."

„Soll das heißen, bei 2 beginnt der Infekt oder ist 2 noch Gesund?", fragte Rick leicht resigniert nach. Er würde dem Professor wohl die Würmer einzeln aus der Nase ziehen müssen, verdammte Akademiker...

Der Professor blickte ihn über den Rand seiner Brille hinweg kleinmütig an. „Die meisten Menschen tragen mittlerweile das Virus in sich, aber in so geringen Mengen, dass es sich nicht ausbreiten kann, da ein gesunder Körper sich gegen eine Überpopulation des Virus erfolgreich zur Wehr setzt. Die Probanden werden mit dem Wert bis zu 2 angesetzt und gelten bis dahin als gesund, wobei die Probanden, mit einem Wert von über zwei offiziell als Infiziert eingestuft werden, da das

Virus dann bereits beginnt sich ungehindert im Organismus des Infizierten zu verbreiten. Die Werte können um den Faktor 0,5 variieren, aber spätestens bei drei hat es den Wirtskörper übernommen. Das kann dann weiter gehen bis zur zehn, was dann allerdings selbst den toten Wirt getötet hätte. Das Mädchen, dessen Blut ich hier habe ist mit einem Wert von 5,1 definitiv hochgradig infiziert.

Allerdings gibt es einen klitzekleinen Unterschied zu den Virusinfekten anderer Probanden, denn ihre Viren sind leicht mutiert. Es scheint fast, als wollten diese mutierten Viren ihren Wirt nicht mehr lenken, ganz im Gegenteil, das Mädchen scheint sich, nach diesen Blutwerten zumindest, einer außerordentlich schnellen restitutio ad integrum, also Genesung zu erfreuen."

„Und sie meinen, der Auslöser hierfür kann das Virus gewesen sein?"

„Ich kann mir das anders nicht erklären. Die tiefen Schnitte, die sie im Arm hatte, weisen eine hervorragende epitheliale Wundheilung auf. Es wirkt, als wären sie nur Oberflächig, also in der Epidermis verletzt worden und dort heilt das Gewebe ja bekanntlich schneller. Sie ist bereits jetzt, nach nur wenigen Tagen fast zur Gänze verheilt. Und jetzt das Beste, hier sehen sie", er machte seinen Platz am Mikroskop frei und deutete darauf.

Rick kam der Aufforderung nach betrachtete sich das vergrößerte Bild in der Petrischale.

„Hierauf befindet sich das Blut des Mädchens. Ich gebe jetzt rechts einen Tropfen meines Versuchszombies dazu..." Der Professor hielt kurz inne. „Wissen sie eigentlich, wie schwer es ist einem Infizierten Blut ab zu nehmen? Es durchfließt seinen Körper nicht mehr so wie bei uns, man muss es sozusagen aus ihm heraus kratzen..."

Rick beobachtete wie die vergrößerten Viren des Mädchens die vergrößerten Viren des infektiösen Mannes vereinnahmten und diese gleich darauf wieder frei gaben. Diese wieder frei gegebenen Viren schlossen sich nun den Ersteren an.

„Wow, wir haben hier die Grundlage für ein Heilmittel vor uns." Fassungslos ob dieser neuen Chance für das Leben starrte Rick den Professor ungläubig an.

„Leider bin ich noch nicht so weit. Das M- Virus, so nenne ich
nämlich das Virus des Mädchens, Blobb hat sich den Namen
ausgedacht, denn das M kommt von...“

„Professor! Bitte! Kommen sie zum Punkt!“, unterbrach Rick
dessen abschweifenden Redeschwall.

„Ja, ist ja gut! Also, das Virus M weigert sich ein Impfserum
zu werden. Ich bekomme das einfach nicht hin. Es ist so, als
wäre dieses M- Virus ganz speziell dafür da, nur diesen einen
Wirtskörper zu beschützen.“

„Sagen sie, was sie benötigen, ich werde es ihnen besorgen.“
Ein gellender Schmerzensschrei aus einem anderen Zimmer
unterbrach ihre Unterhaltung.

Rick schnellte sofort auf und rannte los. Das Labor des
Professors war der Einfachheit halber innerhalb der
Krankenstation untergebracht worden.

Wieder waren unterdrückte Schreie zu vernehmen, so als
würde man jemandem den Mund zu halten. Er stieß mit
gezückter Waffe die Tür zu dem Raum auf hinter dem er ein
Stöhnen vernahm.

Der Mann, dessen Schreie durch die Räume gehalt hatten, war
auf einer Liege fixiert, ein Soldat in weißem Kittel und einer
Plastikschürze versuchte dessen Kopf und Brustbereich ruhig
zu halten indem er sich fast auf ihn drauf legte. Ein weiterer
Soldat versuchte das Blut auf zu tupfen das aus einer frischen
Wunde aus dem seitlichen Unterbauch austrat. Darüber
gebeugt stand Carla, ein Skalpell in der Hand. „Halten sie mit
fest oder verschwinden sie!“, befahl sie, ohne zu ihm hinüber
zu blicken.

Rick legte seine Waffe auf dem metallenen Beistelltisch bei
der Tür ab und legte sich mit dem Gewicht seines Oberkörpers
über die Füße des sich Windenden.

„Ich muss ihm den Appendix entfernen und um so mehr der
junge Mann zappelt, desto länger wird es dauern, abgesehen
davon besteht dann eine erhöhte Gefahr, dass ich seinen Colon
verletze.“

„OK,“ antwortete Rick vor Anstrengung keuchend, „sein
Blinddarm muss also entfernt werden, aber warum bekommt

er keine Anästhesie? Kannst du den Mann etwa nicht leiden?"
„Rede keinen Stuss!", fuhr sie ihn gereizt an, nachdem sie
erkannt hatte, wer herein gekommen war. „Wir haben keine
Narkotika mehr und alles was ich ihm geben konnte waren ein
paar Paracetamol. Siebzehnhundertnochirgendwas," fuhr sie
fort, „wurde diese Operation das erste mal durch geführt.
Damals gab es auch keine Narkotika. Wahrscheinlich wurde
zu der Zeit noch mit Alkohol betäubt, das sollte ich vielleicht
auch wieder einführen.
Gott sei dank, er ist bewusstlos", stellte sie erleichtert fest, als
der Körper ihres Patienten erschlaffte.
„HÖRT AUF DAMIT!", schrie es von der Tür her. Dort stand
der Schreibzimmersoldat, der Gefreite Tauner und richtete
Ricks Pistole auf sie. „Ich halte das nicht mehr aus!" Seine
Hände zitterten und er versuchte mit seinem Blick nicht den
Patienten zu streifen, während sein Kopf immer wieder zur
Seite zuckte.
„Hören sie zu, Soldat", beschwichtigte ihn Rick. „Wir tun das
nur um ihrem Kameraden zu helfen, er ist sehr krank."
Während er das sagte, ging er langsam, mit leicht erhobenen
Händen auf den Soldaten zu. „Die Frau Doktor weiß sehr
genau, was sie tut und sie muss nun weiter machen, sonst wird
der arme Mann sterben, das wollen sie doch sicherlich
nicht!?" Nun war Rick an dem Soldaten heran, griff ganz
langsam nach seiner Pistole und nahm sie dem willigen
Soldaten aus den Händen. Dann drückte er den Schluchzenden
vorsichtig nach draußen. „Ich bring sie zurück zum Professor
und wenn sie das nächste mal eine Waffe benutzen wollen,
entsichern sie diese vorher", sprach er weiterhin in
beruhigendem Tonfall auf ihn ein. Das zurück gebliebene
Operationsteam fuhr mit seiner Arbeit fort, die
Bewusstlosigkeit ihres Patienten ausnutzend.

Der Professor war inzwischen im Nachbarzimmer, bei dem
umgewandelten Frank, seinem *Versuchszombie*, als Rick
wieder zu ihm kam.
Frank war auf einer Liege fixiert und mit Panzertape war sein
Mund zu geklebt worden. Er machte allerdings sowieso

keinerlei Anstalten sie beißen zu wollen, allem Anschein nach erkannte er auf irgendeine Art und Weise die Sinnlosigkeit seines Tuns. An beiden Armen fehlten längliche Stücke seines Fleisches.

„Es ist bemerkenswert. Es scheint so, als hätte er akzeptiert, dass er uns nicht beißen kann. Er hat auch keinerlei Schmerzempfinden mehr, schauen sie..." Bekleidet mit langen Schutzhandschuhen, die bis zu den Ellenbogen reichten, einer Brille und einer Gesichtsmaske sah er aus, als wäre er aus einem B- Movie entsprungen. Mit einem Werkzeug, das aussah als könnte man damit Melonenbällchen ausschneiden, stand er auf der anderen Seite des Infizierten, setze diesen Melonenschneider an und schnitt einen langen streifen Fleisch aus Franks Arm. Dieser zuckte noch nicht einmal.

„Oh," sagte der Professor, als er Ricks skeptischen Blick gewahrte, „ich mache das nicht zum Spaß. Erinnern sie sich noch, dass ich ihnen vorhin sagte, ich müsste das Blut aus dem Infizierten heraus kratzen? Das war wörtlich gemeint, es ist einfach zu sehr eingedickt.

Ich habe auch ausprobiert ihm das Blut des Mädchens direkt zu injizieren, aber ohne Ergebnis, in dem fremden Körper wirkt das M- Virus nicht mehr so wie bei ihr."

Wieder zurück in seinem Labor fuhr er mit seinem Bericht fort: „Ich habe, wie sie es angeordnet hatten, das Blut aller Personen hier in der Kaserne untersucht. Alle liegen mehr oder weniger unter der Zwei, bis auf einen..." Er hielt eine spannungsgeladene Pause und sah Rick aufgeregt an. Dieser zog nur die Augenbrauen hoch und blickte ihn von unten herab fragend an.

„Ein Mann hier hat ein Ergebnis von...? Na, raten sie..."

„Jetzt reden sie schon, Mann!", fuhr ihn Rick an, er hatte diese Kindereien so satt!

„Von 9! Und zwar dieser andere Mann hier in der Krankenstation. Ich weiß nicht, wie dieser Mann überhaupt noch leben kann, egal ob lebend oder tot."

Rick sprang auf. „Sind sie sich sicher? Ist jeglicher Zweifel ausgeschlossen?"

„Ich habe ihm drei mal Blut genommen, von links und von

rechts und die Ergebnisse mehrfach überprüft, es gibt keinen Zweifel, dieser Mann ist hochgradig infiziert, aber immun." Nun fielen ihm auch wieder die Geschichten des Mädchens ein, aus der Zeit, nachdem sie vom Bauernhof geflüchtet war und bevor sie von diesem Irren gekidnappt worden war. Dieser Mann musste bereits vor seinem Eintreffen hier mit dem Mädchen zusammen gewesen sein. Er war der lebende Zombie aus den Geschichten!

Reinigung

Brill machte ein betretenes Gesicht.
„Hier läuft alles drunter und drüber; alles bricht zusammen! Unter deiner Führung haben die Männer null Disziplin mehr, entweder du bekommst das so schnell als möglich in den Griff oder ich suche mir einen neuen Adjutanten!" Ricks Halsadern waren angeschwollen und pochten. „Und jetzt sieh zu, dass du alle Infizierte im gesamten Kasernenbereich beseitigt bekommst! Und wenn du deine Männer dafür eingeteilt hast, nimmst du dir zwei weitere Männer und begleitest mich zur Wache, den Wachhabenden werde ich mir persönlich vor knöpfen."
Keine 30 Minuten später befanden sie sich bereits in dem kleinen Vorraum der Wache. Zwei Soldaten hielten den diensttuenden Unteroffizier an Armen und Schultern fest, Brill stand daneben und drückte dessen Hand auf den Tisch.
„Hören sie doch, Rick...", stammelte der Unteroffizier ängstlich.
„Nein, genug der Ausflüchte! Sie haben gefehlt! Ihre Aufgabe war es für Sicherheit in der Kaserne zu sorgen, doch das haben sie nicht getan... Und wer einen Fehler begeht, der muss auch

dafür gerade stehen, außerdem kann ich solch ein Versagen nicht straflos hin nehmen", schrie er ihn an.

Wieder etwas ruhiger sagte er: „Denken sie sich einfach, sie seien ein alter Samurai oder bei der Jakuza." Mit diesen Worten zog Rick ein Bowiemesser aus seinem Gürtel. Es war ein sehr schönes Messer, mit echtem Horngriff und eingeätzen, trivialen Verzierungen auf der Klinge, die eine beachtlichen Länge von fast 30 Zentimetern aufwies. Der Festgehaltene hatte für die Schönheit dieser Waffe allerdings keinen Blick, seine aufgerissenen Augen sahen nur das blitzende, geschwungene Metall, das Rick gerade am Ansatz seines kleinen Fingers der rechten Hand ansetzte. Das Messer war in ungezählten Stunden so scharf geschliffen worden, dass dieses leichte Ansetzen bereits seine Haut verletzte und ein dicker Tropfen Blut hervor quoll.

Briller sah unbeteiligt zu.

„Ich könnte jetzt sagen, dass mir das mehr schmerzt als ihnen, aber das wäre natürlich nur eine Phrase", sagte Rick, als er sein Messer bedacht langsam herunterdrückte und die scharfe Klinge mit einem knirschenden Geräusch den Knorpel des Fingergelenkes durchtrennte.

Unter das Schreien des Unteroffiziers mischte sich ein Erschreckensschrei von der Türe her.

Carla hielt beide Hände vor ihren Mund um den Schrei erfolglos zu ersticken.

Rick schaute auf sie, dann auf das Messer und wieder zurück.

„Es ist nicht so wie du es dir jetzt denkst, ich musste ein Exempel statuieren, sonst werden uns die Soldaten bald auf der Nase herum tanzen...", suchte er nach einer flüchtigen Entschuldigung seines Tuns.

Eine weitere Schrecksekunde später hatte sich Carla wieder gefasst und besann sich ihrer Ausbildung. Schnell eilte sie zu dem blutenden Mann um seine Wunde zu versorgen, er hielt seine verletzte Hand fest mit der gesunden umklammert. Die Wächter hatten ihn wieder los gelassen und beobachteten breit grinsend das weitere Geschehen.

„Lassen sie mich sehen." Als Carla nach der Hand des Verletzten griff stieß sie der Mann unsanft zurück und rannte an ihr vorbei nach draußen.

Nun endlich begegneten sich Carlas und Ricks Blicke.

Fassungslos rang sie nach Worten. „Bitte versteh doch", sagte Rick und nahm sie sanft bei den Schultern. „Manchmal muss man hart zu sich und anderen sein um führen zu können."

„Lass mich!" Angewidert streifte sie seine Hand ab. „Du..., du Monster!"

Langsam wich sie rückwärts gehend zur Tür.

„Was wolltest du überhaupt hier?", fragte Rick.

„Nach den Inhaftierten sehen, jedem Gefangenen steht vor Haftantritt eine ärztliche Untersuchung zu. Da wusste ich aber noch nicht, dass du hier jetzt Herrscher und Gottheit in einer Person bist!", giftete sie.

„Jetzt beruhige dich mal langsam wieder, in ein paar Tagen wirst du das verstehen."

„So etwas werde ich nie verstehen und in ein paar Tagen bin ich von hier verschwunden! Wir sind fertig mit einander!", brüllte sie ihm entgegen und rannte davon.

„Carla! So warte doch!"

Wütend hieb er mit seinem Messer auf den immer noch auf dem Tisch liegenden blutigen Finger ein.

„Hört auf so blöde zu Grinsen!", buffte er den beiden Soldaten zu. An Brill gewandt sagte er: „Ich will dass die Frau Doktor beobachtet wird, rund um die Uhr! Und sollte sie tatsächlich versuchen unserer *Gastfreundschaft* zu entfliehen, dann möchte ich, dass sie zu mir gebracht wird, notfalls mit Gewalt! *Niemand* setzt sich ohne meine Erlaubnis ab!"

Als Rick wieder etwas Ruhe gefunden hatte, studierte er sein weiteres Vorgehen. Die Kaserne musste unbedingt sicherer werden. In nur einer Nacht hatten fünf Soldaten und Jo ihre Leben verloren, dazu wurde noch einer vermisst.

Carla saß mit ihrer alten Gruppe bei einem späten Frühstück zusammen und erzählte ihr Erlebnis. Übernachtet hatte sie in einem ihrer Krankenbetten, zu Rick hatte sie in dieser Nacht nicht mehr zurück gewollt.

„Nein, ich kann hier nicht bleiben", flüsterte sie.

„Und die ganzen Leute hier, die ärztliche Unterstützung

benötigen?", fragte Ed, der einen dicken Verband um seinen Kopf trug, sein Ohr war nur zur Hälfte abgetrennt gewesen, doch die Ärztin hatte nichts anderes für ihn tun können, als die Fransen zu glätten und zu vernähen.

„Die Männer die das mit angesehen hatten, haben gegrinst! Und außerdem, alle hier Arbeiten doch für ihn, freiwillig! Haben die meine Hilfe verdient? "

„Und wenn ihr diesen Rick einfach absetzt?" Unbemerkt war Jackson an ihren Tisch heran getreten. „Er wird nicht auf sie verzichten wollen, Frau Doktor", fuhr er fort.

„Rebellion?", fragte Xuo skeptisch.

„So würde ich das nicht nennen, er hat sich schließlich selbst an die Führungsspitze gestellt."

„Und zwar durch einen blutigen Putsch. Er ist der Diktator, den wir zu stürzen haben", brachte Jessica Begeisterung auf.

„Nein," unterbrach sie Carla, „ich möchte trotz allem niemanden verletzten."

„Man könnte Kollateralschaden vermeiden indem man nur ihn bekämpft, ihn absetzen, wenn er alleine ist", behielt Jackson den Gedanken bei. „Ein schnelles Messer in der Nacht...", den Rest des Satzes lies er unausgesprochen in der Luft hängen.

„Also ohne mich", sperrte sich Bruno. „Ich vergesse nicht, dass er mir auf der Farm das Leben gerettet hat. Außerdem komme ich mit den Soldaten hier ganz gut aus."

Rosa drehte versonnen die Anhänger ihrer Kette zwischen den Fingern. „Ich bin dabei! Seine Eier kann ich gut meiner Sammlung beifügen."

Rosa!", rief Carla pikiert aus. Angewidert blickte sie auf die Halskette. „Sind das mehr geworden?"

Mit einem süffisanten Lächeln nickte sie leicht. „Ich hatte gestern Abend noch eine Begegnung mit einem von Ricks Männern. Der war doch tatsächlich der Meinung, dass mich seine Pistole am Kopf in irgendeiner Weise seinen Anliegen geneigt machen würde. Keine Angst, den findet niemand, aber kuck", sagte sie und hielt ihr einen der Anhängsel näher hin, „man sieht sogar noch die Blauverfärbung ein bisschen."

„Rosa!", wiederholte sich die Ärztin nun noch entsetzter. „Wir müssen uns unbedingt mal über deinen Gemütszustand unterhalten. Ohne dir nahetreten zu wollen, ich denke du hast eine – ganz leichte - psychotische Störung." An Jackson gewandt nahm sie ihr Thema wieder auf: „Ich werde bei so etwas auf keinen Fall mit machen!"

Jackson blickte in den Raum. „Ich glaube, an dem Tisch dort, hat man sie gerade gerufen", sagte er zu Bruno. Dieser drehte sich um und winkte zu besagtem Tisch hinüber. Die Männer dort winkten zurück und hielten eine Flasche Hochprozentiges in die Höhe.

„Ich glaube, ich werde dort drüben gebraucht", entschuldigte er sich grinsend, stand auf und wechselte zu dem anderen Tisch hinüber, wo er mit lautem Gegröle begrüßt wurde.

„Allem Anschein nach kommt er tatsächlich gut mit Ricks Leuten aus", bemerkte Jessica Kopf schüttelnd.

„Ich bevorzuge da eher einen aromatischen Kaffee zum Frühstück", sagte Carla.

Ed verzog das Gesicht. „Diese Plörre würde ich nicht unbedingt Kaffee nennen, aber alle mal besser als ´ne Buddel Schnaps am frühen Morgen."

Jackson setzte sich unaufgefordert auf den leer gewordenen Stuhl und beugte sich verschwörerisch über den Tisch. „Ich denke nicht, dass es irgend jemandem gut tut noch länger hier zu bleiben. Ihr scheint mir anständige Leute zu sein. Was würdet ihr davon halten, wenn wir gemeinsam flüchten? Allerdings ohne diesen Typen, der passt besser zu den Anderen hier." Er lies ein leichtes Nicken in Richtung des grölenden Tisches folgen, an dem Bruno gerade einen Doppelshot erhielt.

„Haben sie schon genauere Pläne?", lenkte Carla ein.

„Ja, diese werde ich euch aber erst mitteilen, wenn ich eine entsprechende Zusage von euch erhalten habe."

„Wir würden das gerne unter uns besprechen, wenn sie nichts dagegen haben..."

„Kein Problem", gab er zurück, erhob sich und wendete sich den alten Bildern an den Wänden zu.

Es handelte sich zum größten Teil um Bilder von Soldaten, bei der Ausübung ihrer verschiedensten Tätigkeiten. Einmal ein stolzer Truppführer vor seinem Fahrzeug, ein anderes mal ein

getarnter Soldat in einer Schützenmulde. Manche Fotos
zeigten Luftaufnahmen der Kaserne. Ein großes Porträtfoto
zeigte vermutlich den letzten amtierenden General, ein
Spaßvogel hatte ihm mit schwarzem Edding einen Schnurrbart
und Brille gemalt, fast wie in den alten Zeichentrickfilmen.
Eines aber hatten alle Bilder gemeinsam: Sie waren aus einer
besseren, aber nun vergangenen Zeit.
„Ich glaube", begann Jessica, „alles ist besser als hier zu
bleiben und wenn der Typ sogar schon einen Plan hat, um so
besser."
„Ich fühle mich zwar noch ein bisschen schummrig, aber
wenn wir nicht zu Fuß los müssen bin ich dabei", sagte Ed.
„Meine Seite zieht noch etwas, wegen dem Stich, aber wie Ed
schon gesagt hat, wenn wir nicht laufen müssen sehe ich da
keine Probleme."
Xuo und Jessica beschränkten sich auf ein zustimmendes
Nicken.
Auf ihren Wink kam Jackson wieder an ihren Tisch.
„Nun, Mister Jackson, dann seinen sie doch so freundlich und
weihen sie uns in ihre Pläne ein."

Ärger

„Wann bekommen wir endlich etwas zu Essen, du
Scheißkerl", brüllte der Feldwebel, als er hörte, dass die
Eingangstüre wieder ins Schloss fiel.
„Ist zwar eigentlich nicht meine Aufgabe, aber ich bringe
gerne das nächste mal etwas für sie mit", erwiderte Jackson
lächelnd, als er die hinteren Zellenräume betrat.
„´tschuldigen sie. Ich dachte das wäre dieses miese

Unteroffiziersarschloch."

„Ein Epa- Mittagessen und ´ne Packung Panzerplatten hat gestern jeder von uns bekommen, seitdem nichts mehr", meldete sich Kelly aus der Nachbarzelle. „Lassen sie uns jetzt endlich hier raus?"

„Leider noch nicht, erst müssen die Vorbereitungen abgeschlossen sein. Unsere Gruppe hat sich etwas Vergrößert, auf 14 Personen."

Kai nickte kurz und überlegte. „Acht Personen passen in einen Spürpanzer, plus der Fahrer und der Fahrzeugführer. Wir könnten auch zehn Leute hinten rein quetschen, das wird dann schön kuschelig, aber zwölf, das wird ein wenig enger als in einer Sardinenbüchse."

„Dann müssen wir entweder Sitze außerhalb anbauen oder, was natürlich sinnvoller wäre, wir fahren mit zwei Fahrzeugen", teilte Jackson lächelnd mit.

„Zwei von den Spürpanzern benötigen doppelt so viel Sprit. Auf der Straße sind das fast 50 Liter auf 100km", wendete Kai skeptisch ein.

„So weit zu fahren hatte ich nicht geplant, denn mein Plan sieht vor, uns bis zum Baden Airport durch zu schlagen, das sind etwa 70 km, von dort aus können wir ein Flugzeug nehmen, in Richtung Küste fliegen und uns ein gemütliches, sicheres Boot suchen.

Ich bin im Besitz aller internationaler PPLs, das sind die privat Pilotenscheine, damit darf ich Aeroplane bis 2000 Kg und maximal 6 Personen fliegen, mit größeren Flugzeugen werde ich aber auch keine Probleme haben, solange es keine 747 ist."

Der Feldwebel überdachte den geschilderten Plan. „Hört sich gar nicht schlecht an, ich kann den zweiten Fuchs steuern. Meine Kenntnisse sind zwar ein bisschen eingerostet aber ich habe die Dienstfahrerlaubnis G und darf den Spürpanzer sogar ganz offiziell fahren", führte er aus um ebenfalls mit seinem Führerschein etwas anzugeben, obwohl er einen Flugschein damit sicherlich nicht toppen konnte.

Kelly meldete sich zu Wort: „Einen Haken hat dieser Plan aber noch. Ich werde auf gar keinen Fall in ein Flugzeug einsteigen, oh nein, vergesst es!", sagte sie bestimmt.

Verwundert sah Jackson zu ihrer verschlossenen Tür. „Wollen sie sich lieber von den Untoten fressen lassen?"

„Wenn es sein muss, ja! Ich kann euch gerne bis nach Baden begleiten, dort werde ich allerdings meinen Weg auf dem Boden fort setzen."

„Das kommt gar nicht in Frage", brauste Kai auf. „Unser Trupp bleibt auf jeden Fall zusammen! Du wirst dich mal für zwei Stunden zusammen reisen können, sonst hast du doch auch vor nichts Angst."

„Außer vor Höhe und Flugzeugen. Ich habe schon Bammel im dritten Stock. Um gegen meine Höhenangst an zu kämpfen, hatte ich mich gleich zu Beginn meiner BW- Zeit zu einer springenden Einheit einteilen lassen. Von wegen man soll sich seiner Angst stellen und so. Während des Springerlehrgangs, wo man als Falschirmspringer ausgebildet wird, musste ich auch auf den Sprungturm, um das verlassen des Flugzeuges zu simulieren, der ist gerade mal 12 Meter hoch. Zu dritt mussten sie mich von den Haltegriffen da oben los reisen um mich wieder die Treppen hinunter zu schleppen. Ich wurde dann noch am selben Tag in Schimpf und Schande in meine Heimatkaserne zurück geschickt und war eine Woche später hier bei euch. Nein, ich steige in keine Flugmaschine!"

„OK," lenkte Jackson ein, „wir werden eine Lösung finden." Eigentlich war das eine glückliche Fügung für ihn, da er nie geplant hatte, die Soldaten im Flugzeug mit zu nehmen, was er aber lieber nicht laut aussprach. „Eine Frage habe ich dann aber noch, bevor ich die weiteren Vorbereitungen treffe und zusehe, ob ich ihnen nicht etwas zu Essen besorgen kann."

„Ja?"

„Was sind Panzerplatten?"

Kai musste laut los lachen ob dieser Frage. „Das sind die original Bundeswehrkekse. Furchtbar trocken und so hart, dass sie sich daraus auch eine Kugelsichere Weste basteln könnten, wenn sie Löcher hinein bekämen. Die halten sich sicher auch ohne Verpackung mehrere Jahre, weil sich selbst die Bakterien daran die Zähne ausbeißen würden."

Verdammt noch mal, er war ein Soldat wie alle anderen hier

und nur wegen der Herkunft seiner Eltern und seines Glaubens
wurde er als Kameltreiber beschimpft und für alle Arten der
Drecksarbeit eingeteilt.
Nur weil der hohe Herr frische Milch in seinen Kaffee mochte,
musste Ahmed jetzt zu den Hubers am Sportplatz runter
laufen.
Für Erika und Franz Huber war extra am Sportplatz, der jetzt
mit seinem hohen Gras als Weide diente, eine einfache
Holzbaracke errichtet worden, damit sie nahe bei ihrem Vieh
sein konnten. Sie hielten, außer der Kuh, die, aufgrund eines
alten Fernsehsketches, von ihnen Elsa genannt wurde,
außerdem noch zwei Graue Riesen, das war eine große,
vollfleischige Hasenart und acht Hühner, leider ohne Hahn.
Diesen Streitlustigen Schreihals hatte es schon sehr früh
erwischt. Nicht durch Untote, sondern durch das
Schlachterbeil, er hatte einfach zu oft, zu laut gekräht. Sogar
kleine Ackerflächen mit Kartoffeln, Zwiebeln und Möhren
hatten sie sich eingerichtet. Als Franz Huber Anfang April eine
Ladung Kartoffeln für die Aussaht haben wollte, gab es es viel
Geschrei und Gezeter, denn es handelte sich um die letzten
frischen Kartoffeln und die Mannschaften wollten sie lieber
frisch essen als sie an jemanden ab zu geben, der sie in der
Erde verbuddeln wollte. Der Kasernenkommandant war der
Einzige, der den nötigen Weitblick hatte und die Kartoffeln
abgab. Der Bauer hatte sie geviertelt und in Pflanzschalen
heran gezogen, dann hatte er sie ausgesetzt. Die Pflanzen
gingen schön ins Kraut und wuchsen und gediehen und in
etwa vier Wochen würde er die erste Ernte einholen können,
dann würde es frische Kartoffeln für alle geben. Er könnte
auch jetzt schon mit der Ernte beginnen, doch wenn er bis
Mitte September wartete würden die Knollen deutlich größer
sein.
Von weitem hörte Ahmad bereits das Muhen der Kuh.
Gackernd flatterte eines der Hühner zur Seite, als er im
Vorbeigehen wütend nach ihm trat. Da die Hubers zu dieser
Jahreszeit oft bis spät in die Nacht arbeiteten, schaute er zuerst
auf dem großen Platz und hinter dem Häuschen nach ihnen.
Da er dort niemanden ausmachen konnte, klopfte er an die

Barackentür.

Als keine Antwort kam, drückte er die Klinke herunter. Die Tür lies sich öffnen.

Eintretend rief er in die Unterkunft der Beiden. „Erika? Fraaaaanz?", zog er den Namen des Bauern in die Länge.

„Seid ihr da?" Ahmed zog die Türe nur ein wenig zurück. „Ich glaube die Kuh muss gemolken werden, sie brüllt und ich soll Milch holen", verwundert öffnete er die Zwischentür zum Schlafzimmer der Beiden.

Erika war zu Hause und biss im selben Moment, da er es in den Raum streckte, in sein Gesicht, riss ein großes Stück aus seiner Wange und wollte sofort wieder zuschnappen. Ein Schrei entrann sich dem Soldaten, als er mit aller Kraft die ihn Angreifende zurück stieß. In dem Moment, als er seine Arme durch den Stoß nach vorne streckte, klammerte Franz sich an einen davon und verbiss sich darin.

Glühend rann der Schmerz durch seinen Arm. Er schlug auf den Bauer ein, doch interessierten diesen die Schläge nicht. Die Frau war wieder heran und biss in den gleichen Arm wie ihr Mann. Die Arme waren eine der Stellen, die am stärksten vor Leben leuchteten, da Ahmed nur ein kurzärmeliges T -Shirt trug. Nun war es der Soldat selbst, der sich durch seine heftigen Abwehrbewegungen die Fleischstücke aus den Armen heraus riss, doch spürte er durch das Adrenalin, das gerade in Strömen durch seinen Körper drang keine Schmerzen mehr und so rangen die drei Gestalten in einem immer größer werdendem See aus Blut, bis der See groß genug war, dass die Gegenwehr des Mannes endlich erlahmte. Als seine Lebenskraft nicht mehr leuchtete und lockte, ließen die beiden Gestalten, die einmal ein altes, harmonisches Pärchen gewesen waren, von ihrem Tun ab.

Keine Stunde später erhob sich ihr Opfer, in blaues Leuchten gehüllt, das kein Mensch wahrnehmen konnte und ging zur nicht verschlossenen Türe. Mit einem Arm, an dessen Unterarm die Knochen weislich hervor schimmerten stieß er sie auf und verließ die Baracke. Ein lautes Muhen hatte seine Aufmerksamkeit erregt und zwei alte Untote folgten ihm.

„Brill!", rief Rick

"Ja, Chef?" Das Gesicht des Gerufenen lugte zur Tür herein.

Rick hielt kurz irritiert inne. Nach kurzem Überlegen fiel ihm auf, was anders war: Ganz plötzlich war es Still geworden. Die blöde Kuh hatte endlich aufgehört zu muhen. Er fasste sich wieder. „Schick zwei Männer los, die nachsehen, wo dieses dumme Kamelgesicht mit unserer Milch bleibt und sie sollen ihm gleich beibringen, dass er meinen Befehlen unverzüglich zu folgen hat! Die alte Führung hier war entschieden zu lasch!"

„Da weiß ich zwei, die den Job liebend gerne übernehmen werden", grinste Brill.

„Und die Männer sollen vorsichtig sein, nach dem, was gestern hier los war, kann man nie wissen", fügte Rick noch hinzu.

Freundlicher wandte er sich wieder seinem Besucher zu.

„Also," nahm er wieder den Faden auf und stockte kurz. „Wie war nochmal ihr Name?"

„Bruno, Boss, alle nennen mich nur Bruno." Der Angesprochene hatte eine Tasse schwarzen Kaffee vor sich stehen und zog sie nun zu sich heran um daran zu nippen.

„Also, Bruno", sagte Rick freundlich, umrundete den Mann und legte freundschaftlich die Hand auf seine Schulter.

„Sie meinen also, dass einige Leute hier planen zu desertieren, um sich meinem Schutz zu entziehen?"

„Ja" ,nickte er eifrig und verschüttete dabei etwas von seinem Kaffee, doch schaffte er es irgendwie, dass dieser nicht über den Rand des Untertellers schwappte. „Sie haben mir angeboten sie zu begleiten."

„Es spricht für ihre Loyalität, dass sie mit diesem Wissen direkt zu mir gekommen sind. Ist ihnen auch bekannt, wer alles mit dabei sein soll und für wann diese Desertion geplant ist?"

„Nicht genau und ich habe natürlich sofort abgelehnt."

„Das war selbstverständlich das einzig Richtige, aber könnten sie mir vielleicht einen Gefallen tun? Es wäre zu ihrem Vorteil." Rick hatte sich zu seinem Gast hinunter gebeugt.

„Klar, mach ich gerne", nickte Bruno.

„Dann finden sie für mich heraus, für wann die Flucht geplant ist, wer die Drahtzieher sind und wer sich alles daran beteiligen möchte."

„Aber wie soll ich das denn machen?"

„Das ist ganz einfach, tun sie so, als wollten sie nun doch mit den anderen die Flucht ergreifen und erstatten mir weiterhin Meldung."

„Endlich hat dieses blöde Vieh aufgehört zu blöken", sagte der Gefreite Rinder zu seinem Kameraden, der ihn begleitete. Rinder und Kallmos waren ausgesandt worden nach diesem Scheiß Mohamed zu schauen und ihm abendländische Kultur ein zu bläuen, so hatte es Brill ihnen zumindest in Auftrag gegeben. Rinder war sowieso schon gereizt, er hatte sich am Vorabend ein Tattoo in die rechte Seite seines Halses stechen lassen. Was heißt Tätowieren lassen? Aus dem Nähzeug ihrer Ausrüstung hatten sie eine Nadel genommen und einen Faden darum gewickelt. Dann hatten sie den Faden in einer alten Tintenpatrone getränkt. Ja, der Oberleutnant hatte tatsächlich noch einen echten, alten Füllfederhalter besessen. Damit war es kein Problem gewesen ihm ein Hakenkreuz zu tätowieren, nur hatte sich der Mist entzündet, war nun geschwollen und juckte ganz erbärmlich.

„Kühe blöken nicht, das machen nur Schafe, das müsstest du doch wissen", grinste der Angesprochene ihn an.

„Was soll das heißen?"

„Na, bei dem Namen..."

Rinder stieß seinen Kameraden empört zur Seite, musste aber selbst Lächeln ob diesem, zumindest in seinen Augen, gelungenen Vergleiches.

Als sie eine Gestalt auf sich zu wanken sahen zückten beide gleichzeitig, wie auf einen geheimen Befehl hin, ihre Pistolen. „Der Herr schickt uns seine Sintflut, um uns zu strafen. Alle Menschen werden von ihr hinweg gespült werden und auch, wenn ihr euch noch so sehr an die Balken klammert, die euer Leben schützen, auch euch wird es in die Tiefen der Schwärze hinab ziehen. Tut Buße, bevor es zu spät ist!" Pastor Böser sah geschwächt und blass aus. Sein Schritt war unsicher und

Schweiß stand auf seiner Stirn.

„He, Pfaffe, da ist kein Wasser, das vom Himmel rinnt",
bemerkte Kallmos, als er seine Pistole wieder in seinen
Oberschenkelholster zurück steckte und nach oben sah.

„Ihr Ahnungslosen seid arm im Geiste und versteht die
Methaforik nicht." Er kam ganz nahe an Rinder heran, dieser
konnte den billigen Messwein in seinem Atem riechen. „Alles
klar, Kallmos, das war kein Wasser, das vom Himmel rann,
das war Wein!" Beide lachten schallend über diesen
gelungenen Witz. Doch der Priester lachte nicht mit.

„Die Toten sind die Flut, sie überschwemmen uns alle und
raffen uns dahin. Ertrinken werden wir in ihnen und in dem
Meer aus Blut, das sie in einer großen Welle mit sich bringen.
Die Infizierten sind der Tsunami Gottes um die degenerierte
Menschheit zu strafen. Soll ich euch von euren Sünden
lossagen, meine Brüder?"

„Sie sollten lieber in die San- Station gehen und sich mal
untersuchen lassen", meinte Rinder, mit nicht mehr ganz so
sicherer Stimme.

„Die Flut kommt! Sie rollt in riesigen Wellen über uns", rief
der Pastor laut, als er sie stehen lies und seinen unbekannten,
doch sicher verwirrten Weg fort setzte.

„Glaubst du, das ist wirklich eine Strafe Gottes?", fragte
Rinder an Kallmos gewandt.

„Ach Quatsch. Ich habe gelesen dass es sich um außerirdische
Sporen handelt, die mit einem Kometen hier gelandet sind."

„Aber wenn der Komet von Gott gesandt wurde, dann handelt
es sich ja doch um eine von Gott geschickte Seuche !? Ich
werde auf jeden Fall meine Beichte ablegen - vorsichtshalber."
Kallmos zuckte mit den Schultern. „Wenn es dich glücklich
macht und du dich dann besser fühlst, schaden kann es wohl
nicht."

Als sie den ehemaligen Sportplatz erreichten, sahen sie warum
das Muhen so abrupt geendet hatte. Die Kuh lag am Boden
und drei Gestalten beugten sich über sie. Die zwei Alten hatten
ihre Gesichter fest auf die Kuh gepresst und hofften dadurch
noch ein wenig Leben zu erbeuten, während der Soldat, den
sie suchten, mit beiden Armen und dem Kopf in die

aufgerissene Bauchhöhle des Tieres eingetaucht war und dort, in den Eingeweiden, nach Resten von Leben suchte.

Das Bauernpärchen entdeckte das frische rot leuchtende Leben der beiden Soldaten zuerst und stürmten ohne Zeit zu vergeuden auf sie zu. Solch eine Geschwindigkeit hätten die beiden in ihrem Alter zu Lebzeiten unmöglich erreichen können.

Kallmos hatte seine Pistole zuerst gezogen. Mit dem Daumen entsicherte er die fertig geladene Waffe und schoss instinktiv auf den Körper der heran stürmenden Gestalten, doch diese zuckten noch nicht einmal, als die Geschosse in Bauch und Brust eindrangen.

„Der Kopf!", schrie Rinder. Er hatte seine P8 ebenfalls bereits in Anschlag und schoss der Frau in die Stirn. Ein leichter Sprühnebel traf den Bauern, der einen Schritt hinter seiner Frau rannte, Sekundenbruchteile bevor diese in sich zusammensackte. Das von dem Kuhkadaver in Blut getauchte Gesicht des Bauern tauchte nun, mit weit aufgerissenem Mund, gefährlich nahe vor Kallmos auf, bevor ein weiterer Schuss seiner Waffe in die Stirn des Mannes eindrang und ihn ebenfalls zu Boden zwang.

Der Lärm der Schüsse hatte den dritten Infizierten aufhorchen lassen. Dieser hechtete nun ebenfalls auf sie zu, dabei zerrte er zerreißende Darmschlingen hinter sich her, die ihre stinkende Last in einer dünnen Spur hinter sich zurück liesen.

Beide Pistolen bellten gleichzeitig und Ahmad brach wie ein Sack in sich zusammen, überschlug sich noch einmal und regte sich nicht mehr.

„Verdammt nochmal, jetzt gibt es kein frische Milch mehr", stellte Kallmos trocken fest.

Und außerdem können wir die nächste Nacht in der Quarantänestation verbringen, wir hatten keine Masken auf...", fluchte Rinder und kratzte sein Tattoo.

Verärgert über ihr eigenes Versäumen gewahrten sie auf dem Rückweg eine Gestalt im Schatten des nächsten Gebäudes. Sofort zogen beide ihre Pistolen, doch als sie näher heran kamen erkannten sie den Priester und steckten ihre Waffen wieder weg.

In einem Anflug von Hilfsbereitschaft legte Rinder die Hand auf dessen Schulter und fragte: "Hej, Pfaffe, sollen wir sie jetzt zur Krankenstation begleiten?"

Der Angesprochene drehte sich um und biss wie ein tollwütiger Hund in die Hand des Soldaten. Ein Stoß ließ den Pastor nach hinten taumeln und stürzen, doch sprang er unnatürlich schnell wieder auf um erneut den Soldaten zu attackieren. Ein Schuss von Kallmos beendete das untote Leben ebenso schnell wieder, wie es entstanden war.

„Scheiße, der Dreckskerl hat mich gebissen!" Verzweifelt umklammerte Rinder sein Handgelenk.

Kallmos betrachtete ihn mitleidvoll. „Tut mir leid, Kumpel. Dann spreche eben ich dich von deinen Sünden frei", sagte er und hob seine Waffe.

„Nein! Das kannst du nicht machen... Wir waren zusammen Saufen und Huren ficken..." Rinder wich erschrocken einen Schritt zurück, stieß gegen eine Wand und hob abwehrend die Hände. Blankes Entsetzen spiegelte sich in seinen Augen wider.

„Eben deswegen", flüsterte Kallmos betroffen, als der Schuss sich löste und die Kugel, begleitet von roten Spritzern und einigen Haaren, in der Wand hinter dem Kopf seines Kameraden einschlug.

.....

Die letzten beiden Tage hatte ich reichlich Besuch, wäre es hier im Krankenzimmer nicht so drückend heiß, wäre mir sicherlich entgangen, dass wir hier in Quarantäne sitzen und im Zimmer bleiben müssen.

Zuerst war da natürlich diese Ärztin, ein recht hübsches Ding, obwohl sie ständig den Eindruck macht, als wäre sie etwas Übernächtigt, was aber auch nicht verwundert, schließlich ist sie der einzige Doktor weit und breit, vielleicht sogar der Letzte auf der ganzen Welt.

Sie hatte mich vor allem über Florice ausgefragt. Natürlich wollte sie auch vieles über das Virus in mir wissen, aber ich bin ja kein Virologe und konnte ihr nur sehr wenig Auskunft darüber geben.

Dann war da dieser Professor, der ganz offensichtlich daran arbeitet ein Gegenmittel zu finden.

Ein ziemlich lustiges Männchen. Entschuldigung, aber ich weiß nicht, wie ich ihn sonst bezeichnen soll. Der Mann steht irgendwie komplett neben sich und man kann nie sicher sein ob er gerade tatsächlich da ist oder ob er sich gerade in einer seiner Parallelwelten aufhält. Abgerundet wird der ganze Eindruck durch sein Aussehen, langes, lichtes und wirres Haar, unsteter Blick und ein viel zu großer Arztkittel.

Er hat versucht heraus zu bekommen, wie das Virus in mir wirkt und vor allem, was es bei mir bewirkt. Ihm konnte ich vieles berichten. Infizierte nehmen ihr Umfeld ganz anders auf als Lebende. Wir filtern Geräusche anders heraus und sehen das Leben auch des Nachts leuchten, bis hin zu einem Zusammengehörigkeitsgefühl, das uns dazu bringt, uns in Schwärmen zu sammeln.

Zum Abschluss seines Besuches hat er mir dann noch gefühlte fünf Liter Blut abgezapft.

Dann war da noch dieser Rick, ein sehr charismatischer Mann, den ich allerdings etwas skeptisch gegenüber stehe, da ich, selbst hier in meiner Abgeschiedenheit, einiges an Negativem über ihn gehört hatte. Außerdem hatte Florice sich versteckt, als sie ihn kommen sah und Kinder sind ja bekanntlich feinfühlig.

Sein Interesse galt in erster Linie meiner Person, wo ich her komme, was ich gearbeitet hatte, was ich bei der heutigen Welt empfinde und was für eine Zukunft ich sehen kann.

Da meine Gedächtnislücken von Tag zu Tag kleiner geworden sind und mittlerweile fast gänzlich verschwanden, konnte ich seine Fragen beantworten und habe es auch gerne getan. Nur das mit der Zukunft, das hat ihm, glaube ich, nicht so gut gefallen. „Eine einsame Insel", hatte ich ihm geantwortet. „Eine kleine Insel mitten im Meer, weit weg von all dem Grauen. Die müsste nicht mal im Süden liegen, ich würde auch eine in Nord- oder Ostsee nehmen."

„Nehmen sie doch England, „hatte er gescherzt, „die haben zur Zeit Wohnfläche frei."

„Nein, die ist zu groß, Mallorca würde ausreichen", konterte ich und ging auf seinen Scherz ein.

Zum Abschluss hat er mir dann noch gesagt, dass ich leider weiterhin in der Quarantänestation bleiben müsste, bis er sicher sein könnte, dass ich nicht mehr ansteckend bin.

Ich habe ihm nicht gesagt, dass der Professor mir bereits erklärt hatte, dass meine Viren zwar dem tödlichen Virus sehr ähnlich waren und es in fremden Organismen auch die Seuche auslöste, aber es sie gleichzeitig auch irgendwie bekämpfte. Außerdem bestand so gut wie keine Gefahr, dass ich andere Ansteckte, ohne direkten Blutkontakt. Aber er blieb bei seinem Quarantänebefehl.

Als letztes kam dann noch dieser Amerikaner und um so länger ich über dieses einprägsame Gespräch nachdenke, desto sicherer bin ich mir, dass er unsere Fahrkarte zur einsamen Insel sein wird.

Erneute Flucht

Erschrocken schoss Kai in die Höhe. Ungewohnte Geräusche hatten ihn aus einem Dämmerschlaf auffahren lassen.

Unwillkürlich musste er lächeln, er hatte einen merkwürdigen Traum gehabt. In einem luftigen Sommerkleidchen, mit großem, buntem Fleckenmuster, war er freudig über eine Blumenwiese gehüpft, die Sonne zeigte ihr strahlendstes Lächeln, die Vöglein zwitscherten - ein perfektes Kitschbild –

also ein Alptraum! Denn er war ein Troll gewesen und für Trolle war diese Heile- Welt- Scheiße das Schlimmste überhaupt. Mord und Totschlag und natürlich Leute fressen, das war das Ding der Trolle.

„Was ist da los?", hörte er Kelly aus der Nachbarzelle fragen. Bevor er ihr antworten konnte, dass er hier genauso festsitze wie sie, ging bereits die Tür auf und Jackson trat ein. Er schüttelte die Finger seiner rechten Hand aus.

„Hat der einen harten Schädel", stellte er fest, als er ihre Zellen öffnete. „Unser Zeitpunkt ist gekommen. Rick ist Stinkesauer. Er hat alle seine Leute mobilisiert um das Gelände der Kaserne zu durchsuchen. Es hat ein paar Zwischenfälle mit Infizierten auf dem Gelände gegeben, sogar die Wachsoldaten hat er dazu abgezogen. Sie beginnen unter seiner direkten Aufsicht im Bereich der Fahrzeuge und arbeiten sich dann im Kreis durch, bis sie wieder hier her zurück kommen, er will endlich das gesamte Gelände sauber haben."

„Wäre es nicht besser gewesen in der Nacht ab zu hauen, wenn alle schlafen und nicht bis an die Zähne bewaffnet sind?"

„Nein, jetzt hatte ich nur diesen einen Soldaten aus zu schalten, der wohl keine Lust hatte die Kaserne nach Untoten zu durchforsten und sich gedrückt hat. Heute Nacht wären es drei Männer gewesen. Des weiteren läuft jetzt niemand zufällig in der Kaserne herum. Wir haben mindestens eine Stunde bevor die Gruppe wieder hier eintrifft. Außerdem steht unser Fluchtfahrzeug abfahrbereit, während die anderen Fahrzeuge alle Platt sind, das gibt uns nochmals eine halbe bis eine Stunde extra. Ich habe noch eine gute und eine schlechte Nachricht für sie. Wir sind nur zwölf Personen und nehmen den Transportpanzer. Die Schlechte: sie müssen fahren, ihr Fahrer ist nicht mehr"; sagte er an Kai gewandt. „Tut mir leid, er war eines der Opfer. Ihr anderer Mann, der dicke Soldat,...", er zögerte, da ihm der Name entfallen war.

„Meyers?"

„Genau, Meyers, der ist bei einem der Suchtrupps, es war zu gefährlich in dort ab zu ziehen, Rick hätte vielleicht bemerkt, dass etwas nicht stimmt. Ich habe Wasser, Waffen und Lebensmittel ins Fahrzeug geladen, aber nur für zwei Tage, wir müssen uns also Sputen." Das alles leierte er herunter während die Drei den Bewusstlosen in einer Zelle eingeschlossen hatten und bereits auf dem Weg in den T- Bereich waren.

„Werden die Soldaten nicht bemerken, dass ihre Reifen platt sind, wenn sie den T- Bereich nach Infizierten durchsuchen?", wollte Kai wissen.

„Keine Angst, ich habe die Verzögerung in Kauf genommen und gewartet, bis alle vorbei waren, erst dann habe ich ein paar Reifen platt gemacht."

„Zwei Leute müssen auf dem Boden sitzen, das wird eng", stellte Kelly fest. „Die werden ganz schön Schläge ab bekommen, die Federung des Panzers ist in den Sitzen verbaut, jede Unebenheit wird direkt über die Bodenwanne weitergegeben."

„Dann muss wohl der mit dem fettesten Arsch auf dem Boden hocken", antwortete ihr der Feldwebel.

Der Amerikaner lächelte. „Das Kind wiegt nicht mehr als 40 Kg, es kann bei jemandem auf dem Schoß sitzen und dem Anderen habe ich sogar ein Kissen mit ein gepackt, das kann er sich dann unter legen."

Ohne Zwischenfälle erreichten sie ihr Fahrzeug, danach beeilten sie sich in den Sanitätsbereich zu kommen, um noch die anderen Flüchtenden auf zu nehmen.

„Letzte Chance, noch können sie sich anders entscheiden und uns begleiten..." Jackson widerstrebte es den Professor hier zu lassen, er hätte ihn gerne mit nach Amerika genommen, wie es sein eigentlicher Auftrag vorsah.

„Nein, Nein. Ich habe hier meinen Bio- Pc", dabei deutete er auf Tauner, sein mathematisches Genie, der offensichtlich gerade dabei war eine neue Unregelmäßigkeit zu entdecken, so aufgeregt wie er über seinen Papieren wirkte. „Und da nebenan liegt mein Versuchs- Infi", nun deutete er mit dem Daumen hinter sich. In einem der Räume in dieser Richtung war Frank an seinem Bett festgebunden. „Blut von den beiden

Probanden habe ich auch genügend. Warum sollte ich fort wollen?"

„Also gut, Professor, dann wünsche ich ihnen von ganzem Herzen alles Gute und viel Erfolg bei ihrer Arbeit", sagte er und schüttelte zum Abschied die Hand Qui- Tis, dann drehte er sich ohne noch ein weiteres Wort um und ging rasch davon.

.....

Ich saß im Innern, an der Seite des Panzers, Florice auf meinem Schoß. Neben mir saßen Hans- Peter und die Ärztin, mir gegenüber hatten Rosa und Ed Platz genommen, die mit mir auf der Station gewesen waren. Letzterer sah nicht gut aus. Ed war sehr blass. Große Schweißperlen glitzerten auf seiner Stirn und er war, trotz der Hitze, in eine Decke gehüllt, mit Sicherheit hatte er Fieber.

Carla beugte sich zu ihm hinüber und versuchte mit einem feuchten Tuch seine Stirn zu kühlen. „Ich kann dich leider nur mit Paracetamol voll stopfen, etwas anderes habe ich nicht mehr. Vermutlich wurde die Wunde an deinem Ohr verunreinigt und deine Mediatoren haben eine Entzündung verursacht." Zu Rosa gewandt fragte sie: „Hast du an den Kaffee gedacht?"

„Ja", gab sie zur Antwort. „Wirkt Kaffee gegen Fieber? Das wusste ich gar nicht..."

„Nein, aber es verstärkt die Wirkstoffe im Paracetamol..."

Da setzte sich mit einem Ruck der Panzer in Bewegung. Jetzt ging es zu meiner Insel, irgendwo werde ich eine finden...

Verfolgung

„Auf die Fahrzeuge!", befahl Rick. „Bringt mir diese
Verräter!" Der Mann, der abgestellt worden war um die Ärztin
zu bewachen, hatte sich, als er gesehen hatte, dass diese und
andere Leute ein Fahrzeug bestiegen, weg geschlichen, ohne
dass jemand ihn bemerkte und Rick Bericht erstattet.
„Wir fahren nach Süden!", befahl er.
„Aber der Ami hat doch gesagt sie wollen nach Bruchsal, das
liegt Nord- Östlich", nuschelte der Soldat, den Jackson im
Wachhäuschen angetroffen hatte. Er hatte ein geschwollenes
Kinn und seine linke Backe war ebenfalls dick. Als Rick von
der Flucht erfahren hatte, hatte ihn sein erster Weg in die
Wachstation geführt, wo sie den Soldaten in einer Zelle
fanden.
„Eben! Genau deshalb fahren wir nach Süden, sie Idiot!",
brauste Rick auf.
Innerhalb weniger Minuten hatten die routinierten Soldaten
die Reifen an einem Transportpanzer gewechselt und 10 Mann
waren aufgesessen.
Die Führung übernahm Rick in Jessicas SUV. Briller war der
Fahrer, drei weitere Soldaten besetzten die Rückbank, sowie
noch zwei Männer, die er in den Kofferraum hatte sitzen
lassen.
„Und der Erste, der diesen Bomber mit seinen Gören entdeckt,
bekommt eine Flasche Whisky. Der wäre eine schöne
Beigabe." Der Rocker hatte sich bereits während der letzten
Nacht mit seinen Kindern verdünnisiert.
Zustimmendes Gegröle und *Rick*- Rufe antwortete ihm.
Sehr schön, seine Männer waren gierig auf Blut...

.....

„Sag mal, Rolf," sprach Carla mich an, „du hast einmal
erwähnt, dass du Medikamente getestet hattest!?"
Florice war durch die gleichmäßige Schaukelei auf meinem

Schoß eingeschlafen und ich streichelte ihr liebevoll über das schwarze Haar. Die Sonne bestrahlte uns gerade durch die geöffnete Dachluke. „Ja, der Laden hieß Immunotek oder so ähnlich, seinen Standort hatte er in der Innenstadt von Karlsruhe. Anfangs war ich dort nur zur Plasmaspende, dabei klauen sie dir die weißen Blutkörperchen. Da diese innerhalb von sieben Tagen neu gebildet werden, kann man alle 8 Tage spenden und jedes mal gab es für eine gute Stunde faul herum liegen 30 Euro. Später hat man mich dann mal gefragt, ob ich mich nicht als Medikamententester zur Verfügung stellen möchte, dafür hat es dann 290 Euro im Monat gegeben und ich musste nur einmal die Woche für einen kurzen Check vorbei kommen. "

„Rolf, du kannst davon ausgehen, dass ich mich mit Blut und Plasma auskenne ", sagte sie mit einem leichten Vorwurf in der Stimme, aber es war trotzdem schön für mich, meinen Namen zu hören, sich mit anderen Menschen aus zu tauschen. „Weißt du zufällig, wogegen das von dir getestete Medikament eingesetzt werden sollte? "

„Ja, aber nur so ein bisschen, hat mich ja eigentlich nicht weiter interessiert, mir ging es nur um die Kohle. "

Carla schaute mich geduldig an.

„Ach so, ja", entschuldigte ich meine ausgreifende Erzählweise. „Das war wohl ein Grippe- Medikament, denke ich. Sollte meine körpereigene Abwehr mit einem neuartigen Wirkstoff stimulieren. Warum fragst du? "

„Verdammt, dass ich das übersehen hatte ", fluchte sie nach kurzem Überlegen. „Feldwebel! ", schrie sie jetzt und hämmerte mit der Faust gegen die Trennwand zur Fahrerrkabine, was allerdings im lauten Innenraum des Panzers völlig unter ging.

„Sie müssen hier drücken", half ihr Kelly weiter und drückte für sie den Rufknopf der Gegensprechanlage.

Kurz darauf knackte es. „Was gibt es? " Jackson meldete sich von der Gegenseite.

Carla hatte hektisch ihren Sicherheitsgurt gelöst und war zur Anlage gesprungen. „Wir müssen nach Karlsruhe fahren! Ich habe vielleicht das Gegenmittel gefunden! Es war die ganze

Zeit vor unserer Nase, so einfach, ich benötige nur Rolfs Patientenunterlagen und das Medikament liegt bestimmt vorrätig bei seinem behandelnden Arzt...", es sprudelte nur so aus ihr heraus, Hoffnung keimte.

„Nun mal langsam," krächzte es aus dem Lautsprecher, „wir können nicht einfach so in eine Großstadt hinein fahren..."

„Haltet an!", schrie sie hysterisch.

Ich konnte die Blicke fast hören, die unsere beiden Führer wechselten, dann stoppte das Fahrzeug.

Carla wollte die Zugangsklappe öffnen, wusste aber nicht wie.

„HaPe!"

Der San Gefreite sprang sofort auf und öffnete den Riegel.

Sie stieß die Tür zur Seite und stürmte um das Fahrzeug herum nach vorne, wo gerade die Beifahrertür nach oben gedrückt wurde.

„Versteht ihr denn nicht? Wir könnten alle immunisiert werden durch dieses Medikament, vielleicht kann daraus sogar ein Heilmittel gegen die Seuche entwickelt werden... Es besteht sogar die Möglichkeit, dass wir damit bereits Infizierte heilen können!" Aufgeregt raufte sie sich das kurze Haar.

„Mal langsam, Frau Doktor." Kai beugte sich vom Fahrersitz herüber. „Im Moment wissen wir ja nicht einmal was los ist, eine kurze Erklärung wäre vielleicht sinnvoll."

Carla atmete tief durch und zwang sich zur Ruhe. An Rolf wurden klinische Versuche der Phase 1 durchgeführt, das heißt an ihm wurden neuartige Präparate getestet, die seine Immunisierung stärken sollten. Diese Versuche waren Erfolgreich! Rolfs Körper hat sich gegen das gefährliche Virus gewehrt und gewonnen! Wir müssen sofort nachforschen, mit welchem Medikament er behandelt wurde."

„Das geht nicht, wir haben mit größter Wahrscheinlichkeit Verfolger hinter uns und ehrlich gesagt zieht es mich eher weg von großen Städten. Wo wäre das denn überhaupt? Karlsruhe ist nämlich ziemlich groß."

Mittlerweile waren auch wir Anderen ausgestiegen und nutzen die Pause unsere Beine aus zu strecken.

„In der Lessingstraße, beim Mühlburger Tor", mischte ich mich ein.

*„Was? Mitten in der Innenstadt? Da würden wir nicht mal mit
einem Leopard hin gelangen und aussteigen könnten wir dort
auf gar keinen Fall!"*
*Jackson hatte der Unterredung bisher kommentarlos zu
gehört. Das Medikament könnte sein Versagen bei dem
Professor bei seinen Vorgesetzten mehr als wieder gut
machen. „Vielleicht können wir nicht mit einem lauten Panzer
in die Stadt fahren, aber wir könnten versuchen uns leise
hinein zu schleichen..."*
*„Nicht ihr ernst...", schaute Kai, der mittlerweile auch das
Fahrzeug verlassen hatte, ihn ungläubig an.*
*„Vielleicht können wir die Horde irgendwie ablenken, mit
einer gut platzierten Granate eventuell..."*
*„Ich geh mal eben Austreten", unterbrach sie Bruno
unbeteiligt und lief auf der Straße ein Stück zurück. Als er
etwas Abstand zwischen sich und die Anderen gebracht hatte
zog er am Straßenrand seine Hose herab und setzte sich in die
Hocke.*
*Kurze Zeit später waren wir auf dem Weg in die große Stadt
mit ungefähr 300 000 Infizierten.*

„Stop!", befahl Rick, an der Stelle wo die Flüchtlinge kurze
Zeit zuvor ihre Rast eingelegt hatten.
„Da!", er zeigte auf ein weises Blatt Papier am Straßenrand.
„Hol es, Kallmos!"
Kallmos sprang sofort aus dem SUV und kam zurück mit dem
Papier zwischen zwei Fingern, das er angewidert von sich
hielt. „Das war mit einem Scheißhaufen beschwert...!"
„Dieser Bruno ist ein Schwein", stellte Rick nebensächlich
fest. „Was steht darauf?"
„Nur zwei Buchstaben, ein großes `K´ und ein großes `A´."
„Was zum Teufel bedeutet das nun schon wieder? Kotz-
Attacke?", fragte Rick eher sich selbst als seine Mitfahrer.
„KA ist das Kürzel für Karlsruhe", meldete sich ein Soldat
vom Rücksitz.
„Was wollen die denn in einer Stadt? Noch dazu eine
Großstadt, verdammt noch mal!"
Briller, der der Fahrer des Mercedes war sah ihn fragend an.

„Was glotzt du so blöde? Ihnen nach! Wenn sie in die Hölle fahren, dann werden wir das selbe tun!"

Karlsruhe

…..

Ich hatte mit Jackson den Platz getauscht, da ich mich hier noch immer recht gut auskannte, war es sinnvoll gewesen mich als Navigator auf den Beifahrerplatz zu setzen, Florice kuschelte sich jetzt an Rosa. Kai kannte sich zwar in Karlsruhe auch ein wenig aus, aber das hier war mein zu Hause gewesen.

So konnte ich dann das ganze Ausmaß des Elends direkt sehen. Wir fuhren über die Durlacher Allee nach Karlsruhe hinein. Das war eine große mehrspurige Straße, die einmal eine Hauptverkehrsader gewesen war. Jetzt war sie übersät mit zurückgelassenen Fahrzeugen, einige davon waren in Unfälle verwickelt worden, andere wurden einfach verlassen. Infizierte sahen wir genug, doch waren sie zu weit weg um uns zu registrieren oder nicht schnell genug um mit unserem Radpanzer schritt zu halten.

Ich konnte viele bedauernswerte Geschöpfe um uns herum sehen, die einfach nur herum standen oder die Jagd auf irgend ein kleines, vor meinen Blicken verstecktes, Lebewesen machten. Die Rasenflächen vor den Firmen waren gelb und die Springbrunnen versiegt. Einige Baumwurzeln ragten wohl teilweise noch bis ins Grundwasser und hatten daher ein grünes Laubdach, doch im Großen und Ganzen war alles in der anhaltenden Trockenheit und anhaltenden Hitze des diesjährigen Sommers verdorrt. Überall über der Stadt standen dicke Rauchsäulen und schlängelten sich in die Höhe, doch keine Feuerwehr kam mehr um die Brände zu löschen. Links von mir, hinter dem Schlachthof, sah es besonders schlimm aus, was eigentlich verwunderte, da die Hochhäuser dort hinten fast nur Neubauten waren, die eigentlich Brandsicher sein sollten.

Als wir wieder einmal langsamer wurden, damit Kai vorsichtig einige verkeilte PKWs zur Seite drücken konnte, wurde mir bewusst, dass dies meine Heimatstadt gewesen war und ich spürte wie es mir den Brustkorb zusammen drückte. Da wir die Innenstadt möglichst lange meiden wollten, bogen wir ab, um auf die Kriegsstraße auszuweichen, eine vierspurige Ader die durch Unterführungen führte. Da diese Unterführungen aber immer nur kurze Strecken waren und man sie notfalls, falls sie zum Beispiel durch defekte Autos blockiert wurden, umfahren konnte, schätzten wir, das Risiko hielte sich in Grenzen.

An einem großen Kreisverkehr, der von drei Seiten durch seine Parkähnliche Anlagen gut zu überblicken war stoppte Kai das Panzerfahrzeug.

„Es ist nicht mehr weit, gehen wir nach Hinten und besprechen unser weiteres Vorgehen", sagte er und griff nach dem Stadtplan. Als wir uns zur Besprechung wieder versammelt hatten, zeigte ich auf die Christus Kirche. „Hier ist eine Kirche mit großzügiger Grünflächen drum herum, dahinter sind nur kleinere Wohnhäuser..."

„Ich muss nochmal austreten", unterbrach mich Bruno.

„Was ist denn los mit dir", fragte Jessica verständnislos.

„Bei dem Fraß die letzte Zeit ist es ja wohl kein Wunder, wenn man die Scheißerei bekommt", maulte er zurück.

„Alles sauber", mischte sich Kelly von ihrem Ausguck aus ein. „Er kann ruhig gehen."

„Geh aber nicht zu weit", befahl Kai und beugte sich bereits wieder über die Karte.

„Was ist das?", wollte Jackson wissen und zeigte auf ein blaues `P´.

„Das ist das Parkhaus an der Postgalerie", antwortete ich.

„Wenn wir dort stoppen, müssen wir wir uns durch enge, unübersichtliche Häusergassen schlagen."

„Gibt es hier irgendwo eine größere Firma?" Er kreiste mit dem Finger über dem Zielgebiet auf der Karte.

„Das hier war glaube ich eine Versicherung oder ein Bankgebäude", sicher wusste ich es nicht mehr und zeigte auf die Stelle am Kaiserplatz, wo erst vor wenigen Jahren ein neues Gebäude errichtet worden war.

„Optimal", freute sich Jackson. „Dort gibt es mit größter Wahrscheinlichkeit eine Tiefgarage für die Mitarbeiter, mit Sicherheit aber zumindest Stellplätze im Hof. Da Fahren wir hin!"

„Leute, da kommt Besuch aus Nord- West", schlug Kelly Alarm.

Kai zuckte die Schultern. „Knall sie ab, wir sind sowieso gleich wieder fort von hier."

„Und was ist wenn Rick uns hört?"

„Der ist Kilometerweit weg. Das Letzte wo er uns sucht ist mitten in einer Stadt."

Eine kleine Gruppe mit fünf Infizierten näherte sich über die Hauptstraße. Sie waren damit beschäftigt etwas zwischen den Autos hindurch zu jagen und hatten uns noch nicht gewahrt. Kelly feuerte kurze, aber gezielte Feuerstöße auf die Gruppe ab. Der Erste, der zu ihr schaute klappte zusammen, als zwei Geschosse seine Knie zersplittern ließen. Beim Zweiten drangen einige Kugeln in den Bauch ein, was diesen jedoch nicht weiter interessierte. Dem Dritten zerstob der Schädel. Während der Erste sich wieder aufrappelte, rannten die anderen drei bereits auf uns zu.

„Sorry, zu früh an den Abzug gekommen...", entschuldigte sich Kelly beschämt lächelnd und lies mit einer weiteren Salve alle drei Anstürmenden zu Boden gehen.

Aus den Augenwinkeln sah ich noch wie ein Eichhörnchen unter einem der Autos heraus hastete.

„Aufsitzen!", befahl Kai. „Bruno was ist los? Willst du hier

bleiben?"

„Da rein!", brüllte ich wenig später, als wir es bis zu dem Bürogebäude geschafft hatten und zeigte auf die Einfahrt. Über hundert Infizierte folgten uns in schnellem Sprint. Es war in der Innenstadt einfach nicht möglich gewesen Fahrt auf zu nehmen, sonst hätten wir sie weg locken und abhängen können. Einzelne PKWs stellten kein Problem für den Panzer dar, aber hier standen und lagen viele LKWs und sogar Straßenbahnen im Weg.

Das Gitter, das die Kellereinfahrt sicheren sollte, stellte für unseren Fuchs kein Problem dar, er riss es aus der Verankerung und drückte es einfach zur Seite. Zu unserem Glück war die Garage ein geräumiger Neubau und somit hoch genug für unsere Aufbauten.

Kaum waren wir im Keller, gab der Feldwebel noch einmal richtig Gas und bremste erst am hinteren Ende der Garage ab.

Alle hatte bereits ihre Masken über gezogen, als die Klappe zum Transportraum aufgestoßen wurde. Die Soldaten des ABC- Trupp hatten wieder ihre richtigen Gasmasken angelegt, wir anderen begnügten uns mit Staubschutzmasken und Brillen und sogar Rosa hatte eine Maske angelegt.

Kelly flog behände ihren Geschützturm hinauf, der Platz unter der Decke reichte ihr eben so, und sie eröffnete sofort das Feuer auf die uns verfolgende Meute. HaPe sicherte nach rechts, Jackson nach links, alle anderen halfen Kelly gegen die Meute.

Die Schüsse dröhnten in dem kleinen Parkhaus und wurden von den Wänden vielfach verstärkt wieder zurück geworfen. Meine Ohren klingelten, als ich die Gruppe Fahrzeuge erreichte, die ich kontrollieren sollte.

„Ladehemmung!", schrie es vom Fahrzeug herunter, Kellys MG war heiß gelaufen, sie hatte aber bereits ihre Pistole aus dem Halfter gezogen und schoss weiter.

Da von den Seiten keine Gefahr zu drohen schien schossen nun alle auf die anrückende Horde. Alle, bis auf Rosa. Inmitten ihrer schießenden Freunde stand sie, mit nur einem

Anti- Terror- Schild und einem Langmesser bewaffnet und wartete darauf, dass die Welle sie erreichte. Kein Muskel zuckte bei ihr, als die Schüsse sich krachend aus den Waffen um sie herum lösten, sie wirkte schön und erhaben wie eine Amazonenheldin aus den alten Sagen.

Durch ihre schiere Masse schafften es die Untoten bis an die Gruppe heran zu kommen.

Nun war Rosas Stunde gekommen. Sie stürzte sich mit dem Schild auf den ersten Infizierten, trieb ihre Klinge kurz und präzise in den Schädel, riss sie wieder zurück und tat das selbe beim nächsten. Wie eine grausige Maschine wiederholte sie immer und immer wieder diesen Vorgang.

Einmal verschwand sie plötzlich, ein fetter Angreifer hatte sie umgeworfen, doch schaffte sie es irgendwie, sich trotz der sie umwimmelnden Masse wieder auf zu rappeln. Ihr Schild blieb jedoch auf dem Boden zurück. Also riss sie einem Untoten einen dicken Fetzen vom Leib und wickelte diesen behelfsmäßig um ihren linken Arm, damit dieser nun als eine Art Schild dienen konnte. Dann hieb sie unbeirrt weiter auf ihre Gegner ein.

Als der Ansturm endlich nachließ, lagen Leiber über Leibern. An manchen Stellen schleppten sich noch einzelne Infizierte über den Boden oder über ihre Artgenossen. Bei ihnen waren die Beine so weit zerschossen, dass nicht einmal das Virus sie wieder richten konnte und mitten darin stand Rosa auf einem Berg toter Körper. Tiefe Atemzüge streckten ihren Körper und Schweiß und Blut rann in Strömen an ihr herab.

„Kelly, schnapp dir eine Waffe, du und Jessica sichert das Tor, alle anderen anpacken, wir müssen den Ausgang frei machen!", rief Kai seine Befehle.

Kelly zog Jessica mit sich und zusammen erledigten sie noch ein paar einzelne Nachzügler, während die Anderen die Leichen zur Seite zerrten, nicht ohne noch den Einen oder Anderen gänzlich zu erlösen.

Ich hatte mittlerweile einen Fahrtüchtigen neueren Ford Transporter gefunden, der Schlüssel lag vo dem Beifahrersitz auf dem Boden und nach ein paar Versuchen sprang er sogar an. Diesen parkte ich so weit es ging seitlich vor den

Ausgang. Mit dem Panzer wurde der Ford dann quer in das Loch des Eingangs gedrückt.

„Sehr gut", lobte uns der Feldwebel. „Den Fuchs werden die Infizierten nicht zur Seite schieben und sollten sich Einzelne irgendwo vorbei drücken werden diese leicht zu erledigen sein."

Weit mehr als hundert Tote lagen verstreut um uns herum und natürlich galt meine erste Sorge nach diesem Gemetzel Florice. Sie saß im Truppenpanzer ganz hinten und hatte sich ängstlich an Ed gedrückt. Als sie mich in der Tür erblickte kam sie erleichtert auf mich zu gesprungen und klammerte sich um meinen Hals. Tränen rannen über ihr Gesicht. „Ist schon gut, Kleines," sagte ich beruhigend, "mir ist nichts passiert, aber ich muss nochmal weg, mich mit den Anderen besprechen."

„Kommst du wieder zurück? Meine Mama hat gesagt Männer kommen nie zurück..."

„Ich schon. Ich werde ganz sicher wieder zurück kommen, versprochen!" Und damit schob ich sie wieder sanft zurück.

„Nein", bestimmte Jackson laut, er stritt mit Kai. „Er muss mit dem Mädchen hier bleiben!" Alle hatten ihre Masken wieder ab genommen.

„Fragen wir ihn doch einfach, was er selbst dazu meint", antwortete der Feldwebel als er mich kommen sah. „Jackson meint, du solltest hier bleiben, aber ich denke du solltest mit uns kommen, da du der Einzige bist, der weiß wo es hin geht und wo wir genau suchen müssen."

„Er ist nicht unersetzlich, eine Beschreibung des Weges und der Räume wird uns genügen um alles zu finden was wir benötigen."

Verdutzt stand ich da. „Den Weg könnte ich euch nicht einmal wenn ich wollte beschreiben. Zwar bin ich schon hundert mal dort gewesen, ich habe aber nie auf den Weg oder die Räumlichkeiten geachtet, das ging alles irgendwie automatisiert..."

„Damit wäre das geklärt!", beharrte Kai. „HaPe und der da", dabei zeigte er auf Bruno, „bleiben mit Jackson hier und

*bewachen unser Fahrzeug, das Mädchen und den Kranken,
der Rest kommt mit zu diesem Institut!" Er breitete wieder den
Stadtplan vor uns aus. „ Wir werden uns gegen das Lehrbuch
verhalten und uns, zumindest soweit möglich, von Mauern und
Hindernissen fern halten. Normalerweise würden sie uns
Deckung geben, ich glaube aber nicht, dass diese Wesen auf
einmal beginnen werden auf uns zu schießen, dagegen könnte
in jedem Hauseingang, hinter jeder Mülltonne so ein Mistvieh
stecken. Also gehen wir über diesen freien Platz bis zu dem
Denkmal, dann auf den Schienen über die große Kreuzung
und in die kleine Straße hier hinein. Macht eure Klappspaten
bereit, denn solange es möglich ist wird nicht geschossen!
Kelly du hältst dein MG schussbereit, für alle Fälle.
Rückzugsort ist hier, noch Fragen?" Nachdem es nun wieder
abgekühlt war, war Kelly MG wieder einsatzfähig.
Jackson sah nicht glücklich aus, doch zähneknirschend fügte
er sich den Befehlen.
Um den Infizierten, die sich bereits wieder vor der Einfahrt
zur Garage sammelten, aus dem Wege zu gehen, entschied
sich Kai dafür, dass wir uns durch das Gebäude auf die
andere Seite durchschlagen sollten.
Der Feldwebel führte die Gruppe an, flankiert wurde er von
Rosa mit ihrem Anti- Terrorschild, den sie wieder auf
genommen hatte. Carla folgte dicht auf, sie musste uns
begleiten um eventuelle Papiere zu sichten. Wir Anderen
versuchten so dicht wie möglich an ihnen dran zu bleiben. Da
wir gegen eine neue Art von Feinden kämpften, mussten wir
alle sonst üblichen soldatischen Vorgehensweisen kippen, es
war nicht nötig Abstand zu halten, ja, sogar gefährlich.
Im Erdgeschoss des Bürogebäudes waren wir überraschender
Weise allein. Zwischen all den Schreibtischen, auf denen
Fotos von glücklichen Ehepartnern und von Kindern standen,
stellte sich uns nicht ein einziger Infizierter in den Weg. An
einem Platz hing ein Bild, vielleicht von einem sechs oder
sieben Jahre alten Kind gemalt, das aus der Anfangszeit des
Virus stammen musste. Es zeigte einen bärtigen Mann, der vor
mehreren Gestalten davon lief und seine Gedärme hinter sich
her zog. Vielleicht waren es auch nur Äste, die auf dem Weg*

lagen oder Spagetti, die jemand verschüttet hatte, wer konnte das bei der Kritzelei eines kleinen Kindes schon mit Sicherheit sagen, aber ich sah genau das in diesem Bild. Im vorbeigehen riss ich das Blatt herunter, zerknüllte es und warf es in die Ecke.

Der Platz vor dem Gebäude war, soweit ich es sehen konnte, ebenfalls frei. Allem Anschein nach waren die Infizierten hinter das Gebäude gelaufen, von wo die Schüsse gekommen waren.

„Scheiße", fluchte unser Führer leise und deutete nach vorne. „Laut Karte sollte da ein freier Platz sein!" Vor uns breitete sich eine Baustelle aus. Überall standen Maschinen und Baumaterialien herum und warteten hoffnungslos darauf, eingesetzt zu werden.

„Es war geplant unter der gesamten Innenstadt eine Unterführung zu bauen und hier sollte die glaube ich starten, anscheinend sind die Arbeiter damit nicht fertig geworden."

„OK, dann bleiben wir eben auf der Straßenmitte, verdammt!"

„Müssten da nicht ständig neue Matschbirnen nach kommen? Ich meine die Schüsse muss man doch fast bis zur Kaserne gehört haben", flüsterte Jessica während wir uns weiter voran schlichen.

„Nein," antwortete ich ebenso leise, „wenn keine Geräusche mehr nachfolgen, verharren die Infizierten nach kurzer Zeit wieder. Das Virus geht dann wieder auf Sparmodus."

„Na, du scheinst dich ja gut mit den Infis aus zu kennen..."

„Ich habe da so meine Erfahrungen", bemerkte ich trocken, jedoch nicht ohne ein leichtes Lächeln, das meine Mundwinkel zucken lies.

Auf den Straßenbahnschienen war ein Mann beim stellen einer Weiche mit dem Fuß eingeklemmt worden. Seine Kleidung war braun von getrocknetem Blut, sein linker Arm bis auf den Knochen abgefressen. Einzelne Brocken im Gesicht und am Hals waren heraus gerissen worden, doch das merkwürdige war sein Fuß, der zwischen den Schienen fest klemmte, er zeigte nach hinten, war um 180° verdreht und dennoch belastete der Mann den Fuß mit seinem Gewicht.

*„Schnell, erledigt ihn, sonst werden andere in der Nähe
spüren, dass es hier Leben gibt", rief ich gedämpft Kai zu.
Der schaute mich verwundert an, doch Rosa zögerte nicht,
sprintete auf den Bedauernswerten zu, deckte sich mit dem
Schild und stieß ihr Messer in dessen Schädel. Durch das
Plexiglas des kleinen Sichtfensters konnte sie aus nächster
Nähe sehen, wie das unnatürliche Leben in seinen Augen
erlosch, bevor er in sich zusammen sackte.*

*Jessica sah mich lächelnd an. „Du bist also tatsächlich ein
Fachmann, für diese Matschbirnen, schön, dass du uns
begleitest."*

*Unser Ziel, die Lessingstraße, war eine Einbahnstraße, mit
nur einem schmalen Fahrstreifen und jeder Menge geparkter
Autos zu beiden Seiten.*

*„Wir bleiben zusammen auf dieser Straßenseite und ich
möchte, dass jeder Hauseingang und jedes einzelne Auto
kontrolliert wird, bevor wir uns daran vorbei schleichen",
befahl Kai im Flüsterton.*

Doch es traf uns wie ein Donnerschlag!

*Als Jessica vorsichtig um die Ecke eines Hauseingangs
spickte, traf sie etwas ins Gesicht. Sie wurde zurück
geschleudert und brach zusammen. Einen Sekundenbruchteil
darauf bellte ein Schuss und Xuo ging als nächster zu Boden.
Wir anderen suchten sofort Deckung zwischen den
Fahrzeugen, als auch schon Schnellfeuergewehre ihre Salven
abschickten. Ich sah noch, wie Kai sich von einer Kugel
getroffen in die Deckung zwischen zwei geparkten Autos fallen
lies.*

*Kelly hatte ein Mündungsfeuer in einem der Fenster entdeckt
und eröffnete das Feuer mit ihrem MG. Sie schoss eine
Ladung in das schwarze Fensterloch und zog dann ihr MG
herum um die gesamte Häuserseite mit Kugeln einzudecken.
Wo eine Kugel einschlug spritzte alter Verputz vom
Mauerwerk weg. Doch plötzlich stoppte das MG Feuer. Sie
schaute erschrocken an sich herab. Nach Luft japsend
erkannte sie, das sie ein Einschussloch in Brusthöhe in ihrer
Splitterschutzweste hatte. Blut war keines zu sehen. Da fiel die
Straße um und das nächste, was sie verschwommen wahr*

nahm, war die Ärztin, die sie durch einen dicken Berg Zuckerwatte hindurch anzusprechen schien.

Luft! Schrie es in ihr. Das war doch nicht so schwer, einfach nur tief durch atmen...

„Nein! Kelly!" Der Schrei kam von unserem Feldwebel, der auf die am Boden liegenden zu robbte. „Nicht Kelly!" Die Tränen verschleierten seine Sicht.

Carla riss die Klettverschlüsse der Schutzwest auf, die nicht dazu gebaut war Kugeln ab zu halten, sondern nur Geschosssplitter abmilderte, doch Kellys Augen blickten bereits gebrochen in den sonnigen Himmel. Ein dicker Kloß bildete sich in meinem Hals. Ich durfte die Frau nur kurz kennenlernen, doch irgendwie hatte ich sie gemocht.

Kai registrierte nicht, dass die Schüsse um ihn herum mittlerweile verstummt waren, auch seine eigene Schussverletzung in der Schulter spürte er nicht, alles was er jetzt noch empfand, war der Schmerz um Kelly und dass er ihr nie eingestanden hatte, was er für sie empfand. Als seine Küsse das Gesicht der Toten überdeckten, wurde er grob emporgerissen. Mit baumelnden Füßen blickte er in Meyers grinsendes Gesicht. Im nächsten Moment wurde er bereits wieder zu Boden geschmissen. Hart schlug sein Kopf auf dem Bordstein auf.

„Meyers..., wir haben dich doch in unserem Trupp aufgenommen...", stammelte er.

„Und ihr habt mich einfach zurück gelassen", kam die tumbe Antwort, während der Sprecher seinen Fuß anhob.

„Du..., wir..., es tut mir...", war alles, was Kai noch stotternd hervor brachte, bevor der Schmerz alles um ihn herum explodieren lies. Mit einem unnatürlich lauten Knirschen und Knacken zerbrach sein Unterkiefer unter der Wucht von Meyers Stiefel, der auf ihn herab gesaust war.

Der bullige Soldat schaute betroffen auf den am Boden liegenden herab. „Nicht getroffen", gab der mit hörbarer Enttäuschung in der Stimme von sich. Der zweite Tritt traf seinen Schädel und schickte Kai in eine schwarze, schmerzlose Ohnmacht, bevor der Fuß des starken, grinsenden Ochsen mit einem dritten Stampfer seinen Schädel

sprengte und Hirnmasse in den Dreck gedrückt wurde.
Ich war zu keiner Regung fähig, sah nur den Stiefelabsatz, wie
er in Kays Kopf stand, noch ein Bild, das sich mir einprägen
würde...
Wir standen da, umzingelt von sieben Mann, darunter Rick
und Briller. Xuo lag verdreht am Boden, unter ihm hatte sich
eine große, rote Lache gebildet. Jessica lag immer noch mit
dem Gesicht nach unten bei dem Hauseingang, auch unter
ihrem Kopf hatte sich eine kleine Pfütze mit Blut
angesammelt.
Carla beeilte sich zu ihr zu kommen. „Wohin so eilig, meine
Liebe", stellte sich Rick ihr in den Weg.
„Ich muss nachsehen, ob ich ihr helfen kann", rief sie
hysterisch.
Hart packte sie seine behandschuhte Hand unter dem Kinn.
Rick musterte sie und drehte dabei ihren Kopf gewaltsam
etwas nach links und rechts. „Wir hätten noch so viel Spaß
miteinander haben können. Deine Flucht war unnötig und hat
mich nur verärgert...
Der Druck seiner sich verkrampfenden Finger hätte ihr
beinahe die Luftröhre zerdrückt, bevor sie plötzlich seinen
Griff lockerten und er unter Zuckungen vor ihr zusammen
brach.
Drohend hielt sie ihren Elektroschocker von sich weg, gegen
die anderen Angreifer gerichtet.
„Was wollen sie damit ausrichten, Frau Doktor?", fragte
Briller. „Wir haben Gewehre", sagte er und schlug ihr mit
seiner Waffe auf die ausgestreckte Hand. Klappernd fiel der
Schocker zu Boden.
Ein anderer Soldat half Rick wieder hoch, der immer noch von
starken Zuckungen geschüttelt wurde.
„Danke, für diese neue Erfahrung..." Ein weiteres Zucken
unterbrach seine Rede. „Ich sehe das als Scheidung an." Er
zog seine Pistole und schoss.
Carla knickte ein, ein glühendes Stechen zog durch ihr Bein.
Rick kickte den Elektroschocker zu ihr. „Wollen doch mal
sehen, wie weit du alleine mit diesem Drecksteil kommst. Sie
bleibt hier! Sammelt alle anderen Waffen ein!", befahl er

seinen Männern.

„Hallo Rosa", wandte er sich nun der nächsten zu. Zwei Männer hielten die Angesprochene fest, einem dritten nahm er den Schild ab und betrachtete ihn. „Hübsches Spielzeug", stellte er fest. „Also, wo wolltet ihr denn hin? Man fährt nicht mitten in eine Großstadt hinein wegen nichts."

Die einzige Antwort, die er bekam, war ein Stöhnen Kellys, die sich auf den Rücken drehte. Ihre linke Backe war aufgeplatzt, mit etwas Fantasie konnte man den Wangenknochen erkennen. Ihr Auge darüber war blutunterlaufen und der Kiefer schien etwas schräg zu liegen. Während einer seiner Männer einen heranstürmenden Infizierten erledigte, schmiss Rick den Schild achtlos zur Seite, drehte sich um und nahm Meyers das Abflussrohr ab, das dieser noch immer in der Hand hielt. Er betrachtete das blutige Ende, an dem sich noch Hautfetzen oder ähnliches befanden. Dann holte er unvermittelt aus und hieb mit aller Wucht, die er aufbringen konnte auf Jessicas Schädel ein. Bereits beim ersten Schlag durchschlug das Rohr den Schädelknochen und drang in weiche Masse ein. Das stöhnen erstarb. Ein weiteres mal schlug er zu, während ich meinen Schrei verhallen hörte und die Hände spürte, die mich fest gepackt zurück hielten. Immer wieder lies er sein eisernes Werkzeug herunter sausen, bis an Kellys oberem Ende nur noch eine breiige Masse auszumachen war, von dem einstmals so hübschen Gesicht war nichts mehr übrig...

Ein Handschlag ins Gesicht und ich war wieder bei Sinnen. „Also, ich frage noch einmal: Was wolltet ihr hier? Und denk daran, dass hier noch zwei Frauen auf mein Rohr warten..."

Seine Männer lachten, als sie die Anspielung verstanden, alle, außer Meyers, der würde wohl erst sehr viel später darüber lachen.

Resigniert gab ich auf und erklärte ihm unser Vorhaben. „Das klingt interessant, dann lasst uns das mal durchführen und zu unser aller Glück verstehe ich mich auch ein wenig auf Biologie und Virologie, zumindest besitze ich Basiswissen in diesen Bereichen, die Frau Doktor werden wir also gar nicht benötigen", sagte er und schob mich voran. Zwei seiner

Männer ließ er als Wachen im vorderen Bereich der Straße zurück.
An der Nummer 10 angekommen, schlichen wir uns in die unteren Geschäftsräume. Ein großer leerer Empfangsraum hieß uns willkommen. Auch die Büroräume und der Spendersaal waren bis auf die wenige Möbelstücke und die Untersuchungsligen leer. Die Büroschränke standen offen.
„Da war wohl alles umsonst, die Vögel sind wohl rechtzeitig ausgeflogen...", stellte Rick fest, nachdem wir alles gründlich durchsucht hatten. „OK, hauen wir wieder ab!"

„Was ist da los? Verdammt noch mal", fluchte HaPe.
„Vermutlich Feindkontakt", mutmaßte Jackson knapp.
Zusammen versuchten sie an dem Ford vorbei nach draußen zu sehen, entdecken konnten sie selbstverständlich nichts, da sie zur falschen Seite blickten. Die lauernden Zombies vor der Einfahrt hatte es weg, in Richtung der Schüsse gezogen.
Mit entschlossenem Blick schaute HaPe Jackson an. „Ich werde nachsehen, ich muss zu meinem Trupp!"
Der Amerikaner überlegte kurz, dann nickte er. „Aber nicht alleine, ich werde sie begleiten, ich denke nicht, dass hier unten noch Gefahr besteht.
Als sie sich umdrehten stand Bruno vor ihnen, seine Gewehr in Anschlag. „Sorry, Leute, ich glaube nicht, dass ihr euch da einmischen solltet. Seid so nett und legt eure Waffen auf den Boden! Schön langsam! Wenn ich bitten darf..."
Gerade als sie ihre Waffen abgelegt hatten umfassten zwei Hände Brunos Hals. Ohne große Kraftanstrengung drehte er sich aus dem lockeren Griff heraus und schlug Ed mit seiner Waffe zu Boden. Dieser blieb regungslos liegen, doch Jackson hatte die kurze Ablenkung genutzt und nun hielt er Bruno mit einem eisernem Griff umschlossen. Das war ein Griff, aus dem sich der Festgehaltene nicht so einfach wieder herauswinden konnte, auch wenn er noch so stark war.
Außerdem konnte Jackson auf diese Weise mit nur einer einzigen Bewegung das bullige Genick Brunos brechen. „Sie werden mir jetzt sagen, was das soll!" Um seine Aufforderung zu unterstreichen, verdrehte er den Kopf des Angesprochenen

ins schmerzhafte.

„Ist gut! Ist gut!", stieß Bruno schnell hervor. „Es ist Rick. Er weiß wo wir sind und ist uns gefolgt. AAH!" Jackson hatte den Griff verstärkt. „Und weiter?", fragte er.

„Ich habe auf unserer Route Hinweise für in Hinterlassen", beeilte er sich weiter zu berichten. Bruno atmete tief durch, als der Griff sich etwas lockerte und der Schmerz nachließ.

Ein kurzer Ruck und ein lautes Knacken, dann glitt Bruno schlapp, mit unnatürlich weit zur Seite gedrehtem Kopf zu Boden.

„Was soll den das!", schrie HaPe. „Sind sie von allen guten Geistern verlassen? Sie hatten ihn doch sicher..." Der SanSoldat schüttelte ungläubig den Kopf, lief einen Schritt nach rechts, dann nach Links und wusste nicht wo er mit seinen Händen hin sollte, die um ihn herum flatterten.

„Wir müssen ihrem Trupp helfen und haben niemanden, der diesen Drecksack bewachen kann, außerdem war er ein Verräter und für die gibt es nur eine Strafe", antwortete ihm der Amerikaner nachdrücklich.

Florice kauerte am Eingang des Panzers und sah sie ängstlich an.

„Komm, Kleine, du bleibst dicht bei mir", sagte er und streckte dem Mädchen die Hand entgegen.

Erschrocken kroch sie hektisch in das Fahrzeug innere und kauerte sich ängstlich in die hintere Ecke auf den Boden.

„Auch gut, dann bleibst du mit dem Kranken hier im Wagen. Lass die Türe verschlossen und öffne nur, wenn jemand hier ist, den du kennst", bestimmte er, hievte zusammen mit dem Soldaten Ed in die Kabine hinein und schloss die Tür.

.....

Meyers hieb einem Infizierten, der an sie heran gekommen war, mit seinem Abflussrohr so dermaßen hart von der Seite gegen den Schädel, dass dessen Hals an der Seite einriss und der Kopf seitlich fast auf der Schulter auflag. Ein zweiter Schlag des massigen Mannes, lies den Kopf davon fliegen wie einen Baseball. Der Gefreite freute sich darüber wie ein kleines Kind.

Immer mehr Infizierte wurden durch die Schüsse angelockt, dadurch musste unsere kleine Gruppe immer häufiger schießen, was in Folge wieder weitere Angreifer anlockte. Nun ja, ich musste natürlich nicht schießen, denn ich hatte ja nicht mal eine Waffe...

Rick lies sich von den Anstürmenden nicht aus der Ruhe bringen. „Dich, mein Freund," sagte er zu mir, „werden wir wieder zum Professor bringen, hattest wohl keine Lust mehr sein Versuchskaninchen zu spielen!? Aber weißt du was?", fragte er lapidar und packte mich am Hals.

Als sein Gesicht ganz nah vor meinem war, wunderte ich mich doch tatsächlich darüber, dass sein Atem nach frischer Minze roch. In Geschichten haben die Bösewichte immer schlechten oder sauren Atem. Mangelnde Körperhygiene und schlechte Ernährung waren dafür wohl die Auslöser. Dieser Bösewicht aber roch gut. Im Gegensatz zu seinen Männern war er frisch Rasiert, hatte ein mildes Aftershave aufgelegt und hatte einen frischen Atem. Jetzt fiel mir auch auf, dass sogar seine Kleidung präsentabel war...

„Um Immunität gegen diese Seuche zu erhalten würde ich dein Blut sogar noch warm, direkt aus deinem Hals trinken", beantwortete er seine Frage selbst und riss mich mit einem Biss in den Hals wieder in die Wirklichkeit zurück.

Er lies mich wieder los und spuckte aus. „Allerdings müsstest du dich erst einmal säubern, mit viel Wasser und noch mehr Seife", lachte er und drehte sich zu Rosa.

„Die ist widerlich", angewidert riss er mit einem Ruck ihre Kette ab und warf sie von sich. „Ich denke, meine Männer werden noch viel Spaß mit dir haben und irgendwann weißt du es vielleicht sogar zu schätzen was sie mit dir tun und falls nicht...", er zuckte mit den Schultern. „Falls nicht, ist das auch egal."

Wieder ballerten zwei Schüsse.

„Briller, nimm dir einen Mann und bring die Beiden hier sicher in den Transporter!", befahl er mit einem Kopfnicken in unsere Richtung. „Der Rest kommt mit mir, wir haben noch

mit diesem amerikanischen Bastard ab zu rechnen..."
Und wieder ein Schuss. Bald würde es hier nur so wimmeln
von Infizierten.
Wir machten uns in entgegengesetzter Richtung auf den Weg,
die Hände hatten sie uns mit Kabelbinder auf den Rücken
gebunden.
"Wenn ich es dir sage, läufst du los und kümmerst dich um
meine Kleine", flüsterte mir Rosa zu.
"Hej!", kam es sofort von Briller. "Kein Gequatsche, sonst
setzt es was!"
Aus einem geöffneten Hauseingang warf sich ein Infizierter
auf den zweiten Wachsoldaten, dieser konnte noch schießen,
traf aber nur das Schulterblatt, des Untoten, was diesen nicht
bremsen konnte. Im fallen riss der Soldat sein Gewehr
zwischen sich und die Gefahr. Er musste alle Kraft aufbringen
um die wild um sich beißende Kreatur zurück zu halten.
"Jetzt!", schrie Rosa aus und warf sich mit vollem
Körpergewicht gegen Brillers Beine, als dieser gerade seinem
Kameraden zu Hilfe eilen wollte. Ich spurtete los, hörte noch
Brillers Gefluche hinter mir und verschwand drei Eingänge
weiter in einem Haus, bei dem mir im vorbei gehen
aufgefallen war, dass die Tür ebenfalls offen gestanden hatte.
Das letzte, was ich aus der Richtung der anderen hörte, waren
zwei weitere Schüsse, ich befürchtete, dass sie Rosa gegolten
hatten. Dann war ich bereits wieder aus der anderen Seite des
Hauses heraus und im Hinterhof des Gebäudes. An der Kante
einer Steinmauer scheuerte ich wie ein Irrer an meiner Fessel.
Plastik und Haut gaben bald nach. Schmerzverzerrt
betrachtete ich kurz die Innenseite meiner Handgelenke, es
brannte höllisch.
Hastig stürzte ich eine Treppe hinab. Der Zugang zum Keller
war zum Glück nicht verriegelt. Im Stockdunkeln tastete ich
mich zur Treppe hin, die mich ins Treppenhaus zurück führen
würde. Oben an der Treppe wartete ich und horchte hinter der
geschlossenen Tür.
Schritte hasteten an meinem Versteck vorbei. Als ich Briller im
Hof fluchend nach mir rufen hörte öffnete ich vorsichtig die
Tür und spähte hinaus, niemand war zu sehen.

Auch an der Ausgangstüre spähte ich erst vorsichtig hinaus.
Dort, wo uns der Infizierte angegriffen hatte lag eben dieser
Infizierte und der Soldat auf dem Boden, beide bewegten sich
nicht mehr. Von Rosa war nichts zu sehen, vielleicht lebte sie
doch noch. Also lief ich los, dorthin wo unser eigener Panzer
stand. Bis zur Straßenkreuzung kam ich, dann bellten erneut
Schüsse.

Jackson und HaPe schlichen sich durch das leere Bürogebäude
hinaus, auf den Kaiser- Wilhelm- Platz und nutzten jede
Deckung aus, die sie finden konnten.
Plötzlich duckte sich Jackson und gab HaPe ein Zeichen
ebenfalls in Deckung zu gehen.
Vor ihnen näherte sich eine sieben Mann starke Gruppe.
„Du nimmst den äußerst Linken, ich den ganz Rechts, wir
schießen gleichzeitig, Ok?", flüsterte der Amerikaner zu HaPe.
Der Soldat nickte nur und legte an.
„Drei..., zwei..., eins...", die Null war nicht mehr zu hören, sie
ging im Knall der Synchron abgefeuerten Schüsse, die wie ein
einziger klangen, unter.
Der rechte Flankenmann der kleinen, sich nähernden Gruppe
brach Wortlos zusammen, der linke lag schreiend und
gekrümmt am Boden, das Geschoss war in seinen Unterbauch
eingedrungen und an der Rückseite wieder aus getreten. Der
Rest der Gruppe sprang sofort in Deckung und erwiderte das
Feuer.
Nach einem kurzem, aber heftigem Feuergefecht waren zwei
weitere von Ricks Männern ausgeschaltet. Beide Gruppen
hatten außerdem einzelne sich nähernde Untote aus zu
schalten.
Jackson nutzte eine Feuerpause um sein Magazin zu Checken,
es war fast leer. „Wir müssen weg hier, wie viel Munition
haben sie noch?", fragte er und drehte sich zu HaPe. Dieser
saß zurückgelehnt an einer Palette, eine Hand auf seinem
blutigen Bauch. „Keine mehr", gab er keuchend zurück. „Und

ich werde auch nirgends mehr hin gehen."

„Drücken sie die Wunde zu, wir werden sie später richtig versorgen, das wird schon wieder", versuchte er den Verletzten zu trösten, als er dessen Malheur registrierte.

„Ich bin Sanitäter! Mir ist durchaus bewusst, dass wir kein Krankenhaus oder Hospital mehr haben, das eine Bauchverletzung operieren könnte. Ich werde langsam krepieren, zwei, vielleicht drei Tage, dann ist Schluss. Scheiße! Das tut jetzt schon weh..." Hilfesuchend sah er Jackson an. „Versprechen sie mir, dass sie mich hier nicht verletzt zurücklassen", wimmerte er.

Traurig sah ihn der Angesprochene an, er mochte den SanGefreiten, einen immer fröhlichen und positiven Menschen, doch damit war es jetzt vorbei. Also nickte er zustimmend. „Wenn diese Schlacht geschlagen ist, werde ich mich um sie kümmern, das bin ich ihnen schon als Soldat schuldig."

„Ergebt euch, ihr habt keine Chance, wenn wir euch nicht abknallen, schnappen euch die Untoten", rief es von der anderen Seite herüber.

Jackson drückte noch einmal HaPe´s Hand, dann nahm er dessen Gewehr und drückte ihm sein eigenes in die Hand.

„Ein letztes mal noch...", sagte er zu ihm, dann stand er auf und hielt die leere Waffe weit in die Höhe. „Ich ergebe mich!"

.....

Als ich die ersten Schüsse des Feuergefechtes vernahm, war mir klar, dass die Anderen aus meiner Gruppe aus der Garage herauf gekommen waren und selbst in Schwierigkeiten steckten. Möglichst ohne Aufsehen zu verursachen schlich ich mich über die Bahnhaltestelle hinter Ricks Gruppe vorbei. Als zwei Infizierte, die von dem Kampflärm angezogen wurden, auf mich zu kamen, drückte ich mich zur Seite und ließ ich sie ungehindert vorbei ziehen, so dass sie mich trotz ihrer verbesserten Wahrnehmung aus lauter Gier übersahen. Vor der Tiefgarageneinfahrt befanden sich nur noch tote Infizierte und einige wenige, die sich kaum mehr selbstständig bewegen konnten.

Mit Mühe gelang es mir, mich an dem Ford vorbei zu zwängen. Die Tür unseres Panzerwagens stand offen, hatten sie das Mädchen mit genommen, war Florice mitten in dem Gefecht? Wie konnte man so verantwortungslos sein? Unfassbar, sie war ein Kind!

Ich rannte los, musste sie dort heraus holen, vielleicht war sie sogar verletzt... oder... Nein! Weiter wollte ich gar nicht denken.

Ein schriller Mädchenschrei lies mich überrascht auf horchen, er war aus den leeren Büroräumen über mir gekommen. Eilig änderte ich meine Richtung, doch was ich sah schockte mich und stoppte meinen Lauf. Florice kauerte unter einem umgestürzten Bürostuhl, die Hände schützend über den Kopf gezogen und oben auf lag ein geifernder Ed, der verzweifelt versuchte an das Mädchen heran zu kommen, indem er rechts und links an dem Stuhl vorbei griff, auf dem er selbst lag und durch sein eigenes Gewicht blockierte.

„Hej!", rief ich ohne nach zu denken und griff bereits nach Ed, als dieser seinen Kopf zu mir drehte. Mit einem Ruck riss ich ihn zwischen den Rollen des Stuhls hervor und schleuderte ihn gegen die seitliche Wand. Panik und Wut verliehen mir ungeahnte Kräfte.

Unmenschlich schnell stand er wieder da und stürzte sich nun auf mich. In genau dem Augenblick, in dem er versuchte in mein Gesicht zu beißen schob ich meinen nackten Unterarm zwischen uns. Ein brennender Schmerz fuhr durch diesen hindurch, als sich stumpfe Zähne tief in das Fleisch gruben. Es explodierte förmlich, als der Untote, der einmal Ed gewesen war, begann seinen Kopf mit zuckenden Bewegungen hin und her zu werfen und es fast schaffte mit einer weiteren ruckartigen Bewegung nach hinten ein kleines Stückchen Fleisch aus meinem Arm heraus zu reißen. Mein eigener Schrei dröhnte in meinen Ohren und der Schmerz zog in schwarzen Schlieren vor meinen Augen vorbei. `Nicht das Bewusstsein verlieren!´, befahl ich mir und sah bereits das blutverschmierte Maul wieder weit aufgerissen vor mir. Mit der gesunden, rechten Hand versuchte ich dem Grauen

Einhalt zu gebieten und schlug zu. Die Zähne seines
Oberkiefers bohrten sich dabei in meinen Handballen, als sein
Druck von Oben noch auf unerklärliche Weise verstärkt
wurde.
„Lass ihn in Ruhe!", piepste es weinerlich und seine Zähne
bohrten sich nochmals in meinen ausgestreckten Handballen.
Dann sah ich Florice, die mit einem Gegenstand auf Ed´s
Schädel einschlug, immer und immer wieder. Mittlerweile war
Ed erschlafft und mit großer Kraftanstrengung schaffte ich es
ihn von mir herunter zu wuchten.
Das Mädchen stand geschockt vor mir. Als ich sah, was sie in
der Hand hielt, musste ich unwillkürlich lächeln, meine Kleine
kam ganz nach mir. Ich hatte ihr Mordwerkzeug erkannt, es
war ein Briefbeschwerer in Tablettenform, ganz offensichtlich
von der selben Firma, die auch den Doktor belieferte, bei dem
ich, vor nicht all zu langer Zeit, mit einem ähnlichen Modell
selbst einen Infizierten erschlagen hatte.
Trotz meiner Schmerzen zog ich Florice zu mir und sie ließ
sich weinend in meine Arme fallen.
„Ich muss meinen Arm verbinden", sagte ich nach einer
kleinen, wunderschönen Ewigkeit zu ihr.

Rick und seine verbliebenen zwei Mann kamen mit angelegten
Waffen hinter ihrer Deckung hervor, sie hatten Jackson sicher
im Visier.
„Wo ist der Anderen?", wollte Rick barsch wissen.
„Zwischen den Paletten, ihr habt ihn erwischt."
„Seht nach", befahl er kurz und knapp.
Vorsichtig schlichen sie sich an das Versteck heran. Als sie den
Gefreiten sahen entspannten sie sich. „Alles OK, das Schwein
liegt hier in seinem eigenen Blut und..." Den Satz konnte er
nicht mehr vollenden. In einer letzten Salve von fünf Schuss
brachen beide Männer zusammen.
Der winzige Augenblick den Rick in seiner Achtsamkeit
nachließ genügte Jackson. Mit zwei schnellen Schritten war er
an ihn heran gekommen, ließ zwei schnelle Schläge folgen,
wobei er mit dem ersten Hieb die Waffe aus Ricks Hand

schlug, mit dem Zweiten, gegen das Kinn, ihn außer Gefecht setzte.

Als Rick die Augen wieder aufschlug waren nur wenige Augenblicke vergangen, doch hatte die Zeit ausgereicht ihn mit seinen eigenen Kabelbindern an einem Pfosten zu fixieren. Der amerikanische Agent kniete bei HaPe und schloss ihn in seine Arme. „Ich danke dir mein Freund", sagte er leise, drückte Hapes Gesicht fest an seine Brust und trieb seinen Dolch mit einem festen, entschlossenen Ruck zwischen dessen Rippen hindurch, direkt in das Herz des immer fröhlichen Soldaten. „Mögen die Götter dich aufnehmen, welche auch immer du angebetet hast."

Dann stand er auf und ging zurück zu seinem Gefangenen, Tränen füllten seine Augen. „Ich überlege gerade, was ich jetzt mit ihnen machen soll", sagte er, während er die Festigkeit der Fessel nochmals kontrollierte und daran ruckte. Von hinten legte er sein Messer an Ricks Hals. „Vielleicht sollte ich es einfach beenden..."

„Das können sie nicht", antwortete Rick und schluckte trocken. „Sie gehören zu den Guten und ich habe nichts anderes getan als versucht zu überleben und die Welt ein kleines bisschen zu verbessern..."

„BlaBlaBla! Sie können erzählen was sie wollen, Herr Hubner, es macht keinen Unterschied. Ich werde sie jetzt nicht töten. Eigentlich hielt ich das immer für viel zu kitschig und unglaubwürdig, aber sie haben es nicht verdient schnell zu sterben, deshalb werde ich sie einfach hier zurück lassen."

„Und ich werde ihn dann frei lassen...", hörte er eine Stimme hinter sich. Als er sich abrupt umdrehte sah er fast die Kugel, die aus Brillers Pistole auf ihn zu schoss. Das letzte, was er tatsächlich sah, bevor sich die Kugel in seine Stirn bohrte, war der Dolch, der seitlich tief in den Hals Brillers eindrang. Den Blutschwall, der folgte und das ungläubige Gesicht des Soldaten, während er zu Boden ging, nahm er bereits nicht mehr war.

Rosa zog ihr Messer wieder aus Brillers Hals heraus. Nun stand sie breitbeinig da, einen Fuß auf der Pistolenhand Brillers und schaute zu, wie das Leben aus ihm heraus pumpte. „Hatte ich dich nicht gewarnt? Deine Eier gehören mir!"

„Das kannst du nicht machen", sagte Rick, der sich um den Pfosten, an dem er angebunden war gedreht hatte, als er sah, dass Rosa dabei war dem sterbenden Briller die Hose vom Körper zu zerren.

Sie schaute ihn nur unbeteiligt an und zuckte mit den Schultern. „Doch, kann ich. Ich brauche eine neue Halskette."

Nur schwer konnte Rick sich zurückhalten um sich nicht zu übergeben, als er zusah, wie Rosa die Hoden seines Gefolgsmanns mit einem kräftigen Ruck ihrer Klinge abtrennte.

Die Furie steckte die fleischigen Stücke in ihre Tasche und begann nun in den Gurttaschen des Toten zu kramen.

„Hören sie, Fräulein Rosa, vielleicht hatten wir einige kleinere Differenzen, aber das..."

„Da ist es ja", rief sie entzückt aus und zog eine angebrochene Rolle olivgrünes Tape hervor.

„Was...?", war das letzte, was er sagen konnte, da hatte er auch schon einen Streifen des Klebebandes quer über seinem Mund.

Rosa fixierte ihn an dem Pfosten mit der halben Rolle des Klebebandes. Sie machte sich keine Mühe, ihn raffiniert zu fesseln, einfach immer wieder rund herum mit dem Tape.

Als sie seinen Hosengürtel löste schoss Panik in Ricks Augen. Sie schnitt seine Hose auf, so dass sein im Moment des kommenden Todes ersteiftes Glied ihr entgegen sprang.

„Hoppla, sie freuen sich wohl, mich zu sehen?!" Mit festem Griff nahm sie seine Hoden in die Linke und setzte das Messer an. „Noch ein paar letzte Worte zu ihren Klöten?" Verzweifelt schüttelte er den Kopf, so gut es mit dem Tape ging. „Dann eben nicht", sagte sie und trennte den gesamten Hodensack mit nur einem Schnitt ab.

Rick schrie vor Verzweiflung und Schmerz, doch drangen nur gedämpfte Laute durch das Tape und keine gnädige Ohnmacht wollte ihn umfangen.

So als würde sie eine Socke umkrempeln stülpte sie die Hoden aus dem Hautlappen heraus und steckte sie zu den Anderen in ihre Tasche, den Hautlappen schnippte sie gegen Ricks Brust.

Dann drehte sie sich ohne ein weiteres Wort um und ging zu
dem Bürogebäude, sie wollt nicht zwischen den Untoten, die
sich bereits wieder näherten und ihrem Essen stehen.
Als sie in das Bürogebäude hinein ging erstarben die
unterdrückten Schreie und sie wollte es als neues Kapitel
ansehen, das beginnen würde, sobald sie Florice gefunden
hatte.

Epilog

- - -

*Ach..., herrlich! Wir haben früh am Morgen, ein paar
Nebelfetzen ziehen über das Wasser, mir weht ein leichter
Fahrtwind um die Nase und alles um uns herum grünt. Man
hört sogar die Vöglein fröhlich am Ufer zwitschern.*
*Wir treiben nun gemütlich den Rhein hinab und es ist einfach
unbeschreiblich, denn wir sind jetzt so etwas wie eine kleine
Familie, Rosa, Florice und ich. Zur Zeit Leben wir in einem
kleinen Kabinenboot, ohne Diesel im Motor, aber das macht
nichts, wir haben alle Zeit unseres restlichen Lebens. Wenn
wir das Meer erreicht haben, werden wir uns etwas größeres
suchen und dann geht es ab auf eine Insel. Noch habe ich
keine Ahnung, wo wir eine finden können, aber mit Sicherheit
werde ich irgendwo eine alte Karte auftreiben können und
vielleicht ein Buch `Wie lerne ich Navigieren´ oder so ähnlich.
Und ein Lehrbuch über das Segeln wäre auch nicht schlecht,
heutzutage muss man eben alles optimistisch sehen und
improvisieren.*
Wie ich so am Steuer stehe kommt Rosa und schmiegt ihren

noch bettwarmen Körper an mich an, während Florice am Heck ihre Angel ins Wasser hält.

Allem Anschein nach bin ich tatsächlich immun gegen die Seuche, ich habe mich nicht verwandelt, aufgrund des Bisses in dem alten Bürokomplex. Ich scheine sogar so etwas wie eine verbesserte Wundheilung entwickelt zu haben. Das Stück Fleisch, das mir der Verwandelte Ed aus dem Arm gerissen hatte ist teilweise wieder nach gewachsen. Ich habe an der Bissstelle immer noch eine Einbuchtung und es ist dickes Narbengewebe darüber gewachsen, aber ich kann den Arm und die Hand wieder voll einsetzen. Dem Heilungsprozess konnte man förmlich zu sehen, nur dieses furchtbare Jucken, einer Wunde die gerade heilt, das hatte ich trotzdem.

Nachdem Rosa zu uns gefunden hatte, gingen wir zusammen zurück in die Straße, in der so schreckliches passiert war. Wir wollten nach sehen, ob wir Carla noch helfen könnten und dieses mal nahmen wir Florice mit und mit. Wir wussten natürlich, dass sie Schreckliches zu sehen bekommen würde, aber das war nun einmal die neue Welt und Kinder verarbeiten und vergessen ja zum Glück schnell. Solange die Untoten durch Rick abgelenkt waren, sie hatten ihn zum Fressen gern, schlichen wir uns an ihnen vorbei, doch Carla konnten wir nicht mehr finden. Sie hatte wohl ihre Wunde abgebunden und war mit dem Elektroschocker los gegangen, ihr eigenes Glück zu finden. Ich wünsche ihr hierzu wirklich alles Gute, sie hatte es verdient.

Der weitere Weg führte uns ein paar Kilometer zum Rhein und jetzt endlich fühle ich mich richtig Glücklich und Frei.

Ob ich noch an das Vergangene denke? Natürlich, aber wir reden nicht darüber. Und Nachts, wenn ich schweißgebadet aufschrecke, weil ich von meinen eigenen Untaten geträumt habe, dann nimmt mich Rosa sanft in den Arm, manchmal krabbelt Florice dann noch zwischen uns und manchmal, aber nur manchmal, weinen wir zusammen...

Schlusswort

Lieder über den Tod findet man, zumindest fühlt es sich so an,
unendlich viele. Doch auch thematisierte Lieder, die sich in
irgendeiner Form mit Zombies oder dem Weltuntergang
befassen, finden sich Häufig in allen Musikrichtungen.
Dies ist eine Liste von Jos Tageshits, die er von Beginn der
Geschichte bis zu seinem Tode gespielt hat:

R.E.M.	- The End of the World
Michael Jackson	- Thriller
E Nomine	- Im Zeichen des Zodiak
The Cranberries	- Zombie
Illuminate	- Kein Hauch von Leben
PT	- Countdown
21 Pilots	- Heathens
Plants vs Zombies	- Theres a Zombie on your Lawn
Juliane Werding	- Armageddon
Ray Johnson	- Zombie Love Song
B110	- Weltende
Skeeter Davis	- The End of the World
Juliane Werding	- Ehendu Namandu
ApeCrime	- Zombie
Borgor & Sikedope	- Unicorn Zombie Apocalypse
Britney Spears	- Till The World Ends
Kingdom Hearts Music	- End of the World Combat

Und mein persönlicher Favorit:
Stephanie Mabey – The Zombie Song (Ein herzzerreißendes
Liebeslied)

Herstellung und Verlag:
BoD- Books on Demand, Norderstedt
ISBN: 978-3-7528-5190-8